解放宁夏

JIEFANG NINGXIA

JIEFANG NINGXIA

李德明 著

黄河出版传媒集团
宁夏人民出版社

图书在版编目（CIP）数据

解放宁夏 / 李德明著. — 银川：宁夏人民出版社，2016.9

ISBN 978-7-227-06437-4

Ⅰ. ①解… Ⅱ. ①李… Ⅲ. ①纪实文学—中国—当代 Ⅳ. ①I25

中国版本图书馆CIP数据核字（2016）第233898号

解放宁夏 李德明 著

责任编辑 周淑芸 谢 瑞
封面设计 张 宁
责任印制 肖 艳

黄河出版传媒集团 宁夏人民出版社 出版发行

出 版 人 王杨宝
地　　址 宁夏银川市北京东路139号出版大厦（750001）
网　　址 http://www.nxpph.com　http://www.yrpubm.com
网上书店 http://shop126547358.taobao.com　http://www.hh-book.com
电子信箱 nxrmcbs@126.com　renminshe@yrpubm.com
邮购电话 0951-5019391　5052104
经　　销 全国新华书店
印刷装订 宁夏银报印务有限公司
印刷委托书号 （宁）0002645

开　　本 720 mm × 980 mm　1/16
印　　张 25.5　字数 300千字
版　　次 2017年2月第1版
印　　次 2017年2月第1次印刷
书　　号 ISBN 978-7-227-06437-4
定　　价 58.00元

一部可歌可泣的英雄战歌

宁夏军区政治委员　王志宏

解放宁夏是我们自治区的一段重大历史，它开辟了宁夏历史的新纪元，也是近年来文艺创作方面一个厚重的题材。宁夏军区退休干部李德明同志曾在军区党史军史征集办公室工作多年，当年在收集有关资料过程中，曾采访过刘伯承、聂荣臻、杨成武等数十位开国元帅、革命老前辈。他在征集编写有关党史、军史资料的同时，也收集了大量关于解放宁夏的资料，后经过多年的反复修改打磨，终于完成了这部长篇纪实文学作品——《解放宁夏》。

宁夏地处黄河上游，北倚贺兰山，南凭六盘山，黄河纵贯宁夏北部全境，战略地位极为重要，自秦汉以来就为兵家必争之地。当年我人民解放军和国民党反动派马家军正面对抗时，无论是血战任山河还是夺取三关口，无论是飞夺鸣沙洲还是激战吴忠堡，都遭到了敌人猛烈的反击，每一场战斗都足以惊天动地、空前绝后。更令人感动的是，在解放宁夏的过程中，有700多名年轻的解放军指战员献出了他们宝贵的生命！今天，在宁夏各族人民以崭新姿态全面奔向小康社会的时候，我们更应该回顾这段历史，更应该怀念那些为了革命事业胜利，为了宁夏人民幸福生活而牺牲的革命先烈们！也许，这正是作者撰写本书的意义和价值吧。

当下，我国文学创作的发展已经驶入快车道，一大批思想性、艺术性较高的文学作品业已被公众所熟知。但也要看到，浮躁喧嚣的文学现象仍是文坛诟病，甚至还有一种污浊、畸形、诡异的病态化的审美倾向弥散于其中。正由于此，我们广大作家要真正切实地强化自我同时代根本历史趋势和社会主义核心价值观之间的精神联系，“更加自觉、更加主动”地建构一种生态健全的具有雄健气魄和浩瀚胸襟的时代审美文化气象，创作出更多的优秀作品，有力地助推时代文化的大发展大繁荣。《解放宁夏》这部文学作品以民族解放为主旋律，表现了创业者崇高的精神追求和忘我的奉献精神，彰显了我们民族的精神魅力，一定能唤起我们对传统文化的追溯，对崇高理想和坚定信念的渴望。

通过文学手法艺术地表现历史事件和人物的真实性是革命历史题材纪实文学的根本所在。著名军事题材作家魏巍创作的《谁是最可爱的人》，半个多世纪以来，影响、教育了数代中国人，成为家喻户晓、妇孺皆知的传世名篇。魏巍本人没有参加过长征，也没有直接参加过抗美援朝的一线战斗，但他却能栩栩如生地描写红军长征途中和抗美援朝战场上的一幅幅战斗画卷，给人如临其境的心灵震撼。为什么作家没有亲身经历，却能写出震人心魄的纪实作品呢？这是因为作家大胆突破了史实的局限，让创作的思绪和灵感徜徉在合情合理的艺术空间之中，借助文学艺术的手法，在契合历史背景和当时场景氛围的前提下，合理地构建事件和矛盾冲突，安排人物的活动和语言，这是一个作家最基本的创作技能。在《解放宁夏》这部文学作品中，作者成功地再现了彭德怀、杨得志、曾思玉等领导坚毅的个人品质、无畏的革命英雄主义和高超的指挥艺术，同时，也将马鸿逵等国民党政要人物反动本质暴露无遗。品读作品，仿佛置身其中，给人以真实可信之感。在本书中，作者并没有人为地美化共产党的领导，也没有刻意丑化国民党的元首，这符合我们党的历史唯物主义原则。

总之，革命历史纪实文学作品不能仅仅是历史现象的表层暴露与展示，而是要通过对革命历史现象的科学把握与剖析，揭示出其背后深藏的价值和意义，从而给予广大读者以更多有益的教育和启迪。本书就是要让读者通过这些艺术作品中的历史事件、典型人物，去感悟今天更多地在平常政治教育中难以感受到的政治理念和生活哲理，从而更加珍惜我们今天的幸福生活，更加热爱我们伟大的祖国。

当然，革命历史题材纪实文学作品的客观再现与作家主观意识的渗透存在着不可回避的矛盾，加之作者所收集掌握的资料有限，作品中还有很多不足之处，有待今后修改完善。

借此机会，让我们再次向为解放宁夏光荣牺牲和浴血奋战的解放军指战员与广大人民群众致敬！

人民英雄彪炳千秋！

革命先烈永垂不朽！

2013年1月10日于芸开轩

引言

浩瀚历史，源远流长。

中华民族5000年的文明史，是一部无比丰富多彩、无比斑斓多姿的雄浑长卷。

历史长河前进到公元1949年。

这一年，注定是中华民族历史上极不平凡、极为辉煌的一年！

毛泽东亲笔为新华社撰写的新年献词《将革命进行到底》中说道：

“几千年以来的封建压迫，一百年以来的帝国主义压迫，将在我们的奋斗中彻底地推翻掉。一九四九年是极其重要的一年。”

是的，这一年，中国的历史将要发生令人难以置信的巨大变化。

历史证明，毛泽东的预言是十分英明的！

此时此刻，人们眼前不禁浮现出毛泽东主席意气风发、胜券在握的伟人风采，也浮现出在中华民族960多万平方公里土地上，百万雄师下江南以及解放全中国波澜壮阔的伟大场面。

这一年，中国历史发生的巨变，你怎么想象也不会过分！

中国长城，蜿蜒而去，无比壮观。

长江黄河，浪涛滚滚，势不可挡。

它们是中华民族的图腾！

西柏坡，中国一个极其普通的小村庄。

毛泽东神采奕奕，手夹着一根香烟，望着眼前的地图。

南京。蒋介石光着脑袋，身穿长衫，拄着拐杖，满脸阴云。

他慢慢地走过去，伸手按了一下收音机的开关，里面传出播音员清晰洪亮的声音：

“中国人民将要在伟大的解放战争中获得最后的胜利，这一点，现在甚至我们的敌人也不怀疑了……”

蒋介石恼羞成怒地一步上前，将收音机狠狠地关掉。

应该说，他已经十分清楚自己和国民党反动军队穷途末路的处境。自己惨淡经营20多年的政坛和军权眼看就要土崩瓦解，谁能承受这样的打击呢？

成为毛泽东的手下败将，他怎么也无法理解啊！

他的脸色非常阴沉难看，在屋里无奈地转了一圈又一圈。

他正在思考着他发给中共中央的求和声明会有什么结局。

西柏坡小山村，毛泽东缓缓地走出土房子。

眼前是一片雪景，格外迷人。

12年前，他写下了一代绝唱《沁园春·雪》：

北国风光，
千里冰封，
万里雪飘。
望长城内外，
惟余莽莽；
大河上下，
顿失滔滔。
山舞银蛇，

原驰蜡象，
欲与天公试比高。
须晴日，
看红装素裹，
分外妖娆。
江山如此多娇，
引无数英雄竞折腰。
惜秦皇汉武，
略输文采；
唐宗宋祖，
稍逊风骚。
一代天骄，
成吉思汗，
只识弯弓射大雕。
俱往矣，
数风流人物，
还看今朝。

12年，只是漫漫历史长河中的一瞬间。可是，这一瞬间的前后，对一个历史伟人来说，境界竟是这样的不同：“俱往矣，数风流人物，还看今朝。”

当时，这首词一发表，蒋介石便极为震惊。他决然想不到毛泽东竟然能写出这样意境壮美、旷古绝今的诗词来。可他又不能不想到，除了毛泽东，又有谁能写出这样的诗词呢！他还是不甘心，先后选调几十个文人学者，历时6个月，要他们写出一首一定要压倒毛泽东《沁园春·雪》的诗词来，这一切当然是徒劳的。最后，连他自己也不能满意，只好作罢。

文场也和战场一样，不服不行啊。

其实，蒋介石何尝不明白：文如其人。只有大胸怀、大气魄的人，才能写出那样大格调、大境界的诗词来。毛泽东的诗词和他领导的共产党人开创的事业一样，只能是前无古人，后无来者！

1949年1月14日，毛泽东宣布了八项和平谈判条件。

1949年1月21日，蒋介石不得不万分痛苦地告别总统宝座，宣布下野。

文韬武略，古往今来，毛泽东何人能比？

古云：时势造英雄。其实，又何尝不是英雄造时势！

毛泽东和蒋介石都明白，所谓的求和声明不过是一场游戏而已。但尽管如此，双方都同意按有关游戏规则走下去。

4月1日，以张治中为首的国民党政府和平谈判代表团到达北平，和以周恩来为首的中国共产党代表团进行了半个月的谈判，拟定了一份国内和平协定。

这个协定毫无悬念地被国民党政府和蒋介石拒绝了。

毛泽东和蒋介石都知道：结局只能是这样。

4月21日，中共中央军事委员会主席毛泽东和中国人民解放军总司令朱德联合署名，发出了“向全国进军的命令”。

命令要求全军指战员“奋勇前进，坚决、彻底、干净、全部地歼灭中国境内一切敢于抵抗的国民党反动派，解放全国人民，保卫中国主权的独立和完整”。

这一庄严的命令发布后，中国人民解放军各部队立即行动，向全国尚未解放的地区开始了空前规模的大进军。

从此，中国人民解放军开始了新的辉煌的大征战。

1949年7月1日，彭德怀率领的第一野战军向全军发出了“关于消灭胡马匪军的战役指示”，宣布了长期盘踞西北的胡宗南与马步芳、马鸿逵等军阀末日的到来。

1949年，中华民族历史上展开了新的一页！

1949年，宁夏历史上也将展开新的一页！

目录

第一章 进军大西北

挥师西进

1948年11月和1949年1月，中共中央军委指示全军实行整编，西北野战军改称中国人民解放军第一野战军，中共中央军委副主席彭德怀兼任第一野战军司令员、政治委员，张宗逊、赵寿山任副司令员，阎揆要任参谋长，甘泗淇任政治部主任，下辖7个军、两个直属骑兵师，共约15.5万人。

1949年4月21日，毛泽东主席、朱德总司令下令，解放军向江南大进军，百万雄师渡长江，开始了向东南、中南的进军，谱写了中外军事史上的奇迹。与此同时，人民解放军开始从东北、华北等地向西北开进，准备消灭胡宗南、马步芳、马鸿逵等军阀，解放大西北。

1949年4月24日，中国人民解放军在毛泽东主席和中央军委的英明领导下，一举攻克山西重镇太原，全歼号称“固若金汤”的“山西王”阎锡山部8.4万余人，活捉敌太原守备司令王靖国，彻底结束了阎锡山集团在山西称王称霸长达38年的反动统治。

4月25日，原属中央军委直接指挥的第十八兵团、第十九兵团拨归第一野战军建制。两个兵团约17万人。毛泽东主席致电华北军区副司令员徐向前和彭德怀：“第十八兵团和第十九兵团改隶第一野战军，尔后行动整训及补给等统听彭德怀同志指挥。”这样整个第一野战军的总兵力达到近33万人。而此时盘踞西北的胡宗南部尚有13个军33个师约18万人，青海马步芳和宁夏马鸿逵、马鸿宾部还有兵力20多万人。

这样，从兵力上看，蒋军不仅在人数上占优势，在整体装备上也远远超过解放军。

▶ 第十九兵团召开进军大西北动员大会

解放大西北的序幕正式拉开了。

中华民族历史上新的一页也揭开了。

祖国大西北乃至全国的形势将要发生中国历史上翻天覆地的巨大变化。

1949年5月4日~6月17日，第一野战军结束陕中战役，解放陕西省省会西安和东部地区，打开了大西北的门户。西安，位居西北要地，是十三朝古都。胡宗南曾在此苦心经营13年，是其驻守西北的战略核心，也是蒋介石攻击延安的大本营。

此时，身为西北军政长官公署长官的马步芳自然明白，唇亡齿寒，西安一丢，自己就步入穷途末路了。

兰州，西北军政长官公署。

马步芳在办公室来回踱步，坐立不安，神

情沮丧。他无奈中心生一计，对副官喊道："向蒋总统发一份加急电报，表达我们的决心：只要胡宗南部不离开陕西，马鸿逵不离开现驻地，我们保证全力以赴对解放军实施反击，夺回西安，保住陕西……"

马步芳实在是于心不甘啊。

13年前，他盘踞青海，养精蓄锐，以逸待劳，在河西走廊，将西路红军打败，3个军基本全军覆没。他怎么也不相信，当年的红军为什么如今会如此强大，使自己这么狼狈不堪。

蒋介石公馆。

来回转圈的蒋介石手捧马步芳发来的电报，不禁苦笑两声。马步芳的小算盘自然瞒不了他的眼睛，马步芳无非是想拖住胡宗南，不致自己太孤立。蒋介石摇着手里的电报，冷笑道：

"这个马步芳，哪里是想保住西安，他不过是想保住他自己！"

可是，此时此刻的蒋介石只能捏住手中的这几个棋子，再赌一把。

他手一招，立刻有个副官进来，举手敬礼，恭立一侧。

蒋介石也不看副官，声音低沉地说道：

"给胡宗南、马步芳、马鸿逵发报，暂停撤退，精诚合作，夺回西安……"

其实，所有的当事人都知道，这一切只能是是苟延残喘。

蒋介石的电令不能不从。

于是，马步芳上蹿下跳，发号施令。马鸿逵也只好向西安方向进兵。胡宗南部也暂时取消了原来准备向陕南撤退的计划。岂不知，马步芳的这一步棋，正好给彭德怀挥师西进提供了一次绝好的用武之地。

彭德怀经请示中央军委同意，决定实施扶眉战役，总的战略指导思想是"钳马打胡"。

7月10~14日，第一野战军在第十八兵团、第十九兵团到达关中后，统一部署，齐心协力，于陕西扶眉地区一举歼灭国民党军嫡系、半美式装备的胡宗南主力部队4个军4.3万余人。这一战役意义十分重大，不仅对胡宗南部以致命性的沉重打击，更为重要的是，从此，将横行西北多年的胡马联盟一刀割断，为各个击破敌人打下了基础。近年来，胡马在西北总是联手行动。遇到解放军，一打就退，保存实力。退到一定位置后，再联手实施反扑。

扶眉战役后，青马和宁马立即向后退去。

对扶眉战役最痛悔莫及的当数“西北王”胡宗南了，因为这一战，使他的主力大伤元气，甚至难以恢复。

胡宗南，生于1896年，上将军衔。浙江镇海（今宁波市）人，黄埔一期高材生，一向被蒋介石视为心腹。当年曾担任进攻占领延安的急先锋，受到蒋介石的重用。曾几何时，如今竟落得一败涂地的下场。如此境况，如何去见校长。

胡宗南垂头丧气，只得率部向秦岭山区退去，继而向西南靠拢，伺机东山再起。其实，这正是他当初的设想。如今再走上这条路，却是在丢失主力4个军之后，岂可同日而语。

扶眉战役是第一野战军进军大西北后取得的第一个空前的胜利。

第一野战军总指挥部。一向面容严肃的彭德怀也情不自禁地满面笑容，大声说道：“好啊，这才叫打了个大胜仗啊！”

平山西北坡。毛泽东站在地图前，分外高兴，随后对参谋说道：“致电第一野战军彭老总：‘打胡胜利极大，甚慰。’”

扶眉战役的胜利，敲响了胡马反动力量的丧钟。

二马分道

扶眉战役之后，青宁二马，退往陇东平凉地区。

无论是马步芳还是马鸿逵都知道，不能再退了。如果再退下去，解放军就可以长驱直入，直捣兰州、银川和西宁了。真的到了那时候，自己的末日大概也就不远了。可是如果就地与解放军对抗，则可能像胡宗南的那4个军一样，被解放军包围吃掉。那样一来，就真的连自己的老家也回不去了。

进，还是退？马步芳与马鸿逵一样坐卧不宁，惶惶不可终日。

毛泽东作为全军的统帅，也正在筹划着下一步的战略行动。

7月19日，他在反复思考之后，又和朱德、周恩来等商定，对彭德怀、张宗逊、赵寿山等发出了一份电报：

以3个兵团追歼两马是否足够？我们觉得似应从十八兵团抽4个至5个师西进，作为预备队，如这样做，便须该兵团主力攻占凤县、留坝，威胁褒城（但不可占褒城），迫使南山敌人后撤，然后该兵团可以抽出4至5个师西进助战。

毛泽东真正是运筹于帷幄之内，决胜于千里之外。

纵观人民解放军重大军事战略战役行动，哪一次毛泽东不是胸怀全局，指挥若定！

彭德怀立即召开了高级将领会议，仔细研究，认真部署。这一次共计调动4个兵团12个军35个师117个团，动用的总兵力近34万人。

彭德怀将具体部署报毛泽东和中央军委审批。

毛泽东很快复电：

照我想，只要平凉战役能歼灭两马主力，则西北战局即可基本上解决。往后占领甘、宁、青、新四省基本上只是走路或接管问题，没有严重的作战问题。

7月21~24日，第一野战军各部队相继向目的地出发，分路挺进。

并沿途解放收复了数十个县城。

但是，毛泽东的计划没有实现。

第一野战军没能像毛泽东预想的那样，在平凉歼灭二马主力。因为随着解放军的步步进逼，二马心怀鬼胎，企图保存实力，也是闻风而动，节节撤退。

第一野战军三路大军挟扶眉战役雄风，浩浩荡荡，乘胜前进。

此时，青宁二马也难以安宁，各打各的算盘。尤其是马步芳，年轻气盛，不可一世。不久前，他刚刚被蒋介石任命为西北军政长官公署长官，也想借机对向来不服气他的叔叔马鸿逵炫耀一番自己的权力，这一次他要名正言顺地指挥一下这个傲慢顽固的老家伙。

马步芳指挥部。

马步芳对参谋长刘仁满脸杀气地说："以西北军政长官公署的名义，给马鸿逵发份电报，命令他的人马开到平凉一带，准备与解放军正面决战！特别说明，唇亡齿寒，平凉不保，银川难存！"

参谋长看了看马步芳说："恐怕那老家伙不会听咱们的。"

马步芳一下子又来了气："他听不听，这份电报都得发！发了，我们就得了先手；不发，就是我们丧失主动。他听了，以后话还好说；他不听，就失了理。"

马鸿逵指挥部。

他正和下属商讨对策。马鸿逵冷笑着说："马步芳啊马步芳，你尕娃才当上臭长官几天，就对我发号施令了。老子不是傻瓜，你马步芳无非是想把我推在前面，与解放军作战，如果有利，你就见风使舵，做个联合作战的样子，继而向老头子邀功。如果不利，就叫我们垫背，你趁机向兰州撤退，保存自己，你的算盘打得不错啊。"

马鸿逵的小儿子马敦静说："什么狗屁长官，拿个鸡毛当令箭！"

马鸿逵想了一会儿，干脆下令："通告各部，尽快向六盘山方向撤退！"

作战处长问："我们这样做，马步芳会不会找后账？"

马鸿逵不屑地说："他才吃了几碗牛杂碎，就想使唤人了，撤！"

次日，马鸿逵所属各部向六盘山撤去。

宁马一撤，青马就只好首当其冲了。

马步芳指挥部。

有人报告："报告长官，马鸿逵各部已向六盘山方向退去。"

马步芳气得在房子里转圈子："这个老东西，老滑头！"

参谋长刘仁上前说："马长官，马鸿逵这一撤，我们就得顶头阵了，就我们的人力，单独抵抗解放军，怕是力不从心啊。"

马步芳气哼哼地说："我们肯定是独力难撑啊，我们也向兰州方向撤退。将来老头子追究起来，我们也有话说。"

参谋长随口说："好在我们可以坚守兰州，以兰州作为我们西宁的屏障，万事可定。"

"马上撤！"马步芳大叫一声。

平凉决战计划完全落空。

第一野战军指挥部。彭德怀对在座的各位指挥员说："我们现在只能改变计划，变'全歼二马'为'各个击破'！"

具体部署是这样的：

野战军主力直奔兰州，包围马步芳，尔后予以全歼。

杨得志、李志民率领十九兵团攻占六盘山，然后以六盘山为依托，不惜一切代价，坚决割断马鸿逵部与马步芳部的联系，最后予以各个歼灭。

解放兰州

兰州是甘肃省省会，也是西北军政长官公署所在地，四周环山，道路狭窄，属易守难攻之地。骄横狂妄的马步芳为了做最后的垂死挣扎，在这一带构筑了非常坚固的工事，屯有大量的军火物资。要想攻克兰州，绝非易事。

马步芳是一个穷凶极恶的反动分子，既害怕被解放军消灭，又心存幻想，企图凭借兰州天险，保住自己的地盘。加之十多年前，曾在河西走廊打败过红军，如今还想再拼上一把。

马步芳本来已有六房姨太太，仍然不择手段霸占奸污良家妇女和部属妻女，只要他看上的，都难逃其魔掌。被他残害的妇女有四五百人。后来他竟丧心病狂地将堂弟马步隆的两个十四五岁的女儿马月兰、马月莲强行娶为自己第七、第八房姨太太。

为了争权夺利，他将堂弟马步英及其人马赶出青海，其父马麒听他报告后，长叹一声："儿啊，马步英乃我马氏家族后代，不管怎样，也是一笔写不了两个'马'字呀。你不知我心中的苦衷呀，你们这样骨肉相残，同室操戈，只能是亲者痛、仇者快，为外人利用……"马麒老泪纵横，一气之下竟不省人事。医生马上抢救，但已回天乏术，第二天天不亮，马麒就一命呜呼了。

马麒死后，国民党政府宣布其弟马麟继任青海省政府主席。后马麟出国赴麦加朝觐，由侄儿马步芳代理青海省政府主席。可等他回来的时候，他说话没人听了。他还算有自知之明，知道自己的主席当不成了，就自动上书请辞，一走了之。

就是这样一个流氓、恶棍、无赖式的反动透顶的军阀，岂肯轻易放弃自己的地盘？

对此，毛泽东早已致电彭德怀，对于青马坚决予以消灭；对于宁马则争取一部和平起义。

按照原定方案，第一野战军各部挥戈北上，8月20日兵临兰州城下，次日即发起攻击，激战一整天，竟未夺得一块阵地，且伤亡较大。究其原因，一是部队连胜之后主观上有些骄傲轻敌。二是应战有些仓促，对多年来长期养精蓄锐的马步芳部的战斗力估计不足。三是国民党做了精心准备，兰州城防非常坚固，我军准备不够。

解放军的失手，使马步芳更加狂妄嚣张。

彭德怀下令各部队总结教训，休整3天，于25日再次发起总攻。双方攻防非常激烈，伤亡都很严重。经过一天的惨烈战斗，马步芳始终没见胡宗南和马鸿逵部增援，军心开始动摇。当敌人发现主阵地被解放军部队攻占后，各部开始快速溃退。至26日中午12时，城内战斗结束，兰州宣告解放。是役共歼灭青马4万余人。

马步芳部侥幸溃散的人马逃向青海，已无建制，溃散为匪，毫无战斗之力，残部相继投降。

此时，企图增援兰州的胡宗南部被第十八兵团完全阻挡在天水、宝鸡以南。宁夏马鸿逵部则被第十九兵团之第六十四军死死阻挡在六盘山以东，自顾不暇。

9月5日，第一军攻克西宁，青海宣告解放。

至此，马步芳家族惨淡经营几十年的马家军彻底完蛋。

下一步，需要解决的就是青马残部、新疆和宁夏马鸿逵的问题了。

按彭德怀和中央军委的部署，杨得志的第十九兵团将挥戈东指，直取宁夏。

第二章 挺进六盘山

西北狼

平凉决战落空后，第一野战军三路大军在彭德怀指挥下，立即跟踪追击，对青宁二马实施分割，各个击破：以大部人马挥戈北上，直指马步芳的核心兰州，必将马步芳包围歼灭于兰州城下；以第十九兵团夺占六盘山区，彻底切断青马与宁马的联系；而后，六十三军、六十五军向兰州挺进，直接参加兰州战役；届时六十四军则坚守六盘山一带，坚决阻挡宁夏马鸿逵部增援兰州。

作为西北军政长官的马步芳也有自己的妙计：他们从平凉地区退守兰州，以守为攻，将第一野战军的主力吸引到兰州城下，然后胡宗南部由南向北，马鸿逵部由东向西，三方合围，将彭德怀的第一野战军消灭于兰州城下。

此时双方各有计策，就看谁技高一筹。

第十八兵团的任务是阻挡胡宗南。

第十九兵力的任务是阻挡马鸿逵。

而第十九兵团则由第六十四军担任主攻，直插六盘山腹地任山河一带。

第十九兵团指挥部。杨得志司令员站在作战地图前明确各军任务。

38岁的兵团司令员杨得志站在那里，神采奕奕，精神焕发，看上去十分英俊干练。

杨得志1911年1月3日出生于湖南省醴陵县南阳桥（今株州）三望村的一个铁匠家庭，幼年跟随父亲学习打铁，11岁离家为人放牛，14岁后随兄杨海堂到江西萍乡安源煤矿挑煤，半年后，返回家乡给一户地主家做长工。1926年夏到衡阳当筑路工。1928年1月，杨得志与兄长杨海堂等25名筑路工从衡阳板子桥到韩家村，参加了前往井冈山的工农革命军第七师，从此走上了革命道路。在一次战斗中，他的肠子被敌人子弹打得流了出来，他塞进去后继续战斗。后来，他的哥哥在作战中英勇牺牲。

杨得志这次去宁夏将是第三次，第一次是红军长征时经过宁夏，那时他是红一军团第一师第一团也就是长征先遣团团长；第二次是1936年5月红军西征，那时他已经是红二师师长了，在西方野战军总指挥彭德怀领导下率部参加西征，迎接红二、红四方面军，实现了三大主力红军会师。时隔13年多，又要踏上宁夏这片土地，他自然是感慨万千。

杨得志对六十四军军长曾思玉认真地说："彭总决定，我们兵团第一步先把马鸿逵赶过六盘山，你们军首先从中路突破，首当其冲。六十三军、六十五军从两翼配合行动。占领六盘山后，他们将迂回直奔兰州，由你们继续坚守，坚决堵塞马鸿逵增援兰州。兰州战役结束后你们就继续北上，直取银川。所以，从一开始你们的任务就是非常艰巨的，而且是始终和马鸿逵打交道。"

他在地图上指明方位后继续说："记住，彭总一再交代，宁马目前状况是困兽犹斗，千万不可大意，决不能小看马家军的。"

"我们一定牢牢地抓住宁马的缰绳收拾它！"曾思玉满怀信心地说，"请首长放心，我们一定完成任务！"

杨得志点点头，笑了。

曾军长最后一句话，勾起了他的心思：这句话是那么耳熟。

1934年春，杨得志担任了红军第一军团第一师第一团团长。1935年5月，杨得志率领这支具有光荣战史的英雄部队，参加了大长征，继续担任先遣任务。这次他们承担的任务是率先强渡大渡河。

那天，军团首长刘伯承、聂荣臻一齐来到了红一团驻地。向杨得志和政委黎林明确了强渡大渡河的任务。刘伯承说："你们可知道石达开？此人为太平天国的高级将领，多年前，石达开率数万人马在清军追击下，就是在大渡河畔全军覆没的。现在蒋介石叫嚣，前有大渡河，后有金沙江，几十万大军前后夹击，我们插翅难飞，必成为'石达开第二'。"

杨得志立刻明白：如果自己不能圆满完成任务，红军就要在此地全军覆灭了。那样一来，自己就将成为千古罪人。这次行动，也必将作为中国乃至世界军事史上的一次绝唱而载入史册！

这是上级首长对自己何等的信任啊！同时，他也感到了这次任务万分艰巨。

杨得志胸中热血沸腾，向首长表态："蒋介石想让我们成为第二个石达开，那绝对不可能！"

刘伯承和聂荣臻信任地点了点头。

杨得志情不自禁地又加了一句："请首长放心，我们一定完成任务！"

青马、宁马从扶眉战役中退守平凉一线后，二马出于各自的利益，就开始窝里斗了。

他们只能这样斗，不斗就不正常了。不斗，就不是马步芳和马鸿逵了。

应该说，马步芳是一条游走在青海的"西北狼"，而马鸿逵则是游走在宁夏的"西北狼"，二者的区别仅仅是一个断了一条前腿，一个断了一条后腿。而往往断了腿的狼比正常的狼更凶恶。

兰州马步芳公馆。

房间里，马步芳站在地图前，若有所思。参谋长刘仁也站在旁边。

平凉会战前夕，马步芳就绞尽脑汁，就怎么能抓住马鸿逵这个老狐狸动了一番心思。

马步芳回过头对刘仁说："这一战能否取胜，就看我们能不能抓住马鸿逵这个老滑头了。"

刘仁顺着他的话说："否则，我们就是孤军作战，非常危险。"

马步芳下意识地点了点头："我当然知道马鸿逵的病害在哪里，蒋介石让我当了西北军政长官，让马鸿逵当了副长官，他心里一直不满、不服气啊。"

刘仁趁机说："过去的事情不好说了，这次会战，你正好以西北军政长官的名义，名正言顺地在他们面前行使一下我们的权力，叫他不服不行。"

马步芳想了想说："那就这样，为了我们能够正当地发布号令，你们尽快准备一下，在甘肃静宁召开一次紧急军事会议，制订下达一个'关山会战指导计划'，也就是平凉决战计划，明确我们和宁夏兵团的作战任务，然后上报国防部。这样一来，他就溜不掉了。"

刘仁说："长官高见。这个会议一开，他听也得听，不听也得听！"

马步芳部作战室，正在召开军事会议。

刘仁先按马步芳的旨意，讲了一番平凉决战整体指导计划，即由宁马死守平凉，他们则撤退兰州，在兰州修筑坚固的工事，把彭德怀的主力吸引到兰州四周，而后宁马则掉头直扑兰州，胡宗南的10多万人马也及时增援，三方合力，把彭德怀的第一野战军基本消灭于兰州城下，则大功告成。这样不仅能保住自己在大西北的地盘，也能为党国立下功劳，等待蒋总统卷土重来。

刘仁振振有词下达了作战计划后，又特意针对二马向来尿不到一个壶里的问题，说道："平凉决战，事关整个西北的安危存亡，合则胜，分则败，望诸位务必精诚团结，联合行动，保住平凉，保住兰州，保住宁夏，保住青海，保住大西北。”

不料刘仁的话刚刚讲完，参加会议的宁夏兵团司令、马鸿逵的二儿子马敦静就忽地站起来，一把抓起帽子，气呼呼地说：“什么？让我们打头阵，你们躲得远远的？为什么你们不守平凉，让我们去守兰州呢？对不起啦，哼！”说完，他就转身出了门。

马敦静一走，宁夏兵团主力一二八军军长卢忠良以及十一军军长马光宗等也愤然离开了会场。

马鸿逵的大儿子马敦厚是个火爆性子，办事沉不住气，靠不住，所以马鸿逵把宁夏兵团的指挥权给了老二马敦静。马鸿逵早年带兵在河南配合蒋介石参与攻击吴佩孚取胜，出于双方以后互相利用，便结拜为兄弟。之后，马鸿逵的四姨太刘慕侠又与蒋夫人宋美龄结拜为干姐妹。

马鸿逵绝非等闲之辈。

后来蒋介石当上了总统，马鸿逵更是挖空心思地巴结蒋介石。一次，马鸿逵准备了重礼要去南京送给蒋介石，临行前交代军政要事，马敦厚大声嚷道：“干啥？又要送给那个老家伙？还不如咱们用这些钱再弄个骑兵团呢！”

马鸿逵瞪了大儿子一眼：“你尕娃懂个屁，再给你指点，还是不开窍！”

以后，马鸿逵只让他干了个宁夏兵团的副司令，让老二马敦静当了司令。

参加会议的宁马一二八军军长卢忠良不是马家家族的人，能当上宁夏兵团的中将军长，自然不同凡响。他在前线虽然是一二八军掌勺的，但心里自然明白，勺把子还是攥在马鸿逵手里，举凡军队行动的重大动作，还得事事请示。他把会议内容向马鸿逵在电话上作了汇报，马鸿逵一听，气得浑身直哆嗦，暴跳如雷：

“奶奶的，小尕娃竟敢骑到阿扎的脖子上拉屎呀！老子的队伍不能给他尕娃去卖命，你们都给我往回撤，快快地撤！”

▶ 马步芳与马步青

马鸿逵与马步芳原本是一个家族，按辈分马步芳是侄子，应该管马鸿逵叫叔叔，河州话叫“老爸”。眼下马步芳家族比马鸿逵家族实力要强一些。一个多月前，二马各自使出了浑身解数，跑南京，找门子，送厚礼，争夺西北军政长官的位子。最后，还是马步芳捷足先登，拿到了委任状。

二马曾订好协议，如果谁当上了西北军政长官，那么甘肃省政府主席就由对方担任。谁知这个尕侄子不是省油的灯，他嘴里叼了一块肥肉还不甘心，又想给儿子马继援谋取甘肃省政府主席的美差。这下可把原本就满肚子气的马鸿逵给气晕了，在屋里大喊大叫：“你尕娃等着瞧，老子就不信铜盆子煮不烂你个嫩牛头！”

之后，马鸿逵带上金条，坐上飞机，走南京，飞重庆，死缠硬磨，连哭带闹，老蒋无奈，暗骂：“娘希屁，一个槽上拴不下两叫驴！”随后，他不得不玩弄手腕，搞了个平衡，宣布马鸿逵为甘肃省政府主席。这一回，算是马鸿逵胜了。

但他虽然胜了，却结结实实窝了一肚子气。

从此，二马之间的矛盾越积越大，仇恨越结越深。

第二天，宁马就从平凉卷旗拔灶，往宁夏方向退去。按马鸿逵的交代，卢忠良的一二八军撤到了六盘山三关、瓦亭一带；马鸿宾的八十军、马光宗的十一军则退守任山河、固原一线，把守银川的大门口。如果守得住，不仅可以将解放军关在门外，将来还可以视情进兵兰州。

进军六盘山

第十九兵团的3个军，浩浩荡荡，向六盘山开进。

几乎是所有通往宁夏固原方向的大道上，都有解放军的人马。

红旗飘扬，人喊马叫。

看了这样的场面，你才知道什么叫滚滚洪流。

看了这样的阵势，你才知道什么叫大兵压境。

参与了这样的行动，你才会感到什么叫足慰平生！

彭德怀的部署是：先以第十九兵团为“一把刀”，切入六盘山，彻底割断青马与宁马的联系，使其互相增援的可能性一点都不存在。

▶ 六盘山雄姿

在此基础上，再以六十四军为“一把刀”，将宁马主力一二八军与十一军、八十一军坚决切断，使其不能左右相顾。然后，由六十三军和六十五军以绝对优势兵力，围歼一二八军于瓦亭一带；六十四军则攻击位于固原任山河地区的宁马十一军和八十一军。先断其股肱，再歼其残部，然后直取银川，解放宁夏。

六十四军沿着六盘山之间的通道，向任山河与瓦亭之间猛突。

曾思玉军长随部队向六盘山开进，心情格外激动。

他想到了当地向导介绍的话：上了六盘山，离天三尺三。此时远眺六盘山，天空晴朗，云雾缭绕，山势陡峭，异常险峻。曾军长是个儒将，行军作战之余，总是看书做笔记。看着六盘山的美景，他立即想起了毛主席那清雅优美、流传千古的辞章《清平乐·六盘山》：

天高云淡，
望断南飞雁。
不到长城非好汉，
屈指行程二万。
六盘山上高峰，
红旗漫卷西风。
今日长缨在手，
何时缚住苍龙？

回忆着毛主席的诗词，憧憬着解放宁夏的前景，曾军长顿时精神焕发，豪情满怀，信心更足了。

大路上，一九一师五七二团作为全军的“刀尖”，全团人马丢掉包袱，轻装前进。人人你争我赶，个个满头大汗。

队伍蜿蜒曲折，在山路上疾进。

军长曾思玉从一辆吉普车上下来，站在路旁，看着行进的部队。

一会儿，五七二团团长张怀瑞赶了上来，行了礼，擦了一把汗，大声说："军长，你放心，我们一定按时赶到任山河地区！"

曾军长身材挺高，不胖不瘦，显得非常精干利索，英姿勃勃。尤其是那双炯炯有神的眼睛，充满了智慧和信心。

曾军长一边走一边和张团长交谈。

他说出的话有钢有刃：

"怀瑞同志，你们可千万不能轻敌啊。要知道，你们的当面之敌是两个军。马家军并不都是草包，马虎不得。记住，速度要快，火力要猛，动作要狠！"

这时候，七连连长杨金良正好赶上来了，他对军长和团长行了礼，说道："军长你放心吧，我们团啥时候稀泥软蛋过，要不你还让我们团打先锋！"

张团长连忙给曾军长介绍说：

"杨金良，七连连长，他就是我们团有名的'杨七郎'！"

"哈哈……"曾军长朗声一笑，"你要说是杨金良，我还真没印象；要说杨七郎么，那可是早闻其名喽！"

参谋走近曾军长："军长，上车吧。"

"你叫车开到前面等着我，我和大伙聊聊。"

吉普车朝前开走了。

曾军长望着眼前跑步而过的指战员们，心潮澎湃。

他原名曾世裕，1911年2月2日生于江西信丰县同益乡游洲村，1928年参加本县农民起义，1929年参加游击队，1930年参加中国工农红军，同年加入中国共产主义青年团，1932年转入中国共产党。一度曾任军委警卫团政治委员。他参加了长征，在抗日战争和解放战争中，先后担任过八路军一一五师教导第三旅兼鲁西军区政治部主任、旅政治委员，冀鲁豫军区第八军分区司令员，晋冀野战军第一纵队副司令员，冀察热军区司令员，华北军区第四纵队司令员等职。虽然年仅38岁，却已是久经沙场，战功累累。

曾军长心里明白，作为兵团的先锋和主攻部队，他们重任在肩。

兰州决战能否全歼青马，解放宁夏是否顺利，首先要看任山河这一仗了。拿下任山河，就等于在宁夏南大门钉上了一颗钉子。只要任山河在手，宁马和青马的消灭就只是时间问题了。

任山河，势在必得。

铁流滚滚，汹涌向前。

追歼逃敌

7月27日，马鸿逵部的卢忠良一二八军已由平凉退守三关口、瓦亭地区，准备与退缩固原一带的马光宗十一军遥相呼应，负隅顽抗。

为了割断青宁二马以及卢忠良与马光宗部的联系，杨得志命令六十四军离开西兰公路，取捷径直插宁夏重镇固原，迂回三关口、瓦亭侧后，协同沿西兰公路前进的十九兵团主力歼灭敌一二八军，为解放宁夏扫除障碍。一九一师为全军中央纵队。

7月31日凌晨，一九一师就踏上了征程。

山路上，部队情绪激昂，精神焕发。虽然连续行军作战，战士们仍然不辞辛苦，坚持快速行军。

部队正在前进，前卫五七二团尖刀连突然发现东北方500米处的公路上，有一队马家骑兵在徘徊，战士们不等下命令奋起直追。敌人见势不好，掉转马头，撒开四蹄就逃。战士们架起重机枪，朝敌人逃跑的方向狠狠地射击了一阵子。这一来敌人跑得更快了。

五七二团团长张怀瑞向师首长报告了敌情，师里认为：这股骑兵很可能是敌人的警戒部队，敌人主力离我们不会太远了。于是，师首长命令五七二团利用这股敌人逃跑的踪迹紧追不舍，同时命令各团做好战斗准备。

可是，敌人是骑兵，他们是步兵，两条腿能追上4条腿吗？

这个任务实在是太艰巨了！

部队开始跑步前进，队伍里一片呼哧呼哧的喘息声，刷刷刷的脚步声，手榴弹、步枪、铁锹的碰击声。

尖刀连发现两名被遗弃的敌人重伤兵，上前一问，才知道前面仓皇逃窜的是马家骑兵二十团的一部人马。

部队继续急行军追赶逃敌，个个满头大汗。

大约11点，先头部队在固原县境内的文家沟附近，终于发现了这帮敌人。敌人正在休息，准备埋锅做饭，自以为他们的4条腿已把解放军远远地抛在后面，可以放心地喘口气了。

先头部队没有迟疑，机枪、步枪、手榴弹一齐向敌人开火，敌人吓得魂飞胆丧，四散而逃，死的死，窜的窜，20多人当了俘虏。战马被枪声惊吓地满山乱跑，战士们围上去，一人牵一匹，一个战士高兴地说："伙计，别替敌人卖命了，为咱解放军驮炮吧！"

敌人的一个排长哭丧着脸说："你们追得这样紧，吓得我们马不停蹄、人不下鞍地昼夜逃命，一天只敢停下来吃一顿饭，满以为可以逃脱，想不到还是被你们追上了。"

两条腿到底还是追赶上了4条腿，从清晨算起，他们没吃没喝一口气就追了90多里路。

战士们创造了一个奇迹！

第二章 打开南大门

夺取敌阵地

六盘山雄伟壮观，遥遥在望。

山路上，六十四军各部队精神焕发，斗志昂扬，继续向固原方向前进。

六盘山“峰高太华三千丈，险居秦关百二重”，史称“河陇之咽喉，关中之屏障”。古往今来，历代兵家无不十分重视六盘山的重要地位和战略作用。六盘山是保障掌控关中西安和西北兰州的锁钥，战略地位相当重要。

历史上六盘山地区曾发生过多次重大战役战斗。

公元1041年（宋康定二年）二月，西夏李元昊率兵10万由今宁夏同心进发，经海原、西吉、将台（西吉东南），沿瓦亭川南下，采用设伏围歼的战法，将主力埋伏于沟壑纵横的隆德至西吉的好水川、姚家川两侧谷口，遣一部兵力至西吉东南偏城一带诱宋军入伏。宋军大将韩琦闻夏军来攻，急集兵数万出击。14日，西夏军居高临下，左右夹击，宋军多坠山崖，死伤甚众。主要将领任福与其子任怀亮及其他将军桑怿、耿傅、武英、王硅、赵律等皆战死，宋军仅1000余人逃出，几乎全军覆灭。此战成为六盘山地区集中兵力、设伏围歼、大获全胜的一次军事范例，史称好水川战役。

7月31日下午2时左右，当部队来到固原的古城川时，他们发现了敌人及其构筑的工事。

经过一番侦察，很快查明，当面之敌是7月30日刚刚由长武、平凉一线仓皇撤退下来的马鸿逵十一军和马鸿宾八十一军约4个师的兵力。敌人企图在任山河、黄峁山地区组织防御，掩护敌一二八军在瓦亭、三关口之线防御的侧翼安全。为了迅速歼灭或驱逐当面之敌，隔离一二八军与青马的联系，达成兰州战役的预期胜利，六十四军首长决定：集中3个师的兵力，一齐向任山河村、鹦鸽嘴、罗家山和哈拉山等处的守敌发起总攻，攻占罗家山和哈拉山，得手后向敌纵深阵地猛插，切断一二八军的退路。

一九一师首长怕敌人再度逃脱，立即命令五七二团和五七三团，向敌人据守的山头迂回包抄。

8月1日12时，六十四军向任山河一带发起全线总攻。

任山河是六盘山区核心地段的一个小山村，其地理位置十分重要。

任山河村在六盘山区重镇固原南侧，正处于咽喉部位，是固原的门户，也是由甘肃陇东通往宁夏固原乃至宁马老巢银川的必经之地。其左右方的罗家山、哈拉山互为犄角，又与其后的鹦鸽嘴构成三角之势，形成火力交叉，易守难攻。

对于任山河位置的重视，宁马绝对不亚于解放军。

马鸿逵下令卢忠良担任六盘山前线总指挥。

卢忠良是马鸿逵的同乡，甘肃河州人。小时甚贫，流浪到宁夏谋生，后为了吃一口饱饭，“当兵吃粮”，参加了马家军。后来凭着他的机灵和忠诚，逐步取得了马鸿逵的信任，成为其心腹，担任了宁马主力一二八军军长、宁夏兵团的副总指挥。

宁马各部退到六盘山一带后，卢忠良心知肚明，这一战事关宁马老窝的安危。他特向马鸿逵发了一封电报，大表忠心：

“此次任（山河）瓦（亭）、固（原）之战，弟等誓与阵地共存亡……”

第十九兵团指挥部。

杨得志司令员手拿话筒：“曾军长，为了把钢使在刀刃上，现在特意将兵团榴弹炮团和战车队的5辆轻型坦克配属你们调遣指挥，这一下该满意了吧。”

第六十四军指挥部。

曾军长在电话上回答：“感谢首长们关心，我们保证拿下任山河！”

参谋报告：“军长，各部队均已到达指定位置，已快速构筑了阵地工事，一切战斗准备已经就绪。”

曾军长神情肃穆，一声令下：

“总攻开始，打！”

阵地上，军部和各师的野炮、山炮、迫击炮组成猛烈炮火，集中轰击敌人的第一道防线，掩护突击部队展开冲锋。

万炮齐鸣，火光冲天，山摇地动。

敌人阵地上很快硝烟弥漫，尘土飞扬。

一声声巨响在山谷间轰鸣回荡。一团团烟柱在山沟里翻滚升腾。

石块、树枝、马腿、人体……不时飞上天空。

六十四军的阵地上也被敌人的炮火击中，浓烟滚滚。

▶ 第六十四军部队正在固原任山河地区修筑工事

军首长命令五七四团担任任山河村的主攻。任山河村是通往固原唯一的一条通道。宁马军队害怕我军夺取固原，断其退路，便派马光宗的十一军坚守任山河一带，企图阻挡解放军进入宁夏。

五七四团二营在师团炮火支援下，发动了数次猛攻，都遇到敌人的顽强阻击，进攻严重受挫。

担任进攻的部队遭遇敌人强大的火力，损失非常大。

先锋连五连的连长和副连长身先士卒，冲锋在前，在战斗中都英勇牺牲了……

身受重伤的指导员段松奎，回头一看，全连100多号人只剩下7个人了，形势异常严峻。

他把大家召集到一起，要再作一次动员："同志们，集合！"

满身血污的战士们很快站成一排。

指导员大喊一声："报数！"

"一、二、三、四、五、六！"大家依次喊道。

"七！"指导员也报了数。

他接着说："同志们，全连战友大部分都光荣牺牲了，进攻的任务都落在我们肩上了，大家有没有决心？"

"有！"大家齐声回答。

段松奎想了一下，这种情况下硬冲肯定是不行的，他随之想了一个办法，给大家交代以后，就带着6个人向敌阵地走去。

对面阵地上的敌人看着这伙人，枪都在身上背着，排成一队向他们走来，以为是来投降的，也就放下了手中的枪。有人还得意地狂叫："缴枪不杀，缴枪不杀！"

指导员带着他们几个人来到敌阵地前沿七八米时，突然大喊一声："打！"7个人以敏捷的动作，有的开枪，有的掷手榴弹……

敌人还没明白过来，就只好缴枪当了俘虏。

五连终于夺占了十分重要的制高点，段指导员对大家说："我们攻占的这个位置对全团执行任务非常重要，现在我们虽然人少，但一定要守住这个要点！”

“人在阵地在，誓与阵地共存亡！”有个战士喊了一声。

“不，只能存，不能亡！”

大家赶紧收拾阵地，做好防止敌人反扑的准备。

绵延巍峨的六盘山区，地形非常复杂。

六连没想到部队发起冲锋后，就遭到对面敌人的猛烈反击，冲锋只好暂时停了下来。随后，连长马上下令，要六班长燕飞带领他们全班，死守阵地，掩护大队人马继续发起新的攻势。

燕飞大声地喊道：“同志们，大家齐心协力，坚决守住突破口！”

燕飞带领全班战友连续打退了敌人两次进攻。

敌人退下去了，阵地上出现了一阵难得的平静。

这是一种不正常的现象，果然没多久，敌人再次向六班阵地发起反攻，企图夺回突破口。

六班的战士们连续作战，早已精疲力尽，所余弹药也寥寥无几。由于敌我力量太悬殊，敌人的火力太猛了，有一伙敌人突入了他们防守的阵地，局势非常危险。

班长燕飞一看，立即大叫：“快，我们豁出去了，坚决把敌人打下去！”说完，他们与敌人展开了白刃格斗。燕飞一往无前，勇猛拼杀，一阵工夫就刺倒3个敌人，突然，一个敌人从旁边刺中了他的腹部，红红的鲜血立刻冒出来，肠子也流出来了。他把流出来的肠子毅然塞进去，把军装一拧塞住伤口，坚持把枪举起来。

全班战士怒吼着，不怕牺牲，不怕流血，个个全力拼搏，无所畏惧，杀红了眼，将最后一拨攻上来的敌人全部刺倒，远处的敌人也退下去了。大家不辱使命，终于守住了阵地。

这时候，燕飞身上的肠子再次流淌出来，他伸手想再塞回去，可是手上已经没有力气了，接着，他的身子晃了晃，倒下去了。

战士们围在燕飞的遗体旁，个个流着眼泪，十分痛苦……

燕飞带领六班，在没有任何援助的情况下，绝地反击，英勇无畏，顶住了敌人的多次反扑，毙敌40多人，坚决守住了阵地，为主力部队进攻，为攻克任山河占领六盘山立了一大功。

后来，六十四军总结这次战斗，为了表彰燕飞和全班战士的英雄事迹，特授予六班为“燕飞班”的光荣称号，并为班长燕飞追记大功。

部队主力终于攻占军事要地任山河村，为北上宁夏创造了条件。先烈们为了解放宁夏，献出了自己年轻的生命，永远地躺在了这片土地上。

夹击马家军

罗家山阵地上，一片宁静。

敌我双方都在准备着一场激战。

马鸿逵部马光宗的十一军在此扼守，企图掩护马家军的主力卢忠良的一二八军北逃，以确保老巢银川的安全。

罗家山地理位置非常重要，事关全局，是敌我必争的军事要点。因此，马家军在这里布置重兵，构筑工事，相互配合，相互支援，妄图凭借这一特殊地形，将解放军阻滞于六盘山内。

进攻罗家山的任务由五七二团担任，团长张怀瑞带领团指挥所就设在附近阵地上。

五七二团按兵团部署挥师西进以来，全团指战员人不歇脚，马不停蹄，顾不上休息，夜以继日地连续战斗，一路上首当其冲，战功卓著。

阵地前沿，军号声、枪炮声、冲杀声响彻云霄。

先锋团五七二团的突击队按照上级部署，向罗家山守敌发起了冲锋。

师里的山炮及时开火，对突击队及时给予了炮火支援，10分钟后，猛烈的炮火继续延伸。炮弹在敌人阵地上接连爆炸，石块、人体不时飞上天空。

枪炮声和冲杀声响彻山谷，战斗异常激烈。

五七二团张怀瑞团长及时命令突击部队一营向敌人发起进攻，刚刚攻到半山腰，突然天降暴雨，接着一阵冰雹把战士们打得无处躲藏，头上的草帽也打破了。

很快，雨水顺着山沟哗哗地倾泻而下。

有的战士躲闪不及，被山水冲倒；

有的战士向山上爬，一连几次都被泥水滑了下来。

敌人的机枪这时也狂叫起来，好多战士随声倒下。

就在这最困难的时刻，三排长祖小偏高喊："共产党员们，考验我们的时刻到了，爬上去就是胜利！"

战士们奋不顾身，冒着敌人猛烈的射击，顽强地向上攀登。山陡路滑，大家就用刺刀、小锹、小碗挖坑，抓住草一步一步地往上爬。

当快接近敌人前沿时，战士们投出成排的手榴弹，借着烟幕攻上了前沿阵地。敌人连滚带爬地往主峰溃逃，二连的重机枪一阵猛射，当场就撂倒了十几个。

一会儿，从主峰上拥下来一股敌人，个个光着膀子，手提大马刀，号叫着："天门开了，冲呀！"凶猛地向二连扑过来，企图重新夺回前沿阵地。

二连就像一颗钢钉，牢牢地楔在阵地上，打退了敌人的数次反扑，残敌向1868高地逃窜。与此同时，五七二团三营和五七三团二营也攻占了几个前沿阵地，随后发起冲锋。

雨越下越大，山洪暴发，部队主力连续3次进攻都失败了。后续部队难以继续前进，不利再战，主力暂时撤出战斗。

阵地前沿，主力部队再次发起强攻。

由野炮、山炮、迫击炮组成的强大炮火，猛烈地轰击着敌人的第一道防线，掩护突击部队展开冲锋。

炮火交织，天昏地暗。

部队正在向罗家山展开勇猛的攻击。不一会儿，三营已攻占了罗家山的警戒阵地，正在向主阵地冲击。敌人的火力十分凶猛，解放军冲锋义无反顾，炮火闪烁，子弹飞鸣，战士们的喊杀声和刺耳的枪炮声响成一片，战斗十分激烈。

突然，五七二团进攻的冲杀声消失了。原来，担任主攻的三营被一道20多丈深的大沟阻挡，接着又遭到敌人翼侧火力的射击，部队伤亡严重，不得不停止进攻。

张团长急忙用电话下令，要三营刘东起营长赶紧设法冲过深沟，继续前进。没多久，阵地前沿又响起了激烈的枪声，三营又一次发起了冲锋。

这一带地形易守难攻，敌人占据的位置太有利了，冲锋的战士在一阵一阵的大叫声中一片一片地倒下去……在共和国即将成立的前夕，他们永远地长眠在六盘山上。

六十四军临时指挥所，曾军长一手抓起电话："张团长，怎么搞的，啃不动啦？"

五七二团团长张怀瑞回电话："是啊，敌人火力太猛，不过请军长放心，我们……"

"要组织力量，坚决把罗家山拿下来！"曾军长打断他的话，"你给我把罗家山拿下来，任山河就是我们的。另外，一九二师在你们左侧助攻，右侧也有部队。你要亲自到最前线去……"

前线，张团长火速赶到三营阵地上，刘东起营长报告，全营伤亡过半，情况很危险。张团长大声喊道："无论如何再坚持一会儿，我已经命令二营向敌人侧后迂回……"

七连已经同敌人展开了近距离肉搏。连长"杨七郎"端起刺刀连刺3个敌人。正待转身，忽见一个敌人向三班长刺去，他一个箭步过去，将敌人刺倒。正在这时，身旁一个敌人又向他刺来。紧躲慢躲，胳膊和一侧胸部还是中了一刀。

尸体满山，血流成河。

炮火味、血腥味，弥漫山谷。

张怀瑞团长心里一激灵：妈的，马家军并不像他们想象的那么不堪一击！

突然间，敌人后面响起了猛烈的枪炮声。前往包抄的二营发起了冲锋，战士们端着枪，呼喊着，洪水一样涌了上来。

前后夹击，罗家山的敌人一下子晕头转向，不知所措。

敌人腹背受制，不得不退下去了。

一些来不及逃跑的敌兵，纷纷跪在地上求饶，缴械投降。

战士们的生命和鲜血换来了罗家山的胜利，铺平了夺取宁夏解放胜利的道路。

搬掉绊脚石

宁夏固原古城以南地区。大雨滂沱。

7月31日黄昏前，一九〇师五六八团冒着大雨，艰难行军。

天色渐黑，部队宿营休息，四野一片寂静。因为刚刚下过雨，地上十分潮湿，战士们就找来一些柴草、麦秸等垫在身下。战士们七八个人挤在一起，由于连续急行军极其疲劳，他们住在用被子搭起的棚子里，很快就睡着了。

深夜，五六八团指挥所。

团长武金厚正在一盏马灯下查看地图，值班参谋进来报告：“团长，师部通知你，立即去见军长。”

武团长赶紧收拾好东西，带了两个参谋，骑马赶往军部。

六十四军指挥部，这里是一所农家小院。

曾思玉军长和其他几位首长正在研究作战部署。

武团长走进门内，行过军礼。

曾军长从桌前站起来："来，坐下，我来把下一步的任务给你们明确一下。"他走到地图前，继续说："马光宗的十一军和保安一纵队在任山河地区组织防御，企图控制固原要地，阻止我们北上。我们军的任务是迅速夺取固原任山河一带各个要点，配合兵团主力歼灭该敌。敌人的兵力主要分布在鹦鸽嘴、任山河、罗家山地域，其中鹦鸽嘴上有敌4个连，配有2门迫击炮、4挺重机枪。你们团的任务就是，坚决拿下鹦鸽嘴，保障主力部队向固原方向前进，围歼宁马主力……"

武团长和几名随从出门后，立即上马返回团部。

凌晨，天色微明。武团长带领各营长来到距鹦鸽嘴500多米的路边一条山沟里，勘察地形，部署战斗。

可以看到，远方鹦鸽嘴山头上，敌人正在赶修工事。

鹦鸽嘴山势险峻，易守难攻。远远望去，酷似一个鹦嘴，因而得名。前面的嘴尖、嘴顶、嘴背，分别是一号高地、二号高地和三号高地。鹦鸽背两侧十分陡峭，都是多年来雨水冲刷形成的小沟，唯一的一条小路非常狭窄，大部队根本无法发起冲锋进攻。

武团长用手指着前方，给大家讲解着……

天色大亮，他们继续仔细观察着地形。

五六八团指挥所。武团长详细布置了各分队的战斗任务。

周德润政委简要地作了战斗动员。之后，大家立即返回，各自组织本单位的战斗。

中午12点整，总攻正式开始。

一排排火炮排列在阵地后方，一齐向敌人阵地开炮。一排排炮弹从阵地上空呼啸着掠过，落到敌人的第一道防御阵地上，连绵十多里一片尘烟滚滚。高地上敌人的几处机枪掩体被摧毁。

"冲啊——"战士们大声呼喊着，向前冲去。一号高地被战士们占领了，残余的敌人向二号高地逃去。突击队趁势奋勇追杀，向二号高地猛冲。

二号高地上，敌人加大了火力，由于地形十分不利，部队不得不暂时停止进攻。

过了一会儿，二营再次发起冲锋，可是又被马家军给顶了下来。一部分突击队的战士，借势趴在半坡上，等待着时机。

马鸿逵的部队长期进行反动的欺骗宣传教育，尤其是一些回民士兵，认为共产党和解放军来了“灭回灭教”“共产共妻”，对解放军有一种仇视心理，因此打起仗来非常顽固。

二营营长集中各连队的重机枪，向敌人阵地组织猛烈射击，再次向敌二号高地发起冲击。

敌人不甘心失败，也在疯狂射击，双方的枪声非常激烈。

对敌二号高地的攻势没有奏效，先锋部队只好暂停攻击。

山坡上，一副担架抬过来，武团长问：“这是谁？”

有人回道：“是我们连二排长，刚才进攻时负了伤，这会儿还昏迷着呢。”

武团长上前仔细看了看说道：“快往后送，尽快抢救！”

武团长来到阵地上，二营孟营长正光着个头，挥着手里的帽子，风风火火地指挥着连队准备冲击。

武团长走到他跟前，他一见就喊：“团长，你来了正好，人不多了，让我到前面去！”

武团长大声说：“你就给我在这儿待着，你是指挥员，瞎跑啥？”

孟营长说：“妈的，这帮子马家军还真顽固，五连干部战士伤亡很多，情况很危险，我准备让其他连队上，请团首长放心，我们一定要把二号高地拿下来……”武团长点了点头，继续观察着前面的情况。

阵地前沿指挥所。

刘德才副师长在后面待不住了，特意赶上来，听了武团长的简要汇报后立刻说：“这帮马家兵还真不是省油的灯，不能小看这些家伙啊。你们这里是关键部位，一定要狠狠打，快点拿下鹦鸽嘴，从敌人的中间撕开一个口子，我马上让军山炮营支援你们！”

按照刘副师长新的部署，下午3点多，突然间军山炮营炮火轰鸣，震天动地，开始了对五六八团的火力支援。

随之步兵部队的冲锋再次打响，大炮发挥了巨大的威力，一排排炮弹在敌人阵地上开花，各团、营火力队也同时集中开火。

几十门大炮在怒吼，几十挺机枪在狂叫……顷刻间，敌人阵地上一片火光，鬼哭狼嚎。

此时，友邻五七四团已经占领了任山河，消除了五六八团左侧的威胁。

武团长在炮火打击后，命令一营和二营从前后两侧向二号高地迂回发起攻击，实施两面包抄，合力冲锋。

五六八团主力终于把敌人四面包围，在强大的火力打击下，守卫二号高地的敌人开始动摇，四散逃跑。只有少数顽敌还在工事顽抗，不肯投降。

包围圈越来越小，在战士们的喊杀声中，残敌彻底瓦解，连忙双手高举着枪，惊恐地说："投降，投降，我们投降……"

战士们大声喊道："缴枪不杀，宽待俘虏！"

至下午16时，五六八团的勇士们终于占领了二号高地，鹦鸽嘴上的敌人被全部消灭了。

占领固原城

一九一师指挥部，师首长正在召开军事会议。

谢师长讲道："哈拉山是任山河地区的一个要点，周围都是千米以上的高山，多系断壁悬崖，部队运动不便。纵深内黄峁山顶海拔2100米，如我能控制该处，可断敌一二八军退路，置敌于死地。现在我再明确一下，五七一团的任务是：从任山河右翼展开进攻，攻取哈拉山，得手后，与左翼五七三团并肩向纵深发展，攻击黄峁山顶……”

中午，五七一团二营作为突击部队，首先向敌展开冲击。由于大家火力集中，动作迅猛，不到半小时，就歼敌数十人，攻占了马家军防守的一个山头的前沿据点。紧接着，他们在主力部队的火力掩护下，开始攻击敌主阵地。他们所处的山头距敌主阵地山头之间是一片五六百米的凹地，两侧是山坡，进攻十分不利，几次冲锋都被占据有利地形的敌人压制，无法前进，而且伤亡惨重。先头部队五连损失最大，干部几乎全部伤亡。

指挥员根据情况，暂停进攻。

15时，五七一团重新调整了火力，急调三营从敌两侧配合二营行动，再次发起冲锋。一时间枪声大作，一排排手榴弹在敌阵地爆炸。战士们杀声震天，一鼓作气，冲向敌阵。

守敌受到夹击，全线崩溃，四处逃散。

枪声停止了，五七一团的红旗插上了哈拉山顶。

硝烟在山谷间飘荡，久久不散。

下午5时半，六十四军终于攻克任山河、罗家山、鹦鸽嘴、哈拉山诸要点，完全占领了任山河地区。敌十一军、八十一军见势不妙，很快向固原山城退去。

曾思玉军长随后登上罗家山主峰，凭高望去，敌人原来修建的防御工事纵横交错，密如蛛网。战士们就是在这样的条件下，前赴后继，浴血奋战，终于攻占任山河地区，打开一条通向固原山城的道路。为此，多少个英雄的战士，献出了鲜血和生命啊！曾思玉军长站在山坡上，心情十分沉重。部队一路连打胜仗，进入宁夏后，求胜心切，对以逸待劳的马家军的顽强抵抗估计不足；各级指挥员对敌情、地形缺乏周密侦察，对战术配置缺乏充分准备；加之时间仓促，敌情不详，地形又对我方十分不利，每个要点都是反复冲击多次才得手，战斗打得太艰苦了，其中的教训也是十分深刻……

沉思中，他思考着下一步的部署。

按照彭德怀原来计划，本想组织六十三军、六十四军、六十五军，以绝对优势兵力围歼敌主力卢忠良的一二八军，狠狠打击一下马鸿逵，不料卢忠良并没有像他所说的那样“誓与阵地共存亡”，自知不是对手，按马鸿逵的交代，早早地就撤退到金积、灵武、吴忠一带去了。

保存实力，保护老窝，一直是马鸿逵的原则。

8月2日，六十四军乘胜追击，一举占领宁夏南部重镇山城固原。

固原，古称原州，位于六盘山腹地，乃宁夏南部门户。也是通往兰州、西安的军事要塞，是历代兵家必争之地。距固原城10多公里的开城镇，在历史上曾设置重大军事机关，相当于现在的大军区，统一掌控大西北的军事活动。固原历史悠久，地位重要，曾“踞八郡之肩背，绾三镇之要膂”，是名副其实的军事重镇和交通枢纽。北周时设置原州总管府，武帝天和四年（569年）六月，筑原州城。明弘治十五年（1502年），设固原州。定名为固原，取“固若金汤”之意。1874年，清朝将固原州升为直隶州，其地位之重要可见一斑。

▶ 解放军在固原写的标语

历代朝廷都十分重视固原城的建设，其城墙相当完整、坚固、壮观，在西北屈指可数。

奉彭德怀司令员之命，六十四军驻守固原一线，坚决阻止宁马下一步增援兰州，以形成彻底歼灭青马于兰州的有利条件，将青宁二马各个击破。

至此，宁夏的南大门完全打开，“关门打马”只是时间问题了。

任山河之战，共毙、伤、俘敌5000余名，第六十四军亦付出了沉重的代价，364名指战员光荣牺牲。

固原城外。

“打到银川去，消灭马家军！”

“消灭两马残余军队，全部解放大西北！”

“庆祝解放军胜利出征，努力生产，支援前线！”

固原城东门里外，大道旁，拥挤着欢送的人群，工人、农民、学生、商人……大家热烈地鼓着掌，喊着口号，敲着锣鼓，放着鞭炮。小学生们捧着一束束鲜花，争着献到战士们胸前。

解放军部队排成见首不见尾的长队，在细雨蒙蒙中，不断向北蜿蜒伸展。

战士们喊着响亮的口号：

“消灭宁马军队，解放大西北！”

“打到银川去，解放全宁夏！”

六十四军浩浩荡荡，继续向宁夏北部挺进。

第四章 二马斗法

兰州防务会议

马鸿逵乘坐的飞机穿云破雾，向北飞驰。他矮胖的身躯把座位占得满满的。

蒋介石早就知道西北二马尿不到一个壶里，为消除二马之间的对立情绪，挽救西北危局，前几天，他就叫国民党行政院长阎锡山发报，把马步芳和马鸿逵专门请到广州爱群酒店，又请出马全钦（原河州军界头面人物马占鳌之孙、马安良之子）从中说合调解，研究迫在眉睫的所谓兰州防务问题。

阎锡山发了电报，心里埋怨老蒋：你明知道一槽不拴二马，却偏要把这两个小皇上放在一个地方。眼下，他当然知道这一对冤家对头是越闹越凶，在当前形势下，要把这两个活宝捏到一起，坚守兰州，进而保住西北真是谈何容易！论实力，马步芳10多万人，马鸿逵号称10万人，实则7万多人，自然是青马较强，加之马步芳是名正言顺的西北军政长官，坚守兰州责无旁贷，因此说话论事得把他摆在前面，马步芳的态度也因之更为积极。现在的关键是要把马鸿逵调动起来，防守兰州才有希望。否则前景不可设想。

广州爱群酒店会议室。

阎锡山慢条斯理地抹稀泥说：“这次蒋总统把二位特意招到广州来，其良苦用心大家恐怕都是明白的，就不用我多说了吧。两位将军治理西北几十年，功勋卓著，世人皆知。二位将军原本就是一家人，都是一个宗族嘛，你们马家当年起家河州，名扬西北，不都是靠精诚团结得来的吗？再说咧，君子不念旧恶嘛，蒋总统让我来，就讲这4个字：精诚团结……”

阎锡山悠悠自得地讲着他的官话，马鸿逵左耳朵进右耳朵出，想着自己的心事。不提说马步芳，不见马步芳的面，还则罢了，一见这个小侄儿子，他的气就不打一处来。对先前不让他当西北军政长官的事，他至今耿耿于怀。不过今天他倒有点轻松了：时至今日看来，西北军政长官这位子也不是好坐的了，兰州之役，若打得好，啥都好说；打得不好，将来则不好交代。正是塞翁失马，安知非福？马鸿逵心里不免有点袖手旁观、幸灾乐祸的味道：我看你个小尕娃这回咋收场！

马鸿逵正在出神，不料马步芳开口说话了。他唯恐马鸿逵这个老滑头再耍花招，就趁热打铁，先发制人：“请阎院长转告蒋总统放心，俗话说，亡羊补牢，犹未为晚，我们青宁两家一定精诚团结，风雨同舟，一定把兰州战场变成彭德怀的坟场！”

马鸿逵老奸巨猾，看着马步芳那副得意忘形的神采，心中那口恶气又腾地冒上来。心想：你是西北军政长官嘛，你先顶上一阵子再说。但他自然明白，此时此地，大面子上的话还是要说几句的，就对阎锡山说：“蒋总统和阎院长这次把我们召到广州来，我们深感责任重大。现在党国只剩西北这块地盘了，难道我能眼睁睁地看着让彭德怀把它夺走？请阎院长、蒋总统放心，阿扎生是党国的人，死是党国的鬼，有我马少云在，就有大……”他本想说“就有大西北在”，猛然想到自己没资格那样讲，话到口边，又改成“就要为大西北出把力！就要保住西北，保住宁夏！”

马步芳赶紧接上话茬，想把谈话往正题上引：“老爸，你可得看清楚，现在彭德怀的矛头是直指兰州，他们不破兰州，就休想占领宁夏。所以嘛……”

马鸿逵打断他的话，哈哈一笑说：“所以嘛，阿扎应该全力以赴，确保兰州安稳才是上策，对吧？”

几个人意味深长地一阵大笑。

马步芳见马鸿逵今天出言大方，稍有放心。

最后，马步芳、马鸿逵、马全钦等一起将《古兰经》抱在胸前发了誓，决心不计前嫌，大力合作，抗击共军。

随后，他们通过了庞大的“兰州决战计划”，阎锡山最后又作了强调：“……青马主力可在兰州防区预先构筑工事，布好阵势，单等共军一到，即行反击；宁马呢，则务必冲破六十四军在六盘山一线的阻挡，经西兰公路直奔兰州，对兰州城下的共军实施内外夹击。与此同时，胡宗南部也全力北上，抄共军的后路，配合青宁二马，包围共军；再加上党国空军助战，即可形成多方位、立体式的进攻，最后吃掉彭德怀的第一野战军。这样则兰州可保，青海可保，宁夏可保！如此一来，西北幸甚，党国幸甚！”

马步芳心里总是不踏实，就有意再拉马鸿逵一把说：

“老爸，明天您老就和我们一道飞兰州吧，那里非得您老坐镇才成啊！”

马步芳这一棒槌砸在了马鸿逵的烂疮上，将了他一军，使他一时不知如何回答才好。他脸上的肥肉晃了晃，灵机一动：“是吗，那好啊，明天阿扎就跟你去兰州吧！”

这一来马步芳放心了：这回只要抓住这个老滑头，就不怕他的人马不到兰州来。

广州，马鸿逵住所。

天快亮时，马鸿逵突然叫起他的随员：“走，马上收拾东西，回银川！”

马高参问：“咱们不去兰州了？”

“兰州，哼！”马鸿逵满腹怨气地说，“兰州那是人家军政长官待的地方，阿扎能去吗？啊？奶奶的，他尕娃一撅屁股，我就知道他能拉几个羊粪蛋！他是想把我困在兰州当人质啊，阿扎还没那么傻吧。”接着，他又对蒋介石发泄不满：“人争一口气，佛争一炉香，蒋老头子既然挑选了马步芳，那就让他在那里守着吧，阿扎也不想去争那份功劳了。”

马高参附和道：“主席高见，我们是不应该去兰州。”

马鸿逵为自己的选择侃侃而谈：“你们想想，第一，兰州是马步芳的天下，没有我们一兵一卒，阿扎说话谁听？第二，马步芳那个小尕娃心狠手辣，什么事干不出来？阿扎待在兰州，就等于控制在他手上，到时候我们若不出兵，阿扎就老命难保；如果出兵，曾思玉的六十四军能让我们过六盘山？第三，实话说，兰州现在是危在旦夕，将来兰州若是守住了，啥都好说；万一丢掉了，阿扎岂不成了替罪羊？奶奶的，阿扎这条老命没有送给共产党，倒栽在他的手上可就太不合算了！”

▶ 宁夏土皇帝马鸿逵

马高参见风使舵道：“是啊，兰州那面是福是祸，就让他马步芳顶着去吧。叫他也知道，西北军政长官这碗饭可是好吃难消化的！”

“他个小小的马步芳，才吃了几碗干饭，

就不知道天高地厚、饭香屁臭了，想拿阿扎当猴耍哩。”马鸿逵继续发泄。

没多久，马鸿逵一伙人匆匆离开了房间。

等到马步芳吃过早饭，准备完毕，来叫马鸿逵的时候，才知道他们早就溜走了，他气得直骂：“这个老滑头啊老滑头，党国咋么个就摊上这种货呢！”

银川机场，马鸿逵乘坐的飞机徐徐降落。

马鸿逵肥胖的身躯在前呼后拥下，慢慢地走下飞机。

银川正是天高气爽时节，马鸿逵脸上显露出胜利而归的神情。

他甚至闻到了几丝沙枣花的香味。

将军第的掌声

马鸿逵的将军第门口，早就等候着一大群人。

他们都在殷切地期盼着，期盼着马长官能带来自己心中希望的那种好消息，也期盼着形形色色的梦想。

他们不知道，其实马长官也和他们一样，也活在一种梦想之中。

门口忽然有人高喊一声：“马主席到——”

人们立即自动站成两行，夹道欢迎。

有的喊：“热烈欢迎马主席！”

有的喊：“欢迎马主席顺利归来！”

男男女女，老老少少，像麻雀嫁女叽叽喳喳没个完。

马鸿逵腆着个大肚子，走到台阶上，清了清嗓子，开始大声讲话：

“诸位！”他的身子稍稍晃了晃，算是给大家鞠了躬，“阿扎从广州回到银川，受到大家如此盛情欢迎，阿扎心里实为感激，实为感激！此次马某人受命于党国危难之时，依靠我们宁夏各界同仁的支持和扶助，啊，支持和扶助。最近，有的人可能认为当前风声不太好，在此，阿扎可以负责地告诉大家，只要有我马鸿逵在，共产党的人马就进不了宁夏！更进不了银川！大家一定放心，你们肯定不会忘记，蒋总统曾经嘉奖我们宁夏是‘模范防区’吧……”

马鸿逵家族统治宁夏38年，自有一套严酷的治理办法，在军队中成立了“心范会”，一人逃跑，全班坐牢。在城乡实行“连保法”：“户给门牌牌有头，十牌为甲甲有长，十甲为保保有正”，一人违法，十户受罚，防范措施十分严密。

宁夏本与陕北根据地毗连，但从1935年10月长征到达陕北一直到1949年9月的10多年间，共产党曾多次派人打入宁夏，但很少成功，绝大多数被其破获，崔景岳、孟长有等共产党员都先后被马鸿逵逮捕杀害，其头颅被割下来高悬南门城楼示众。共产党一直没有在宁夏建立起规模较大的党组织。因此，蒋介石曾嘉奖宁夏为“模范防区”。

马鸿逵常常以此为荣耀。

▶ 马鸿逵的将军第

将军第门口，马鸿逵继续讲道："我们祖孙三代在宁夏为官，这里有阿扎的房子，有阿扎的土地，有阿扎的军队，大家说阿扎能离开这里吗？告诉大家，阿扎是不会离开宁夏，不会离开银川的！"

台下又是一阵噼里啪啦的掌声。

随后，马鸿逵的四姨太刘慕侠上前搀扶着马鸿逵进了将军第的大门。

刘慕侠原是北京城里唱京戏的演员，不仅嗓门亮清，人也长得出众，身材苗条，脸庞秀丽，颇有几分姿色。那时候马鸿逵正在清政府慈禧太后身边当差。马鸿逵的父亲马福祥因当年慈禧太后西逃时护驾有功，得到步步高升。慈禧怕马福祥权重坐大不听招呼，特将马鸿逵留在身边给了个职务。名为照顾马家后人，实为留作人质。

此事也是马福祥主动提出来的，无非是为了向慈禧表示自己的忠心，让老佛爷更加放心地提拔使用他。

马鸿逵在京城无所事事，就经常泡戏院听京戏，一来二去的，迷上了刘慕侠，托人说情，花钱送礼，总算把刘慕侠弄到手。后来马鸿逵结束了人质生活，回到宁夏，刘慕侠也一同跟了回来。她不仅人长得漂亮，心眼也多，喜欢逞能，闹得几个姨太太争风吃醋，惹是生非。后来马鸿逵又娶了两个姨太太，就更热闹了。常言说，三个女人一台戏，何况这五六个呢。她们一闹腾，马鸿逵自然也不得安宁。

那年头，回回的军政头头似乎都爱看戏。马鸿逵爱看京戏，马步青爱看秦腔。

在青海马家军里，马步芳为弟，马步青为兄。开始那阵子，马步芳对哥哥的话还是听的，时间一长，觉着不得劲，自己的好多想法老是在哥哥那里受阻，怪别扭。他是一丁点儿气都不受的那种人，就想把权都夺过来。

一天，机会来了。马步芳在西宁对哥哥说："听说兰州最近来了一个青旦，戏唱得好，人也长得好，你要不要去瞧两眼？"

一听这话，马步青的戏瘾发了，魂也散了，撅起屁股就去了兰州。

马步青从兰州看完戏回来，发觉说话没人听，兵权没了，才知道上了弟弟的当。

一切都为时已晚，再跟自家亲兄弟闹也没意思，马步青就干脆在老家河州城里修了一座别墅，名曰蝴蝶楼，又从兰州买来一个秦腔演员当姨太太，专门养在蝴蝶楼，整天不是打牌就是听戏，过上了另一种日子。

这蝴蝶楼位于河州南关，开始取名永乐园，后改作勤安楼，北面正中为主楼，面阔7间，歇山顶挑檐。左右两廊连接长方形六角亭式楼阁，状如蝴蝶，故又名蝴蝶楼。这座楼上下四周皆为回廊环绕，东西南三面长廊将主楼包围在里边，形成一方形大院，工艺精湛，别具一格。

马家军昔日的部下暗地里都笑他：兰州城里迷花旦，西宁大营丢兵权。

从此马步芳大权独揽，为所欲为，成了一手遮天名副其实的“青海王”。

尽管马鸿逵身边的女人一大堆，最能折腾的还是刘慕侠。

刘慕侠搀扶着马鸿逵进了室内，关切地问：“这回在广州还顺当吧？”

马鸿逵一听就有点不耐烦：“顺当，顺当，顺当个屁呀顺当！”

增援兰州

银川将军第。

马鸿逵正在养神，机要副官进了门：“报告主席，马长官来电。”

马鸿逵睁开眼睛：“是马步芳吗？”

“是的。”

马鸿逵一下子提高了嗓门："什么狗屁长官？以后不要叫他长官！"

副官赶紧应道："是！"

马鸿逵又加了一句；"就叫他马步芳。"

"是。"

"念。"

副官有点紧张地念道："马主席台鉴：彭德怀三路大军已经兵临兰州城下，请您按广州会议计划，迅即出兵援兰，实现会剿大计。兰州不保，宁夏难存，唇亡齿寒，切切勿误！"

马鸿逵还没听完就火冒三丈："奶奶的，这尕娃也学会教训人啦！真是歪嘴和尚念经，一股子邪气！"

马家军军事会议厅。

十多名高级军官分坐两侧，马鸿逵主持召开军事会议，研究对策。最后马鸿逵说："刚才诸位都发表了高见，阿扎想嘛，为了在老蒋那儿不致失理，将来有个交代，我们仍须出兵。但兵怎么出，阿扎再分头交代。待会儿，卢军长先留一下。"

其他人陆续离开会场，马家军前线总指挥一二八军军长卢忠良坐着没动，等没有人了，马鸿逵问他：

"阿扎原来交代你的话还记得吧？"

卢忠良毕恭毕敬地回道：

"报告主席，卑职记得，进军要缓，宿营要散，撤退要远！"

"记得就好。现在的共军，不是当年的共军了。我们惹不起，躲得起。给马步芳发报：我部即日出发，全力援兰！"

"是！"

马鸿逵又意味深长地对卢忠良说："今后，我们要向人家共军学习，要善于周旋。你看看，他们当年就那么几千、几万号人，闹来闹去，现在竟闹成这么大的气候。我们现在比起共军当年的人马，要多得多嘛。我们也要取人之长，补己之短，要准备跟共军打持久战啊。"

卢忠良回道："我明白了！"

宁夏兵团由卢忠良率领出发增援兰州，日行30里就宿营，磨蹭了几天，才到达中宁、海原一带。

一二八军指挥部，卢忠良拿起电话又放下，放下又拿起来。

他带领部队在当地磨蹭了两天，觉得这样拖着不太合适，就想给马鸿逵打电话，可又有点犹豫。最后，他还是拿起电话，请示说："马主席，我们是不是再往前走一点，和共军打上几枪做做样子，要不然……"

"不！"马鸿逵打断卢忠良的话，"如果交火，共军缠住你不放咋办？那样我们是要吃亏的，咱们这点本钱万一丢掉了，阿扎将来怎么去重庆见老头子啊？你们就待在那里静静地候着，不可轻举妄动。咱们要学共军那一套，人不犯我，我不犯人，人若犯我，我必犯人！"

"是，我们就按主席说的办。"

马鸿逵放下电话，仍就满脸怒气地自言自语道："我就不信，把你马步芳这个小尕娃摆不平！"

兰州马步芳指挥所。

马步芳一想马鸿逵当初在广州不辞而别，就知道宁夏方面的援军这次是不会来了。他问幕僚："还有什么办法能拉来那个老家伙？"

"不妨请马骥到宁夏走一趟说说看？"

"好吧，那就以我的名义通知马骥去一次，死马当作活马医吧。"

马骥是河州马家的上辈人，在五马当中还有些威望。

马步芳叫他去，他不敢不去。

马骥到了银川，马鸿逵十分傲慢，不把他往眼里放，开始并不见他。等了几天，算是见了个面。连讽刺带挖苦地说："你老老的年纪了，不在家好好待着，跑到这儿管这些闲事干啥？你不看看你管得了吗？"

马骥一看这两个货都不是省油的灯，回去也不好交代，干脆脱身直接飞到香港去了，从此一去不回。

马步芳是8月24日从兰州飞往西宁的，把军事指挥大权交给儿子马继援。临行前他特意交代儿子："如果再不见胡宗南和马鸿逵增援的动静，就要考虑保存我们的人马，赶紧往西宁撤，不然我们就要吃大亏了！"

8月26日兰州解放，第二天马步芳就携眷逃往重庆。马继援在兰州攻克前按马步芳叮嘱，只率少数亲信逃回西宁。9月5日，西宁亦解放，马继援提前逃往重庆。

马步芳主力骑五军大部分被解放军消灭后，残部逃往新疆，后在9月下旬参与了陶峙岳、包尔汉的起义。有个军长马呈祥不愿参加起义，被"礼送"出境。至此，马步芳家族拥有的武装力量全部瓦解。马家军大部分为回民，忍耐力非常强，有自身独特的信念。马步芳部被消灭，有一部分残兵败将逃往无人区大沙漠，下落不明，外界没有任何消息，自我消失了。

自古以来，走进大沙漠，就等于走进了死亡地带。如果没有特殊装备，没有人能活着走出来。

（1964年，中国第一颗原子弹爆炸成功，清场时，在大漠深处发现了一个小村落，村民衣服破烂不堪，后经证实，确属当年马步芳部的残余人员。此是后话。）

第五章 逃离银川

救急电报

银川，马鸿逵公馆。

8月26日，马步芳吹嘘为固若金汤的兰州被第一野战军攻克，青马主力被歼灭。

消息传来，马鸿逵像霜打了的茄子，缩成一团，靠在椅子上，六神无主。

二儿子马敦静侍立一旁，不敢出声，同样神情沮丧。

马鸿逵闭着眼睛，忽然自言自语道："兰州丢了，下一个不就是阿扎银川了吗？"

马敦静以为老爸在问他，就低声说："这还不是明摆着的事嘛。"

马鸿逵突然睁开眼睛，大声说："阿扎没问你！"这一回他把脸朝向儿子说："那你说，我们当时要是实打实地增援兰州呢？"

"那也一样。"马敦静不紧不慢地说，"一来曾思玉的六十四军死守六盘山，我们肯定过不去。二来，就算是咱们过去了，我们还是顶不住，彭德怀的人马是我们的好几倍呀。第三，到那时，曾思玉的六十四军再抄了我们后路，与兰州的共军前后夹击，下场可能更惨。”

马鸿逵脸色一片苍白，像是呻吟似地嘟囔道：“真主啊真主，你就不能帮帮阿扎吗？”

过了一会儿，他对儿子说：“你先去吧，让阿扎静一会儿。”

儿子一走，马鸿逵又沉闷起来。尽管他对恨之入骨的马步芳的完蛋幸灾乐祸，可又不无兔死狐悲之感。下一步到底怎么办呢？想着想着，他竟一个人呜呜地哭开了。

刘慕侠听着不对劲，吓了一跳，赶紧跑进来问：“老头子，你怎么啦？”

马鸿逵一把鼻涕一把泪地说：“完了，完了，这一下我们全完了，共产党要坐天下了！”

刘慕侠哼了一声，转身出了门。

晚上，马鸿逵住所。

马鸿逵把大儿子、骑兵第十师师长马敦厚和次子、宁夏兵团司令马敦静叫到他的房子里密商对策。

他的身子靠在宽大的沙发上，语调凄凉地说：“你们也都知道了，兰州现在是彻底完了，共军马上就要向我们宁夏进兵了。兰州环山，工事多如牛毛，还有空军支援，不到两天就被攻下来了，咱们银川一马平川，大概连半天也撑不住的，你们说，阿扎该咋么个办呐？”

“打！”炮筒子老大马敦厚立即接上话茬说，“共军没什么了不起的，他们害怕我们的骑兵，当年在河西走廊，共军就是让骑兵给整了个全军覆灭的，咱们不是还有整整一个骑兵师吗，怕啥？”

“现在的共军不是当年的红军，现在的宁夏也不是当年的河西，你这个脑子呀！”马鸿逵无可奈何地说。

老大低了头，不再言语。他是个火爆性子，一点就着。

“阿爸，”老二马敦静若有所思地说，“兰州城丢了，马步芳他们总算飞走了，到时候我们万一……我看，咱们到如今也得有个打算，不如你先走，先给咱们找条退路……”

马鸿逵轻轻地点了点头。

他不是没有想到这一点，只是没有说出来。

其实前不久，他看出风声不对，就花了500两黄金，与陈纳德航空大队挂上钩，租了两架飞机，往香港偷运财物，包括长期以来搜刮的大量黄金。其中还有他老母亲的一个金尿盆。这个金尿盆，一直放在他老母亲身边使用，几个姨太太为争这个金尿盆可没少闹事。在此之前，他已经购买了香港英皇道辉浓台1号的大宅院。

现在该运的都运走了，就剩下逃人问题了。

“咋么个走法呢？现在就走，下面不服，军心难稳。到时候给老蒋那儿也不好交代，党国的事情就是这样，你有兵权有地盘就有理，你没有兵权没地盘就没理；弄不好，到那时候老蒋一抽筋，给阿扎个擅离职守、临阵脱逃的罪名，阿扎今后就没戏了。可是不走吧，都窝在这儿，万一有个三长两短，阿扎……”

父子3人费尽心机，折腾了一个晚上，也没弄出个子丑寅卯来。

马鸿逵公馆。天刚亮，机要副官来了。

“报告主席，重庆来电。”

马鸿逵一看，像打了一针吗啡，兴奋地叫道：“‘火速来渝，商定机要！’好！好！老蒋啊老蒋，你这回可算帮我大忙了！”

这封电报来得真是时候。马鸿逵打瞌睡，蒋介石就送来了枕头。

这封电报成了马鸿逵逃跑的挡箭牌。

马鸿逵下令：“立即通知，召开军事会议！”

最后一次军事会议

马家军的会议厅。

20多名高级军官坐在这里，谁也不说话，等待着最高权威的到来。

会议厅里一片冷清，鸦雀无声。

表面上看，个个垂头丧气，默默无语，其实人人肚里都打着自己的“小九九”。

马鸿逵迟迟没有出门，他绞尽脑汁地思索着，究竟怎样才能开好他最后一次亲自主持的这个最高军事会议。

会议厅有人高喊：“马主席到！”

会场的军官们即刻起立。

马鸿逵来到主席位上，一双肉嘟嘟的大手一伸，众人落座。

“诸位。”马鸿逵扫视一圈，声调严肃地开了腔，“先请各位传阅一件东西。”

早有副官把那份电报递给前面的一二八军军长卢忠良，接下来是十一军军长马光宗、贺兰军军长马全良以及3个军的副军长、下属师长及保安司令等。这些人不看这个电报还好，一看，心头都敲开了小鼓：

看来老家伙是真的要溜了，叫我们留下走麦城！

看看差不多了，马鸿逵开了腔：“蒋总统的电报你们都看了，阿扎这次去重庆开会，少则三五日，多则十来天，阿扎还要回来的，这里有阿扎的人马，有阿扎的地盘！”马鸿逵憋足气谈到这儿，喘了喘气又说：“阿扎不在的时候，大家都要听敦静的，精诚团结，一如既往。有关事务，阿扎都交代过了。前线总指挥仍由卢军长代劳！”

马鸿逵说完，看了卢忠良一眼。

卢忠良急忙答道：“是！”

回过神来，卢忠良心里直嘀咕；“你们老的要溜，小的要躲，叫我在前面顶头阵。有了功是你们的，坐蜡的事都是我的。”

马鸿逵继续瞪着眼睛说道：“阿扎为了表示一点心意，特地给各位准备了一点小意思，大家不要嫌少，人人都有份。阿扎以真主的名义担保，这一仗要是打好了，另外重赏！”

马鸿逵的“小意思”是银圆和大烟土。

"抬进来！"马鸿逵朝外招了一下手。

前些日子，在广州会议期间，蒋介石从已经非常枯竭的国库中挤出700万银圆，忍痛送给马鸿逵，给马家军打气鼓劲。

现在，马鸿逵决定拿出一部分送给这些干将。

"小意思"分完后，马鸿逵涨红了脸，大叫了一番：

"阿扎今天把丑话说到前头，奶奶的，从今往后，谁也不许说和，只许说打。共产党已经把阿扎列为战犯，现在咱们是拴在一根竹竿上的蚂蚱，走不了阿扎，也跑不了你们。阿扎要和共军打到底，要和我们宁夏共存亡！今后共军过来了，就坚决打，打不过就掘渠放水淹，淹不了就放火烧。烧银川的时候就先从我的公馆烧起！"

他一边喊叫着一边站了起来："军队打光了也没关系，阎锡山打光了，还当上了党国的行政院长呢！所以嘛，大家不要怕。有我在，大家不要怕！"

散会后，马鸿逵又留下两个儿子，不厌其烦地又交代一番。他这会儿说的话和刚才说的话可大不相同了："阿扎反复想了想，老蒋在这个时辰叫阿扎去，怕是凶多吉少啊，无非是想拉住我们的人马，替他再顶上一阵子。再者，还不是怕咱们投降共产党。奶奶的，老蒋也太小看人了，阿扎是那种人吗？"他说着说着声调凄凉下来："看来咱们宁夏是阿么着也保不住了，我这一走也不定还能回来，你们就见机行事吧。好在共产党还没有空军，没有飞机，我们在空中来去还是方便的。我到重庆后就安排飞机，到时候接你们出去。"

"干脆你们都走，我留下跟共军打！"马鸿逵的话把老大马敦厚惹急了，大声喊道："人不了不成功便成仁！"

马鸿逵像被蝎子蜇了似的从椅子上跳起来：

"咋的话？你要成仁？笨驴！你成仁了，还不要了阿扎的老命？这样吧，干脆你跟我走，就叫老二留下！"马鸿逵不放心这个愣头青。

大闹马公馆

8月31日午后，马鸿逵由于连日操劳，疲惫不堪，就来到六姨太赵兰香屋里，想美美睡个午觉。赵兰香本是马家公馆的丫鬟，年方十九，模样长得挺标致，又唱得一口好秦腔。马鸿逵本是个戏迷，加之又喜欢她的姿色，就将她收了房。

马鸿逵没料到刚躺下不久，就听到门外传来四姨太刘慕侠的尖叫："老东西在哪儿挺尸呢？"

话音刚落，刘慕侠就领着另外几个姨太太闯进门来。

这刘慕侠可不是一般的小戏子，不是等闲之辈，是个拳头上立得人、胳膊上能走马的角色。要不是心眼多，咋能玩转马鸿逵，把她娶回将军第。几十年来，马鸿逵处处事事都得让她三分。

世界上的事情就是这样，柳木锯牛角，一物降一物。

刘慕侠径直走到床前，揭开马鸿逵的被子，喊道：

"老东西，你装什么洋相！起来，我问你，现在里里外外都乱了营，装包袱的装包袱，抬箱子的抬箱子，都往飞机场跑，你打算把我们怎么办？是不是只带老六走，把我们丢下不管了？你说，是不是？"

她还没说完，不知哪个太太早就呜呜地哭开了。

马鸿逵睁眼一看，知道这几个活宝一来，三言两语说不清，就起来大叫："喊什么喊？奶奶的，都是一家人嘛，就不怕人家笑话！"

"你都不管我们了，我们还怕什么笑话不笑话！"刘慕侠快嘴快舌地说。

"谁说阿扎不管你们了？一日夫妻百日恩嘛，别的东西要不要都是淡球事，阿么着也要把你们带出去。我这一回是去开会，这里有蒋总统的电报嘛，不信你们都看看嘛！"

他说完，从包里取出电报，交给刘慕侠。

刘慕侠看后立即说："不管你开会也罢，干别的也罢，我都要坐这一趟飞机走！"

"我也要一起走！"

"我也走！"

马鸿逵摇了摇头，无可奈何地说："好，好，都走，都走！这总行了吧？"

刘慕侠和几个太太这才走了出去。

9月1日上午，马公馆里乱成一锅粥，吵成一窝蜂，男女老少30多人，乘车离开了公馆，跟着马鸿逵去了飞机场。

银川城西飞机场。

以马鸿逵为首的一伙人下了汽车，提着大包小包，抬着箱子，向飞机走去。

男男女女，挤着上了飞机。

突然，一个箱子从上飞机的台阶上摔下来，一直滚到地上。哗啦……箱子里的银圆淌到地上，几个人急忙过来往箱子里面装。

飞机轰鸣着飞上天空。

马鸿逵逃往重庆去了，再也没有回来。

银川卢忠良公馆。

卢忠良送马鸿逵上了飞机，回到家中，坐在桌前默默无语。

夫人过来问："老头子都走了，我们咋办呢？"

"还能咋办呀，我只能留下顶着。"卢忠良淡淡地说，"大概谁都能走，就我不能走。想当年我在河州活不下去，出来讨饭，流落银川，是马主席看在都是河州老乡的份上，收留了我，又一步一步提拔了我。你看看，不管是马步芳、马占鳌，还是马鸿宾、马鸿逵，都是自家的儿子、兄弟掌兵权，唯有我一个是外姓人。你说这时候我咋走？我能走吗？"

夫人又说："那人家老的少的都走了，你就放下家里人不管了？"

“老头子说了，到时候他会有安排的。”

“只怕到时候就来不及了，到那会儿谁管谁啊！”

中宁马鸿宾住所。

马鸿宾来回走动，若有所思。

马鸿逵在逃离银川之前，念及与马鸿宾毕竟是一个宗族的兄弟，就给马鸿宾发了一份电报：“速来银川，有要事商定！”

马鸿宾看了电报，想起数十年来的怨恨，不想再见马鸿逵，就放下电报，没有理睬。不料，马鸿逵接着又发来一份电报，内容还是那句话。

这一次再不能不闻不问了。马鸿宾叫来儿子商议：去，还是不去？

马鸿宾说：“他叫我去，无非是谈两件事，一是打不打的问题，他肯定是要坚持和解放军打，要打，我们在中宁、中卫一线，就要打头阵。我们哪里是解放军的对手？到头来是白白吃亏。二是走不走的问题，他肯定是要走的，他老早就把东西都运到香港去了。可是我们向哪里走？一谈到这些事，我都不好跟他说，所以我还是不想见他。”

马惇靖说：“不想见就不见吧，免得到时候生气。”

“不去吧又有点不大合适，好歹都在这块地盘上。这样吧，我就不跟他见面了。还是你去一趟银川，有啥事不好说的，就说要回来跟我商量，留个退路。”儿子说：“行，那我就去一下。见了面也好摸摸他的底，也便于考虑我们下一步的行动。”

第二天早饭后，中宁马鸿宾住所。

马惇靖对马鸿宾告别说：“那我这就去银川了。”

马鸿宾说：“到了银川要注意，让他多说，你要少说。不管怎么样，快去快回。”

马惇靖回道：“好的，我记住了。”

说完，马惇靖就上了路。

银川将军第。

上午11时左右，马惇靖到了银川，直接进了将军第大门。

马鸿逵不在，他就在家里等候。

快到中午时，马鸿逵终于回来了。

他一见这个侄子，脸上就不大高兴。他声调阴沉地说：“现在真正是天高皇帝远，请你们请不动啊，非得电报连着催，才能把你们请来啊。”

马惇靖应付道：“手头有些啰唆事，一时没脱开身。”

马鸿逵问：“你父亲为什么不能自己来？见我跟见仇人似的。”

“他身子骨不大舒服。”

“他到底愿不愿意走？”

“我父亲考虑了很久，想来想去，他觉得他年纪大了，再加上家里一大摊人，如果出走，到外面人生地不熟，两眼一抹黑，日后的生活如何办呢？”

“难道他就不怕共产党将来害他吗？”

“父亲想共产党不一定会害他的。”

马鸿逵哼了一声，十分不屑。

马惇靖问道：“你是不是决定要走？”

马鸿逵点点头：“我是要走的，共军不是已经把阿扎列入战犯名单了吗，阿扎不走还等共军来抓来杀吗？”

马惇靖说：“那倒不至于吧，共产党不是已经公布了八项和平谈判条件吗！”

马鸿逵还是坚持他的态度：“不管怎么说，我都得走！”

“那你走后宁夏又怎么办？”

马鸿逵怒气冲冲地说：“我先走重庆，接着叫老大走，他跟老二说不到一起，又不听老二的话，留下他会误事的，所以宁夏的事情就交给老二全权负责。”

马鸿逵最后又不忘叮咛道：“你回去后，和你父亲再好好商量商量，事关重大啊！”

马惇靖说：“好，我们再考虑考虑。”

谈话结束后，马惇靖就离开了马公馆。

中宁马鸿宾住所。马惇靖当天就回到中宁，向父亲报告了有关情况。

最后，他顺便说：“我在银川听人家说，马鸿逵对你意见非常大，甚至扯到了几十年前的事，说要不是他父亲收留你，你早就讨饭流浪去了……”

还没等儿子说完，心情不佳的马鸿宾就大声嚷道：“亏他说得出口！要不是你爷爷在北京城牺牲，他父亲接上当了官，他能有今天！”

1900年，八国联军进攻北京，清政府一下子乱了套，急令军队死守北京城。马鸿宾的父亲马福禄、马鸿逵的父亲马福祥随西北将领董福祥奉调进京保护皇宫。在正阳门保卫战中，马福禄战死。慈禧太后念其西北军强悍奋勇不怕死，就让马福祥接掌军权，与董福祥一起保护慈禧太后和光绪皇帝逃往西安。马福祥从此得到慈禧赏识，步步高升。马福禄死后，马福祥将其子马鸿宾收留带在身边抚养。尽管马鸿逵与马鸿宾从此一起成长，但侄子与儿子之间毕竟有点距离，之后又因兵权与地盘之争，矛盾越结越深。

▶ 马鸿逵内院遗迹

最后说到眼下的处境，父子二人又陷入了摇摆不定的困惑之中，下不了和平投诚的决心。

第六章 挥师宁夏

彭德怀发出指令

兰州乔家巷，第一野战军指挥部。

9月3日，彭德怀司令员招来十九兵团首长杨得志、李志民，高兴地说："王胡子已经兵临西宁城下，青海解放指日可待，你们也应该全力以赴向宁夏进军喽！"

身强体壮、精力永远充沛的杨得志声音洪亮地说："彭总，我们早就准备好了，你就下命令吧！"

彭总站在地图前，兴奋地说："正如毛主席预料的那样，我们在解放大西北的任务中，再没有严重的战斗，基本上是走路和接管的问题了。"

"我们下一步进军宁夏尤其是这样。"李志民政委也望着地图说。

彭总脸色严肃起来："当然，要'走'得好，接管得好，还要费一番周折的。"

"我们也作了分析，马鸿逵是不会那么甘心的。"杨得志说。

彭总一边在屋内踱步一边说："我们的方针

还是要立足于打，同时尽可能争取‘和’，马鸿逵现在已经是惊弓之鸟，他当然明白，他现在是孤守宁夏，穷途末路。但这家伙骨子里是极其反动的。要记住，敌人不投降，就坚决、彻底、干净地消灭他！”

杨得志是这样分析的：宁夏的马家军，主要有两支部队。一支是以马鸿逵的儿子马敦静为司令的宁夏兵团，主要有：马光宗的第十一军、卢忠良的第一二八军、马全良的贺兰军、马敦厚的骑兵第十师和其他保安部队。另一支是以马鸿宾的儿子马惇靖为军长的第八十一军。马鸿宾和马鸿逵二人虽以堂兄弟相称，但关系一向紧张。马鸿逵同马步芳一样，都是顽固透顶的死硬分子，长期追随蒋介石反共反人民。而马鸿宾则不然，抗战时期，他曾表示拥护共产党停止内战一致抗日的主张，并在绥西一线同傅作义共同抗击过日本侵略者。解放战争初期，他的一个团长被俘，受到彭德怀亲自接见，并由这个团长将彭德怀的信带给了马鸿宾。马鸿宾不但没有刁难这个团长，反而奖给他一匹马……

李志民说：“根据我们掌握的情况看，瓦解宁夏二马，做好马鸿宾的工作，是极有可能的。另外，即便是马敦静指挥的宁夏兵团，也不是铁板一块。”杨得志最后请示说；“我们准备联络六七个人，组成一个和谈代表团，先行去宁夏，具体接洽商谈和平解放宁夏的问题。”

“好，我们是两手准备，打也行，谈更好！”彭德怀走到杨得志跟前说，“你这次是三入宁夏了，今年和当年相比，可是大不相同了。当年我们的计划没有实现，这一次就看你们了！”

彭德怀司令员1898年10月24日出生于湖南省湘潭县彭家围子，幼年读过两年书，1922年考入湖南陆军军官讲武堂，走上了职业军人之路。1928年7月22日与滕代远、黄公略等领导平江起义，组建中国工农红军第五军，任军长兼第十三师师长。后率五军主力到达井冈山，与毛泽东、朱德领导的第四军会师。1934年10月率部参加长征，胜利到达陕北。后又率部东征山西，西征宁夏、甘肃，迎接第二、第四方面军北上会师。解放战争时期，曾指挥西北野战军转战陕北，收复延安。此次进军大西北，旗开得胜，屡建功勋。

此刻，面对老首长殷切的眼神，杨得志立时感慨万千。

1935年10月红军长征路过宁夏时，彭总是红一方面军首长，他是红一团团长。1936年5月红军西征宁夏时，彭总是总指挥，他是红二师师长。10月份，红军三大主力会师后返回时，彭总经中央军委批准，制订了“宁夏战役计划”，准备以优势兵力消灭马鸿逵，进而把陕甘宁革命根据地扩大到全宁夏。当时红军创建的根据地基本都是贫困地区，而宁夏平原则是非常富裕之地，自古就有“天下黄河富宁夏”之说。如果红军能占领宁夏，将会使整个后勤保障能力大大提高，其价值之大简直无法估量。但遗憾的是，因为种种原因，这一战略计划未能实现。

战争良机，稍纵即逝。军事形势，瞬息万变。

彭德怀只好下令红军退回根据地，避其锋芒，再造战机。

张国焘的分裂行径，不仅使中央军委的“宁夏战役计划”落空，陕甘宁根据地没有扩展，更悲惨的是红四方面军的3个军孤军深入，被以逸待劳的马步芳连续打击而遭到全军覆没。

这一结局成为红军历史上最黑暗、最悲惨的一页。

马鸿逵在宁夏的统治最后得以延续13年。

历史就是这样常常让人扼腕长叹!

时过境迁，偏偏让马鸿逵这次又碰上了彭德怀。

这真正是冤家路窄。

13年，在历史长河中只能是一瞬间，可对彭德怀和杨得志来说，却是金戈铁马，出生入死，充满了风风雨雨。

杨得志神情庄重地说：“彭总你放心吧，这一次就让我们代表你来实现当年的夙愿吧！”

“好吧，我相信你们！”彭德怀高兴地说，“毛主席在新政协筹备会上讲了话，中华人民共和国就要成立了，我们大西北这块地方，还有一个新疆、一个宁夏没有全部到手，你们加把劲，在共和国成立之前，坚决拿下宁夏，给我们的新中国献个厚礼！”

李志民激动地说："彭总，你就等着我们的好消息吧！"

杨得志最后望了一眼彭总，心情十分激动。他想起了毛泽东主席1935年10月赞扬彭总的那首六言诗：

山高路远坑深，
大军纵横驰奔。
谁敢横刀立马？
唯我彭大将军！

杨得志记得很清楚，当时，中央红军主力刚刚到达陕北吴起镇，立足未稳，宁夏马鸿逵、马鸿宾的骑兵就跟了上来，毛泽东给彭德怀起草了一份电报，主张对马家军骑兵予以打击，以防把敌人带进根据地，电文有"山高路远沟深"句。击败追敌骑兵后，毛泽东写了这首诗，首句即用电文句，但改"沟深"为"坑深"，派人送给彭德怀。彭德怀收到这首诗后，把诗的末句"唯我彭大将军"改为"唯我英勇红军"，然后将原诗送还毛泽东。

两位伟人的才情和胸怀，旷古绝今，十分动人。

杨得志多年跟随彭德怀驰骋沙场，非常敬爱这位老上级。

路上，杨得志又对李志民说："能跟随这样的首长，真是人生大幸啊！"

李志民立刻说："也是国家之大幸啊！"

杨得志回头说："你说得太对啦！"

挥戈北上

9月9日，十九兵团的六十三军、六十五军完成兰州围歼青马的任务后，兵分三路，挥戈东进，直奔宁夏。已夺取固原城的六十四军也开始向宁夏的中部屏障中宁进发。

坐山观虎斗的马鸿逵在兰州解放后，仍然执迷不悟，继续负隅顽抗，要同解放军对抗到底，在宁夏境内设置了三道防线：

其一，以马鸿宾主力八十一军一部防守黄河岸边的靖远，以骑兵第二十团守同心，新编骑兵第一旅守景泰、同心。

其二，以八十军主力驻守宁夏要地中卫，以贺兰军守中宁。中宁、中卫位于宁夏中部，是宁夏的富裕之地，位置十分重要。

其三，以马家军主力卢忠良的一二八军守金积（时为县治）、吴忠一带，第十一军守灵武。金灵地区是银（川）吴（忠）平原的核心，俗称宁夏的白菜心，是宁夏的主要产粮区，也是宁夏省会银川的门户。

马化龙当年参加西北回民起义，就是以金积为根据地，以坚强的实力屡败清军，坚守3年。后清政府派出左宗棠的湘军从陕西出兵，其大将刘松山、刘锦棠叔侄前往征剿。湘军步步为营，逼近金积、吴忠，激战七天七夜不见分晓。后来刘松山与回民军议和，至金积堡向降回训话，侮辱回教，激怒回民，被起义军当场击毙，年仅37岁。

刘松山，字寿卿，湖南湘乡人，乡勇出身。随王珍镇压湖南永州、郴州、株州等地天地会起义。后从曾国藩对太平军作战，历任守备、游击、参将、提督。刘松山正值英年，前途无量，没料到金积竟成了他的葬身之地。刘松山死后，其侄刘锦棠率部继续作战。后马化龙为避免广大回民遭受杀戮，自投清军。马化龙被清军杀害后，尽管打仗多年，还从他家搜出银圆19万多块。当地之富饶可见一斑。

马鸿逵派卢忠良在此地布置重兵，企图阻挡第十九兵团前进。

根据十九兵团具体部署，左路军第六十三军一八八师亦分成三路前进：主力沿黄河东岸、第五六三团沿黄河西岸、第五六四团则乘羊皮筏子顺河而下，齐头并进。河东为宁夏，河西为甘肃。

大路上，解放军战士急速行进，队伍长不见尾。

三路大军10万人马以风卷残云之势，解放了沿路县城，继续挥师前进。

身材结实的五七二团七连连长杨金良左臂受了伤，吊着绷带。这天，部队来到马家河湾，正准备开饭，杨金良一回头，发现曾军长过来了，急忙立正敬礼："报告军长……"

"好好，杨七郎，伤怎么样了？"曾思玉军长还了礼，微笑着问。

"好多了，不碍事！"

"听口音像陕北人，哪个县的？"

"绥德杨家岔的。"

"清涧的石板瓦窑堡的炭，米脂的婆姨绥德的汉。"曾军长打趣地说，"你这个绥德汉咋搞的，并不漂亮嘛，你们大家说是不是？"

在场的人哄然大笑。

站在曾军长身边的张怀瑞团长说："黑不溜秋的，倒像是一疙瘩瓦窑堡的炭！"

大伙笑得更欢了。

9月12日，左路第六十三军一一八师一举占领甘肃景泰，马鸿宾第八十一军骑兵旅少将旅长张钦武带领该部1000多人投诚。

一野北上，旗开得胜。

马家军都把骑兵看得很重。当年马步芳部重创红军西路军，骑兵发挥了很大作用。马家军就把骑兵作为战胜红军的法宝。张钦武仅仅是个旅长，也授予了少将军衔。

其时，马鸿逵见大军逼近，第一道防线已被攻破，内心早已乱了方寸。打与不打，进退两难。打，区区宁马不过7万之众，要与解放大军对抗，等于以卵击石，前景十分黯淡，毫无希望。不战而退，又怎么在蒋介石那里交代？看来只有一条路，自己先乘飞机离开银川，然后再为儿子设法安排退路，保命要紧。

马敦静秉承其父马鸿逵的旨意，继续组织顽抗。在第一道防线被攻破后，他慌忙调兵遣将。调整部署，重点防守老巢银川：

令贺兰军撤出中宁，北渡黄河加强右翼；

第十一军退守银川；

第一二八军仍在金积、灵武一线；

将中宁、中卫第二线的防守任务交给了马惇靖的八十一军。

9月12日，第六十四军一九〇师解放宁夏中部的同心县，击溃了马家军第二十团的反扑。

9月14日，第一九一师攻占中宁县以东的鸣沙镇。中宁县是驰名中外的枸杞之乡，所产枸杞皮薄肉厚，口味香甜，有延年益寿之功效。中宁地处宁夏中部，是宁夏南北大道的中枢，而鸣沙镇则是中宁的屏障。因此马鸿逵让马全良的贺兰军防守此地。六十四军小试锋芒，本想按兵团部署，全歼贺兰军于中宁一带，没想到敌人闻风而逃，使原计划落空。

智取敌据点

兰州解放后，原来准备增援兰州马步芳的宁夏马鸿宾的八十一军为保存实力，急忙向中卫、中宁一线退缩。为了拖住敌人，保障大部队展开，最后在运动中歼灭该敌，十九兵团首长指示六十三军，派一八七师五六一团执行这个任务，该团朱彪团长接受任务后，决定派九连为先锋营尖兵连，率先出发。五六一团的指战员情绪高昂地上路了，他们排成长队，沿着大路向北开进。

尖兵连九连快速行动，来到了靖远县大炉子以南地区。敌人早已接到情报，在这一带特设了3个据点，派兵把守，互相联络，企图阻挡解放军前进。

九连连长张墩根据侦察到的敌情，决定来个出其不意，以智取胜。

中午，靖远大炉子。天气炎热，土地干燥。

在通往靖远县城的大路上，九连一边行军，一边装作自己部队毫无防备的样子，暗地里做好随时强攻的准备。敌人果然以为是自己的部队，走出据点来迎接他们。战士们瞅准机会，立即开枪，敌人这才发现上了当，可是一切已经来不及，他们只好在激烈的枪声和“缴枪不杀”的喊声中乖乖地缴枪投降。

当天晚上，九连攻占大炉子后，又准备袭击县城。

指战员们以神速的动作来到靖远城外，没想到城内却没有任何反应，后来才得知守敌马鸿宾部八八一团早已逃跑，城内还有个保安大队，住在城南关。连队在老乡的带领下，首先冲进二中队，用刺刀对准还在被窝里睡觉的敌中队长的心窝：“我们是解放军，快点，下令全部投降！”

那个家伙乖乖地向窗外喊道：“都出来吧，解放军来了，都出来缴枪，不要打了！”

那些保安员听到队长的命令，都迷迷糊糊地出来缴了枪。

后来，他们又以同样的方式占领了敌保安大队部，俘虏敌保安大队长等300多人，占据了靖远县城，为大部队沿黄河北上扫除了障碍。

9月17日，主力部队乘胜前进，渡过黄河，向中卫开进。

几乎与此同时，跟随兵团部行动的中路军六十三军的一八七师也于9月16日攻占黄河南岸的枣林子，对敌形成包围之势，迫使宁马第八八一团缴械投降。

防守中卫的宁夏马鸿宾主力第八十一军三十五师一〇三团见势不妙，急忙向高家滩渡口逃窜。一八七师五六一团紧追不放，最后追上逃敌，激战半小时，将敌歼灭。这样，第一八七师在两天内，消灭马鸿宾部两个团，毙、伤、俘敌1800多人。

至此，宁马的第二道防线被撕破。第十九兵团已全部进入宁夏河套平原，逼近宁马的最后防线金积、吴忠、灵武地区。

第七章 解放中宁

行军路上

一八九师为六十三军的第二梯队，沿大路向中宁、中卫方向前进。

西北高原，地瘠水缺，人烟稀少。沿途村庄，断壁残垣，一片荒凉。

一个连长对指导员说："连队一天没吃饭了，粮食也没有了，叫司务长找老乡买一点吧。"

指导员说："部队连续行军，休息不好，再加上吃不好，战斗力就会下降的，叫司务长带上一个班快去吧。"

部队就地宿营。

一个村庄，司务长带人走进一户人家。

主人迎出来："噢，是解放军来了。"

司务长高兴地问："你认识我们？"

主人说："前天我们这儿刚过了不少解放军，他们对村里人可好了。"

司务长说："我们想找村上的人买些粮食，你能帮帮我们吗？"

主人真诚地说："前几天过部队，把村上仅有的一点粮食差不多都买走了。现在再要买，怕是买不上了。解放军对村上非常好，大家都是主动把粮食卖给咱们部队的。"

司务长说："那好，那我们就再到别的村找一找。"

主人想了想说："现在再要买粮，就要往远处再走一走。北面那个村子有家富人，姓赵，或许能买一点。"

司务长忙说："好，谢谢你。我们现在就去。"

几个人出了门。

司务长带人来到另一个村子，有几个战士身上背了些刚才买来的一点粮食。

他们进入一家大门，家里人走了出来，司务长问："你是姓赵吗？"

主人说："是的，我是姓赵。"

司务长说："我们是解放军，路过你们这里，想买一点粮食，不知道你家里有没有？"

司务长说着，亮了亮手里的银圆。

主人显得很害怕，吞吞吐吐地说："我们家的粮食本来有一点，已经卖给你们部队了，再没有多余的了，我们自己吃都不够了。"

"那好，那我们就走了，打扰你了。"

几个人出来，朝村外走。路边有一座小庙，一个战士说："咱们到里面看看，上回听说，一个连队就是在庙里找到了些粮食的。"

几个人走进庙内，在中间佛像周围和四周墙壁上，敲打着，观察着。

一个战士敲了敲佛像底座，觉得有点异样，又敲了敲，高兴地说："司务长，看看这里。"

几个人围过来，仔细辨别着。

一个战士用力扒开泥皮，墙壁露出一个小洞，里面藏有一大堆粮食，大家都非常高兴地把粮食取了出来。

司务长却犯难了："大概有1000斤吧，也不知这是谁家把粮食藏在这儿，怎么给人家结账啊？”

村里人听见动静，都围了过来，司务长问：“你们知道这是谁家藏的粮食吗？”

大伙都摇头：“不知道。”

那个姓赵的也走过来了，他上前看了看，神色很不正常。

有人悄悄地对司务长说：“肯定是他们家的。”

等姓赵的走到跟前，司务长问：“这里藏的粮食是你们家的吧，我们把钱给你？”

姓赵的脸一下子红了，很不好意思地说：“不是，不是，不是我们家的。”

他说完，连忙转身回去了。

留下的村民议论说：“肯定是他们家的，咱们村就这十来户人，还有谁家能有这么多粮食呀！”

一个村民说：“既然没人认账，你们就拿上走吧。”

司务长说：“哎，那不行，我们有规定，不能随便拿群众东西的，何况这么多粮食呢。”

司务长灵机一动，对身边战士们说：“你们在这儿等我一会儿。”

姓赵的家里，司务长带领两个战士进了门。

姓赵的走出来，满脸疑惑地说：“你们又来了。”

司务长说：“大叔，据我们了解，这些粮食应该是你们家的，给，我们把钱给你留下。”说着，他把一小袋钱放在姓赵的手上。

姓赵的看着手上的钱袋，嘴张了几张，说不出话来。最后，他的眼里涌出了泪水，感动地说：“世界上还有这么好的军队啊！过去，马家军来了连拿带抢，谁还说过给钱。还从来没见过追着给人家送钱的呀。”他说着把手里的钱袋往司务长手上推：“那些粮食你们就拿走吧，这钱我不能要。都怪我这心里想得太多了，对不住啊……”司务长说：“我们部队有规定，不能随便拿群众一针一线的，何况这么多粮食呢。再说，这已经帮了我们大忙了！”

司务长说完，赶紧出了门。

姓赵的拉着两头毛驴出来追赶司务长："这两头毛驴我送给你们……"

司务长几个人扛着口袋回来了。对连长说："我们跑了好多路，总算买了点小麦，来不及磨成面，就背回来了。"

连长说："磨不成面，就煮上吃吧，先填饱肚子再说吧。"

中午，红日当空，天气炎热。

战士们用小碗、缸子盛着煮熟的麦粒，一把一把地吃着。

战士小刘边吃边说："哟，麦子这么煮着吃，还挺香的啊。"

日落西山，部队还在大路上行军。

连队就地休息开饭，大家又开始吃煮好的麦粒。

小刘皱着眉头，艰难地嚼着、吞咽着……

一个战士看他那样子，开玩笑学他说："怎么样，麦子这么煮着吃，还挺香的啊。"

小刘张张嘴，沙哑着嗓子说："别挖苦人啦，已经3天了，这么吃谁受得了啊。"

另一个战士也在旁边说："哎呀，牙齿、耳朵根、太阳穴都是疼的，我可是受不了啦，看看，我嘴上都起两个泡了。"

三班长说："你才两个泡，我都4个泡了。你听人家咋说的——"他接着说了一段团里流行的顺口溜：

地上下雨起水泡，
嘴里吃麦磨血泡，
两只脚板泡连泡，
步兵人人都有炮（泡）……

他说完，大家都开心地笑了。

天色已黑，空中下起了大雨。

战士们身上的衣服早就湿透了，紧紧地贴在身上。

部队来到一个小村庄，只有十来户人家。

团长对参谋长说："村子这么小，通知各连队，一律就地宿营，老乡腾出的房子，安排病员住。"

参谋长说："咱们团自兰州出发以来，好多战士还从来没有在房子里住过一夜呢！"

团长感伤地说："特殊时期，大家再克服一下吧。我们的战士太可爱了，人人都应该记一功呀。"

夜已深。宿营的部队已安静下来。有的睡在墙根下，有的睡在大树下，有的就背靠背坐着睡着了。

我们是当年的红军

宁夏同心县一带，烈日当空。部队正在向中宁方向挺进。

同心是宁夏回民聚居区，具有独特的生活习俗。出发前部队就组织指战员反复学习了第一野战军颁发的"团结回民守则"。守则共有十条，内容非常详细：

一、保护清真寺、拱北，不随便进去，不在他们墙上画宣传画、贴画报。

二、不在回民家里吃驴、骡、马肉，吃牛羊时，要请阿訇宰。

三、不和回民青年妇女交谈，不入回妇房子。

四、不干涉阿訇夜间礼拜念经，遇回民礼拜时不偷看，不喧哗。

五、不去回民房子里洗澡。

六、在回民水井打水洗手，剩水不要倒回去。

七、称呼回民为"老乡""老表"，不准叫"回子"。

八、不对回民说猪，不问回民为何不吃猪肉，不问清真寺是什么。

九、不在回民家里吸烟、喝酒。

十、人人宣传我党对少数民族的政策。

大路上，队伍排成长队，有步兵，有骑兵，有炮兵……沿途沙丘起伏，寸草不生。抬头远望，白茫茫一片，渺无人烟。热气灼人，脚底发烫，烤得人难以喘息。战士们显得非常疲劳，人人昏昏欲睡。

两三个战士接连晕倒，旁边的战友赶快蹲下扶起来。

一个战士拿过水壶，在他们嘴边倒了又倒，壶中没有一滴水。

一个战士嘴唇上裂开了口子，渗出了血点，用手一抹，手上也红红的。嗓子因为干渴而沙哑得说不出话来。

一个身材高高的班长，一边走一边喘着气。他走着走着，突然栽倒在地，昏过去了。

班里的战士赶紧在旁边地里挖了些湿土，放在他的心窝上，他慢慢地苏醒过来，嘴唇在蠕动着，挣扎着对跟前的战士说："给我点尿喝吧！"

战士一听，立刻哭了："老班长，我也一天多没喝水了，哪来的

▶解放军写的"不进清真寺和拱北"的标语

尿啊！”

班长的嘴唇动了动，慢慢地闭上了眼睛，双手突然吊下来。

他的眼睛再也没有睁开。他，没有倒在枪林弹雨的战场上，却在进军宁夏的路途上活活地渴死了。

战友们围在他的遗体旁，都默默地流下了泪水。

下午，同心县一个村庄。

这个村有十来户人家，大部分住在依靠沙土坡挖成的小窑里，门口挂着破麻袋片或旧羊毛毡当门用。村头上几个年轻人面黄肌瘦，衣不遮体。一个老大爷穿着破衣服，打着赤脚，身上补丁摞着补丁。

他们看见部队过来了，就很快跑回去了。

部队进村后，在路边就地休息。群众都躲进屋里不出来。

苏营长对王教导员说：“我带两个通讯员，去找老乡商量买点水吧。”

教导员点了点头。营长带着两个战士过去了。

他们进了一家门，站在院子里喊：“老乡，家里有人吗？”连喊几声，没有一个人出来。

他们从这家走出来，向另一家走去。

一个老大爷在门缝里偷偷地往外看着。

看到这种情况，教导员对苏焕文营长说：“群众还不了解我们，他们吃水也很困难，我们宁可渴着，也不能随便打用他们的水！”

苏营长点了点头，对身边的两个通讯员说：“跑步去通知各连，不准进老乡的家，不准打老乡的水，不准上清真寺，不准上老乡家的厕所，不说不利民族团结的话！”通讯员跑去了。

二人说着就往回走。

突然一个老大爷从家中出来，叫道：“长官你们等一等。”他说着来到苏营长跟前，疑虑地问：“你们就是当年的红军吗？”

老大爷问的话，立刻使他们心中翻滚起来。

王教导员激动地上前拉住老大爷的手说：“老大爷，我们就是当年的红军，现在叫解放军。我们是穷苦老百姓的队伍，是毛主席、彭老总派来消灭马家军，解放宁夏回族乡亲们的！1936年秋红军西征时，红军在咱们同心县建立了第一个苏维埃回族自治政府呀！”

老大爷的眼睛立刻露出喜悦的光芒，他兴奋地握住教导员和营长的手说：“可算把你们盼来了，快到家喝口水吧！”

营长对老大爷说：“老大爷，那就谢谢你了。我们不方便进咱们回民群众的家，就请你和乡亲们商量商量，给部队买点水，我们做点饭，饮饮马。我们的战士已经一整天没吃饭，没喝水了。今天晚上我们在路边住一宿，明天早上还得赶路，我们有任务。”

老大爷干脆地说：“解放军一天都没吃饭了那咋行，这事不成问题，我们不吃不喝都行，决不能让你们的人马干渴受罪！我去给大家说。”

苏营长真诚地说：“那就请你代表我们谢谢大家了。”

老大爷又解释说：“刚才庄子上的人见了你们躲着不出来，是因为马鸿逵说解放军见东西就抢，见女人就糟蹋，见回民就杀。乡亲们见了你们有点怕。我现在就去给大家说一说，保险都来欢迎咱们队伍的！”

老大爷去了不大一会儿，一大群老人和小伙子提着茶壶，抬着水桶，端着茶碗，来到了部队跟前，纷纷争着给指战员递茶水，帮着战士们饮战马。

一个回民用手反复摸着大炮，非常好奇。

一个群众过来在马身上摸来摸去，对旁边人说：“这马长得真壮实！”

有的要拉战士们到家里去吃饭，有的从家中拿来青菜和黄米要帮部队做饭，有的用背篓背来铡好的麦草喂马。

一位老大娘拉着两个战士的手：“走，上我们家吃饭去。”

战士们说：“谢谢大娘，不麻烦你们了。”

大娘一边使劲拉着战士们的手一边说：“哎，咋能说这话呢。听说你们都一天没吃饭了，那咋行啊。”

战士们说：“真的，大娘，我们不去了，部队有规定的。”一个战士说着流下了眼泪。

大娘说着说着也用手去擦眼睛。

群众继续给部队送来很多水，有的主动帮助战士们做饭。

王教导员看着这种场面深受感动，就对苏营长说：“同心这一带是有名的干旱地区，靠天吃饭，群众不但吃水很困难，粮食也很困难。大家这么热情地给咱们送水送菜，我们省一点，给大家留点粮食吧。”

苏营长说：“行，给每家群众送10斤大米！叫通信员马上通知各连。”

刚才硬要叫战士去家里吃饭的老大娘双手捧着大米袋，含着热泪说：“你看看这是啥事嘛，叫你们吃饭，你们不去，反倒给我们大米。上半年马家军过来的时候，连抢带拿，连打带骂，把人没害死！解放军可真是好呀！”

苏营长对一个连长说：“你们派两个战士在旁边那个清真寺门口站岗，防止有的战士忘了跑进去。”

一会儿，清真寺门口端端正正地站着两个战士，注视着周围。

一户村民家的院子，一间房门上挂着红布条。

连长对借宿房东院子的一班战士们说：“大家看看，那间屋子刚生了小孩，大家记着一定不要进去。”

战士们说：“知道了，我们就睡在院子里，不会进去的。”

天黑了，战士们在院子里铺些柴草，都睡下了。

房东在屋子里悄悄地往外看着。

一会儿，房东和老伴出来，又进了挂红布条的屋子，收拾好土炕。

没多久，他们一起出来，叫起战士们说：“天凉了，都进屋里去住吧。”说着就把战士们往屋里拉。

一个战士指了指门上的红布条：“这间屋我们不能进！”

房东跑过去，一把扯下门上的红布条："我说能住就能住，走！那是我们故意挂上的，假的！"

夜晚。有的战士们还在村边空地上宿营睡觉。

又来了一伙回民群众，拉着战士们："走走走，到家里去住，睡到外面咋行呀！"

苏营长过来说："乡亲们，谢谢你们，我们好多战士已经住在村里了，我们不能再麻烦大家了，你们快回去吧。"

清真寺的阿訇也来了，把手放在胸前，大声说道："这些年，我们这里的人受尽了苦难，只有解放军才这样尊重我们，把我们回回当人看。解放军是我们穆斯林的'朵斯提'（朋友），马鸿逵才是伊斯兰教的败类，是披着回回衣服的'卡非若'（外道）。但愿安拉（真主）帮助解放军大功告成……"

最后，乡亲们依依不舍地回去了。

月光如银，照在野外宿营的战士们身上。

清晨，天色大亮。

村头，战士们正在收拾行装，准备出发。

乡亲们抬着水桶，提着茶壶，端着茶碗，来到部队跟前。

有的提着水桶，帮助饮马。

有的给战士们的水壶中灌水。

有的给战士们递上一碗热腾腾的茶水。

有位大娘又拉着战士们的手，动情地说："多好的小伙子呀，来，再喝一碗我们同心的水吧！"

昨天动员乡亲们送水的老大爷，拉着苏营长的手，激动地说："过去我们这一带经常来马家军的兵，那些人来了，又是抢又是杀，把我们可害苦了，你们可真好啊！"

部队开始出发。

乡亲们站在村头上，不停地挥着手。

战士们也不停地回头招手致谢，越走越远了。

进入中宁县城

中宁位于黄河宁夏段中上游，是天下黄河富宁夏的主要灌区之一，阡陌纵横，一马平川，农业十分发达，是久负盛名的塞上粮仓，可谓得天独厚，占尽地利。不仅水路畅通，也是宁夏南北公路的必经之地。从地理上看，是宁夏的“腰”。占宁夏不能不占中宁，所以中宁历来为兵家所重。

马鸿宾的八十一军军部就一直设在这里。

但是，在马鸿逵家族几十年反动统治中，苛捐杂税多如牛毛，贪官污吏到处横行，造成人口外流，田园荒芜，生产下降，民不聊生。有的人不得不外出乞讨度日，有的人常年吃不饱肚子，甚至有十几岁的姑娘穿不起裤子的。

老百姓最害怕的还是马鸿逵的“征兵”。从1937年“卢沟桥事变”到1949年解放为止，马鸿逵在13年中“征”了16次兵，名为“征兵”，实则抓兵。据统计，仅在1933~1940年的8年中，马鸿逵就从中宁县16322名壮丁中抓走了4504人，占全县壮丁的27%还多。抓兵时棒打绳捆，哭声遍野，非常凄惨。

有的年轻人不愿被抓去当兵，就用石灰、辣椒面弄瞎自己的眼睛，用尖刀刺破眼珠，用石头砸去门牙，用巴豆擦在下肢造成糜烂毒疮，用菜刀剁去右手食指等等，惨不忍睹。

天下粮仓的人们，几十年来都生活在水深火热之中。

六十四军一九〇师的指战员顾不上疲劳，连续行军向北挺进，驻守同心的宁马八十一军的一个团闻风而逃。

9月12日清晨，一九〇师一举解放了同心县。

14日早晨8时，六十四军右路一九一师的两个团，冒雨穿过同心和中宁之间百余里荒无人烟的山地，占领鸣沙，做好攻击中宁的准备。

驻在中宁的敌贺兰军慌忙向牛首山、金积方向逃窜。

中宁县城。街面上破烂不堪。

解放军向中宁进军的消息早就传到了县城，老百姓脸上神情惶惑。大街上当兵的来来往往，人喊马叫，打破了昔日的宁静。

14日晚上，一家大餐厅里，摆满了几十桌宴席。中宁县县长张朝栋和几个人在餐厅门口转来转去，坐卧不安。他们听说原来驻守中宁县城的八十一军军部和驻军要搬到黄河对岸的中卫去，张县长就和县参议会、县商会在这里联合安排了宴会，要为八十一军团以上军官“饯行”，以表示他们的挽留之意。正是人常说的，宴席好设客难请，请帖早就发出去了，酒席也摆好了，现在已经到了开饭的时候了，半天却没来一个人。

那些军官们个个人心惶惶，性命难保，谁还有心思赴宴呢。

张县长望着一桌桌没人享用的酒菜直摇头。

当天晚上，八十一军在县城的全部人马已逃到黄河北岸的中卫去了。其消息之灵，速度之快，难以想象。

白天乱哄哄的县城，到了晚上突然安静了。

宴会没办成，对张朝栋县长来说也不是一件坏事。虽然要请的客人没来，让他大丢面子，但却给他上了一课：形势不妙竟然到了这等地步，他是万万没有想到的。心想，当官的和当兵的就是不一样，自己怎么就没想那么远呢。他越想越觉得不对劲，就收拾家什，带上家人，连夜经金积逃往银川去了。昔日威风八面的父母官，就这样抛下自己的臣民逃之夭夭了。

13日晨，中宁县城已无一兵一卒。

康滩渡口。马家军的零星士兵还在继续往北岸奔逃。

一个兵老家就在中宁，不愿过河到中卫去，要回家。长官秦福成手提一支手枪，大声喝问：“你给老子说，你到底过不过河？”

那个士兵回道：“我是中宁人，我不到那边去。”

“我再问一句，你去还是不去？不去老子就毙了你。”

“我说了，我是中宁人，家都在中宁，我不到那边去。”

“叭”一声枪响，那个士兵应声倒地。

其他士兵再也没人吭气，继续往船上搬东西。

14日12时，中宁县城。

一队解放军的骑兵纵马奔驰，由南门进入城内。

他们7个人7匹马，每人一支冲锋枪，威风凛凛地进来，经过南街，过了鼓楼洞，一直到北城根下的土庙。他们是解放军的先头部队。

其中几个人上了庙，一人用望远镜向北瞭望，忽然回头说道：“排长，那边渡口的马家军正在渡河。”

那些渡河的人正是秦福成的部队。

“走！”排长喊了一声，就下了庙，飞身上马，向前驰去。

几个骑兵跟在后面，一溜烟似的向康滩渡口奔去。

康滩码头，解放军骑兵飞驰而来。

有几个士兵连忙跪在地上，举起双手喊道：“解放军饶命，我们投降！解放军饶命！”

解放军的后续部队陆续赶到，渡口的战士越来越多。

前面马家军部队有的正在拼命往船上搬东西，有的正在船上往北岸摆渡，骑兵排长立即用冲锋枪向河边扫射一阵子。码头上的敌军顿时向西面的泉眼山逃跑，枪支弹药扔了一路。

解放军很快控制了康滩渡口，没有逃走的八十一军士兵都成了俘虏。

中宁县城。

解放军大部队陆续进入城内，群众挤在街道两边手举小红旗挥动欢迎。有的群众对战士们亲切地说：“听说解放军要来了，马家军都逃到黄河以北去了，你们再不来，我们老百姓就不能活了！”

远处，有的人张贴标语，有的人打扫街道。

一位当地群众来到解放军营地，找到负责人说：“我在路上捡到两条枪，现在送给解放军。”

那位指挥员问：“你捡枪不怕惹麻烦吗？”

“我不怕，我原来是八十一军的，在任山河打过仗，是解放军放我回来的，我就是当地人。”

“好，那我们就收下了。回家好好劳动，好好宣传！”

那人高兴地说：“好的好的，没问题，解放军对我们太好了。”

在国民党八十一军北渡黄河和伪县政府人员逃散一空后，中宁县城有的人自动组织起来，用铁锁锁了县政府、军粮局、银行等，并贴上大封条，等候解放军前来接收。在关王庙里，国民党部队留下许多因急于逃走而没有来得及带走的食品，他们也派人看管起来，要作为礼物送给解放军。

中宁县城外，原来的县参议会副议长范载阳、秘书郭风举、县商会会长李松山、进步绅商陆仙洲、中宁中学校长王成雄、宁安完小校长田生财等各界代表300多人，步行了几里路，自动出城欢迎将要到来的解放军领导和主力部队。

远方，几辆解放军的汽车急驰而来。

快到人群跟前时，几位首长跳下车来，和大家握手问好。

他们是十九兵团六十四军的首长。过了一会儿，曾思玉军长大步走上一个土坎，给大家讲话：

“乡亲们！感谢中宁县各界人民前来欢迎，感谢大家啦！现在我们中宁已经解放了，大家就要过上好日子啦。但是，我们宁夏北部有很多地方还没有解放。我们的目的是：打到银川去，解放全宁夏！如果马敦静没有和平解决宁夏问题的诚意，要顽抗到底，那我们就按照毛主席、朱总司令向全国进军的命令，坚决、彻底、干净地消灭马家军。请今天在场的乡亲们，回去后转告大家：解放军是我们广大人民群众自己的军队，是保护人民利益的，大家不要害怕，应当遵守秩序，迅速恢复生产，重建家园，早日过上好日子！”

曾军长讲完后，现场群众立即报以热烈的掌声。

接着，军首长招呼范载阳、李松山等人一同上车进城。

六十四军军部当天驻富宁公司中宁办事处。

部队进城后，特别强调执行民族政策，尊重回族风俗习惯，严格执行三大纪律八项注意，不拿群众一针一线。并且不到回民家里打水，不向回民家里借炊具，不进清真寺，不在回民住宅附近宰猪。买卖公平，有借有还，纪律严明，秋毫无犯。

军政治部的“前卫剧社”，驻在南门外朱营一带。他们放下背包，立即进行街头宣传、贴布告、刷标语、作讲演、演活报剧，很多群众围在一起观看。

县城大街小巷的墙壁上很快出现了很多新鲜的标语：

“中国共产党万岁！”

“中国人民解放军万岁！”

“消灭马家军，解放全宁夏！”……

当天晚上，在米粮市附近，“前卫剧社”在临时搭建的戏台上演出了《红布条》《磨刺刀》等节目，很多群众前来观看。

中国人民解放军总部的“约法八章”和十九兵团司令部、政治部的大字布告，都贴上街头，群众立即聚拢围观。

整个县城，顿时焕然一新，气氛活跃。

随后，六十三军一八九师抽调团、营、连干部赵民先、霍怡民等11位同志接收了中宁地方政权。并很快组建了中共中宁县委，由赵民先任书记，胡树津任组织部长，郭鹏任宣传部长。

9月18日，县城广场。

六十四军组织召开纪念“九一八”群众大会。会场挤满了当地群众，非常热闹。

六十四军领导当众宣布中宁县人民政府成立：县长霍怡民、民政科长李俊臣、财政科长李建忠、公安局长刘镛……

会场爆发出热烈的掌声，久久不息。

至此，中宁县政府新的一页开始了。

第八章 包围中卫

右路军顺黄河突进

9月14日下午，六十四军指挥部进驻中宁县城后，杨得志司令员发来电报，指示六十四军军长曾思玉，作为第十九兵团的全权代表，向马鸿宾发出通知，表示欢迎他们起义。只要八十一军起义，接受我们的条件，我们保证第八十一军全体官兵的生命和私人财产的安全，但不能拖延，必须限定时间，一定阐明“过时不候”。

曾思玉将杨得志的指示向劝降团的郭南浦老人作了转达。

为了进一步形成与马部八十一军和平谈判的局面，杨得志命令第六十四军和六十三军继续施加军事压力。

六十三军郑维山军长也不能容忍马鸿宾部的拖延，经过认真分析，报经兵团指挥部同意，决定派出一支部队，以隐蔽、神速、奇袭的动作，出其不意地兵临中卫城下，造成大兵压境之势，攻城先攻心，对其部队以心理打击，促使其早下起义决心。

这个任务交给了一八八师。

师长张挺和政委李真研究后，立即按照军指挥部命令，组织部队向前开进。

具体部署是：以第五六三团为左路，沿腾格里沙漠边沿迂回前进，从西面包围中卫。

以第五六四团为右路，沿黄河顺流而下，从东面包围中卫。

黄河渡口。

五六四团的部队集中在码头附近，陆续登上羊皮筏子。

先头连队已经顺河而下，后边的筏子相继下水前进。很快，先头部队消失在黄河里了。

时值秋季，风大雨多，流急浪高，一时找不到那么多运送部队的羊皮筏子和船工。所谓羊皮筏子，是当地黄河上短途运输的工具。就是将一只整羊皮完整无缺地剥下来，剪掉羊毛，晒干充上气扎紧，一个挨一个绑在一起，就成了轻便、快捷、体积小、重量轻的运输工具，相当于南方的小木船或小竹排。

当地农村一时找不到那么多的工具，团领导、师首长都非常着急。一连找了十几个村子，才找到3只小木船和10多个羊皮筏子，差得太远了。

时间不等人，张挺师长当即决定，发动当地群众，买了上百只羊，赶制了一批羊皮筏子，组成了一个古今中外绝无仅有的“舰队”。

又用了半天时间，在当地船工的指导下，进行了使用筏子的训练。

9月17日清晨，“舰队”一字排开，马上就要出发。

70多个羊皮筏子，700多名战士，70多个特别请来的船工，使人大开眼界。

参战的指战员个个精神焕发，斗志昂扬。

当地的老百姓已经知道原委，早早地就在河边送行看热闹。人山人海，颇为壮观。

师首长跟船工们一一握手。

李真政委站在前面作了动员："乡亲们，我代表全体指战员感谢你们了！有了你们的大力支持，我们一定会取得胜利！"

政委讲完后，张师长大声喊道：

"拿酒来！"

70多个船工，人人手里端着一碗酒。

船工们非常激动，有生以来，还从来没有人这么把自己当人看过。

一位老船工感动地大声说："感谢长官，我们就是豁出命也要把你们送到中卫去！"

大家一饮而尽。

嘹亮的军号响起，"舰队"出发了。

师主力和师指挥部沿黄河两岸跟进。师长和政委决定跟随五六四团先锋营，乘羊皮筏子顺河前进。

张挺师长与几个参谋人员跳上皮筏子。

李真政委也来到这只皮筏子跟前，准备跳上去。

张师长忙笑着对李政委大声说："哎，慢着，慢着。我们俩总不能同归于尽吧，为了解放中卫，解放宁夏，你还是上后边那个筏子吧！"

李政委也笑了："好的，好的，我们就在你们后边跟进！"

随后，他们几个人上了后边的皮筏子。

河面上，浪花飞溅，人声鼎沸。

"风在吼，马在叫，黄河在咆哮，黄河在咆哮……"

"舰队"中忽然响起了高昂的歌声。

歌声、涛声，在大河两岸间交织回荡。战士们神采飞扬，精神抖擞。羊皮筏子随着波浪，忽高忽低，飞速行进。

"舰队"很快进了黑山峡。黑山峡两岸悬崖峭壁，山势险恶。当地有句民谣：进了黑山峡，神仙吓掉牙。

张师长命令各个筏子之间加大距离，以免互相碰撞。

"舰队"行进了几个小时，又走进了天险柳树峡。

领头的船工一边使劲划着筏子，一边大声说："我们这儿有句话说：‘柳树峡，鬼门关，十船进去九船翻’，不过大家不要怕，把眼睛闭上，一会儿就过去了。”

“舰队”中，有的筏子颠簸前进，有的突然横行，还有的原地打转，上面不时传来一阵惊叫。猛然间，一只筏子被一股水浪高高举起，甩到岸边的石头上，立即发出“啪、啪、啪”的几声巨响：几个羊皮筏子被碰烂了，很快被浪涛卷走了。10多个战士也被卷进河水中，飘向远方……

▶ 解放军部队乘坐羊皮筏子沿黄河向中卫前进

“舰队”终于驶出了柳树峡。

战士们正在河上行进，远远地看到岸上跑过来一伙散兵游勇，他们以为河里的人是自己的部队，就跑了过来。一看原来是解放军，又吓得跑开了。

又过了会儿，忽然岸上传来一阵枪声。

张师长通过电台询问前卫部队，原来是前卫部队发现了岸上马鸿宾部大约有一个连，就开了枪。敌人不明底细，打了一阵子就逃的逃，散的散，后来共俘虏30多个人。

可是，部队还要坐船继续朝中卫方向前进，怎么处理这帮人，却成了难题：让他们一起坐筏子走吧，人多筏子少，根本不可能；看管或是押送这伙人吧，又抽不出兵力。想来想去，最后只好收了这伙人的枪，藏到一个山洞里，给他们发了些路费，打发他们回家了。

张师长想，这样下去不行，太耽搁时间，就喊道：“王参谋，通知前卫部队，不要招惹那些散兵，别捡了芝麻丢了西瓜，抓紧时间向中卫前进。”

随着皮筏子不断起伏的王参谋答应：“我马上通知。”

可是过了没多久，岸边又跑来一帮散兵朝河里张望。河里的战士们就喊开了：“我们是解放军，别害怕，快放下武器回家去吧！”

一听这话，还真有一伙人撂下手中的枪，举着双手跑开了。

有个排长笑道：“一帮子傻瓜，也不知道跑慢点，领上路费再走嘛！”

河里立即传来一阵笑声。

蜿蜒而去的黄河，波涛滚滚，汹涌向前。

“舰队”浩浩荡荡，终于逼近中卫城了。

张师长下令在中卫10多里以外的渡口登陆。

等部队全部上了岸，已是晚上10点多了。大家在羊皮筏子上整整坐了十几个小时，个个浑身又酸又疼，全身的骨头架子都快散开了。

此时，左路的五六三团也逼近中卫城，友邻一八七师也已到达中卫附近的常乐堡渡口。

各部队按军指挥部要求，适当向前推进，占领有利地形，突击构筑工事。

左路军穿越大沙漠

景泰附近。

马鸿宾八十一军的部队正在向北狼狈逃窜。一个小军官在前面大喊：“弟兄们，快跑啊，共军快赶上来啦，再不跑就没命了！”

有个士兵边跑边喊：“我们已经跑了好几天了，实在是跑不动了。”

另一个士兵也喊：“我们这是往哪儿跑啊？”

军官回道：“叫你走你就走，管那么多事干啥？”

大路上，马家军的士兵正在行军，队伍连绵不断。

9月14日拂晓，就在五六四团沿黄河顺流而下向中卫挺进的同时，按上级部署，五六三团也组织部队准备抄捷径，走直线横穿腾格里大沙漠，直取中卫，从左侧切断敌人的退路，对中卫的八十一军核心部队形成包围之势，最后按军指挥部的部署，和友邻配合，迫其和谈，否则就予以彻底歼灭。

景泰县城。解放军部队正在出城。

两边的群众手提大大小小的篮子，有的给战士们递大饼，有的递干粮，有的递山梨，有的送萝卜……

一位大爷递上一碗水："天热路远，沙漠没水，来，再喝点水！"

赤日当空。部队正在急行军。

眼前是一望无际的沙山，蜿蜒起伏，连绵不断。战士们正在沙海前进。

一位向导衣着破烂，走在队伍最前面。他对身边的尖刀连连长说："老辈人说，这里原来也有村庄，也有大路，还有驿站，经常有商人驼队从这里经过，可是后来慢慢地沙漠埋过来了，人们都逃走了。四面八方，不知道都跑到哪里去了。大概100多年了，再也没人了。"

眼前出现浩瀚的沙漠，没有任何道路的痕迹。

这里真正是"天上无飞鸟，地上不长草"。根本看不到什么"大漠孤烟直，长河落日圆"的景象。

大沙漠犹如茫茫大海，沙浪连绵起伏，无边无沿，战士们手脚并用地爬着一座黄黄的沙丘，艰难地前进！个个满头大汗，酷热难当。

夕阳西下。茫茫沙海更显浩瀚无垠，非常神奇。

远方有几段半截土墙。有人喊："哎，前面有村庄！"

立即有人回道："什么村庄，那是古代的烽火台！"

又有人说："不对，那是长城！"

前边带路的向导说："我们这里人都说那是过去的驿站，汉代大将军卫青、霍去病征讨匈奴时都用过，西夏王李元昊打仗时也用过的，当时这一路非常热闹！”

天慢慢黑了下来，茫茫沙海更加遥远。

部队就地宿营，战士们呼哧呼哧地喘着粗气，有的顺势倒在沙坡上，显得疲惫不堪。战士们解下行装，拿出干粮，啃着萝卜、山梨开饭了。

沙漠之夜，繁星满天。

战士们围在一堆，指导员念起了一段小诗：

铺着大沙漠，
盖着大青天；
头枕腾格里，
足蹬黄河边。
星星眨着眼，
月亮赛银盘；
秋风拂面来，
梦乡遥无边……

旭日东升，大沙漠又是另一番景象。

一座座沙丘遥无边际，深不可测。天空蓝蓝的，显得非常辽阔。

部队顶着朝阳出发了。

红日当头。随着太阳的上升，大漠越来越炽热。

行进中的战士，大汗淋漓，嘴唇干裂，衣服早就湿透了。

突然，一个战士从沙山顶上滚下来，昏了过去，干裂的嘴唇在颤抖。有人喊道：“谁还有水？”

几个人从十几个水壶里好不容易凑了一点水，卫生员慢慢地给这个战士灌了两口，总算湿润了一下，于是，战士苏醒过来，在战友们搀扶下，又爬上了沙山，继续前进了。

日上中天，太阳更加赤热。战士们喘着大气，翻越着一个个沙丘，艰难行进。

不知谁突然间喊了一声："哎，前面就是'一碗泉了'！"

有人立即回道："啊，'一碗泉'，那里肯定有水，快渴死了！"

"'一碗泉'在哪里呀？怎么看不到啊？"

"那不，向导说，就在前面的房子里。"

部队立刻来了士气，互相叫喊着向前奔去。

果然前面出现了一处小房子，墙是淡淡的土红色，向导说那是一座小庙。走近了一看，小庙四周全是沙丘，差一点被埋没。

小庙前，围了很多战士。

团长、政委带了几个人来到庙里，刘政委走上前，对一位走过来的老和尚说："我们路过此地，多有打扰了。"

老和尚连声念道："阿弥陀佛！阿弥陀佛！"

他们走到院子中间一看，所谓"一碗泉"，就是一个大坑，里面有一点点水。和尚一说才知道，平时水从坑底沙砾中慢慢地渗出来，当渗到一碗时，庙里的和尚就用碗把水舀起来，倒在大缸里，积攒起来供日常生活用。

大家一听，连声感叹，这可真是名副其实的"一碗泉"啊。

庙内一共有12口大缸，已有8缸盛满了水。这8缸水，对和尚来说，就是他们的命根子，他们不但要以此为生，还要用水和来往客商交换他们的吃、穿、用。

可是，这8缸水，对大热天长途行军的部队来说，也太珍贵、太需要了。

团长对政委说："我们花钱买吧！"

刘政委立即说："行！"

身边有个干部马上拿出几十块银元，递给跟前的和尚，想买庙里的"水"。没想到老和尚一边念"阿弥陀佛"，一边摇手，不愿意收钱卖水。

团长见状，对那个干部说："光给钱不行，这样吧，除了给钱，再给些粮，给庙里再留下一缸水，要让人家能继续生活嘛。”

管理员按团长说的，过去跟老和尚一交涉，这回总算同意了。

大漠里的7缸水，听起来真是不算少，可是，对3000多人的部队来说，这实在是太少了。

庙里庙外排了很长的队。刘政委亲自掌勺给各连排班分水，他大声喊：“一个连队半锅，快点！”

分着分着，眼看不够了，刘政委又喊道：“一个班一壶！”战士们总算每人都喝了两口水，解了解渴。

分到最后，忙前忙后的一营长杨玉明和教导员徐志芳一直没有喝上一口水。后来，通讯班长拿来一壶水说：“营长，你喝点吧！”

杨营长问：“哪来的？”

“政委叫人送来的。”

营长喝了两口：“去，快给教导员送去！”通讯班长刚转过身，他又喊：“哎，你也喝两口！”通讯班长边走边答应：“知道了！”

部队行军来到了“长流水”。

这一带的地名真有意思，昨天刚经过“一碗泉”，今天又来到“长流水”。可是四周看了一圈，根本就没有水！也许若干年前这里还有水，后来被沙漠吞没了。如今只留下这么个动听的名字，让人“望水兴叹”了。

经连续4天的急行军，部队终于逼近中卫了。

大兵压境

部队来到距离中卫20多里的地方，准备休整两天。师首长考虑沿水路前进的部队已经靠近中卫，遂决定五六三团继续前进，直逼中卫城下，构成大兵压境之势，给马惇靖的八十一军形成更大的军事威慑，促其早日和谈起义，和平解放中卫。

五六三团在中卫西门外构筑工事，将各种迫击炮和轻、重机枪布置好，摆开一副大战的架势。

中卫县城西门外。

城门忽然打开，从里面走出一排穿长袍马褂的人，前面一个人举着一面小白旗，后面的人抬着酒、拉着羊、提着东西……

一个班长问准备进攻西门的一营长："营长，怎么办？"

"这些人打的是白旗，可能是投降的，先不要打，看看再说。"

不知谁在旁边说："会不会是马家军假投降？"

等这群人来到近前，战士们上前问道："你们是干什么的？"

一个身穿长袍，头戴白帽的老者说："我们是中卫城里军队和政府派来的代表，想见见你们长官，一来是犒劳大军，二来是联系双方和谈的。"

营长一听，马上说："好，我马上派人带你们去团部见团首长，有什么事情，你们一会儿面谈。"

那些人马上说："好的，好的。"

五六三团指挥所驻在一个大四合院里，门前还有两块上马石。

两名警卫战士持枪站立左右。

几个战士带着从中卫城出来的一伙人，来到团指挥所门口。

团长徐信、政委刘炎田已经在门口等候，他们大声说道："欢迎各位乡亲，快进，快进！"

大家刚坐下，战士们就端上茶水。一会儿，那位领头的站起来激动地说："这些天我们都看到了，解放军纪律严明，秋毫无犯，真是文明之师、仁义之师。我们代表全城的男女老少，希望解放军看在平民百姓的份上，最好和平解放中卫，使大家免受炮火之灾。"其他几个人也连忙站起来，要求解放军保护中卫，保护老百姓。

徐团长很客气地说："其实诸位应该都知道，和平解决宁夏问题、和平解放中卫是我们的主张，也是我党我军一贯的政策，为广大老百姓着想也是我们的一贯做法。过去，我们党先后两次主动与国民党合作，今年上半年，毛主席、朱总司令又发布了八项宣言，这都说明，我们解放军是积极准备和平解放宁夏的。我们奉命进军宁夏，来到中卫，也是主张和谈的。请你们回去转告八十一军军长马惇靖，希望他们能认清形势，率部起义投诚，为中卫的老百姓着想，也为他们自己着想，早日和谈，接受改编，我们保证其生命和财产的安全，解放军说话是算数的。否则，我们就按照宣言上说的，坚决消灭宁夏境内一切敢于顽抗的敌人，所以说，何去何从，现在完全取决于马鸿宾和马惇靖，请你们回去转达我们的意思。”

政委刘炎田也说：“我军是言必信、信必行、行必果，诸位都是中卫县有身份的人士，回去后还请你们多宣传解放军的政策，促使八十一军认清大势，早日和谈。如能成功，也是诸位对全城军民的贡献嘛！”

代表们连忙说：“是的，是的！一定转达贵军的意思。”

傍晚，这群人走出团指挥所，在战士们的护送下，匆匆返回中卫城。

9月18日，中卫县城。

宁夏八十一军和解放军六十四军双方人来人往，正在联系和谈，中卫城里也显得比较清静。

中卫历史悠久，3万多年前就有人类在此繁衍生息。秦代属北地郡，西汉为安定郡，元设应理州，明永乐年间（1403年）置宁夏中卫，清雍正年间（1724年）改称中卫县，属宁夏府。1933年，中卫县分成中卫、中宁两县。

中卫地处宁夏回族自治区中西部、黄河前套之首，“东阻大河，西接沙山”，是宁、内蒙古、甘三省区的交界点，也是黄河自流灌溉第一地。中卫市东临吴忠，南接固原，西与甘肃接壤，北连内蒙古阿拉善盟，自古多得黄河灌溉之利，土地肥沃，物产丰饶，素有“塞上江南”“鱼米之乡”的美誉。唐代诗人王维“大漠孤烟直，长河落日圆”的诗句曾经倾倒了无数的文人骚客，也令无数的后来者心驰神往，苦苦追寻其美妙境界。其实，这一神奇的景观就位于宁夏中卫境内。

这天上午，负责收容工作的担架连指导员谷长庚带着通讯员小李，因路上收容工作耽误了时间，办完事后就急忙追赶大部队，他们看到城外没有什么动静，以为中卫已经解放就跑到中卫城里来了，进城以后，不见部队，感到奇怪，正准备出城。可是城里的老百姓和学生等年轻人，还以为解放军已经和平解放中卫，已经派部队进城了，就围上来要请这位指导员讲话，他不好意思走开，就干脆壮了壮胆子，整了整军装，大讲了一通我军的对敌政策、民族政策。

刚刚讲完，正准备赶紧回去，可是没走几步，又有人挡住他们，要他讲话。没办法，他只好又讲了一阵子。讲话中间，还有年轻学生不断喊道：“热烈欢迎解放军！”“毛主席万岁！”就这样走一走，讲一讲，三讲两讲，前后竟讲了3个多小时。

等最后回到团部，团长正到处找他呢，见了面，就被团长收拾了一通：“你跑到那儿去了？半天找不到你？”

谷指导员哼哼唧唧地说：“我进了趟城……”

团长更加奇怪：“你进城干什么去了？谁给你准的假？”

谷指导员没办法了，才说出了实情，惹得团长也笑了：“你的政治工作做得不错嘛，满超前的啊。”

后来大家知道了原委，很快就传遍全团，成了大家的笑谈。

有人还编了一段顺口溜，一见谷长庚就喊：

老谷进城作报告，
一讲政策一大套；
回来见了团长面，
挨了一顿“迫击炮”！

还有人一见他就学着年轻学生的腔调嚷嚷：“谷指导员，再给我们讲一讲嘛……”每次谷长庚都闹个大红脸。

军首长决定，五六三团丢下中卫，直奔银川。可是部队怎么走呢？总不能这么悄悄地离开吧。徐团长和刘政委一商量，决定部队不从城边上走，干脆从城里穿插而过，也好显显军威，扬扬正气，给和谈增加点气氛。

中卫城里。各连整理着装，打起战功奖旗，排成一路纵队，按序出城。展现在最前面的是“钢铁第一营”的战旗，中间是“大功团”的团旗，后面紧跟着“猛虎一连”“大功二连”“大功三连”“大功七连”“大功八连”“大功九连”的红旗……

指战员们在战旗的引导下，迈着整齐的步伐，唱着高昂的战歌，雄赳赳气昂昂地在大街上走过，显示出了这支钢铁部队的英雄风采。

城内的群众纷纷涌上街头，有的鼓掌，有的欢呼，有的挥舞手帕……有些八十一军的官兵，也悄悄挤在后面张望……

部队陆续走出城门，向北方开进，准备执行新的任务！

追击敌骑兵

9月12日，上级命令九连继续向中卫方向突击。

路上，指战员们正在急行军。路边上有一片土堡残迹，大家以为是当地居民搬迁留下的遗址。后来一打听，才知道宋代时候，大将军孟良、焦赞曾在这一带与当时的辽兵打过仗，这里现在看到的遗迹就是当年的军营。

14日晚上，已连续几天急行军的九连正准备休息，没想到团部来了紧急命令，通知说马家军八八一团的敌兵前一天逃向枣林堡，要他们火速行动，立即出发，全力追赶，配合团主力，消灭该敌。

这个任务真是太艰巨了，战士们已经连续行军300多里路没有休息，眼下他们距离枣林子还有180里路；如果想争取时间抄近道，还要翻过2000多米高的香山；算上今天晚上和明天只有20多个小时，而且敌人已经提前一天逃跑。现在要完成这样的任务，指战员们的体力受得了吗?

军令如山！没有理由，只有行动，战士的天职就是从命！

连长张墩和指导员李志杰给部队作了深情、简要的动员，部队匆匆就出发了。

行军途中，战士们满头大汗，急速前进。

一个战士从另一个战士身上抓起一挺机枪，扛在自己的肩上，继续行走。

一个战士扶着另一个跛着腿的战友，坚持前进。

天黑了，天上突然下起了大雨。

道路十分泥泞，不断有人摔倒在地。

半夜时分，部队来到一个小寺庙门口，连长和指导员一商量，决定部队休息一会儿。他们进入院内，院子挺大。

连长在前边喊道："就在院子里睡觉，谁也不准进屋里去！"

战士们很快在院子里躺下，转眼间就一个一个睡着了。

寺庙里的老和尚拉着连长的手："长官，叫大伙都到屋子里睡吧，刚下过雨，外面太冷了。"

连长说："我们有纪律，不能到屋里打扰你们，多谢了！"

几个和尚跑前跑后，抱了几捆干柴放在院子中间，点着火。十多个战士围拢过来，坐在火堆旁烤着火，很快又睡着了。

天还没亮，部队又出发了。

半路上，连队抓住了一个掉队的敌兵，正是八八一团的，他说大队人马刚过去三四个小时。张连长借机动员大家："加油呀！敌人不远啦，追上敌人就是胜利！"战士们又迈开大步，继续赶路。

乡村土路上，两个通信战士迈开大步向前走着。

战士说："班长，尖刀连离这儿有50多里路呢，我们啥时候才能赶上他们啊？”

班长说：“我们再加把劲，一定要赶上。”

天气非常炎热，两个人不住地擦着头上、脸上的汗。

正走着，战士突然说：“班长，水！”

班长连忙朝四周看看，没看见哪里有水呀。

原来路边有一个小土坑，里面有一点黄黄的水，他们走到跟前，战士取出小碗，想把水舀上来，可是坑太小，水太浅，舀不上来。班长赶紧取出毛巾，把小坑里的水浸在上面，然后给战士：“快，往嘴里拧一拧。”

战士接过毛巾贴近嘴边刚要拧，突然又把毛巾强塞过来：“班长，还是你喝吧！”两个人推来让去，最后一人往嘴里挤了一点，算是解了一点渴。

两人继续向前赶路。

突然，前面不远处有一个小坑，白白的，好像是水。

两个人喜出望外地紧跑几步过去一瞧，果然是一个积满雨水的小坑，尽管水很脏，又少得可怜，两个人背包也没顾得卸就用手捧起来，大口大口地喝着。喝完一看，手上还剩个圆溜溜的东西，一细看是羊粪蛋，两个人都笑了。

“高山和尚头，吃水贵如油”，是对这里的真实写照。

早晨8时许，九连发现前方不远处的村子里炊烟缭绕，也有人喊马叫声。

张连长和指导员一商量，逃敌就在跟前，可是大部队还没有到，怎么办？如果不拖住敌人，他们可能很快就要逃过河去，那样一来事情就麻烦了，追歼逃敌的计划肯定就要落空。他们当即决定趁敌宿营吃饭，毫无戒备之时袭击敌人，决不能使其渡河，待后续部队上来予以消灭。

他们稍作部署，立即对敌发起袭击。一个排从村子正面冲击，两个排分别从两侧包围。一声令下，枪声大作，连队配置的六零小炮也对准城墙连续开炮，一排排手榴弹也不断掷进村内。这样，本来就毫无防备的敌人，顿时乱作一团，来不及抵抗，就纷纷投降，其余向村子里的古堡内蜂拥而入，关闭堡门。战士们一边喊话，一边向堡门逼近。战士们不断向堡内射击、开炮、投手榴弹，堡内浓烟滚滚，人喊马叫，乱作一团……

战士们在堡外大声喊话：

“八八一团的官兵们，你们被包围了，快投降吧！”

“赶快投降，缴枪不杀！我们优待俘虏！”

正在关键时刻，先锋营的七连和八连先后赶到，分别从村南和村北占领枣林堡黄河渡口，彻底切断敌人退路。敌八八一团团长孙天才，在欲逃无路、孤立无援的情况下，下令举起白旗，打开堡门，表示投降。就这样一场奇袭战斗，消灭敌人1个团，共俘团以下官兵1200余人，并且活捉了敌团长。

这时，五六一团二营也在高家滩将敌人三十五师一〇三团全歼，并控制了黄河渡口，解放军主力部队已从黄河南岸逼近中卫，为下一步消灭马家军形成良好态势。

而此时，远在银川的马鸿宾还不知道自己军队在这里发生的变故。

炮兵急行军

通往中卫的大路上。十九兵团六十三军的炮兵团正在前进，车轮滚滚，浩浩荡荡。

道路崎岖，曲曲折折，给炮兵行军带来了极大的困难。

山炮营是全团的先遣队，他们翻山越岭，走在最前面。

一会儿，几个战士推着炮上坡行走。一会儿，几个战士又不得不抬着炮过沟。

指战员个个汗流浃背，艰难行进。

傍晚，炮兵团的战士们已来到中卫县的长流水一带。这里是一条狭窄的山谷，两旁光秃秃的石山，峋嶙陡峭，寸草不生。山谷间的沙地上堆满了碗口大的石头。部队正在山谷中挺进，突然间天上电闪雷鸣，下起了大雨。

营长大声喊道："大家要克服一切困难，尽快冲出这条山谷！"

雨越下越大，部队无法行动，而且这样待下去，不仅不能前进，还十分危险。苏营长赶紧叫来3个战士，在大雨中喊道："你们赶快分头通知各连，停止前进，就地宿营，尽快把炮车和弹药放到安全地方，专人守护，绝不能叫洪水冲走！"

他们答应一声，转身消失在大雨中。

各连接到通知后，大家马上把炮车上的马卸掉，防止这些战马受到惊吓乱跑，摔坏武器。同时很快把马背上的弹药箱也卸下来，放到小山梁上比较安全的地方。

大雨越来越猛，指战员们无处避雨也不能避雨，都专心守护在战马和大炮旁边，个个淋得湿漉漉的。

风雨交加，时大时小，整整一夜没有停息。

炮团的指战员们在山坡上，顶着寒风，淋着秋雨，一直守护着身边的大炮和战马，他们谁也没有经历过这种场面。

天终于亮了，太阳也慢慢地照进了他们所在的山沟里。大家互相也能看清楚了，指战员们个个湿淋淋的，衣服紧贴在身上，整整一个晚上淋着大雨，没吃没喝，有的冻得身上直发抖，有的脸色苍白，有的缩成一团……

军号响起来了，战士们又打起精神，又继续向中卫前进了。

千里急行军，步兵非常辛苦；可是炮兵们牵马扛炮，更辛苦！

第九章 争取八十一军起义

为解放宁夏奔走

1949年5月，西安解放。

几个月来，市民生活渐趋稳定，孟宝山心里郁闷的心情也有所缓解。他是一个性情耿直、有口无心的人，他生在西安，是个标准的陕西“楞娃”。他原来担任马鸿逵部的少将电讯处长，很受马鸿逵器重。久而久之，马鸿逵感到这个陕西楞娃的“棱角”有点太多，就换掉了。孟宝山在银川无法立足，就回到了西安，自谋生路。

西安孟宝山家。

孟宝山正在家里看报，没想到来了一位不速之客。

落座后，来人直言相告：“我是解放军第十九兵团政治部联络部部长甄华，特来贵府拜见孟处长。”

孟宝山忙说：“甄部长光临寒舍，幸会，幸会。我现在早就不是什么处长了，一介平民百姓，自由人。”

甄部长自然听得出来，孟宝山言谈之中颇有感慨。

闲聊了一会儿，甄部长说明来意："孟处长，今天来见你，实不相瞒，有件要事相求。"

"不敢当，不敢当，有什么事，只要我能办到的，甄部长尽管说。"

"事情是这样的。"甄部长说，"你也看到的，根据解放军总部的部署，我们已经解放了西安，现在大军正在向西推进，下一步就是由彭总直接指挥，解放甘肃和宁夏。你在宁夏马鸿逵部从军多年，那里的人事你比较熟一些，因此我们想请你回到银川去，做一些宣传工作。"

孟宝山将身子往前靠了靠问："做什么宣传工作？"

"主要是让马家军的官兵，尽量多了解一些共产党和解放军的政策。"

"是的，多年来，马鸿逵部队作了很多反共宣传，官兵思想非常禁锢，对共产党了解确实非常少，是应该多宣传宣传。自从你们解放西安后，我也亲眼看到了，解放军的确是正义之师、文明之师，和国军比起来，完全是两码事。中国的天下必定是共产党的，不会错！"

甄华见与孟宝山的谈话渐趋投机，就提出此行最要紧的问题："孟处长，如果你同意去银川，还有一项更重要的工作也需要你去做。"

孟宝山爽快地说："好，你说吧。"

甄部长说："解放军对这次解放甘肃、宁夏有一个总的设想，就是两种准备：立足于打，也争取和。如果能像和平解放北平那样，宁夏也能和平解放，那就对广大群众、人民财产以及双方官兵的生命安全等等都有好处。所以，希望你回到银川后，针对马鸿逵、马鸿宾，也做做这方面的工作。"

孟宝山从椅子上站起来，略作考虑说："这一方面的工作嘛，也能做。依我看，马鸿宾也许还有希望；至于马鸿逵嘛，我可是太了解他了，多年来，他跟蒋介石跟得非常紧。从你们到延安后，就与马鸿逵是邻家，地盘相接。多年来，他一直想消灭共产党，只可惜他没那个力量。所以说，要与马鸿逵谈和平解放，恐怕就难了。甄部长你说呢？”

“我们也分析过，跟你的看法基本是一致的。但是我们考虑，不管怎么说，只要有一线希望，哪怕死马当作活马医，咱们工作还是要做，只要对人民群众有益，我们就不放弃。”

孟宝山点了点头：“甄部长的话，有道理，那我就试试看。”

甄华部长很高兴：“那孟处长你同意去了？”

孟宝山这回也笑了：“就是你说的，只要对老百姓有好处，我就去。能配合你们做点工作，我心里也很高兴，或者说，也是一种荣幸吧。”

甄部长转而认真地说：“过去马鸿逵不让你在银川待，你这回去了，会不会有什么危险呢？”

“不会吧。”孟宝山想了想说，“我离开马家军，主要是马鸿逵对我看不惯，说到底是两个人的脾气不对铆，我没做过什么对不起他们的事情，和平解放的事能不能谈成，他们也不至于加害于我吧。”

甄部长进一步说：“那就拜托你了。另外，我们还准备在甘肃、宁夏再找些合适的人，到时候和你一起开展工作。”

孟宝山很高兴地说：“那就再好不过了。”

两个人又谈了一些细节问题，就分手了。

孟宝山做了些准备，就离开西安，去了银川。

银川，马鸿逵公馆。

一个特务人员进来：“马主席，我们原来的处长孟宝山近日返回银川，行迹很可疑，特向你报告。”

马鸿逵想了想，发了话：“严密监视，有什么活动及时报告。”

孟宝山到银川后，住在朋友强允轩家里。

马鸿逵的特务工作是很出色的，孟宝山刚到银川，特务部门就发现了他。

8月16日，银川强允轩家。

马鸿逵的交际处副处长杨振武到强允轩家来看孟宝山。名为看望，实为侦探。

杨振武一进门就满脸带笑地说：“老孟你看看，昨天我就说叫你搬到忠盛恒饭店去，你不去，这不，今天一大早，马主席就把我批了一通，嫌我对你招待不周。怎么样，我看你今天还是住过去吧，也让兄弟好交差啊。”

孟宝山心里当然明白，忠盛恒是马家军控制的大旅馆，让他住到那里，无非是为更加严密地监视他。

强允轩也过来说：“人家杨处长对你这么关心，你就住过去吧，有空了我会去看你的。”其实孟宝山并不知道，强允轩早就接到了马敦静下的命令，不准他叫孟宝山再住到家里。

强允轩当然不敢违命，又不便对孟宝山明说，只好趁这个机会劝劝他。

孟宝山心想，说个实在话，杨振武这两天对他的招待，不管是出于交际工作的本能也罢，还是念及旧情也好，或者说是另有所图也行，的确是够热情的。君子为人，胸怀坦荡，为了不让杨振武为难，也为了不致给强允轩添麻烦，他痛快地说：

“难得杨处长这么关照，好，我就跟你去忠盛恒，只是我已经不是政府的人了，还让你这么操劳，实在是太不好意思了。”

杨振武忙说：“没事没事，兄弟吃的就是这碗饭嘛。”

临出门前，孟宝山对强允轩说：“谢谢老弟了，多年不见，你还能这样对待愚兄，实在难得，有情后补。”

有杨振武在场，孟宝山其他话也不便多说。他真的是打心眼里感谢这位老朋友，这种时候，他还敢收留自己，也应该算是一条汉子。

强允轩跟在后面，忙说：“朋友一场，人之常情嘛。我要是到了你家，你也一定会收留我的嘛。”

孟宝山赶紧说：“当然，当然。”

随后，孟宝山随杨处长一起来到了忠盛恒旅馆。

孟宝山住到这里后，知道这里到处都是马鸿逵的眼线，提醒自己要格外小心。自己吃点苦头倒在其次，耽搁了解放军的使命事情就大了。

尽管他感到身心不太自由，但还是千方百计做了很多工作：请强允轩积极打探马家军上层的消息，利用其他朋友宣传和平解放的好处，也利用自己过去的部下，尽量联络更多的人酝酿和谈。这些工作都不同程度地发挥了作用。

这天，孟宝山以老部下的身份见了马敦静，直言不讳地谈了自己的来意。

马敦静对和谈的事，不置可否。

9月1日午饭后，杨振武来找孟宝山，说是马司令请他过去一下。

孟宝山立即去了。

将军第公馆，一见面，马敦静就说："军统局的人已经知道你来了银川，也知道你来银川是干什么来了，这两天可能就要抓你了，而且还要押送到广州去。不管怎么说，我们总算是一起共过事，于心不忍嘛，所以你现在还是尽快离开银川，回到西安去，免得人家害你。如果真出了那样的事，知道的人说那是上面的人干的；不知道的人，还以为是我们干的，让我们落个不仁不义的名声。"

话说到这个份上，孟宝山知道，马家军这已是关闭了和谈之门，已不好再谈下去，只能以后再找机会。他对马敦静说："感谢马司令关照，我明天就离开银川。"

孟宝山决定暂时离开银川，搭一辆便车向南走，准备把有关情况向甄华部长作一汇报。

和谈代表团全力以赴

兰州解放后，第十九兵团政治部联络部部长甄华就与马守礼商量，准备找几个回民代表，先期去宁夏做些和平解放的宣传联络工作。

马守礼愉快地说："行，这两天我就去找人。"

马守礼原任国民党甘肃省正宁县县长，于1949年农历四月随该县自卫队起义，后来到十九兵团政治部工作，在回民工作委员会干部训练班任队长。

经过马守礼和吴鸿业先生在兰州上层人士间奔走联系动员，最后邀集兰州社会上层人士马锡武、王廷翰、裴建准、马季康、马元凤等人，在兵团联络部举行了一次座谈会。

会上，甄华部长向大家分析了当前的形势，最后他说："兰州的解放，为宁夏的和平解放创造了条件，现在，我们准备派一些同志去宁夏，做一些双方的沟通工作。希望在座的各位都能积极参与，届时再与大家联系。"

在场的各位先生都很高兴。

有的说："我愿意参加，这是解放军对我们的信任嘛。"

有的说："我随叫随到。"

刚刚在野战军总部开完会，杨得志就对政委李志民说："我们去拜访一下郭南浦老先生吧，联络部已经联系好了。"

"好的，马上去。"

两人上了汽车，向前开去。

郭南浦当时已经是81岁的老人了，是回民，也是一位老中医，在甘肃、宁夏伊斯兰教界威望很高。见了面，杨得志、李志民代表解放军向他表示慰问。他穿一件灰色长袍，头戴一顶小帽，也像普通回民一样留着胡须。他虽然年逾八旬，但清瘦显高的他看上去非常健康，头脑也很清醒，自有一番文人气质。他没想到解放军这么高级别的领导会来看他，非常感动。

十九兵团指挥部，郭南浦来到门口，被卫兵拦住："你找谁？"

郭南浦急忙说："我找你们杨司令员、李政委。"

"你是他们什么人？"

"我是他们的朋友，他们俩一起来看过我。"

卫兵通报后，郭南浦进了大门。

杨得志、李志民早就站在门外等候。

第十九兵团会客厅。

大家落座后，没等问，郭南浦就主动说道："杨司令员、李政委，听说你们马上要进兵宁夏，要和平解决宁夏问题，我与宁夏马鸿逵、马鸿宾过去有过交谊，虽然不是同姓，却是同族同教，如果大军信得过，我愿前往宁夏，将大军爱国爱民的意愿和对我们回民的情谊转告他们，也可以劝劝他们，配合解放军解放宁夏。"

▶ 杨得志司令员会见郭南浦先生

杨司令员笑着说："我们当然信得过您老人家呀，我们已经是朋友了嘛！"

李政委接着说："这当然是好事，不过您老年事已高，路途又远，万一有个闪失……"

"不不，'丈夫为志，穷当益坚，老当益壮'嘛！"郭老先生急忙引用古语表示自己的态度，"两位长官尽管放心，'老马之智可用矣'！"

两位领导都被郭老先生的情怀所打动。

李志民政委说："您老人家爱国爱民的热情值得我们学习呀！"

郭南浦连忙摇手说："哪里、哪里，不敢当、不敢当！"

杨司令员最后说："老人家，那就这样吧，我们给你派辆车，再派几个人跟你一同去，路上也好照顾您老人家，你看好不好？"

郭南浦赶紧说："好好，我马上回去做准备。"

事后，杨得志将有关情况向彭总作了汇报，经他同意，邀请马宏道、马凤图、马季康、马元凤、马忠汉、白连升等人，并派兵团政治部马守礼等几名有经验的干部，组成了以郭南浦为团长的宁夏和平解放代表团，一同上路。

第十九兵团指挥部。

劝降团准备出发，杨得志司令员亲自给大家讲话："中央军委和毛主席对解放宁夏的政策很明确，就是'对马鸿逵可在军事打击下尽量争取用政治方式加以解决'。这次叫你们去，就是要请你们亲身宣传一下解放军的有关政策，最大可能地争取和平解放宁夏，让广大群众特别是我们宁夏的穆斯林少受苦难，尽快地安居乐业，发展生产，稳定生活。"

一会儿，代表团由兰州动身出发。

后来，杨司令员又给已经在宁夏的六十四军曾军长写了一封信，叫他们届时注意配合。

固原三营镇，六十四军指挥部。

▶ 第十九兵团首长与郭南浦等赴宁和谈代表合影

三营镇地处交通要冲，古代驻兵之地。后来依旧时屯兵顺序，这一地区起名就叫头营、二营、三营直至七营镇，沿用至今。

曾军长正在指挥部研究资料，一个参谋进来：“报告军长，有几个同志要求见你！”

“干什么的？”

“说是劝降团的，领头的老先生叫郭南浦。”

“好，请他们进来吧。”

郭南浦、马季康、马守礼、白连升等人走进指挥部。

一见面，曾军长就热情地打招呼：“欢迎欢迎啊，杨司令员已经给我来过信，郭老先生这么大年纪，还为民族大业奔波，实在令人钦佩！”

郭南浦笑容可掬地说：“哪里哪里，我心里也早就盼着天下太平啊。”

言归正传，曾军长说：“老先生，据我们了解，马鸿逵思想很顽固，多年来一直与人民作对，是个非常反动的家伙，你们可得多费心思啊！”

郭南浦说："对这两个人我都比较了解，马鸿逵我不敢说，但马鸿宾还是有希望的。他跟马鸿逵不一样。"

曾军长说："您见了马鸿宾要对他们说，希望他们看清形势，不要犹豫不决，心存幻想。如果他们再不趁早下决心停止抵抗，争取和谈，我们是一定是会用武力解决问题的。到了那时候，再想和谈可就晚了。"

"曾军长放心，我们一定尽最大努力做好工作。"郭老先生爽快地说。

孟宝山离开银川后，就急着往南走，准备找甄华部长，将近期工作的情况作一汇报。没想到半路上在中宁以南的长山头一带，碰到了从兰州来的和谈代表郭南浦等一行人，其中有孟宝山的老友马季康，还有十九兵团联络部徐、朱、杨3位同志。大家相见，谈起和平解放宁夏的事，非常高兴。

说了一阵话，他们便一路同行。

走了没多久，他们就遇上了六十四军的首长。

孟宝山单独与傅崇碧见了面，把来宁一个月的结果，向他作了汇报，并将宁夏政府及军队的态度，向傅崇碧副政委作了详细介绍："马敦静这个人我比较了解，本来再做些工作，也还有点希望。宁夏的问题，关键在马鸿逵身上。马鸿逵的态度可以说是顽固不化，特别反动。马敦静的行为完全取决于马鸿逵，老子定的方案，马敦静只有执行。所以说，宁夏马鸿逵方面和谈的可能性是小之又小。"

停一会儿，他又说："马敦静有个幻想，就是想和解放军签订什么互不侵犯协定，当然他也知道，这是不可能的。所以他们的想法就是，如果解放军不接受所谓互不侵犯协定，拖不下去，就要炸开黄河，放水淹地，抵抗到底。如果还抵抗不住，就放火将银川烧成一片废墟，军队则化整为零，逃窜到贺兰山里去打游击。"

傅崇碧副政委听了，非常气愤：

"他们想得倒不错，签互不侵犯协定，白日做梦！"

孟宝山最后说：“不过，据我们与马鸿宾见面的情况看，跟八十一军的和谈还是很有希望的。”

“很对，我们也是这样分析的。”

傅崇碧同志对孟宝山的工作情形甚为赞许，让他随兰州和谈代表团一起回中宁，与马鸿宾部队继续联系，商议和谈。

于是，孟宝山同郭南浦等人又乘汽车返回中宁。

9月14日，郭南浦、孟宝山、马季康、白连升、马守礼等人准备去银川，继续商讨和谈问题。临行前，他们分别给曾军长和兵团甄华部长写信、发报，通报了有关情况。

下午5时左右，他们到达中宁县城。

中宁城里已是一片混乱，真正是兵荒马乱，人人自危。

孟宝山决定在与马鸿宾商议和谈的同时，想再与银川的马敦静联系一下，看看还有没有一点可能性，就通过私人关系先接通银川保安副司令少将马晓云的电话，后来又和马敦静通了话。马敦静还不了解中宁这边的实际情况，还指望马鸿宾的八十一军阻止解放军北上。他把和郭南浦一行准备再去银川的来意作了说明，马敦靖的态度仍是没有什么转变，还是想继续拖。他还让代表团转告解放军首长说：“希望解放军暂住大红沟一带，不要向北开进，如没吃的，可以送粮食过去。否则就在路上安排两个骑兵团，坚决抵抗。”

代表团一行人听了马敦静这番话，感到真是好笑：解放军刚刚打了扶眉战役，消灭了胡宗南4个军。又解放了兰州，消灭了马步芳10多万人，你马敦静两个骑兵团，就想阻止解放军前进？简直是螳臂当车，不自量力！

为了更好地开展工作，代表团决定还是要到银川去。即便马敦静的工作不好做，还可以面见马鸿宾，再作具体商谈。最后，孟宝山对马晓云提出要去银川再次商谈和平问题，请他通融一下，提供方便，沿途保障代表团的安全。马晓云这一次倒很痛快，让他们在汽车上插一面红旗作标记，他再通知有关部队放行，对他们给予保护，不加阻拦。

随后，他们一行乘坐汽车上路，向银川进发。

行经金积县洪乐府时，代表团在马震武家吃了一顿饭。马震武是宁夏回族哲赫忍耶门宦教主，是郭南浦的老友。郭南浦这次来宁夏前，就一直惦记着马震武，很关心他的处境，正巧这次来宁夏沟通和谈，既能为革命效力，又能看看马震武，因此两人见面都很高兴。

饭后代表团继续前行，一路顺利，没有什么麻烦，于当晚11点左右顺利到达银川。

银川将军第。

宁夏省政府秘书长马廷秀接待了郭南浦一行，安排他们住在省政府招待所。他们很快发现，住所周围有很多特务在活动，对他们实施监视。

当年马鸿逵的父亲马福祥受到慈禧太后的器重，步步高升，马廷秀一直是他的秘书。后来马家军立足宁夏，马廷秀就当了秘书长。

郭南浦谈了他们的来意。马廷秀也介绍了宁夏的有关情况："马主席已经由蒋总统叫到重庆去了，这里的军政事务统一由马敦静全面代理，大小事情都得由他来定。"

他最后很客气地说："您老人家来，别的事都好说，只是您提的和谈这件事，难度太大了。我考虑马代主席现在也很为难，马鸿逵现在在蒋介石手里，这会儿要是和谈，蒋介石就会加害马鸿逵的。"

郭南浦说："难度肯定很大，成不成再说，请你先安排我和马敦静司令见个面。"

"我尽量安排。"马廷秀说。

马廷秀见了马敦静，说郭南浦要与他见个面。马敦静一听就火冒三丈："有啥好见面的，你给我把这几个人都抓起来，我看谁还敢跟我来和谈！"

马廷秀饱读诗书，通晓古今，也算是马府的一位谋士，赶紧说："司令，自古以来，两方交战，不斩来使。何况郭南浦这些人还不是来使，只能算是第三方的中间人，他们又大多是穆斯林，目前这形势，抓人不大好吧。”

马敦静仍然怒气冲冲：“好吧，人就不抓了，但面我是不见的。另外，你去通知一下，司令部派人严密监视郭南浦一帮人的行动，有什么特别情况，随时通报我。”

代表团到银川的第二天，也就是9月15日，等了半天，没见上马敦静，也没见上其他要人。只有强允轩前来看望孟宝山，并对他说：“你胆子不小，又跑回来了。你这次回来，可得小心点。马敦静曾在一次会议上说过，你是一个间谍，你上次来就是搞策反的，是给解放军探路的。你说你悬不悬？”

孟宝山一笑置之：“不管他怎么说，我们这次来还得找他。”

尽管马敦静派人秘密监视，但马廷秀还是于当日下午安排郭南浦一行与马鸿宾在他的“五亩宅”公馆见了面。

郭南浦过去和他交往比较多，很熟悉，一番客气之后，就由郭老先生首先说明了来意。也把这次和平解放宁夏的重要意义，和对宁夏人民的好处都说了。最后，郭南浦又一次申明：“我们来的时候，彭德怀司令员讲了，希望宁夏国民党当局认清当前形势，停止一切军事行动，坐下来好好谈判。后面的话大概不太好听，彭总说了，宁夏军队如果不愿意和谈，那就只有武力解决，解放军完全有这个力量。”

郭南浦刚说完，马鸿宾就满带火气地说：“谁说我们不愿意和平谈判？兰州战役以来，我们就是以和平的态度对待共军，一让再让，可他们却有意制造事端，一再地挑起战斗。什么叫和平？和，就是和气；平，就是一碗水端平。你们看看，我们的和谈八字还没见一撇，解放军就到处找事，把我们打成这个样子，这就叫和，这就叫平吗？这不和咋能平，不平又咋能和呢？”

“误会，误会！这完全是误会！”郭南浦连忙解释说，“一家人都少不了磕磕碰碰的，何况在一个地方的两支军队呢。”

马鸿宾怨气未消地说：“这不是误会，这是解放军不讲信用。

我们不是正在商量和谈吗，怎么说打就打开了，一下子就吃了我两个团，这和谈怎么谈？”

马鸿宾生气事出有因，就在他们见面的当天上午9时，六十三军一八七师的五六一团经过半天加一夜的急行军，夺占黄河南岸的要点枣林子，准备配合军主力包围敌八十一军二九四师八八一团和三十五师一〇团，予以消灭。

当时，解放军正全面向宁夏大举进军，因为中宁是通往银川的必经大道，解放军肯定要夺取中宁一带。马惇靖考虑，为了避免与解放军正面接触，保存实力，便将驻中宁的八十一军军部及家眷全部搬迁中卫县，同时电令驻靖远北湾的八八一团和一〇三团快速撤回中卫。这两个团连日行军不能休息，疲劳不堪，当走到离中宁县城约7华里的黄河对岸时，决定休息喘喘气，并开始生火造饭，不料未待饭熟，就被六十三军一八七师赶上，予以包围。敌见势不妙，企图渡河逃往北岸，向其主力靠拢。解放军五六一团早已占领各个制高点，断敌退路，最后迫敌放下武器投降，将该敌全歼，生俘八八一团团长孙天才及部下1000多人。与此同时，解放军另一支部队也将其一〇三团消灭。

至此，马鸿宾的八十一军外围已全部肃清，处于孤立无援的境地。

而此时解放军第十九兵团三路大军数万人马已齐聚中宁县境，与八十一军隔河对峙。同时一八八师又从北岸逼近中卫，八十一军已陷入绝境。

面对如此现状，马鸿宾心里怎能没有气？

过了一会儿，马鸿宾心里的气总算消了点。郭南浦就趁机说：“我们来的时候，彭总、杨司令员都说了，如果宁夏方面能同意和平解决有关问题，并坐下来和平谈判，我们就可以给兰州彭总去电报，同时通知前线停止一切军事行动，商定和平解放宁夏有关事宜。马副长官，你看我们给兰州的电报发不发？”

马鸿宾想了想说："马敦静现在是宁夏兵团的司令，他虽是我的侄子，但多年来话早就说不到一起了，我这次来还没见着他的人呢。所以，马敦静这边我不好说，中卫马惇靖是我的儿子，我能负责，我可以给他去电话，叫他先和解放军见见面，其他事项嘛，我们还是另作商议吧。"

"人家十九兵团数十万人马已经兵临中卫城下，他们可是不能再等了。"郭南浦及时捅破窗户纸，"人家可是和也行，打也行，过期不候啊。"

马鸿宾沉默了一会儿说："我刚才不是说了嘛，我们早就做和平解决的准备了嘛，只是有些具体事项，不知道他们是怎么打算的……"

马鸿宾还是徘徊不决。

郭南浦说："那我们就先回中宁了，按马副长官的意思，先让双方见个面，有些事情可以当着面谈。"

马鸿宾说的是实话，他前天由中宁来银川后，一直没见上马敦静。原来，他刚刚回到银川，早有特工报告了马敦静。马敦静又很快给老子打了电话。

马鸿逵一听就急眼了：

"他这时候来银川阿木了（干什么）？是不是见我不在，又想趁机插手宁夏兵团的事？你给我记着，你得防着这个老东西，任他怀揣千条计，你就一个老主意，不见面！"

这就是马鸿宾见不着马敦静的原因。

马鸿逵当年为了争夺宁夏的霸权，率部进入宁夏，硬是把马鸿宾挤到同心、中宁一带。两人虽是同一个祖父，却为了争权夺利，结下了仇恨。直到1939年，蒋介石亲来银川调解，两家的矛盾表面上才稍有缓和。

9月16日晚上，将军第公馆。

马敦静下令："郭南浦一伙人3个小时内离开银川，告诉他们，再不走，就抓起来，一个也不留！”

代表团除郭南浦外，其他人只好决定离开银川。

他们当夜冒雨出发，返回中宁。由于路途泥泞，只走了30多里路，他们便在大观桥住下了。

第二天下午，中卫县石空镇。

代表团一路风尘到了与中宁隔河相对的石空镇黄河渡口。

八十一军军长马惇靖已预先到达该处等候，这使代表团几位人员心里甚感宽慰：看来马鸿宾说话还是算数的，说明代表团离开银川后，他就给儿子马惇靖打了和解放军见面和谈的电话。

马惇靖见了代表团的人很客气，他说：“我们军人的职责是保国卫民。毛泽东比蒋介石好，我们就跟随毛泽东。有关和谈的问题，我们可以和解放军面商。”

随后马惇靖派了一个小皮筏，把代表团一行摆渡过河。他们过河后，先见了甄华部长，报告了有关情况。甄部长和解放军首长研究后，又当即叫代表团过河向马惇靖转达了具体意见。

9月16日早上，代表团一行继续上路前往中宁。路上他们遇到了原国民党中宁县长张朝栋和中宁稽查处长许达智等人，孟宝山与张朝栋比较熟。张朝栋是马鸿逵部队贺兰军军长马全良的心腹，孟宝山就提出叫他做做马全良的工作，在和平解放宁夏方面多出点力。

张朝栋答应了。

代表团到了中宁，见了六十四军首长，又来往于中宁与中卫之间，按照马鸿宾的意思，又与马惇靖商谈了八十一军有关和平起义的情况。

9月17日，代表团又到中卫和马惇靖见面接洽，马的态度明显好转，答应可以进行下一步和谈。

其实，早在10多天前，解放军到达固原县三营镇时，就联系当地绅士马明三等人到中宁县，约马鸿宾在中宁以南的寺口子见面，有要事商量。马鸿宾经过考虑自己不便前往赴约，派马惇靖去跟马明三等人见了面。

见面后，马明三等说他们是三营镇的解放军派来的，向八十一军转告解放军的政策，并希望八十一军审时度势，顾全大局，和谈起义，为和平解放宁夏作出贡献。并说明如果目前不起义也可以，但在解放军进军银川时不要阻挡。

马惇靖考虑了一会儿，说："第一，我们不会和解放军再打仗；第二，解放军经过中宁、中卫时，我们也不会主动出击阻挡，请转告解放军一定放心。"

马惇靖心里当然知道，八十一军绝不是解放军的对手，岂敢再打。同时他也知道，虽然国民党大势已去，必然失败，但是他对和平起义以及起义之后自己和父亲的出路根本没有看清楚，或者说，那时候他也不想看清楚，所以当时他只能那样回答。

其实，他心里还有其他疑虑：马明三等人虽然自称是解放军派来的，但是当时并没有解放军的代表在场，他怕这些人不可靠。

另外，当时虽然兰州已经解放，但是在宁夏方面马鸿逵的势力尚未受到多大损失，他们的力量与马惇靖的军队相比还是很强的，加之他们之间的关系又长期不睦，恐怕联络起义之事一旦泄露，马鸿逵方面就可能下手加害他们，那样一来，他们肯定要吃大亏。

还有，他从根本上来说，不到万不得已，他们是不愿放弃家族几十年掌握的军权的。在他看来，有军权，才有势力；有势力，才有地盘。如果放弃军权可以说什么都完了。

再一点，就是他们当时对共产党和解放军的认识很不够，特别是对和平起义还很担心，很害怕，所以，还是想等一等，拖一拖。

这一等一拖，就过去了几十天。

当天早上，马鸿宾住所。

马鸿宾起来忽觉得头有点昏。65岁的人了，昨晚又几乎没有入眠，当然受不了。尽管他翻来覆去想了一夜，还是定不了砣：打，绝对是不敢打的；和，又有点不甘心。

马鸿宾还在摇摆不定。

当天发生的一件事，给他提供了一个再等一等的机会。国民党国防部长徐永昌由广州直飞银川督战打气，布置一番后，又要飞包头。马鸿宾请求随徐永昌一同前往。

他要去找傅作义。因为傅作义正在包头与董其武、邓宝珊商谈和平解决绥远问题。

包头飞机场。

马鸿宾走下飞机，两个人走到他面前："我们是傅司令派来接你的，请上车吧。"

马鸿宾恭敬地连声说："多谢！多谢！"随后他们乘坐一辆汽车离开机场。

马鸿宾曾是傅作义的部下，过去交往很多。傅作义已在北平和平起义，马鸿宾要去求教。马鸿宾见了傅作义，谈了自己的想法，他请傅牵线，要去北京与毛泽东商谈和平起义的事。傅将马鸿宾的意图电告毛泽东，毛泽东回电指出：

"我们可以将马鸿宾部和马鸿逵部区别对待，但问题的解决必须在前线不能在北平。全国各地都是如此，宁夏不能独异。无论马鸿逵或马惇靖如欲解决问题，应速派代表至兰州第一野战军司令部找彭德怀司令员接洽，或到固原十九兵团司令部找杨得志司令员接洽。如马鸿宾能亲自去兰州或固原一趟，则更好。彭德怀将军已知马鸿宾为人是和马鸿逵有区别的，他正想找马鸿宾接洽。如马能亲自去，或派代表去，必被欢迎，不会有任何危险。西北军区对宁夏进军的时间已很迫近，宁夏代表应速去固原或兰州，不要再拖延了。"

傅作义将毛泽东的意见转告了马鸿宾。

马鸿宾想与中共最高身份的毛泽东当面谈判，大概为的是想增强以后的安全感，同时也好提高自己的地位。

但他也没有想一想，毛泽东能答应跟他坐在一起吗？

马鸿宾与傅作义商讨具体办法，傅先生以亲身感受讲述了共产党的政策，最后，他说："马老弟，我就送你六个字：和有利，战无益！"

马鸿宾点了点头。

马鸿宾想与毛泽东见面的愿望没有实现，却从傅作义那里讨得一剂良方，从包头返回宁夏银川。

毛泽东于9月19日致电彭德怀、张宗逊，对宁夏问题作出具体指示：

"宁夏马鸿宾已到包头，其八十一军军长马惇靖，与马鸿逵部系属两事。无论用何方式，只要解放军不打，能使八十一军成为人民的军队，他均乐于接受，请先停止作战，以便商谈。"

彭德怀立即指示十九兵团，暂停一切军事行动，一观动态。

最后的抉择

中宁第六十四军指挥部，曾军长主持召开作战会议。

曾军长说："按照上级首长指示，我们已经观察等待了两天，代表团已经和马鸿宾和马惇靖多次会面，至今还是没有明确的态度，和平谈判还是没有任何进展。"

傅崇碧副政委说："这说明他们还是抱有幻想。"

最后，曾军长果断地说："因此我想，鉴于马鸿宾和他儿子还在犹豫，我们应该采取新的行动，应当给其以必要的军事震慑，促其下定决心坐下来谈判！"

大家都同意了曾军长的意见。

随后，曾思玉军长下令："命令榴弹炮团向黄河北岸马鸿宾八十一军的碉堡群开炮！"

黄河南岸，猛烈的炮火呼啸着飞向敌人阵地。

黄河北岸，敌人阵地上鬼哭狼嚎，一片混乱。

八十一军前沿阵地已经破败不堪，战斗力非常脆弱，军心严重动摇。

银川马鸿宾“五亩宅”公馆。

马鸿宾正在和儿子密谈。

马惇靖眼见解放军兵临城下，孤军难支，援兵无望，拖下去只能是绝路一条，不得不考虑求和了。

昨天，他又跑到银川，与父亲马鸿宾商讨对策。

“我们到底该怎么办？现在该拿个主意了。”

马鸿宾说：“打，我们肯定是不能跟共军再打了，要打，就是拿鸡蛋碰石头；可是就这样把人马都交出去，我心里难受啊。我们在宁夏掌权整整38年了，这里是我们几代人争下的地盘啊。我们的祖宗为了这块土地，丢过命，流过血啊！”

马鸿宾的父亲马福禄在北京与八国联军作战时，带领回军英勇杀敌，前赴后继，为了保卫北京，为了保护慈禧太后，在战场壮烈牺牲了。

回民军队是以特殊精神熏陶训练出来的军队，有着非常强悍勇猛的战斗力。

回民在维护本民族利益中，以流血献身为荣，认为那是对真主的忠诚。

回民军的战斗精神感动了慈禧。

马福禄死后，慈禧太后为了表彰马福禄的功劳，也为了继续发挥马家军的战斗作用，遂下旨由其弟马福祥接掌他的部队，继续率军作战。慈禧逃往西安时，马福祥担任贴身护卫。

这是马家发迹的开始。

马惇靖小声说道：“可是现在潮流不一样了，国军在大陆已经没有多少人马了。”

“国民党政府现在是气数已尽，换谁也救不了，蒋介石现在也是随时准备飞往台湾啊。”

“二叔不是已经都到重庆了么，要不然我们也走。”

"我已经是60多岁的人了，到了台湾，或是到了国外，还有什么意思呢。咱中国自古有句话说，落叶还要归根呢，我们跑到国外干啥，我不想走。"

"可我们要是不走，将来共军会不会害我们呢？"

"我在包头见了傅作义，他们就是先例，共军还不至于加害我们，他们也要收买人心啊。"

父子俩谈了半天，还是没有谈出个名堂，他们还是下不了决心。

按马鸿宾的想法，别说是自己的人马，就是整个宁夏的军队如果和解放军打，也肯定不是对手。他提起彭德怀就胆怯。1936年，彭德怀率西方野战军西征宁夏时，第一仗就吃掉了他两个团又一个旅部，活捉了西北很有名气、人称"野骡子"的骑兵旅长冶成章。当时活捉冶成章的时候，他光着上身，双手挥刀，有股猛张飞的劲头。抓住他后，他很不服气，认为红军是碰上了好运气。

彭德怀二话不说，下令放了他。他很快回到了原来的部队。

可是不久，西征红军再次活捉了他。

这一次他服气了，而且还挺讲义气，兑现了当初诺言，离开马家军，带老婆回老家当了农民，再没有当过一天兵。

可是现在要叫马鸿宾把手中的权力拱手交给解放军，又确实舍不得。

中卫八十一军军部。

马惇靖刚刚从银川返回，郭南浦就来了。

马惇靖自然知道他的来意，满心不悦，就发牢骚说："解放军没有和谈诚意嘛，进军那么快，甚至还突然向我们阵地开炮。这责任不在我们嘛，你回去可以转告解放军，我们是愿意进行和平谈判的，也希望解放军要有诚意。"

郭南浦又回到中宁六十四军指挥部。

曾军长等首长见到郭南浦一行后，和大家热情地一一握手。曾军长关切地说："老先生，您老人家80岁高龄了，还不辞辛苦，为和平解放宁夏来回奔波，实在叫我们感动啊！”

郭老先生急忙说：“没啥没啥，能为和平解放尽点力，也是我的荣幸呀。”

曾军长转入正题问：“老先生，您与马鸿宾、马惇靖谈得怎么样啊？”

“我见了马鸿宾，也在中卫见了马惇靖，他们倒是愿意接受人民解放军和平解决的办法，眼下嘛，他们让我转告贵军，他们是愿意进行和平谈判的，也希望解放军拿出真正的诚意，不要动不动就开炮，这样下去怎么和谈呀。”

曾思玉军长脸上露出坚毅而威严的表情，严肃地说：“闹了半天，倒是我们没有诚意了？简直是笑话！我们这么多的部队不能老停在这么大的荒原上等待呀？我们奉中央军委和野战军彭总的命令，是要打到银川去，解放全宁夏的。为了给马鸿宾以考虑的机会，达到和平解放全宁夏的目的，我们已经推迟了向银川进军的时间，还继续在这里拖下去吗？”

“军长，这样的话……”

曾军长继续说：“其实马鸿宾的意思我们都明白，他还在犹豫，他一方面害怕和我们打，另一方面又想继续拖。他的八十一军正集结在中卫一带，还有马鸿逵的贺兰军正在长山头一带，卢忠良的一二八军也正在金积、灵武一带修建工事……他们要我们停止前进，停止军事行动，就是还没有准备好嘛，还抱有幻想嘛！”

郭南浦忙说：“不不不，马鸿宾他不敢打，绝对不敢打。我们来的时候，八十一军周围的人马都退到中卫了，他们也不想打了。”老先生停了停又说：“军长，那你说我们下一步该怎么办呢？”

曾军长说：“这样吧，只好请您老人家再辛苦走一趟，给马鸿宾、马惇靖父子递个话，目前宁夏马家军只有两条路，无非就是战与和，何去何从，由他们自己选择。要和，就按北平和平解决的方式办；要战，就是我们彭德怀司令员宣布的，就要坚决、彻底、干净地消灭！我们有这个意图，也绝对有这个能力！”

“好好，没关系，我再去一趟。我一定转告贵军的意思。”郭南浦点点头说，“我看马鸿宾已经有起义的念头，但肯定是还有顾虑，我觉得他们主要是怀疑起义后，生命安全得不到保障。”曾军长说：“您老可以明确告诉马鸿宾，我们中央军委公布的战犯名单里并没有他嘛，叫他好好考虑考虑。只要八十一军不再抵抗，和平起义，我们一定保证他本人和其他官兵的财产和生命安全，解放军说话是算数的。”

“好的，我一定把话传到。”郭南浦说。

说走就走，郭南浦一行六七个人上了大卡车，向中卫驰去。

第十章 中宁签字

马惇靖的全权代表

黄河北岸，中卫县城。

大街上人来人往，一片混乱。

马鸿宾第八十一军已经人心惶惶，将无斗志，兵无精神。官兵个个心里一片茫然，命运不知何去何从。

马惇靖不知同老父亲通了多少电话，心里越来越乱，在指挥部里转来转去，坐立不安。

这天，他突然召集中卫县城一些绅士和当地知名人士，开了一个所谓的座谈会，听取大家的意见。

等人差不多到齐了后，他不加掩饰地说：

“我今天请大家来，是要告诉大家，我们八十一军现在是以全城老百姓的生命安全为重，绝不再抵抗解放军，不再挑起战火，请你们回去后转告大家，不要惊慌，不要乱跑。同时也请大家转告解放军，我们不想再和他们开火，请他们也再不要进攻。”

大势所趋，马惇靖的态度有了明显的转变。

八十一军在黄河北岸，六十四军在黄河南岸，隔河对峙。

这两天，孟宝山、马季康等几名兰州来的劝降团成员乘坐羊皮筏子，打着红旗作为联络信号，在黄河两岸来来往往，交涉着有关事项。

应该说，最近马惇靖的日子很不好过，昼思夜想，坐卧不宁，脑子里总在想自己和军队的出路问题。马惇靖是马鸿宾的第三个儿子，大儿少亡，二儿叫马惇信，因马鸿宾看到老三聪明机灵，所以叫他当了军长；老二马惇信为人老实忠厚，在马鸿宾看来，这个儿子人是个好人，但缺乏帅才，就让他当了副军长。副参谋长马惇德是马惇靖的叔伯兄弟，点子最多，外号称小诸葛。参谋长杨遇春是冯玉祥军队的老军官，为人厚道，不多言，对马家首领都很尊敬，军队的训练、作战计划，都由他负责。

这些人都是马惇靖最信得过的人，关于和谈的事，马惇靖分别听取了他们的意见，大家都赞成。

这样，马惇靖终于同意和解放军见面作具体商谈。

代表团回到中宁，向傅副政委作了汇报后，他马上派胡兰谷、马养斋到石空去和马惇靖接洽。

9月17日下午，八十一军军长马惇靖派来的联络副官杨子俊，乘一只羊皮筏子渡过黄河，在和平代表的陪同下，前来商谈有关起义签字问题。

六十四军首长接见了这名副官，一起讨论签订协议事宜。

可是没想到这个副官胆子太小，什么事也不敢做主，其实也做不了主，谈了半天等于零。

最后，曾军长严肃地对他说："我看你还是回去吧，告诉你们军长，和谈不是儿戏，再这样磨蹭下去，我们的大炮就要发言了。叫他明天派个真正的全权代表过来，认真地商谈一下，我们的耐心是有限的！"

副官连忙说："是是，我一定转告，一定转告。"

曾、傅首长最后又给马惇靖写了一封信，把上述意思又重申了一遍。

第二天上午，八十一军的少将师长马培清作为军长马惇靖派来的全权代表，乘坐一个皮筏子又从黄河上驶过来，而且打着红、白两面旗子。

南岸解放军的一名战士看着在黄河里漂流的羊皮筏子，迷惑不解地问："不是规定联络信号是红旗吗？怎么同时又出现了一面白旗？"

"红旗表示和平起义，白旗表示投诚，让他过来，我们全部接受。"一个干部幽默地解释着，说得大家都笑了！

马培清一行人上了岸。

又一次谈判

中宁县城，又一次和谈开始。

曾思玉军长、傅崇碧副政委和兰州来的代表以及马培清等开始正式讨论有关八十一军起义的细则。遵照"中国人民解放军宣言"精神，八十一军同意改编，决定第二天即9月19日正式签署协议。

签字地点定在中宁县城。

马培清沉默了一会儿说："曾军长，我有一句话，想说一下。"

"想说就说出来吧，今天咱们是和平谈判，谈判谈判，先谈出来再判嘛。"曾军长风趣的态度，使马培清心里的负担稍微减轻了一点。

马培清小心翼翼地说："我说一句实心话，我是有点担心。马惇靖军长是个谨小慎微的人，对解放军了解甚少，如果签字地点定在中宁县城，也许会使他产生疑虑，心里害怕，导致明天不能如期赴约，贻误良机，岂不前功尽弃！"

"马军长的担心我们可以理解，但是我们请马惇靖军长到中宁签字，绝对保证任何谈判人员的安全。即使一时谈不拢，协议签不成，我们也保证马军长和各位代表安全返回。”傅崇碧副政委很诚恳地说。

马培清低头不语，很不自然。

曾思玉军长接着说：“多年来，我军一贯是坚守诚信，说到做到，决不食言，我们是人民解放军，不是历史上的军阀。请你们转告马军长尽管放心！”

“解放军向来说话算数，北平等地已有先例，各位代表应该都是知道的吧。”傅崇碧副政委又说。

马培清还是低着头不吭声，可能马军长事前有交代，这事他不好作主。

会议出现了冷场。

过了一会儿，孟宝山开口说道：“我提个建议，供各位参考，也不知道对不对。”

“说吧，没关系，说出来大家先听一听再定嘛！”一位首长说。

孟宝山说出了自己的想法：“为了能够达到我们与八十一军尽快签订和平起义的协议，解放军能否再让一步，双方首领参加，把签订协议的地点改在黄河中间的沙洲上，这样，马军长就不会再有什么疑心了。”

傅崇碧副政委说：“你这个建议很好，可以考虑。”

最后，几位领导商量了一下，决定从大局出发，把签订协议的地点就放在双方之间黄河中心沙洲上，同时决定解放军一方就以傅崇碧副政委为全权代表，条件是八十一军则必须由马惇靖军长为全权代表。

马培清赶紧说：“好的，好的，我回去一定如实汇报。我想，不会有什么问题的。”

当天下午，马培清返回中卫，向马惇靖汇报了和谈的有关情况，递上解放军拟定的和谈条款说：

“军长，这些材料你先看一下，如果能同意，就可达成协议。会谈时对方说了，这个协议必须在明天上午12时前签署，过期不候。就是说，过了12时，他们就要攻击。”

马惇靖沙哑着声音说："好吧，我看看，你先回去吧。"

马惇靖把协议书看了一遍又一遍，各种想法在脑子里转了一圈又一圈。

可想而知，他的思想斗争非常激烈，精神压力很大。谈吧，家族几十年创建的地盘就要拱手交给共军，实在是于心不甘。不谈吧，大兵压境，危在旦夕。有一阵子，他打算进沙窝暂时回避，又想到此时此刻，是自己从未遇到过的特殊时期，自己如果离开，军队必然发生事变。真到了那时候，军队必然成为散兵游勇，甚至结伙成匪，祸害老百姓，作为一个军人，岂不罪恶深重？这样一想，马惇靖也没敢离开中卫。

可是，如果再这样拖延下去，解放军必然要发起攻击开炮，那样一来，部队很快就会溃散，军队、家庭和个人生命就全完了……

他翻来覆去考虑了一个晚上，夜不成寐。

最后，马惇靖在束手无策进退两难的情况下，只好下最大的决心，为了军队，为了人民，为了家族；为了个人，响应解放军的号召，走和平起义的道路，决定赴约和谈签字。

和平协议签字

9月19日，黄河南岸。

早饭后，曾军长、傅崇碧带了指挥部几个作战人员，来到黄河边上，观察了地形，又来到炮兵前沿阵地。

曾军长特意对炮兵团长交代："你们要做好一切准备，万一和谈失败，你们就按命令进行炮火轰击，按彭总的指示办，坚决、彻底、干净地消灭一切敌人！"

随后，傅崇碧副政委在司令部作战部唐皎部长、政治部联络部牛连壁部长等3人陪同下，分乘两只羊皮筏子，赶赴黄河中心的沙洲。所谓沙洲，实际上是一个泥沙冲积而成的小块土地，是一个非常小的土岛。小岛上人迹罕至，遍地杂草，十分荒凉。

当天上午11时许，马惇靖带着马培清及两位亲戚喇培霖、喇仲安（这两位是他大兄的妻弟），乘羊皮筏子来到沙洲上。

不多时，解放军代表六十四军副政委傅崇碧等同志也乘羊皮筏子下了河。一会儿，他们上了小岛。他握着马惇靖的手，边说边拉着他，像是久别重逢的朋友。傅崇碧朝四下看了看对马惇靖说：

“马军长，能在这里见到你很高兴。最近我们的几次商谈都是很融洽的，现在最后的签字仪式却要放到这个人迹罕至的孤岛上，这里连个桌椅都没法放，怎么签字呢？这样的地点与我们要签署的如此重大的协议也太不相称吧？”

马惇靖忙说：“这不是我的意思。”

傅崇碧接上说：“那我们就到岸上去商谈签字吧。请你放心，不管能否谈成，我们都绝对保证你们一行人员的安全。”

傅崇碧副政委和气友好的态度，使马惇靖很快便消除了原来的疑心。他立即说：“傅政委言重了，我马某人还不至于那么小心眼嘛。好，那就按你说的，我们上岸谈吧。”

说走就走，大家上了几只羊皮筏子，离开沙洲，划向南岸。

上岸后，大家一起乘解放军的汽车开往中宁县城。途中，傅崇碧副政委也不回避马惇靖，让八十一军的谈判代表顺路观看了解放军的炮兵阵地和战车队。看到如此雄壮的解放军阵容，马惇靖心里暗暗赞叹，也庆幸自己的选择是正确的，心理上也坦然了好多。

下午3时，中宁县城。

和谈地点定在银川富宁公司中宁办事处的一个小厅里，双方坐定后，具体谈判就开始了。

宁夏能否和平解放，将在这个不起眼的小地方确定。

这次谈判双方力量之悬殊，人人心里都很明白。因此，这里的谈

▶中宁南关富宁公司签字所在地

判没有唇枪舌剑的争论，没有你来我往的讨价还价，更没有战场上应有的硝烟味。

解放军几名领导干部，首先具体说明了人民解放军的约法八章和共产党的有关政策，肯定了马鸿宾和马惇靖的进步表现。

曾军长以洪亮、热情的声音说："马军长能识大体，顾大局，以全军将士和全城老百姓的生命安全为重，同意接受人民解放军的改编，实在是明智之举！我代表彭德怀司令员、杨得志司令员，还有我们郑军长以及我们全军指战员向马副长官、马军长和八十一军全体官兵走和平解放的道路，表示热烈欢迎！"

马惇靖军长恳切地说："我们比较了好久，毛泽东比蒋介石好，共产党比国民党好，我们非常愿意接受解放军的改编！"

坦率、友好、热诚的气氛，使马惇靖疑虑全消，表示完全接受我军和平解决八十一军问题的具体条件。

曾军长为进一步消除马惇靖对家庭的顾虑，当场在全体和平代表面前宣布："我们以前已经明确说过，今天我再说一次，解放军以信誉为重，说话算话，一定保证马鸿宾长官和马惇靖军长以及其他军官、士兵生命财产的安全。"

下午7时，六十四军军长曾思玉代表中国人民解放军第十九兵团，马惇靖代表国民党第八十一军，正式在《中国人民解放军十九兵团与国民党第八十一军和平解决协定》上签了字。

协定如下：

中国人民解放军十九兵团与国民党
第八十一军和平解决协定

中国人民解放军为了保存国家人力、物力、财力，遵照毛主席、朱总司令颁布和平解决八项原则，经双方代表数次协商作出如下协定：

（一）国民党八十一军遵照指定地点集结，听候按民主制度和原则整编军队，并由人民解放军派政治委员、政治工作人员进行工作。

（二）国民党八十一军应保护一切武器、物资和仓库，

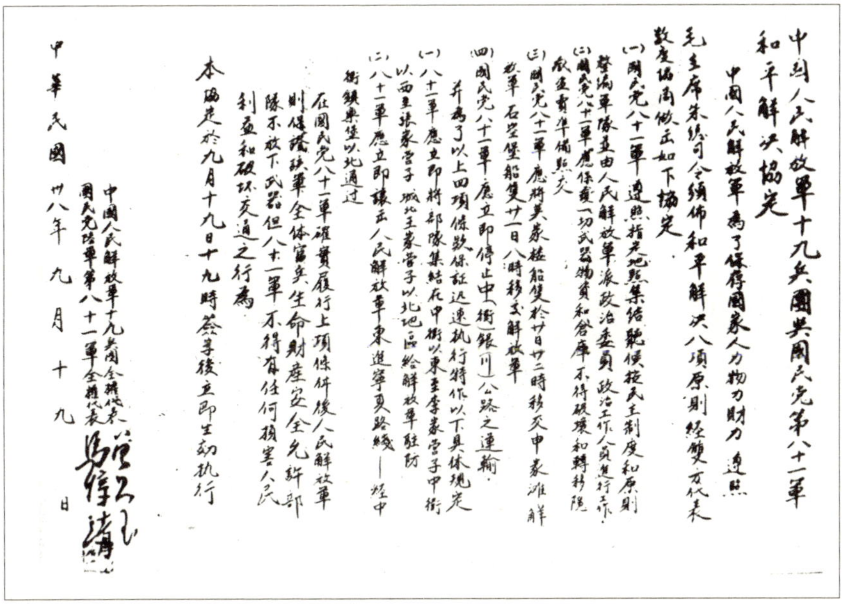

中國人民解放軍十九兵團與國民党第八十一軍
和平解決協定

中國人民解放軍為了保存國家人力物力財力 遵照
毛主席朱總司令頒佈和平解決八項原則 經雙方代表
數度協商做出如下協定

(一)國民党八十一軍遵照指定地點集結聽候按民主制度和原則
整編軍隊並由人民解放軍派政治委員政治工作人員進行工作

(二)國民党八十一軍應保護一切武器物資和倉庫不得破壞和轉移隱
敝並負責準備點交

(三)國民党八十一軍應將吳家桩船只於廿日廿二時移交中家灘解
放軍 石空堡船隻廿一日八時移交解放軍

(四)國民党八十一軍應立即停止中(衛)銀(川)公路之運輸

並為了以上四項條款保証迅速執行特作以下具体規定

(一)八十一軍應立即將部隊集結在中衛以東至李家营子中衛
以西至張家营子 城北王家营子以北地區給解放軍駐防

(二)八十一軍應立即讓出人民解放軍東進寧夏路綫——經中
衛鎮東堡以北通过

在國民党八十一軍確實履行上項條件後人民解放軍
則保證該軍全体官兵生命財產安全允許部
隊不放下武器但八十一軍不得有任何損害人民
利益和破坏交通之行為

本協定於九月十九日十九時簽字後立即生效執行

中國人民解放軍十九兵團全權代表 曾思玉
國民党陸軍第八十一軍全權代表 馬惇靖

中華民國卅八年九月十九日

▶ 当时签订的和平协议

不得破坏和转移隐藏、盗卖，准备点交。

（三）国民党八十一军应将莫家楼船只于20日22时移交申家滩解放军，石空渡船只21日8时移交解放军。

（四）国民党八十一军应立即停止中（卫）银（川）公路之运输。

并为了以上四项条款保证迅速执行，特作以下具体规定：

（一）八十一军应立即将部队集结在中卫以东至李家营子、中卫以西至张家营子、城北王家营子以北地区给解放军驻防。

（二）八十一军应立即让出人民解放军东进宁夏路线——经中卫镇乐堡以北通过。

在国民党八十一军确实履行上项条件后，人民解放军则保证该军全体官兵生命财产安全，允许部队不放下武器，但八十一军不得有任何损害人民利益和破坏交通之行为。

本协定于9月19日19时签字后立即生效执行。

中国人民解放军第十九兵团全权代表　曾思玉（签字）
国民党陆军第八十一军全权代表　马惇靖（签字）

中华民国38年九月十九日

协议从当晚7时起生效。签字完毕，双方代表合影留念。
这一具有重大意义的协议，必将载入中华民族的史册。
晚上，曾思玉军长设宴招待马惇靖一行。
至此，国民党第八十一军正式光荣起义。

晚宴后已是黄昏，解放军送马惇靖一行到了河边，他们即乘羊皮筏子过了黄河回到石空堡。

9月20日，马惇靖害怕马鸿逵知道他们已经和平起义，有意加害他们，便将家眷由银川接到石空堡，他则当天夜间由石空堡赶回中卫。

马惇靖返回中卫后，立即召集全体官兵宣读协定全文，宣布八十一军正式和平起义，他没想到在场官兵非常高兴，欢悦之情溢于言表。

他暗自庆幸自己这一步走对了。

很快，马惇靖的八十一军认真贯彻执行了诸项条款。9月20日，马鸿宾从包头返回银川。马惇靖派马培清去银川向马鸿宾作了专门汇报。

马鸿宾完全同意所有条款。

这样，马惇靖心里原来那点顾虑也完全消失了，也算是对父亲有了个满意的交代。

签字后不久，十九兵团对八十一军进行实地点验，该部尚有1万人左右，因而保留该军编制，并宣布改编八十一军为西北野战军独立第二军，任命马惇靖为军长，马惇信为副军长，任命兵团联络部长甄华为军政委。下设两个师，4个团。后来，十九兵团又派出了300多名政工人员到八十一军，按规定将这些同志分配到各师、团、营、连负责开展政治工作。因政治干部不够，只在军和团两级设政治机关，师设

▶ 宁夏军区首长为独立第二军举行授旗仪式

政治委员，营、连各设一个政治教导员和政治指导员；军政治部设组织、宣传、保卫、民运4个部，各部只设一个部长和一至两名干事；团政治处，则分设4个股，各有1人。在军后勤部，配有后勤、卫生两个副部长。各级军事行政管理和后勤部门的领导干部，全配原八十一军的军官。

随着和解放军的接触，马惇靖的思想也发生了新的变化。和谈之前，他已经做好签字后就离开部队过平民生活的准备，可是通过谈判签字的过程，使他真正认识到共产党解放军并不像他们原来想象的那样可怕。他更没有想到八十一军改编后仍然由他担任军长。

这一回，他对共产党和解放军的政策是真正的佩服了。

12月19日，县城广场。

宁夏军区司令员王道邦、副司令员曹友参到中卫，举行了隆重的授旗仪式。

广场人山人海，热闹非凡。

从此，国民党第八十一军开始走上了新的道路。中卫城数万百姓、双方数万名官兵避免了一场战火灾难，避免了无数人员伤亡。

应该说，马鸿宾和马惇靖父子，为瓦解企图负隅顽抗的国民党宁夏兵团和迅速解放宁夏，作出了自己应有的贡献。

八十一军和平起义后，解放军通过中宁、中卫，继续向银川进军。

鲜红的枸杞

曾思玉军长当晚将中宁签字的详细情况向兵团杨得志司令员作了汇报，并着手安排下一步的工作。

杨得志知道，国民党第八十一军的起义，无疑是在马敦静的宁夏兵团头顶上投下了一枚重磅炸弹。他清楚，下一步与马敦静宁夏兵团的战斗将更加复杂莫测。

杨得志以最快的时间向彭德怀司令员作了汇报。

“你们的工作做得很好，也都在我们的预料之中。”彭德怀听了非常高兴，又进一步交代，“要转告曾思玉（六十四军军长）、郑维山（六十三军军长）、邱蔚（六十五军军长），后面的工作难度可能就大了，马鸿逵不是马鸿宾，马敦静也不是马惇靖，我们的方针是：争取和，立足打！”

杨得志回道：“我们一定按彭总的指示办！”

中宁县城。

如果说固原是宁夏南端的话，中宁、中卫就是宁夏的“腰”。腰既失，就要护头了。马鸿逵的3个军一再躲避与解放军决战，早就逃到银川及其门户金积、吴忠、灵武一带了。

曾军长在中宁县城转了一圈，对这座古城赞不绝口。中宁是宁夏南北要冲，物华天宝，人杰地灵，是宁夏的主要产粮区之一。

曾军长正走着，碰见了五七二团的“杨七郎”。

“杨七郎，伤都好了吗？”曾军长微笑着关切地问。

“首长，没事了，你看——”杨金良说着抡了抡右胳膊。

曾军长走到跟前，看他衣袋里鼓鼓的，就问：“你这里装的什么好东西呀？”

杨金良一笑，揭开衣袋：“首长，我从老乡那里买了二斤枸杞子。”

曾军长说：“噢，中宁是中国的枸杞之乡嘛，准备做什么用啊？”

“首长，我爹是个老寒腿，身体也不好，想捎回去给他治治，等咱们打下了银川，就离我们老家不远了！”

曾军长点了点头：“嗯，等打下银川，就离你们老家不远了。哎，小杨，你参军的时候你爹同意吗？”

杨金良高兴地说：“同意啊！不过，那会儿我爷爷有点不同意。”

“为什么啊？”

杨金良依然很兴奋地说：“我爷爷说，自古以来，好男不当兵，好铁不打钉，不让我走。可我那时候决心已定，一定要参加解放军。我快走的时候，我母亲和弟弟妹妹都哭。家里没粮食，我妈就出去跟人家借了点玉米面，专门给我做了两块饼子，全家人谁也没吃，都给我装上就上了路……”

曾军长点头说：“好吧，等这次打下了银川，你就回家去看看，告诉你们团长，就说是我准的假。好吧，你们忙去吧。”

“是，首长！”杨金良敬了礼快步走开了。

“枸杞酒治百病呢。”曾军区身边的傅崇碧副政委说，“给你也泡点枸杞酒吧，也不枉来中宁一趟呀。唐代大诗人刘禹锡曾写过一首诗说，‘上品功能甘露味，还知一勺可延龄。’中宁的枸杞子自古有名啊！”

“好，那咱们也买上二斤吧，中宁不能白来啊！”曾军长笑着说。

改造八十一军

马驿民家院内。他领着张均在院子转了转，然后指着南面的一间房子说：“你以后就住在这间屋里，咱们住在一个院子里，有啥事也方便招呼。”

张均笑着说：“谢谢你，这事让你操心了。”

马秘书说：“你看你，现在咱们都是一家人了嘛，一家人不说两家话，你还这么客气干啥。”

八十一军起义后，十九兵团联络部派干事张均到八十一军担任联络员。张均去了后，由马惇靖的秘书马驿民负责接待。马秘书就安排张均住在他家院子里。小院子很安静，他们都住北房，张均住在南房。

马驿民18岁时，曾当过永宁县县长，很有能力，人际关系也不错。同时他也很爱学习，能识文断字，是八十一军中文化程度最高的一个，人们都尊称他为“军中秀才”。马军长也很器重他，让他担任了秘书。

张均来了后，有关工作就由他来协调。

马秘书常带他到他们的处长、师长家中拜访，他们也来拜访张均，交往应酬频繁。但是大家说话都非常谨慎，不涉及军务，都是谈些天南地北、海阔天空，风土人情之类的闲话。

这样过了一段时间，大家逐渐消除了戒心。

过了几天，张钧按照军政治部的安排，计划在八十一军内部开展诉苦教育，以便从政治思想上逐步改造这些旧官兵。

八十一军餐厅。

军长马惇靖在军部设便宴，请张均去吃饭，作陪的只有副军长马惇信、副参谋长马惇德他们兄弟3人。吃饭中，马惇靖突然提出：

“我这个军队，进行什么教育都行，就是不能搞诉苦。因为我试验过，一诉苦战士就大量外逃。”

张均一听，知道他对开展这个教育有顾虑，所以眼下对他提出的这个问题，既不能答应取消教育，也不能坚持进行诉苦教育的作用，讲了会使他们害怕。只轻描淡写地说一句：“是你们没有掌握方法，方法对了，它能使部队更加巩固和提高战斗力。”后边，大家都没有提这个话题。

一天夜晚，城东门口突然响起枪声，原来是有几个士兵由于不了解解放军，跳城墙逃跑了。张均趁机对马秘书提出：“军队逃跑多，是因为广大官兵对人民解放军不了解，心里害怕所造成的。你跟马军长讲讲，如果同意，我给部队讲讲话，介绍一下解放军的情况，他们就会放心，不再逃跑了。”

马军长同意了。

镇罗堡小学。

在一个大教室里，坐有200多名军官。张均坐在桌子前，正在介绍人民解放军的政治与生活情况：“我们解放军是官兵一致，政治平等。早已废除了打骂制度，干部不能打骂士兵，连队干部战士伙食费一样多，大锅饭菜一同吃，被服穿用一个样。毛主席、朱总司令早就对全国发了通告，对解放军战士和起义改编部队，一视同仁……”

以后，他们又接连搞了几次教育，效果都很好，并没有出现他们担心的问题。

马惇靖的这个部队，不像马鸿逵的部队军费宽裕，供给情况很差，吃的很坏，士兵两年发一套单军衣，不发衬衣，士兵普遍衣着破烂，居住环境也很差，多住在古庙、仓库或自已用土坯建成的土窑洞里，没有营具、床铺、桌椅，都是稻草铺在屋地面，士兵挤在一块睡觉，稻草又不经常晾晒，潮湿不堪。因而士兵多数身上生疥疮，营养不良，面黄肌瘦。

张均在军政治部领导同意下，建议马惇靖的部队抓好改善连队生活，关心治疗士兵疾病，发放军装。给每个连队发了大锅，烧热水让战士洗澡，政治指导员带头给战士抹药。

时间不长，部队的情绪明显好转，马惇靖军长也很高兴。后来，准备在部队中正式开展诉苦教育，可是各级军官们都很害怕，他们找到甄华政委问：“士兵们一诉苦，他们会不会找原来的长官算账，收拾他们呢？”

甄政委说：“你们放心，我们会事前给大家讲清道理的，如果大家都把矛头指向各级军官，那我们部队岂不乱套了？那不是我们开展这个教育的目的。”那些军官们这才放心地走了。后来，由于事前首先进行了基本教育，尽管诉苦非常成功，有的人诉苦中甚至十分悲痛，昏倒在地，但也没有出现军官们担心的事情。

经过政治教育，广大干部、战士懂得了为人民当兵、为人民打仗的道理，阶级觉悟有了提高，逐步向人民军队转变。

故地深情

中宁县一个小城镇。十九兵团指挥部。

随着主力部队向宁夏银川推动，兵团首长随后也向宁夏前进。这天，警卫员进来向杨得志司令员报告：“首长，外面有一个老百姓要见你。他知道你的名字，还说他认识你。”

“请他来吧。”首长说。

那个人进了屋，看上去他好像有40多岁，满脸胡子，头发很长，披了一件旧棉袄。他坐下后问：“你，你是杨团长吗？”停了一下，他又问：“团长，你，你不认识我了吗？”

“小黄！”杨司令员终于想起来了。“你是红一团的测绘员小黄！”

小黄一听，泪水立即泉涌般地淌了下来。

“小黄！”杨司令员叫着，一步走到他的身旁，扶住了他的肩膀，握住了他的一只手。

杨司令员把小黄拉到床前，让他坐下，端详着他，为他擦着怎么也擦不干的泪水……

原来14年前，他们在中央苏区就认识。小黄是从兵团的布告上看到杨司令员的名字才找来的。吃完饭，小黄说，长征时他腿上中了敌人两颗子弹，流血过多，昏迷了过去。醒来后他爬到一个山洞里，没有吃的，没有喝的。因为没有一点药品，他的伤口化了脓，溃烂了。有天夜里，他爬到一家穷苦的老百姓家里，请求给他一点吃的东西，并想要一点药。老乡给了他一条破被，告诉他白天不要出来。因为当时掉队的红军战士不止他一个人，而国民党军队常常来搜查。老乡给他找来草药，捣碎了敷在伤口上。他的伤慢慢地好起来，能走路、能劳动了。但他的腿再也不能恢复到以前了，被子弹打穿的地方留下了一个很深的洞。

小黄流着泪继续说，“老团长，我想部队，想你们，可我一个人到哪里去找呢？那家老乡对我很好。他们家没有劳动力，我就留下了，成了他们的儿子，以后成了家。但我还是天天等，天天盼，盼望着有一天能找到自己的部队……”

“今天你不是找到了吗！”杨司令员说。

“可我等了整整14年。14年呀，团长，离开江西的时候我18岁，今年都32岁了。”小黄说着哭得更厉害了。

接着，他还讲了几件长征路上失散红军和后来红军西路军失散战士的事情。

中卫腾格里沙漠边沿。天气火辣辣的，十分闷热。

1936年秋天，红四方面军妇女团在河西走廊浴血奋战，弹尽粮绝，最后被马步芳匪部打散了。那天晚上，衣衫破烂，沾满血迹的陈美珍、李秋兰和吴玉萍走在了一起。月光下，3个人心里都十分难过。她们商量了一会儿，决定向东走，去延安。

可是，她们都是南方人，马步芳匪徒沿路设卡，一旦发现外地口音，立即抓走。陈美珍担心地问：“咱们怎么走呀？能闯过去吗？”吴玉萍望着茫茫大漠说：“不到延安心不甘，我们从腾格里大沙漠往东走，只有这样才能躲开马匪，我们只有这一条路！”大家都同意了。

第二天，她们与当地藏民武装遭遇，李秋兰被抢走了。陈美珍只好扶着快临产的吴玉萍沿着大沙漠南缘，继续向东跋涉。

大漠茫茫，烈日炎炎。她们没见到一个人，没看到一棵树。后来的那几天，她们粒米未进，滴水未沾，嘴唇上结了一层层黑血痂，连说话的气力都没有了。由于又饿又累，吴玉萍跌倒在沙漠上，她的儿子也提前出世了。当孩子发出哇哇的哭叫时，母亲已经昏迷，陈美珍慌得不知如何是好。吴玉萍好不容易醒过来，听见孩子哭叫，急忙把乳头送进孩子嘴里，孩子立即使劲吸吮着。

可是母亲哪里还有奶水啊，孩子吐出乳头，凄惨地哭叫起来……吴玉萍满眼是泪，心如刀扎！

没有奶，没有水，就喂血——她不顾陈美珍的阻拦，毅然用她们唯一的一把大刀割破乳头，鲜血立即流了出来，她赶紧把乳头送进孩子嘴里。孩子一吸，她就疼得浑身一抖。也许是鲜血的腥味太大，也许是母亲乳房里的血也干枯了，孩子刚吸了两口，就吐出乳头，又一次嘶哑地大哭起来……他哭着哭着，声音越来越弱，越来越弱……

万里晴空，烈日当头，大沙漠酷热难熬。

吴玉萍一下一下地张着嘴哭泣，可是嘴里已听不到一丝声音，眼里也早就哭干了泪水。

吴玉萍的孩子就这样匆匆来到人间，没吃一口奶，没沾一滴水，就永远地离去了。吴玉萍和陈美珍手捧热沙掩埋着小尸体，母亲的手没有停，一个劲地埋，一个劲地埋，直到她的手再也举不起来，永久、永久地陪伴在孩子的身旁。

陈美珍强忍悲痛，又用眼前的热沙子掩埋了战友吴玉萍。后来，她自己也失去了知觉。

这时候，吴玉萍的丈夫曾团长也在河西走廊的激战中牺牲了。

陈美珍昏迷后，侥幸被一个拉骆驼的人救走了。后来，陈美珍就一直在寻找李秋兰，也没找到……

小黄还没讲完，在场的每个人都流下了眼泪。

杨司令员也几次擦了擦湿润的眼睛。

第十一章 向金积进军

马家军逃窜

大路上，马家军正在向宁夏北部逃窜。

解放军第六十四军于9月14日攻占中宁后，马鸿逵部一二八军、贺兰军、十一军即向银川以南地区退缩，企图继续顽抗。路边，一伙骑兵正准备宿营开饭。一个骑兵问身边的长官：“人要吃饭，马也该喂喂了！”

长官指了指路边的庄稼：“那不是草料吗，放开叫吃去吧！”

一伙骑兵先后放开手中的军马，在庄稼地里随便乱吃。

另一个村庄。一伙马家军也在宿营，正在生火做饭。

几个士兵抱来老乡家的木料、家具，放在火堆上；另几个人正在卸一家老乡的门窗，然后扛回来放在火堆上；有的士兵正在把群众家的稻麦提过来，也撒在火堆上……

村庄另一边，几个马家军士兵拉走老乡家的毛驴、骆驼。

老乡跑过来大喊：“长官，你不能拉走我的牲口，我还要种地……”只见一个士兵抡起枪托，砸向老乡身上，他“啊哟”一声倒在地上……

一家老乡家土墙上，晒着两张屠宰后的羊皮，几个士兵跑过去，一把扯下来拿走了……

马家军退守银南地区后，共分为4个地域防守。

第一地域为牛首山、东山寺等要点——位于金积西的黄河东岸，东、南两面为丘陵地带，利于观察掌握，东面人烟稀少，水源缺乏，运动困难，中（宁）金（积）公路在此山下，是通向金积的屏障，由敌保安一师防守。

第二地域背靠金积，沿水渠由马家嘴子至郑家大庙线由敌三五六师及骑兵二十旅防守。

第三地域为吴忠堡，由敌保安三师防守。

第四地域为灵武一线，由敌二五六师防守，敌一二八军军部也在此设立。

敌将第二、三、四地域内相连的堡寨修筑成工事碉堡，形成据点式的防御体系。

骑兵三十八团位于滚泉至城湾线，担任侦察警戒。

敌人共11个步兵团和3个骑兵团的兵力，基本与解放军相等。但是各点之间，有的距离较远，火力不能密切配合，便于解放军猛插分割各个包围歼灭。自从兰州战役、任山河战役之后，马家军上层虽然气焰一直比较嚣张，妄图顽抗到底，但指挥官和士兵对于作战已无信心，士气明显低落。解放军则士气旺盛，求战心切，这就为取得下一步战斗胜利创造了良好的基础。

杨得志司令员高屋建瓴，胸有成竹，对十九兵团的行动作出了明确部署：

一、六十三军主力及一八八师沿黄河西岸行动，以左翼态势策应黄河以东六十四军作战。

二、六十四军主力负责河东作战，负责攻歼金（积）灵（武）守敌。兵团机械化营、战车队以及六十五军之一九五师，陕北三边独立第一、第二师归其指挥调动。

第六十四军指挥部。曾思玉军长和王昭政委为了夺取金灵之战的胜利，为攻占马家军老巢银川奠定基础，召开作战会议。

曾军长神情严肃地说："现在，我来明确各部队的任务：一九一师为西路，首先攻取牛首山，尔后由西、南向金积发起进攻。一九二师为东路，由东、南发起进攻，协同一九一师合围攻歼金积守敌。三边分区独立第一师及五七一团则迂回进攻吴忠堡之敌，协助主力歼灭金积之敌。一九〇师、一九五师为军第二梯队。一九〇师跟随一九二师前进。军指挥所随一九一师后卫跟进。"

会后，各部队领导立即返回。

艰苦的行军

乡村土路上，天下着小雨。

一九二师的战士们正在泥泞的道路上行军。

一个战士突然滑倒，别人一面拉他起来，一面哈哈大笑。

队伍经过一个村庄，老乡们站在路边观望。

路上一个战士说："这路太难走了，简直比二万五千里长征还要累！"

立刻有人反驳他："再苦也比不上长征啊，咱们这才走了几天？长征的时候走了十几个月哩！"

在一片空地上，一个连队准备宿营。战士们在野地上支起行军锅，把米袋解开，将粮食倒在锅里。

当地特别干旱，长年缺水。群众家家都挖了地窖，下雨时将水储起来，供一家人长年使用。

连长大声给大家讲："这里是干旱地区，非常缺水，老乡家有窖

▶解放军部队行军途中宿营做饭

水，但是注意不要打光了，要给老乡留下以后吃用的水，别忘了一定要付钱。”

战士们提着桶，跟着老乡去买水。

他们进了一个老乡家对主人说：“大爷，我们吃饭想买点水，你看行吗？”

主人笑着说：“你们解放军真是有福气，这两天下雨，咱们的窖刚灌满。要不，你们来了也喝不上的，连我们也是吃清水河里的苦水哩……你们喝不惯，非闹肚子不行。来，你们用多少就打多少，我给你们打。”

老乡接过战士手中的水桶……

从七营到同心城100多里路，南北连着清水河。河东是宁夏，河西属甘肃，水像泥浆一样，它的上游叫“苦水沟”，河水又咸又苦。

当年红军长征经过当地时，在清水河的一条支流里打水饮用，不到半个小时，几百人闹肚子，还死了几十人。当时红军内部查了好长时间，调查是否有奸细故意放毒。到底也没弄清什么原因。有的同志还为此受了冤枉。“给你多少钱？”一个战士提上水桶，笑着问房主。

房主说：“哎呀，你们解放军多辛苦，吃点水还要啥钱？”战士们提着从水窖里打的水，高兴地出了门。一九二师按照军里的命令，连续行军130多里路，赶到同心一带，原想出其不意地消灭驻守同心城宁马的一个骑兵团，但是，他们还没赶到，那些家伙便早早逃走了。接着他们一天只吃了一顿饭，继续往前赶，想追上逃敌，无奈那些家伙是骑兵，人强马壮，打仗不咋样，逃跑倒是挺快的。

于是，他们继续急行军往前赶。

沙漠边沿，戈壁荒滩，赤日当头。

战士们正在休息，人人喘着气，个个大汗淋漓。大家张开冒着火的嗓子，将干粮困难地咽下肚里……

一个连长对身边的指导员说："到今天为止，我们已经连续3天急行军了吧？"

指导员困难地说："不，已经是第四天，400多里路了。"

部队绵延十多里地，继续行进。

一队解放军战士正在急行军，向金积、灵武、银川一带前进，准备支援第一线部队。当部队路过中宁附近一个村庄时，大路两边站满了欢迎的群众。

一位白发苍苍的回族老大妈伸出颤抖的手，拉着战士们说："哎呀！可盼到你们来了，解放军是我们的救命恩人啊！"

一位回族老大爷上前说："过去马鸿逵一年四季拉壮丁，这几天过了那么多解放军部队，一个兵也没拉，你们都是好人啊！"

一个双目失明的老汉眼睛里满是泪水，伸出颤抖的双手说："你们哪个是长官，我想给他说句话。"

跟前一位战士指着一个解放军首长说："我们团首长在你跟前呢，你有什么话就跟他说吧。"

团首长忙上前拉住他的手，老汉泣不成声地说："我有4个儿子，3个都被马鸿逵抓去当兵了，最小的一个害怕再抓兵，躲到山里头背煤去了，到现在都没有一点消息。长官，你们来了，抓到我儿子，就把他放回来吧。我们村上好几个都是解放军放回来的。长官，你说行吧？"

旁边一个老乡说："他的眼睛硬是想儿子给哭瞎的。"

团首长说："老大爷，你放心，我们要是遇见他，一定让他回来。你儿子叫什么名字？"

老汉急忙说："老大叫金锁，老二叫银锁，老三叫铜锁！"

那位团首长说："好好，老大爷，你放心，我记住啦！"

一个村头上，几个战士正在土墙上用白灰刷写标语：

"保护清真寺！尊重回民生活习俗！"

"回汉人民是一家，保护回民利益！"

一个回族老人拉住团首长的手，指着墙上的标语说："你们看看，解放军对我们多好。马鸿逵的军队总是说，解放军来了灭教杀回民，现在才知道完全不是那么回事，你们到我们这里不打人不骂人，抱一捆草也给钱，借个小碗也要还，对老百姓真好。可是马家军这些年，到处抓兵抢粮，横行霸道，和解放军一比，真是一个天上一个地下啊！"

一个老汉指着12个骡子拉的大炮高兴地说："我活了70多岁，从来没见过这个，有这么大的家伙，马家军肯定要完蛋了！"周围的群众都跟着笑起来。

一个老乡在一条小路上挑着米汤赶过来，放下担子，大声说："解放军辛苦了，快喝点米汤吧，我们家家户户都烧了米汤等着你们呢！"说着，他把米汤盛到碗里，递到战士手上："快喝，快喝！"

部队继续向前开进。

前面的部队已经过去好久了，欢迎的人群还没有散去，茶水、西瓜……还摆在大路两边。

遭遇偷袭

第六十四军属兵团右路，同时指挥西北军区独立第一师、第二师，行进在宁夏南北大道上。

9月10日，部队行至同心一带后，独立第一师、第二师在豫旺、下马关地区宿营。

金积县，一二八军军部。

军长卢忠良突然下令："共军独立一师、二师刚到同心，人地两生，我们现在立即出动3个骑兵团、两个步兵团，给他来个突然袭击。"

一个副军长建议："还是不要去了吧，这种时候，咱们还是尽量避免和共军发生冲突，少惹事。"

"不，共军长途行军，立足未稳，我们先叼他一口！让共军别小瞧咱们！"

一二八军参加偷袭的骑兵部队很快出发。

这是一场偷袭，只有马蹄声，没有人喊声。

同心豫旺堡、下马关一带，独一师、独二师刚刚宿营，人困马乏，正在酣睡。营区门口两个哨兵正在值班。

大路上，敌骑兵驰马狂奔，尘土飞扬。

解放军营区内，仍然一片宁静。

卢忠良部的骑兵像狂风一样卷了过来。

天色微明。卢忠良部的一个骑兵旅长对身边一个副官说："通知各营，前面这几个村子的共军人不多，我们已经全部包围了，都给我猛劲地打！"

副官回道："是！"

敌骑兵飞驰到一个村庄附近，突然开枪开炮。

正在熟睡的指战员们听到枪声，急忙仓促应战。

眨眼间，村庄变成了一片火海。

独二师是刚刚在陕北由当地国民党驻军投诚整编过来的，加之部队刚刚宿营，麻痹大意，在马部骑兵的袭击下，很快就失去控制力，同时由于六十四军进军金积、灵武地区的部队还没有到达，受到严重损失。

独一师在另几个村庄宿营，同样遭到卢忠良骑兵的偷袭。但与独一师的情况完全不同。

前沿阵地上，团长对作战参谋说：“命令各连队，敌人是骑兵，放近了用手榴弹打！”

敌骑兵从四面向独一师的阵地发起了冲击，快接近前沿阵地时，一个营长大声喊道：“打！”

一排排手榴弹飞进敌群爆炸，一片烟尘中，敌骑兵人仰马翻。

过了一会儿，敌人的步兵又向另一个村庄的解放军阵地发起了进攻。敌人连呼带叫，轮番冲击。

三营阵地上，营长对通讯员说：“给各连用旗语通知，加强防守，一定要守住阵地！”

紧接着，通讯员掏出包里的小白旗挥动起来。

一会儿，另一个小山包上，也出现了挥动的小白旗。

敌人队伍中，有人指着远处的小白旗对一个军官说：“快看，共军打白旗了，一定是要投降了。”

军官朝远方看了看，点了点头。

敌人收起了武器，排成队朝村子里傲里傲气地走来。

解放军前沿阵地上，营长跟前一位战士说：“营长，敌人不打了，朝我们村子里走过来了。”

营长不由得笑了：“我们用白旗发联络信号，敌人肯定是以为我们要投降了。好，咱们将计就计，狠狠地打，过把瘾！”

三营长看敌人距离前沿阵地已经很近了，大吼一声：“打！”

三营各连队的各种武器一齐开火，枪炮声响彻云霄。敌人一点也没有防备，被打了个措手不及，嗷嗷乱叫，丢下一片尸体后很快撤回去了。

阵地上平静了，没有一点作战的动静。

营长对通讯员说：“用旗语再联络一次，注意敌人反扑！”

通讯员又挥起了小白旗。对面小山头上再次出现了小白旗。

敌人阵地上，一个军官正在观望着解放军阵地上的小白旗，自言自语道："共军怎么又打出了白旗子？"

有人凑上来说："共军就那么点破家当，能打什么仗。刚才肯定是误会了，这次是真的投降了。"

敌军官说："嗯，有道理。"

过了一会儿，敌人成群结队又拥进村子里来了。还没到村边上，独一师阵地上突然间又一次展开了猛烈的射击，敌人再次被打得丢盔弃甲，狼狈不堪。

军领导得知消息后，很快命令一九一师派出一个团火速增援。

参加偷袭的敌骑兵受到前后夹击，见势不妙，连忙逃走了。

战后，部队向北继续前进。

大路边上，站着六十四军前卫剧社的战士，他们和连队战士一样背着步枪，又背着胡琴、手风琴……腰里既掖着手榴弹，也掖着小竹板、小竹笛……

两个女战士正在演唱《打骑兵》快板：

马家骑兵不可怕，
瞄准马身来打它，
目标又大又好打，
坚决送它回老家！
马家骑兵不可怕，
瞄准马头来打它，
目标又大又好打，
誓把红旗插宁夏……

路过的战士一边走一边听着、看着她们的演唱，非常感兴趣。

一个战士走过去了，又回头再看两眼。

他旁边的一个战友用胳膊捣了他一下，开玩笑地说："还没看够？快走！"

那个战士不好意思地笑了一下，赶紧转身向前快步走去。

第十二章 奇袭牛首山

牛首山之夜

鸣沙洲，一九一师指挥部。

在师长谢正荣和政委陈宜贵主持下，正在召开作战会议。

9月14日，他们进抵鸣沙洲后，按照军部命令原地待命，做好通过青铜峡攻击金积、灵武之准备。从中宁出发，如何进攻金积和灵武。在讨论中，大家形成两种方案：一是组成强击部队，乘战车和汽车组成快速作战部队，沿公路强行夺取青铜峡，掩护主力向金积、灵武开进。但立即有人提出不同意见，认为这一条路地势平坦，路面暴露，容易遭受敌人侧面袭击，可能造成不必要的伤亡，进而影响主力前进。第二种方案是奇袭牛首山，直扑金积城。牛首山虽有马家军扼守，但沟谷纵横交错，地形十分复杂，便于隐蔽运动，如趁夜暗采取袭击战术，即可奏效。

师长谢正荣站在地图前反复考虑，最后对司令部人员说："报告军部，我们意见，先夺取牛首山，尔后派一部侧击青铜峡，主力向金积方向前进。”

军指挥部来电，同意他们的方案。

夜晚，牛首山上灯光闪烁。

金（积）灵（武）防区的南边，有一座牛首山，位于黄河东岸，可算是金灵地区的一道门槛。牛首山南北走向，长40公里，宽10公里，海拔1600多米。其北端东西各有一峰突起，形似牛角，整个如牛首，故名牛首山。晴日远眺，牛首山宛如倚卧在黄河边上的壮牛，与对岸贺兰山隔水相峙，成为金积灵武地区的天然屏障。

夜幕深沉，明月似镜。

山头上不时传来铁锹和镐头的撞击声。

“挖，挖，挖，从早挖到晚，也不让人喘口气，老子的肚皮都快贴到后脊梁骨了！”一个马家军的士兵骂道。

“老弟，忍一忍吧……”排长马文海说。

“排长，你说修这工事顶屁用！任山河，我们挖过，共军照样过来了；中宁，我们挖过，共军还是过来了。依我看，工事修得越坚固，招的炮弹越多！”

马文海说：“好，不想挖就歇会儿。”

那个士兵说：“我看，咱们团当官的，就咱排长一个是好人！”

马文海笑道：“你这小子呀，太高抬我了。我是个狗屁，我还算是当官的。”

那个士兵也笑道：“带长的都是当官的嘛。”

一片噼里啪啦扔工具的声音。

马文海的排长是偶尔得来的。

他的家在中宁县马家滩村，父母均已60多岁，他还有个哥哥，比他大两岁。那些年，马鸿逵抓兵，先是“二丁抽一”，那一年马文海16岁，哥哥18岁，因为哥哥刚说了亲，正准备结婚，马文海就当了兵。过了两年，又实行“三丁抽二”，他们家连他父亲算是3个男丁，这就该马文江去了。可马文江的媳妇坐月子才10天，怎么能走呢。爹把大儿子叫到屋里说："你干脆到你岳父家躲上几天，等过了这一阵子再回来。"

儿子说："我一走，那狗保长能饶了你们？我不能走！"

老爹说："现在也顾不了那么多，过一坎算一坎吧。"

马文江在老爹的催促下，一步三回头地出了门。

他们家叫马鸿逵部队抓兵抓怕了。

去年，马家军又到他们村上来抓兵，马山成不想去当兵，自己拿了一把菜刀跑到后院里，狠心剁掉了自己的右手……

村东头马大娘的两个儿子被抓了兵，几年了不见一点消息。她不想让自己的三儿子再去当兵，就用石灰烧瞎了儿子的眼睛……

马文江越想越害怕。

他跑了几十里地，来到岳父家，才知道小舅子躲抓兵也跑出去了。他进门屁股还没坐热，那个村的保长就带人进了门，不管三七二十一，扭住马文江就走。

岳父急忙大声说："这是我们家女婿呀，你们怎么……"

保长也大喊道："要放女婿就把儿子交出来！"

儿子知道了消息，回来让人家带走，赎回了姐夫。

马文江就回了家，一进门，才知道保长见他跑了，就把他爹绑走关在乡公所，已打得死去活来。马文江回头出了门，把老爹换了回来。没几天，老汉连伤带病就去世了。

马文江被马鸿逵部队抓走，正好和弟弟马文海分在一个团。有一天偶尔碰见弟弟，他就把家里的情况说了一遍。马文海恨得咬牙切齿，商定一同逃回去报仇。谋划了好久，总是没有合适的机会。白天，到处是眼睛，根本走不脱。晚上，也不行。马鸿逵部队有条死规定，为了防止士兵逃跑，晚上一就寝，就把士兵的衣裤全部收起来，以连为单位统一保管。这一招还真叫绝，弟兄俩一直没想出更好的办法。

马家军训练场。马鸿逵在一帮副官们的陪同下，缓步走来。

马鸿逵走南闯北，见多识广，先在清政府待了好多年，后来又子承父业，早早就当上了军官，不是等闲之辈。他对自己军队的战斗力很不满意，一天，马鸿逵突然坐车来到步兵团，要检阅部队，看看自己的人马究竟怎么样，到时候能不能顶住共军的攻击。

队列、操练、射击都看了，越看越来气："奶奶的，不看了。像你们这个熊样子，吃屎都赶不上热的，还能打仗？挑几个利索的，阿扎看看！"

团长赶紧挑了十来个兵，从向左转、向右转、正步走到刺杀、练器械……都来了一遍。

马鸿逵突然叫出一个士兵出列：

"尕娃，你叫什么名字？"

"马文海。"

"当兵几年了？"

"3年。"

马鸿逵神情高兴地说："你这个尕娃还可以，蛮利索的，好，阿扎现在就提拔你当个排长！"

马鸿逵一边往回走一边对身边的副官说："你们给阿扎记住，以后提拔下面的军官就这样办，实地考察，不能再随便听信下面的举荐。"

"是，是，记下了。"副官忙答应。

马文海就这样当上了小排长。

虽然当上了排长，但是他逃跑的想法始终没有变。

夺取牛首山

深夜，牛首山下。

"听到了没有，敌人还在上面说话呢，根本没料到我们这么快就打到牛首山了！”已经摸到敌人工事下面的八连连长对身边的指导员说。他们已经连续3天急行军没有休息，才突然出现在牛首山下。

“看来敌人确实没有戒备。”指导员说。

17日19时，五七三团团长毫不犹豫地举起手中的信号枪，扣动扳机。

瞬间，3发红色信号弹划破沉寂的夜空。

全团各连队立即像潮水般地向牛首山发起了攻击。早已潜伏在敌人眼皮底下的八连在连长带领下，以迅雷不及掩耳之势，突然袭击当面之敌。

暗夜中，牛首山上枪声、炮声、喊杀声响成一片。敌人阵地上早就乱了营。

枪声一响，马文海就知道是解放军打过来了。早就想逃跑的他本想趁机逃回老家去。可是又一想，哥哥还在九连，自己如果单独走，势必害了哥哥，要逃就得一起逃。因此，现在还不是时候。他灵机一动，喊了一声：

“解放军来了，快跑啊！”随后，他带头往后跑去。

兵败如山倒，马家军顶了一阵，就稀里哗啦地逃走了。

六十四军五七三团以风卷残云之势，一举攻占牛首山小西天主峰，直逼得马家军向东峰的东寺逃去。

第二天傍晚，五七三团又以突袭战术，击溃东寺守敌，从而控制了牛首山各个制高点。

牛首山东寺内。

枪声平息。牛首山一片沉静。

十分疲劳的八连战士们，倒成一片，就在一个清真寺大门外宿营。

忽然，大门一响，一个阿訇（清真寺主持者）带了两个满拉（清真寺学经的学生）出来，找到连长说：“长官，夜里山上风寒，请大军到房里歇息吧。”

连长笑着说：“我们有军纪，不能随便进你们的清真寺。”

阿訇诚恳地说："我知道你们有军纪，可现在是我让你们进啊。"

"那也不行！"

跟前的战士们都笑着谢绝。

"大军纪律严明，秋毫无犯，真是仁义之师啊！"阿訇感动地说，"前几天，马家军要在清真寺周围修工事，我们再三乞求，希望他们换个地方，可他们不但不听，还造谣说：'共军马上就要来了，他们可是灭回灭教的，到时候你们的命都保不住，还要啥房子哩！'现在看来，他们的话全是骗人的！"

攻占青铜峡

青铜峡遥遥在望。

9月19日上午，五七三团沿牛首山向金灵地区的必经之地青铜峡进击。

青铜峡是黄河流域的重要地段。滔滔黄河水由西向东而来，浇灌着宁夏中宁、中卫平原的肥沃土地造就了宁夏的天然粮仓。青铜峡的西岸是贺兰山，东面是牛首山，平缓的河水流入青铜峡谷后，由于两山相挟，悬崖如削，河面骤然狭窄，浪涛汹涌澎湃，地势异常险要，实属易守难攻，一向为兵家必争之地。由于山高峡深，阳光不能直射，回光反射映照在两面石峡上，状若青铜之色，故曰青铜峡。

由于地形险要，早就被北逃的马家军抢占，修了工事。现在，敌人已部署强大火力，控制了两侧山头等要点。

解放军要夺占金积、灵武和银川，青铜峡确是一道难关。

当天上午，一九一师各部从两侧向青铜峡守敌发起了进攻。守敌虽然是马家军主力一二八军三五六师的部队，但敌人一路逃来，早就是惊弓之鸟。战斗进行到下午，敌人就丢弃峡口阵地，向金积逃窜。

至20日14时，该团即攻占余家桥、黄营、姚府等地。五七二团在团长张怀瑞、政委谷子珍的率领下，也攻占了西滩、杨家湾、马家寨等地。各团先头部队均已逼近金积城下。

金积董府，古朴壮观。

门口站着两个哨兵。周围人来车往，十分热闹。

20日下午，一九一师指挥部已进驻这里，开始部署下一步行动。

董府是我国西北地区仅存的达官府第之一，建于1902年，占地100多亩，按“三庭六院”格局建造，规模宏大、工艺精巧，全部屋脊均系歇山顶，脊檐反翘，设置六兽，装点部分琉璃瓦。整体建筑雕梁画栋，结构精巧，是具代表性的明清四合院式建筑群，具有很高的建筑艺术与文物价值。为感谢慈禧太后的恩赐，董府坐西朝东，以时时远望北京朝廷，其朝向在古代建筑中特别罕见。

▶ 第六十四军部队占领青铜峡

董府因主人董福祥曾加封“太子少保”衔，又称董宫保府。

董福祥，字星五，1839年生于宁夏固原县。

1862年（同治元年）陕甘回民起义时，董福祥率众据甘肃庆阳抗清，活动于陇东、陕北，声势颇大。后在陕北被左宗棠部刘松山击败，投降清军，所部改编为董字三营，先后从刘松山、刘锦棠镇压陕西、甘肃、青海西宁等地回民起义，升为提督。

1875年（光绪元年），董福祥又随刘锦棠进兵新疆。因收复乌鲁木齐等地及平定阿古柏骚乱有功，得左宗棠赏识，1890年，又被提升为喀什噶尔提督。1895年，董率部至甘肃镇压回民起义。后调甘肃提督。

1897年，董福祥奉调进京，所部编为荣禄所辖武卫后军。1900年，义和团运动迅速发展，清廷采取“招抚”策略。董福祥部士兵纷纷加入义和团，杀死日本驻华使馆书记官杉山彬，并参与围攻东交民巷使馆。

八国联军侵占北京时，董福祥率军护卫慈禧太后和光绪帝西逃，因舍身护驾，深受慈禧赏识。后清政府与八国联军议和过程中，外国侵略者作为谈判条件多次要求处死董福祥，以雪仇恨，清廷没有答应，仅被宣告解职，赐予银两，返回宁夏隐居，遂建造府第。1908年，董福祥病死于金积堡府内。

▶ 董府正门

第十二章 金积之战

攻破外围

杨家湾堡外围。

杨家湾堡位于金积城西南约6公里处，是敌人一个重要据点。该堡处于沟渠纵横交错、泥泞难行的水网稻田之中。堡子四周有高约7米、宽近3米的土围墙，墙上掏了射孔，墙四角构筑有火力发射点。守敌为马鸿逵部三五六师一个团共300余人。主要装备有迫击炮、重机枪等。

五七二团指挥所。

张怀瑞团长正在召开作战会议，他对各营、连下达作战任务："根据师部命令，我们团的任务是攻占金积县，现在摆在我们面前的杨家湾堡是挡在我们面前的一个钉子，我们必须拔掉它。据我们侦察了解，杨家湾堡的守敌大约300人，与附近其他守敌虽可互相配合，但间隔较大，距离较远，火力不能互相支援，这就便于我们集中火力，各个击破，一举拿下杨家湾堡。具体部署是：二营为先锋，由团部配属一个八二迫击炮排，利用夜暗插入敌纵深，采取‘掏心’战术，割裂包围敌人，由里向外打；一营、三营对敌实施四面包围，由外向里打。从兵力上看，我们占绝对优势，吃掉该敌，应该不存在什么问题。”

政委谷子珍补充道：“根据目前情况看，敌人受到我们连续打击，已成惊弓之鸟，如果分析正确的话，敌人完全有可能一触即溃，一战即逃。请同志们务必记住，我们现在的任务不是赶跑敌人，任其溃散，造成后患。而是要全部吃掉杨家湾堡的守敌，就是按照彭总的指示，要坚决、彻底、干净地消灭敌人。如果杨家湾堡的敌人逃走，就很可能逃往金积、吴忠或者银川，这就增加了我们下一步作战的难度。因此，我们的行动一定要迅速，牢牢地抓住敌人，防止敌人逃跑。另外，在具体战斗中，要注意针对守敌恐慌、动摇的特点，积极开展政治攻势，力求瓦解敌人。”

最后，张团长下令：“各部队晚上8点准时出发！”

指挥员们很快离开了指挥所。

晚上8时许，各部队相继出发，向杨家湾堡前进。

20日凌晨2时许，二营先头已到达杨家湾堡附近，很快就完成对杨家湾堡的包围。重机枪连一排、八二迫击炮排分别占领发射阵地。

7时许，发起对杨家湾堡守敌的进攻，六〇迫击炮、八二迫击炮开始实施猛烈轰击，战士们的手榴弹也一批一批地投向堡内。

城墙上的机枪也哒哒哒地响了起来，开始向攻城部队射击。

各种火炮继续向城内轰击。

随后，各部队迅速向堡子发起冲击。战士们扛着云梯，向城墙奔去，很快将云梯搭上城墙，向上攀登。

外围工事里的战士们用自制的喇叭向敌人喊话：

“城里面马家军的士兵们，赶快放下武器，主动投降，解放军优待你们！”

“当官的早都跑光了，你们再打下去就是死路一条！”

“解放军说话算话，保证你们的生命安全！”

过了一会儿，城头上果然有人举起了白旗要求投降。有人大声喊道：

“我们不想再打了，请你们停火，我们愿意谈判！”

此时，一部分敌人将武器从城墙和房顶上往下扔。

二营营长和教导员研究后，由营长指挥部队继续做好攻击的准备，提高警惕，防敌利用谈判之机突围，教导员进入堡子与敌谈判。随后，敌打开了大门，五连一排战士冲进堡内，并以部分人员登上城墙监视敌人行动。

随后，其他部队相继跑步进入堡内。

堡内大街上，马家军士兵排成一队在交枪。

团卫生队的一位医生给一名负伤的敌兵包扎伤口。

杨家湾堡内的敌人很快全部投降，共俘敌营长以下300多人，并缴获八二迫击炮两门、重机枪3挺、轻机枪6挺、长短枪200多支、战马10余匹和其他大批军用物资。杨家湾堡战斗的胜利，为主力部队下一步围歼金积守敌创造了有利条件。

最后的交代

马鸿逵的“将军第”。9月18日晚上，中卫的马惇靖彻夜难眠，远在银川的马敦静这一晚上也不好过。

晚饭后，马敦静在惶惶不安中，召见宁夏兵团主力一二八军军长卢忠良，无可奈何又似乎推心置腹地说：“八十一军现在是不听我的指挥，恐怕是靠不住了。挑来挑去还是你最可靠。所以咱们这里就由你暂时代理我们宁夏兵团司令，全权指挥……”

效忠马家军多年的卢忠良一听，大吃一惊，眼睛瞪得圆圆的，不等马敦静说完，就打断他的话——这在过去是绝对不可能的：“司令，你……你……你是不是也要走了？”

卢忠良的话一语中的，堂堂宁夏兵团司令马敦静脸皮再厚，也难免露出一些尴尬。他起身在屋里转了一圈：“我要去找老头子，商讨下一步的对策呀，我实在是心里着急啊！”

连他自己也觉得，这是在骗人。

谎话！卢忠良这会儿也顾不了那么多，直截了当地说：

“要商量你们可以在电话上商量嘛，一定要当面商量吗？你要是一走，宁夏这么大的摊子谁管，那不完蛋得更快了吗？”

“事到如今……”马敦静语无伦次。

兔子急了也咬人呢，卢忠良又大声喊道：“你们都走了，我们将来怎么办？让共产党把我们抓走？”

“不不。”马敦静举起右手，似乎要把卢忠良的话挡回去，“这事你们放心，团以上军官，我都有安排。老头子已经花钱在那边把飞机订好了，到时候就飞过来接你们。我明天早上走，还要回来，当然也可能回不来。为了稳定军心，目前这事只有你一个人知道，明白吗？咱们宁夏军政一切大事，都由你说了算！”

卢忠良把头偏向一边，不置可否。

“老头子临走前给你交代的话你还记得吧？”马敦静盯着卢忠良的脸问。

卢忠良仍然不吭声。

马敦静无可奈何地看了卢忠良一眼：“那我就再给你重复一下：第一是战，不成功，便成仁。第二是淹，适时炸渠放水，阻挡共军前进。第三是烧，实在顶不住，就把银川烧光，哪怕是一间房子，也不能给共军留下！烧的时候就先从我们‘将军第’点火，银川既然不能姓马，也不能让它姓共！”

卢忠良坐在那里一动不动，马敦静悄然离去。

第二天，也就是9月19日早上，中宁那边的和平谈判已经拉开了序幕。而与此同时，银川的马敦静则坐上飞机，悄悄地飞往重庆去了。

▶ 马家军的营房

两个事件，在时间上竟是这样巧合。

再难丢难舍的地盘，也挡不住他逃跑的脚步。

不同的是，他老子逃走的时候，尚有蒋介石的开会电报做挡箭牌；而他的逃跑，则完全是偷偷摸摸的。

卢忠良不是傻瓜，岂能受骗！

可是，事到如今，受也得受，不受也得受。

他一整天杜门不出。

十字路口的抉择，其艰难程度，不亚于一场激战。

军队何去何从？自己何去何从？

是按主子的交代办，还是另谋出路？

是和，还是战？

最后，卢忠良还是选择了战。

第二天，卢忠良来到金灵前线，把军官们召集到一起，以前线总指挥的身份，歇斯底里地下了死命令："现在，我们再无路可退了，只有跟共军决一死战……"

他自己心里明白，这种话不过是自欺欺人！手下这些军官们又不是白痴。如果你把他们当成白痴，只能说明你首先是白痴。可时至今日，只能如此。

金积、灵武一带村庄路边的土墙上，到处写着“寸土必争”“抵抗到底”的标语。

9月19日11时，解放军第六十四军第一九一师和第一九二师，分左右两翼，向金积一线猛扑，揭开了金灵之战的序幕。

与此同时，解放军第六十三军由石空堡北渡黄河，沿黄河两岸北进，直指银川。

但卢忠良执迷不悟，指挥一二八军仍在拼死抵抗。

杨得志命令曾思玉继续前进，狠狠打击一切敢于顽抗之敌，以军事打击为政治解决彻底扫清障碍。

9月20日14时许，解放军左右两翼已逼近金积，对守敌形成围攻之势。

马家军掘渠放水

金积，马家军驻地。

马得贵长着一圈络腮胡须，身材高大，满脸横肉，杀人就像拍苍蝇，是个吃生米的家伙，他的口头禅就是：妈的，就是砍了脑袋，也要挺着血脖子到黄河边上灌口水！就是这么个亡命徒，被马鸿逵任命为河东保安司令。他的手下有3个骑兵营：白马营、红马营、黑马营。

这帮家伙天天吃饱喝足，骑马打枪，个个都是好枪法，十分剽悍。战场上，这伙人都是野魔。这天，他们回到营地，正在大吃二喝。席间，他们连吼带唱从小就听会的夹杂着秦腔味儿的“花儿”。

一个士兵唱道：

白牡丹白者赛雪哩，

红牡丹红者破哩。

看见么山顶上开着一朵牡丹，

可摘不到手是枉然……

另一个大个子兵喊道：“老是唱那个，酸溜溜的。”他开口就唱：

杨继业者那是真好汉，

佘太君再能行也是他的老婆。

杨宗保人家真能干，

把穆桂英者抱在了怀里。

咱弟兄们倒霉透透的，

啥时候窑子里认上个人去……

一个人带头一唱，就有一伙人跟着胡喊乱叫，群情激昂，到后来就个个唱得有滋有味，忘乎所以。

可是马得贵没想到，他带的这帮子骑兵和解放军对过阵，也在中宁、同心偷袭过解放军，虽然使解放军受了很大损失，却没占上什么大便宜。

他怎么也不服气。

现在他们奉命守卫银川的最后一道防线，驻扎在黄河边上。

马敦静得知马鸿宾父子起义的消息后，气急败坏，急忙令工兵炸堤放水，企图阻止解放军进击宁马老巢银川的步伐。

金积县水利局办公室。

这天，马得贵带人来到水利局，找来局长金占鳌：

“现在我命令你，马上提高汉渠水位！”

“马司令，你，你这是什么意思？”

马得贵吼道：“叫你干啥你就干，少啰唆，这是马主席的交代，误了我的大事，别怪我的枪子不认人！”

“是，是，我办，我办！”金局长吓得连声答应。

黄河汉渠上。马得贵骑马来回走动，亲自督战。

他命令三五六师师长：“部队沿渠排开，每隔十丈炸开一个口子，每个口子宽四到十丈，再将渠上所有桥梁都拆除、烧掉，马上行动！把解放军统统给我淹死！”

守堤的工兵接到命令后，在军官的监督下，同时点燃了导火索。

轰轰隆隆，排炮一般的爆炸声如同阵阵惊雷，震天撼地。

在一连串的爆破声中，仿佛发生了一场大地震，数十里河堤纷纷崩裂坍塌，泥土和浊水随着烟火飞起数十丈高，横空掀起一道几十里长的泥水烟火屏障，洪水一泻而出。

没多久，汉渠就被炸开近百个口子，金积、吴忠一带近百里地面顿成泽国，万亩良田，千里村野，条条道路，一下就被决堤的洪水所淹没，目光所及一片汪洋。家破人亡，四处逃难的群众不计其数。

看着眼前的杰作，马得贵恶狠狠地说：

“我就不相信，解放军还能长翅膀飞过去不成！”

汉渠，是宁夏人民从汉代就开始引用黄河水灌溉农田的主要干渠之一，与秦代开挖的秦渠、唐代开挖的唐徕渠共为宁夏的水利命脉。自古以来，所谓天下黄河富宁夏，就靠这三大渠引来黄河水灌溉。为此，历史上曾有人做了一副对联：

秦渠汉渠唐徕渠，福水普灌北疆地，不似江南，胜似江南

东塔西塔海宝塔，吉光高照朔方土，已过千秋，再过千秋

这是对银川平原千百年来美好景象最真实的描绘。

可是，这昔日惠泽几百万人的福水，在这一伙狂徒的魔爪下，眨眼间就变成了滔天的祸水。

马家军的罪行，激起了解放军广大指战员的极大愤怒。

然而，洪水并没有阻挡住解放大军前进的步伐。

9月19日，是六十四军与马鸿宾八十一军和平起义签字的日子。也就在同一天的中午11时，十九兵团主力向金灵之敌发起了攻击。

曾思玉军长毅然下令先遣部队五七二团，涉水前进，继续追歼逃敌。

金积县的一个堡寨，四周已经被洪水包围。

远处一座堡寨的土墙上，一伙敌人还在持枪来回走动，继续顽抗。

张团长命令：

“先给我喊话劝降！”

有个年轻战士用铁皮喇叭筒喊道：“马家军的士兵们，你们已经被解放军包围了，赶快放下武器投降吧，我们优待俘虏，不然我们就开炮了！”

“赶快投降，缴枪不杀，优待俘虏！”

“继续顽抗，死路一条！”

喊了一阵，堡子的4个角上插上了白旗，表示愿意投降。

另一个堡寨，四周同样被大水淹泡，上面也有人持枪来回走动。

战士们开始政治喊话。

正喊着，堡墙上突然开枪向下面射击。

张团长十分愤怒，大喊：“给我开炮！”

炮兵阵地上，各种大炮一齐发射开火，炮声震天。

堡墙上，有的人被炸飞，有的土墙被炸成缺口，尘土飞扬。

一会儿，很多堡子里面的敌人，从门洞里跑出来，在一片汪洋中四处奔跑逃命。

一个头部负伤尚未痊愈的俘兵，正站在水中，向周围的逃兵大声宣讲：“各位回族乡亲们，我是在固原任山河与解放军作战时负伤被俘的，解放军不仅不杀我们，还给我们治伤，发给我们路费，让我们回家。现在解放军已经到咱们这里了，大家千万不能听信马匪的谣言，不要乱跑，要相信解放军！解放军优待大家！不要乱跑了！”

他身边的几个士兵围在他跟前，不再乱跑了。

远方，乱成一窝蜂的马家军士兵仍在向四面逃跑。

张怀瑞团长心里直发急，这种阵势他还从来没经过。他把帽子往后一掀，大声下令：

“吹冲锋号，一人追一个！”

四散逃跑的敌兵在水田中挣扎，十分狼狈。

无数的战士们在水田中奔跑，扬起朵朵浪花。

数十里地的水面上，出现了一派前所未有的景象。

马家军掘渠放水，本想阻止解放军的前进，没料到倒给他们的逃跑也造成了极大的障碍。七连照旧冲在最前面，杨七郎眼看着水田中逃跑的敌兵干着急没办法，自己也只能深一脚浅一脚地往前冲，急得他心里直冒火。

逃跑的敌兵自然更慌乱，有的掉了鞋，有的丢了枪，跌跌撞撞，连滚带爬，没命地往前跑。

七连的战士们一边拼命追赶，一边大喊：

“放下武器，缴枪不杀！”

“赶快投降，优待俘虏！”

有的敌兵见无法逃脱，就跪在水田里，举起了双手。

有的不听劝告，后边就“哒哒哒”一梭子子弹，水田中立即泛起一片血红。

有四五个战士跟着连长杨金良跑在最前面，前头几个敌人大概渴得要命，跑到一片瓜地里，也不怕被抓，抱起西瓜就吃。

杨连长一把抓住一个敌兵的衣领，命令道：

“快，拿过来！”

“给，给！”敌兵连忙把手里的西瓜递过来。

“妈的，不要西瓜，要武器！”

敌兵这才把手里的枪赶紧递过来。

六十四军已将金积县团团围住，曾思玉军长用望远镜观察着周围地形，他那刚毅的目光中，充满了胜利的信心。

夕阳西下，暮色苍茫。

数百名解放军战士持枪站在茫茫大水中，包围着金积县城。

东方欲晓，晨光初露。

解放军战士继续持枪站在茫茫大水中，衣衫湿透，满脸泥土。

艳阳高照，天气闷热。

战士们仍然持枪站在汪洋中。突然一个战士“扑通”一声倒在昏黄的水中，溅起一片水花。一个战士看见了，急忙扑了过来，大叫：“班长、班长……”

进占金积

董府，傍晚，一九一师指挥部。

此时，五七二团张团长向师政委陈宜贵、参谋长汪应忠报告：“上午，从金积城开来一辆插有白旗的卡车，车上的人要求与我们谈判投降。这6个求降代表都是城内绅士、商会成员，还有一个国民党守军副师长。我问明来意后，就把他们带来了，现在门外等候。”

门外的代表面有疑惧，心神不宁。

室内，陈政委用报话机向在后跟进的曾思玉军长汇报：“军长，我是陈宜贵，有个情况向你报告。金积城内的守军，派来几个代表，要求我们停止前进，不要交火，和谈起义。”

曾军长在电话中立即指示：“部队不能停止战斗，继续前进。你明确告诉他们，没有什么可谈的，金积守敌必须无条件放下武器投降，我们保证他们生命财产安全。让他们立即返回城里，收拢部队，准备移交。”

陈政委向几个代表转达了曾军长的意见，对方表示完全接受，返回了金积。

21日，金积城内。

天色未亮，解放军一支部队进入金积城，金积守敌业已跑散，到处可见敌人遗弃的枪支弹药、军服及其他军用物资。战士们捡起路边的枪支弹药，集中在一堆。有的马家军士兵也主动举起双手，交来武器。

陈政委在城内大街上正往前走着，又遇见原来要求起义的那个副师长和几个军官，他们有点慌乱地说："陈政委，队伍已经全部溃散，没办法收拢移交了，都是我们的行动太迟了。"

陈政委说："兵既然跑散了，就算了，你们先过去登记一下！"

"是，是。"几个人答应着离开了。

解放军已全部控制了金积地区。

第十四章　攻克吴忠

激战敌骑兵

为切断金积残敌溃逃之后路及歼灭吴忠之敌，曾思玉又令一九一师和一九二师绕过金积，迅速向吴忠之敌发起猛攻。独立一师和一九一师五七一团留在金积，负责继续搜剿溃逃官兵。

吴忠有着悠久的历史，是河套文化的重要组成部分，也是宁夏平原的核心地区。自古以来，吴忠就以物华天宝、人杰地灵而著称，是西北重要的商埠，享有旱码头之美誉，水陆交通便捷，集市贸易历史悠久，更以“天下大集”闻名遐迩。吴忠得益于黄河自流灌溉之利，是黄河流域的精华地带。因此，这里也一直是马家军驻防的要地之一。

18日下午，乡村大路上。

一九二师部队正朝着金积、吴忠方向行军。由于连日奔袭作战，战士们十分疲劳。

一个战士一边步行一边打瞌睡。走着走着，突然跌倒在地。

有的战士一边走一边擦着头上的汗水，憨笑着跟着队伍快步前进。

东边一条大路上，马家军一队骑兵挥舞着战刀，飞驰而来。

西边一条大路上，马家军的另一队骑兵也在呐喊着狂奔。

他们是马家军骑兵旅的4个团，一边两个团，正在向中间解放军行军的大道上集中。马家军的骑兵长期休养训练，战马膘肥体壮，士兵腰圆膀宽，十分强悍。让马鸿逵常常引以为荣的正是这些马家军的骑兵当年在抵抗八国联军，保护清朝政府的战斗中立下了汗马功劳，马家军从此深得清政府宠幸，步步重用高升。但是马步芳总是不服气他：

“他们的队伍算个啥？我们的骑兵在河西打得红军三个军全军覆没，那时候他们的队伍在哪里？他们父子又在哪里呢？”

马鸿逵提起马步芳更是两个眼珠子都冒气，他不止一次当着部下的面说：

“他马步芳算啥？他们的祖先那是河州山里的草寇出身，能和我们比？我们护驾伺候过皇上，他见过皇上的面么？我们是什么人？我们是军人世家！他马步芳是靠歪门邪道爬上来的，我们是靠战功升上来的！小尕娃背着手尿尿，咱不扶（服）他！”

马步芳一再自吹他们打败红军的话传到马鸿逵的耳朵里，马鸿逵又来气了：“那是叫他碰运气碰上的，叫我们打，我们一样取胜。他们在哪里？他们在青海的山沟里。可我们呢，我们跟延安共军相邻，可为什么他们十多年打不过来？他们不敢打咱们，他们害怕！”说到这里，马鸿逵不由得又叹口气：“唉，都怪老蒋啊，他不信任我们嘛，他总是相信他的胡宗南，可是胡宗南打了多少次延安，打下来了么？要是叫我们打，我早就把延安拿下了！”

马家军的骑兵正在“嗷、嗷”狂喊着飞奔，有的胡吼乱叫着：

攻击！攻击！

我们是铁的骑兵！

把战刀刺向对手的马头，
我们无路可走！
攻击！攻击！
我们是贺兰山的骑兵！
把战刀刺向对手的额头，
我们无忧无愁！
攻击！攻击！
我们是马家的骑兵！
把战刀刺向火红的日头，
我们一醉方休……

红日高悬，天气酷热。

一九二师的部队排成长队，正在大步前进。

步兵后面跟着炮兵，战马驮着炮架，一同前行。

突然，从队伍两侧传来了激烈的枪声，几个战士应声倒在地上……有人大喊："散开！卧倒——"

部队眨眼间散开卧倒在大路两侧和庄稼地里，向突袭而来的敌骑兵开枪射击。炮兵迅速利用地形架炮……

马家军的骑兵有的挥舞着战刀，有的举着手中的枪，从两侧向解放军冲杀而来。

解放军战士全力反击，有的开枪，有的投手榴弹，有的端起刺刀……

人喊声、马叫声、枪炮声响成一片。

在手榴弹的爆炸声中，敌骑兵和战马在奔驰中翻倒在地。

敌骑兵像闪电一样向金积方向逃去。

一个炮兵指挥员喊道："继续向敌骑兵追踪开炮！"

炮弹在敌骑兵群中爆炸，几匹战马跌倒翻滚。

解放军的部队继续行军前进。

天气非常炎热，战士们渴得嗓子直冒烟，干渴得使人感到很难熬。

炮团的战士们在队伍中间跟随步兵行进，身边的战马驮着大炮，跟成一串，显得非常威武。

一位连长在队伍中鼓动战士们说：“大家再忍一忍，前面有个村子叫‘长流水’，水一定是很多的，到了那里大家放开肚皮喝个够！”

身后一个班长一边走一边说：“连长，宁夏这地方就是怪，一路上我们走了那么多地方，都是叫什么小滚泉、喜集水，还有什么喊叫水，可到了一看，就是没有水！”

另一个战士也跟着说：“我猜呀，连长说的这个‘长流水’，肯定还是没有水！”

连长笑着说：“那可不一定，‘长流水’肯定有水，要不，咋能叫‘长流水’呢！你们看看，很快就要到‘长流水’了，我的嘴里都不渴了！”

那个班长接上说：“连长，你那是真正的‘望梅止渴’吧。”

大家在说说笑笑中继续前进。

大家正走着，到了一个小村子，正是“长流水”。这个村子只有八九户人家，哪有什么“长流水”啊。当地人都吃的是窖水。

部队就地宿营休息。

一个战士提来大半桶水，走到连长跟前：“这是营里给我们分的水，就这么点，咋办呢？”

连长说：“先喂马，剩下的大家再每人喝一点。”

那个战士把水提过去喂马，战士们席地而坐，困难地吞咽着干粮，休息了一会儿，前面就响起了行军号。连长站起来大声喊道：“开始出发！前面就要打大仗了，大家都准备好，这回该看咱们炮兵的了，让敌人尝尝炮弹的厉害，露一手给步兵老大哥瞧瞧。”

炮团部队在出发前，为了提高效能，都准备了木板、沙袋和草垫。过去缴获来的炮弹，品种多样，规格不一，日式炮弹与太原造的炮弹重量相差较多，影响射击精度，因此，事先都将炮弹一一过秤，分别装好。

山坡前，马家军骑兵正围成一堆休息、吃饭。

另外一处山头上，师首长用望远镜观察敌情。望远镜中出现了敌骑兵正在吃饭的情景。师长一面继续观察一面下令："前面山下很可能就是昨天偷袭我们的马家军骑兵，命令炮团立即向前方敌人开炮，先头部队跟进攻击！"

"是！"身边一位参谋答应着转身离去。

炮团的高团长喊道："通知各连，马上行动，动作要快！"

炮兵战士们立即架炮。

一会儿，一门门火炮昂首挺胸指向天空，炮兵们紧张地操作起来。"轰！轰！轰"的一阵巨响，一发发炮弹飞出了炮膛，不偏不歪正好落在敌群，敌人顿时乱了营，炸得敌骑兵人仰马翻，硝烟中四处逃窜。

随后，先头部队发起了冲击，向敌人包抄过去。

敌骑兵很快就逃得没影了。

战场上战火还在燃烧，有的伤兵瘸着腿向前挪动。被烧毁的武器、丢弃的物资随处可见。马鸿逵残部正在举着双手在解放军战士看守下向一起集中。

几十名战士正在牵着缴获的战马向前走去。

银南一个村头，一个老人发呆似的注视着远方。

一个村民走过来看着老人的样子，走到他跟前："老张，你在这儿干啥呀？"

老人看了他一眼，没说话。

村民又说："还在等你的枣红马呀？都好几个月了，你还在等呀，说不定你那匹马早就叫马鸿逵的兵给杀掉吃了呢。"

老人还是呆呆的不说话。

这天，部队行军经过老张家门前，队伍里一匹枣红马飞似地向他家奔去，最后进了老张家院子。

张铁贵正在院子里干活，猛然间看见跑进来一匹红马，吃了一惊。再一看，竟是自己3个月前叫马鸿逵部队抢走的那匹枣红马。老张忙跑过去，喜出望外地抱着马头，眼睛里涌出了激动的泪水，对枣红马说道："我的枣红马呀，几十天来，我可是天天盼夜夜盼你呀……"

他正说着，连长带着两个战士从大门口走进来："大爷，这是我们部队的马，刚才跑到你们家来，我们牵走了！"

老张连忙哀求地说："长官，这马是我家的，3个月前被马鸿逵的匪兵抢去的，我找了多少回了，你们还给我吧！"

"老人家，我们是解放军，不叫长官叫同志。"连长考虑了一下说："这马是上级缴获后分配给我们连队的，只要是你的马，你到村上乡上开个证明信，就可以退还给你。我们就在前面村子里宿营。"

"好、好、好！"张大爷转忧为喜，连忙跑着出了门。

连长他们也牵着马回去了。

另一个村庄。连长和战士们远远地看见一个人赶来了。一个战士说："连长，好像就是那个张大爷。"

"解放军同志，你看看。"张大爷上气不接下气地一边说着，一边把一张纸递到连长跟前。

连长看完了证明信说："老人家，乡上证明枣红马确实是你们家的，你就牵回去吧！"

"真的？那我真的就牵走了？"张大爷万分激动，用手拍着战士的肩膀，好一会儿才又说："马鸿逵的匪兵抢走了我的马，解放军却还给了我。解放军真是天下的好队伍啊！"

张大爷拉着他的枣红马，连声道谢地回家去了。

摧毁敌碉堡

六十四军下一步的任务就是攻击银川南部重镇吴忠堡（后改为

县）。远远望去，吴忠堡南侧筑有很多碉堡。

吴忠堡位于金积县东北约8公里处，其南侧有一道清水沟，沟宽约8米，深3米，沟内有水，名清水河，沟上原架有木桥。

马家军为了保护吴忠堡安全，在其西北部构筑了碉堡群。绕外围挖有宽2米、深3米的外壕，内有泥水。

20日傍晚，一九二师主力兵临吴忠堡，以切断金积县守敌逃路和抓住吴忠堡之敌，并分割消灭碉堡群内的敌人。

清水沟桥头。

清水沟桥是通往吴忠的必经之路。为阻挡解放军进攻吴忠堡，守敌派人来炸木桥。马家军的士兵正在清水沟大桥上安放炸药包，然后撤回桥头。过了一会儿，只听"轰隆"一声巨响，清水沟木桥被炸毁，木头桩、木板飞上天空。

五七五团来到清水河畔，大家望着被敌人炸毁的木桥，非常气愤。清水河水流湍急，难以徒步通过，团领导都非常着急。

团长观察了一会儿，下令："一营三连马上利用原来的桥桩，尽快架设便桥，保证部队通过，然后进攻碉堡群，其他部队做好战斗准备！"

下午，几个敌人打着白旗，过来要求"谈判"。团长和政委与其见了面，提出了具体条件。敌人虽然满口答应，但走后毫无动静，没有什么具体行动。团领导分析，敌人是故意拖延时间，掩护加修工事，以便与我顽抗。团首长决定针对敌人阴谋，将计就计，一面与敌谈判，一面令部队做好实施强攻的战斗准备。

直到9月21日下午3时许，谈判的敌人还是没有任何实际行动，团长报告师部后，决定对敌发起进攻。

三连战士们在火力掩护下，操起架桥器材，跳入水中，经短时间奋战，将便桥架通。副连长随即带领突击队通过便桥，进至清水沟北岸。

4时许，团长命令九二步兵炮开炮，将敌人对我威胁最大的重机枪火力点摧毁。

向碉堡群进攻的爆破组在上级猛烈的火力掩护下，以敏捷的动作，突然跃起，跨过地堡前的深沟，把炸药包放在敌人地堡墙下，然后点燃导火索，一声巨响，地堡飞起，敌阵地被炸开一条通道。

冲锋号响起，主力部队像潮水一样涌向敌碉堡群，敌人十分惶恐，纷纷从碉堡内跑出来，朝吴忠堡方向逃去。各连战士奋起直追，已经预先占领地形，负责断敌退路的部队也及时开火，逃敌前后受击，无法逃命，只得举手投降了。

此战全歼碉堡群守敌一个连，为全歼吴忠堡之敌打开了进攻道路。

随后，师团主力部队通过便桥迅速向吴忠堡前进。

血战涝河桥

涝河桥畔。宽阔的河面横在眼前。

吴忠是宁夏第二大城镇，本来也是富庶之地，可这些年来，被马家军抓兵、征税、征粮……早就闹得城乡凋敝，民不聊生。

吴忠是宁夏兵团的最后一道防线，也是马家军老巢银川的屏障。

六十四军正在向吴忠扫荡前进。

冲在最前面的五七五团、五七二团被10多米宽的一道河挡出了，水面上的涝河桥是通向吴忠的必经之路，敌人早就把桥烧毁，并在桥头构筑了碉堡和地堡群。

21日上午，五七五团开始架桥，准备强攻。

团长看了看手表，时间已到，他大喊一声：

“开炮！”

炮火立即在敌碉堡上空开花，升起一片烟雾。首先进行“炮火准备”，这是现代战争进攻战的常规。

在猛烈的炮火掩护下，七连一排的战士们抬着架桥器材，向桥头冲去。

可是刚到桥头，还没放下器材，就突然遭到敌碉堡群火力网的扫射。

十几名战士眨眼间倒在地上。

团长浑身抖动一下，血涌头顶，他猛然间吼道：

“炮兵，还不给我轰！”

话音刚落，一排炮弹立刻倾泄在敌人阵地上，敌碉堡群完全被摧毁了！

杨连长大叫：“二排，上！”

二排近30名战士又抬着架桥器材冲了过去。

他们刚刚到达河边，对面突然间又响起了哒哒哒的机枪声……

顷刻间，又有20多名战士在后续战士的眼前倒下去。

无限的悲痛和愤怒立刻袭击了全团的阵地。

团长心里像刀扎一样难受，自己对敌人马家军的顽抗能力估计的太低了、太低了！

▶ 第一九二师部队准备强渡涝河桥

杨连长眼睛气得血红血红的，他在阵地的最前沿，看得非常清楚：这挺机枪是架在对面河边一棵大树上的。

他用浓重的陕北口音喊道：

“妈的，王八蛋！我们连难道要全栽在这里不成！”

说完，他就端起冲锋枪朝那棵大树猛烈射击，立刻有两个敌人从树上掉下来，枪声也停止了。

但几乎是同时，杨连长也身子歪了几歪，向后倒去！

“连长！连长……”

几个战士立刻呼叫着跑过去，杨连长挣扎着用手指着前面：“快……快……桥、桥……”

还没说完，他就永远地闭上了眼睛。

他的身上有4个枪眼，一粒粒红红的枸杞散落在他的身边。

通讯员眼含泪水，把地上的枸杞一粒一粒地捡起来。

河面宽阔，河水汹涌向前。

河水里，战士们正在突击架桥。不时有人跌落水中。

便桥终于架通了。六十四军的一九一师、一九二师像大潮一样涌向吴忠堡。

中午12时，解放军攻占吴忠，红军插上了吴忠城。

涝河桥东头。

曾军长来到了桥头，他怀着沉重的心情向135位烈士脱帽致哀。

（后来，当地人民政府专门在这里修建了“涝河桥烈士陵园”，纪念这些在共和国诞生前永远长眠在这里的先烈们。）

最后，曾军长又来到七连杨连长的遗体旁，看了看他的遗容。

杨连长身边放着一个小布袋。

曾军长指着问：“这是什么？”

“里面装的是枸杞，他是陕北定边人，离这儿不远，连里的同志说，他是准备解放宁夏后，捎给老父亲的，他是个老寒腿。”身边的团长轻轻地说。

▶ 涝河桥烈士陵园

曾军长"哦"了一声："在中宁的时候，我见过他。"最后，他心情沉重地说："张团长，派人多买些枸杞，宁夏解放后托人给老人家带去。"

"是！我一定办好！"站在旁边的团长赶紧答应。

说完，他又十分悲痛地对军长说："军长，你撤了我吧，这一仗我们没打好，牺牲了这么多战士……"刚说到这里，他的眼睛里就涌出了泪水。他赶紧转过身去，一拳砸在一边的土墙上："我是什么狗屁团长啊……这么多战士牺牲了……"

曾军长走过来，在他的后肩上轻轻地拍了拍，离开了。

滚滚向前的黄河，奔流不息。

河面上，漂浮着人体、马尸、残木及破烂的军装……

黄河流出去几十里，依然可见血染的红色随波逐浪，向前流去。

勇敢的卫生员

吴忠堡位于金积至灵武的交通线上，战略地位十分重要，驻守在这里的是马鸿逵的保安第三师。

按照军指挥部部署，一九二师担任主攻吴忠堡守敌的战斗任务。

部队从两个方向向吴忠堡靠近，抓紧时间构筑简单的工事。

大路上，一队解放军战士正在跑步前进，前面的指挥员一边跑一边喘着气喊道："大家加点油，我们一定要闯过郭家桥，打开通往吴忠的通道！"

吴忠堡城外的郭家桥，是通往城内的要道。一伙马家军士兵正在往桥上堆放柴草，然后提起油桶往上面浇上汽油，放火点燃，企图阻止解放军前进。

一会儿，木桥上立刻冒起浓烟烈火。

战士们跑步赶到郭家桥附近，大火还在燃烧。队伍前面的连长气得大骂："这一伙王八蛋，简直是坏透了！"

9月21日9点30分，一九二师早已瞄准敌人的炮群开炮了，炮弹倾泄在敌人的阵地上，敌人被打得懵头转向，仓皇后退。在火力的掩护下，先头步兵迅速出击。战士们像猛虎一样从吴忠堡南口扑向城内。

城里的敌人大部分向灵武逃去，其余敌兵像无头的苍蝇四处逃命，大股敌人向吴忠堡东北方向逃去。战士们紧追敌人不放，越战越勇。

到中午12时，城内的敌人被彻底击溃了，残敌逃出城外，成为散兵游勇，各连战士也冲向城外，追捕四散而逃的残兵败将。

吴忠城外庄稼地里，到处是敌人逃窜的身影。在一块豆子地里，身背药箱的卫生员发现前面有一个敌兵，就大声喊道："赶快投降，缴枪不杀！"没想到这家伙不仅不投降，反而向卫生员开了一枪，随后转身就跑。卫生员马上将手中的一颗手榴弹投过去，"轰——"的一声响，手榴弹爆炸了。趁着爆炸的烟幕，卫生员冲过去，用枪指着他，大喝道："缴枪，不缴枪就打死你！"那个敌兵这才把枪往地上一扔，颤抖地举起了双手。

卫生员捡起了枪和子弹，背在身上一面继续向周围搜索，一面大喊："你们跑不了啦，缴枪不杀，解放军优待俘虏！"在他的喊声中，附近的5个敌人也一个跟一个乖乖地缴了枪。

最后卫生员大声叫道："都排成队跟上，向外面走！"

几个敌人走在前面，卫生员端着枪跟在后面，走出了庄稼地。

一队解放军战士正要通过一个村庄，对面响起了枪声，一伙残敌还在村北抗击。一个群众从村边的房子跑出来，对战士们说："马家军刚从村北方向跑了，你们快追吧！"在该村村北战斗中，一个伤员被敌人火力封锁抬不下来，四五个老乡说："你们牺牲流血，为了我们解放，让我们想法把伤员抬下来。"战士们再三劝阻，都无效果。最后，两个老乡还是在我火力掩护下，把伤员安全地抬回来了。

大路上，人喊马叫。卢忠良率第一二八军军部和第二五六师，从灵武增援吴忠，企图与解放军决一死战。

六十四军先头部队在吴忠东南的涝河桥与敌展开激战，终于抢占了敌桥头堡阵地，保证了师主力安全渡河。

渡河后，解放军乘胜追击，迅速穿插分割，歼灭了吴忠外围之敌，直捣敌一二八军指挥部。

敌人全线混乱，纷纷丢盔弃甲，四处逃窜。

军长卢忠良趁兵溃混乱，在乱军之中只带少数人马，逃回银川。

抢占仁存渡

解放军攻克吴忠堡，部分敌人逃往原来由宁马主力一二八军驻守的灵武县城。

灵武，古称灵州，西临黄河，距银川市48公里，南邻吴忠，相距18公里。这颗镶嵌在宁夏平原腹部的灿烂明珠，以其悠久的历史、富饶的资源、绚丽的风光，成为"塞上江南"的一部分。古往今来，灵武聚天地之灵气，凝山河之灵性，历史悠久，文化灿烂。灵武是古代中国西北重要的政治枢纽、军事重镇和文化中心。西汉惠帝四年置县，因在河之洲，“随水高下，未尝沦没”，故以灵州而得名，距今已有2200多年了。

此地曾上演过唐太宗灵州勒石酬百王、“安史之乱”后唐肃宗灵州登基重拾旧山河、西夏李元昊占据灵州成霸业、成吉思汗征战灵州灭西夏、康熙灵州渡黄河平定噶尔丹叛乱等许多脍炙人口的历史绝唱。

灵武的军事地位十分重要，是银川的屏障，马鸿逵一直在这里布置重兵。

通往灵武的大路上。一九二师留下一部兵力于吴忠堡搜剿残敌，监视金积，维护秩序，保管资财，主力毫不停息地又向灵武猛追。

当解放军部队进至距灵武城10余里处，一名姓何的副军长，还有敌二五六师副师长、政工处长及伪灵武县长、商会代表等一行人打着白旗，向前走来。前面的部队见面后问：“你们是干什么的？”

来人非常谦恭地说：“我们找你们长官，有要紧事。”

师长马卫华和政委王海廷接见了他们，王政委说：“你们主动来投诚，我们非常欢迎，这也是你们对士兵、对人民负责的表现。解放军总部已经公布了八项基本原则。彭总也早就说了，主动投诚，我们欢迎；坚持顽抗，就要坚决、彻底、干净地被消灭！”

随后，马师长立即向军部汇报了灵武守敌投诚的情况，按曾军长明确指示：“你们师马上行动，部署部队分别占领包围灵武城四周，严密监视敌人，以防变故。”

马师长回道：“我们马上行动！”

尽管解放军部队行动迅速，但仍然有很多马家军士兵溃散逃跑。有的已逃向20多里外的黄河边上的仁存渡口。这部分敌人如果逃过河去，对解放银川很不利。马师长当即喊道：“给我接五七五团！”

电话接通后，马师长接过话筒，大声喊道：“你们团马上行动，火速抢占仁存渡口，切断敌人退路，一个也不能放过去！”

仁存渡口附近。

人喊马叫，一片混乱。

几辆汽车正在向渡口行进，后边跟了很多马家军士兵，企图逃跑。渡口岸边，有几门丢弃的火炮以及大大小小的弹药箱、衣物等。

一伙溃散的步兵骑兵一下拥上来，在乱哄哄中争抢着上船……有的手拉住船想爬上去。

大路上解放军战士正在跑步前进……

仁存渡口显得更加混乱。

黄河水滚滚向前，一望无际。

一伙马家军士兵正在争抢上船。

突然，“叭、叭、叭”传来一阵猛烈的枪声。解放军战士大声喊道：“不准渡河，缴枪不杀！”船上的马家军士兵有的急忙跳下船四处逃散，有的跳下水浮水流窜，有的企图划船逃跑，有的被解放军的子弹打中，跌下水去……几艘小船被水冲跑了，有的便抱着门板、麦草……纷纷跳下河里，向远方飘去。

一会儿，解放军战士越来越多，完全占领了仁存渡口。

战士们持枪围了一圈，有几个战士端着冲锋枪站在旁边的汽车上，他们监视着被俘虏的马家军士兵一个一个过来放下手中的武器，排成一队向前走去。

灵武之战，宁夏马家军主力一二八军被歼灭，共俘敌800余人，缴获汽车8辆及大批军用物资。

至此，解放宁夏的最后一战——金积、吴忠、灵武之战宣告胜利结束，银川外围全部扫清，共消灭马家军1个军、5个师及1个骑兵旅，共毙、伤、俘敌7337人，缴获山炮12门、平射炮2门、迫击炮110门、汽车23辆、各种长短枪7896支、各种弹药110万发。

我军209名指战员光荣牺牲。

第十五章 签订和平协议

各奔东西

9月20日，马家军总指挥部。

前线总指挥卢忠良正在召开军事会议，参加会议的都是各部队的首领。他照例给大家先打了一阵气之后，说："从现在开始，各师师长就可以自行指挥部队作战，不必再请示我，这是非常时期采取的非常措施……"

其意不言自明。

在场的军官们一听卢忠良的话，个个垂头丧气，默默不语，姿势也不像过去那么讲究了。

会场十分冷清。

卢忠良和几位军长、师长悄然离开会场。

没多久，卢忠良就首先乘车逃往银川了。

下午，防守金积的保安一师师长王有禄对副师长崔清平说："卢军长叫我到他那里去一下，前线的作战指挥，从现在起，就由你行使我的职权。"

崔清平站在那里，心知肚明，盯着师长，没有言语。

10分钟后，王有禄从一个小门出来，钻进汽车逃走了。

崔清平站在远处，看着王有禄的小汽车消失在大路上。

六十四军一九一师指挥部。

一九一师是十九兵团解放宁夏的先锋部队，指挥部里一片繁忙景象。

师长谢正荣和政委陈宜贵站在地图前商量下一步的军事行动。

师长转身给五七二团张怀瑞团长打电话："张团长吗，现在是特殊情况，你们要通知各个连队，在水田里行动，要以班为单位，小群小股，灵活机动地消灭逃敌！"

张团长在电话里回道："知道了，师长，我们马上通知。"

马家军前线。

王有禄一走，崔清平就知道他是鞋底上抹油——溜了。看着他远去的汽车，心里顿感悻悻不平："妈的，这年头真是爹死娘嫁人，各人顾各人了！"

崔清平气呼呼地找到三五六师留下的副师长谢修臣说："现在是老虎驾辕牛拉梢，全乱套了！军长、师长们都逃往银川去了，却让我们留下来当替死鬼。我是不想再在这儿待了，你打算咋办？"

"我？当然是效忠党国，坚持到底啊！"谢修臣自嘲地说了一句，又对崔清平大声喊道："效忠党国的人都跑光了，我算是老几呀？现在只有二百五才愿意留下打仗呢。"

两个人是一样的心思，一拍即合。

谢修臣说："我看这样吧，我把几个团长叫来，咱们商量个办法，你看怎么样？"

崔清平说："行，就这么办。"

一会儿，七八个团长、副团长都到了。

看看人都到了，崔清平满脸怒气地说："弟兄们，军长、师长们现在是黄牛过河，各奔东西，都他妈的跑了，我们要是也跑了，你们弟兄们咋办呢？人家走的时候交代了，金积这里叫我和谢副师长负责，我们呢，也不想负这个责了，更不想和共军打了，现在就看你们几位团长怎么办？谁要是乐意，现在就可以当师长！”

一个团长立即叫道：“这年头还当啥师长呢，给个军长也不要了！”

另一个团长也喊道：“唉，弟兄们早就不想打了，就请两位长官做主吧，你们说咋整就咋整！”

谢副师长说：“现在都到这份上了，我们也就不客气了，有啥说啥。弟兄们呢也一样，谁有啥想法都说出来，咱们商量。”

崔清平说：“那我就先说，咱们乡下狮子乡下舞，到什么山上说什么话，我看咱们干脆扳倒葫芦流光油，来个一不做二不休，马上去和解放军接洽，全线停火，举行起义！大家看怎么样？”

立即有人喊：“行，就这么办！”

有人接上说：“那派谁去呢？”

正说到节骨眼上，一二八军副军长何晓霆突然进来了。屋里气氛顿时紧张起来。

大家默然无语。

何晓霆像平时一样公事公办地问：“你们这边情况怎么样？”

“怎么样？”崔清平试探地故意说，“枪声、炮声、喊声，都是人家共军的！还能怎么样呢？”

此时此刻，何副军长当然不知道这几个人的心思，便唉声叹气地说：“唉，四面楚歌，朝不保夕啊。战局怎么成了这个样子，这仗还怎么打啊！”

“是啊，这仗看来是没法打了。没啥指望了，弄不好再这么下去，共军的大炮就要在我们头顶上开花了！”崔清平进一步试探何副军长的底。

“你说得很对呀。”何副军长一边说着一边坐在椅子上，“我们确实是没什么指望了，危在旦夕呀！”

其实，何晓霆也在试探对方的底。

崔清平是个狗肚子存不住二两香油的急性子，他憋不住，摸了摸腰里的枪，又趁机给谢修臣使了个眼色，然后像是豁出去似的说：“何副军长，现在的局势你当然比我们更清楚，败局已定！我们这些人，不知是井里死还是河里死呢，因此，我们刚才商量好了，为了对几个师的官兵生命负责，我们不想再和解放军打了，准备派人去和解放军接头，商量起义。人家八十一军不就是我们的样子嘛，不知何副军长……”

“很好！很好！”谁也没想到一向稳重的何副军长竟会突然间态度来了个大转变，像换了个人似的从椅子上站起来，连声道好，“咱们可是想到一起了，准备派谁去呀？”

“我去！”崔清平自告奋勇。

“行！尽快就去！”

何副军长说完，当即写了一封要求起义的信，在场的人很快都在上面签了名。

一九一师指挥部。

一个哨兵领着崔清平走了进来，走到陈宜贵政委跟前。

崔清平向陈政委规规矩矩敬了礼，自我介绍说：“我是宁夏保一师副师长崔清平，现在代表一二八军和前线全体官兵，来和贵军商洽和平起义的事情。”

说完，他恭恭敬敬地递上一封信。

陈政委看了信，高兴地说：“好啊，请坐，咱们慢慢谈。”

陈政委又马上给曾思玉军长打电话作了汇报，曾军长在电话中果断明确地答复：“这很好嘛，对崔清平等人正义爱国的态度，我们要给予表扬。关于和谈，一、全线可以停火。二、金积守敌只能算投诚，不能算起义。各部队加强收拢管理，原地待命，等候整顿改编。三、派代表来中宁正式签署和平投诚协定书。”

发表求和通电

马敦静走了，宁马军以上的高级将领闻讯后，在银川集合，商讨对策，会议在一片吵吵嚷嚷中结束。在人民解放军强大军事压力下，形成了这样一个决议：

宁夏兵团决定和平起义，具体事宜由贺兰军军长马全良和十一军军长马光宗负责和解放军交涉。

9月20日下午，由贺兰军军长马全良领衔发出起义通电：

毛主席、朱总司令、彭副总司令：国民党秉国以来，领导无方，纪纲不振，民生凋敝，至战祸弥漫全国，强者死于炮灰，弱者流于沟壑，刻又战事迫近西北，面临宁夏。全良等不忍地方70万军民遭受涂炭。爰于本月20日停战，服从毛主席领导，实行民主，俾人民登于衽席，国基安如磐石。至于军事如何改编，政治如何革新，听候协商，一致服从。

马全良领衔发出的起义通电，为宁夏和平解放起了个好头。

彭德怀副总司令接到马全良领衔起义的通电后，十分高兴，于21日晚发出了十万火急的复电：

贺兰军马军长、一二八军卢军长、十一军马军长：经电悉，诸将既愿宁夏问题和平解决，殊堪欣慰，望督率部即速见诸实行，此间即告杨得志司令员知照，即派代表至中宁与杨司令员接洽，特复。

马全良是甘肃和政县达浪乡达浪村人，出生于回族贫农家庭，早年先在甘州提督马麟部下当兵，后进入绥远马鸿逵所办的军官学校学习。结业后在马鸿逵军队历任司务长、班长、连长、营长，一步一步最后干到团长、旅长、师长、保安处长、副军长、军长等职，也是马鸿逵的心腹人物之一。

马全良看了彭德怀的复电，心里非常高兴。他没有想到事隔多年，他与共产党又有了一次特殊的交往。想起来那已经是22年前的事了。

1927年秋，马鸿逵正在公馆看报。一名副官进来大声道："马主席，南京电报！"

马鸿逵哼了一声，副官把电报放在了桌子上，退了出去。马鸿逵顺手拿起电报看了起来，并小声念道："立即施行清党肃军，凡是中共党员一律视情通缉关押、集训看管，或行驱逐，或礼送出境……"

马鸿逵一边看着电报，一边摇晃着脑袋。

也正在这时，任马鸿逵部队政治部副主任的共产党员刘志丹也接到了党内通知，要其尽快赴广州参加农民运动讲习所。他决定去向马鸿逵请假，但他对国民党蒋介石"清党肃军"的电报一无所知。

这天，刘志丹来到马鸿逵办公室，提出老母有病，想回家去看看。

马鸿逵看着刘志丹，神秘莫测地笑了笑，说："咱们这里离不开你呀，不过老母有病，也要尽尽孝道。好了，你先回去，我再考虑考虑。"

刘志丹转身出了门。

刘志丹是陕北保安（今志丹县）人，生于1903年，他曾是陕甘革命根据地和中国工农红军第二十六军的创建者之一，刘志丹早年曾在陕北榆林上学，其间积极参加学潮和各种革命活动，成为学生运动的骨干，1924年加入中国共产主义青年团，1925年加入中国共产党。1925年秋，他受党组织委派，到黄埔军校学习，毕业后来到西北国民革命军工作。不久，适逢国共合作，刘志丹奉命来到马鸿逵部担任副官。由于刘志丹为人忠厚热情，处事机敏果断，受到同事和马鸿逵的赞赏，又担任了马部政治部副主任。

马鸿逵正打算以“礼送出境”的名义批准刘志丹离开，此时却有一个处长向马鸿逵建议说：“刘志丹是共产党骨干，此人不可小看，应该秘密逮捕杀掉，如果放走，无异放虎归山，必成大患！”

马鸿逵沉思一会儿摇着头说：“此人倒是个人才啊！”

言下之意，颇有惜才之心。随后，马鸿逵派遣马全良送刘志丹由开封渡过黄河回陕北，临别又赠给大洋100元做路费。刘志丹回到陕北，略事安顿，就很快去广州参加了农民运动讲习所的学习。

之后，他又回到陕北，于1928年和谢子长等人一起领导了著名的渭华起义。

1929年，刘志丹当选为中共陕北特委书记。

红军长征胜利到达陕北后，他先后任红十五军团副军团长兼参谋长、西北革命军事委员会副主任、北路军总指挥。

1936年4月，他参与指挥红军东征，在山西中阳县三交镇英勇牺牲。

马全良一想起送刘志丹过黄河这段往事，感到自己与共产党真是缘分未尽。

（关于刘志丹同志在宁夏工作特别是与马鸿逵交往的一段经历，我在有关采访中曾听马部的一位老部下说起过，由于是一家之言，也就没有相信。后来，我在一位出国回来的老同志那里看到了一本书，是马鸿逵曾孙女马爱玲写的《马少云回忆录》。我立即借来看了。令人惊奇的是，书中同样记述了马鸿逵送刘志丹回陕北的过程。自家人写的传记，难免有贴金之嫌，因此我依然没有完全相信。再后来，我在一篇文字资料中又一次看到了有关这一情况的记载，心里才感到马鸿逵与刘志丹的这段交往应该是确有其事了。）

马家军虽于20日发出通电，但一二八军仍在吴忠、灵武一带抵抗。

六十四军首长虽然看到了马家军的起义求和通电，但没有见到正式协定，于是按原部署继续向金积、吴忠守敌发起进攻，并取得节节胜利。

为有利于和平谈判，第一野战军于21日23时命令六十四军停止军事行动。

正当以马全良为首的一部分高级将领紧锣密鼓准备起义时，一部分反动军官不甘心失败，于9月21日夜里召开紧急会议，决定杀掉马全良等人，把部队拉到河州（今临夏）继续和解放军作战，同时造谣说："共产党先甜后苦，以后要追究军官们的罪责，凡是带马姓的回族军官，一律按马匪处置。"

一时间，军队内部谣言四起，人人自危，军心浮动，纪律废弛，紧接着，士兵们先是三个五个地逃，后来成排成连跑。两日内数万士兵成为散兵游勇，有的夜入民房，抢劫财物；有的枪杀无辜，无恶不作；有的随意朝天打枪，制造动乱，老百姓叫苦连天。

此时银川城里里外外更是枪声不绝，人喊犬吠，一片混乱。

在混乱中，有些马家军军官偷偷往家中私运军用物资。有的士兵也偷出军营资产变卖。

一些坏家伙还冒充宁夏地下党，去强行接收仓库、武器库、修械所。

在这危机四伏的情况下，为了维护宁夏和平解放的局面，给解放军交一个完整的银川城，马全良和副军长王伯祥当机立断，于当夜过仁存渡口去吴忠堡，准备把情况赶紧向解放军报告。

马全良和王伯祥见了六十四军军长曾思玉、副政委傅崇碧、政治部副主任袁佩爵，谈了宁夏的混乱局面，请求尽快派部队接管银川城，平定骚乱，解除危机，拯救城内百姓，保护国家财产，并要求带路，与先头部队一起进城。

此时马家军虽已发了起义求和通电，但双方还未正式签订协议，曾军长没有答应他们的请求。

9月22日晨，银川"五亩宅"公馆。

一个不同寻常的会议在这里召开。参加会议的是正在银川的宁夏国民党军政长官。主持会议的马鸿宾有些激动地说：

“我今天是以家长的身份把大家召集来的，时至今日，宁夏军队已经是一片混乱，你们有几个军长已经找过我，想与解放军和谈，那为何还不赶快行动呢？当断不断，自受其乱哪！”

最后商定，以一二八军中将军长卢忠良、宁夏保安司令部中将参谋长马光天、宁夏政府秘书长马廷秀为代表，按照彭德怀的复电要求，立即去中宁会见杨得志司令员和李志民政委。

中宁会面

9月23日上午，卢忠良等3名代表抵达中宁。

杨得志一见卢忠良等人，便迎头一顿痛斥，列数他们在我军进军宁夏以来所犯下的种种恶行。他义愤填膺地说：

“解放军从兰州出发，郭南浦老先生曾主动前往银川，为和平解放宁夏奔走。但你们不理，反派人监视。听说你们有人想在战败之后，把队伍拉到贺兰山或在沙漠里和我们打游击，那好嘛！我们人民解放军是打游击打出来的，可以说是打游击出身吧，这一点你们应该是清楚的！要打游击，你们肯定不行，肯定也是要被消灭的！至于掘堤放水，那是罪上加罪！中国历史几千年来，打过多少仗，可是炸堤放水，祸害老百姓的事谁干过？就你们蒋介石、马鸿逵干得出来！如此祸国殃民、丧尽天良的军队，岂能长久，天理难容！”

卢忠良等人一个个被说得羞愧满面，无地自容。他们低着头，谁也不吭一声，老老实实坐在谈判桌旁，开始商谈和平解决宁夏的问题。

23日下午2时即签订了《和平解决宁夏问题之协议》。协议全文如下。

为了宁夏人民的利益及新民主主义国家的建设，双方同意和平解决宁夏问题，协议如下：

一、所有宁夏部队迅速按照中国人民解放军十九兵团指定地点集中，听候处理。在此期间内，不得擅自移动。否则发生任何冲突事件，人民解放军概不负责。

二、宁夏一切党政军机构、市政机关、公营企业、牧场、公共财产和建筑及所有武器、弹药、仓库物资、公文、档案等，立即造具清册，听候点交，不得破坏、隐藏、转移、盗卖。所有监狱犯人，听候接收处理。曾经俘去之我方人员，不准杀害，应全数释放交出；蒋系特务机关人员，一律不得放走。

三、凡人民解放军尚未到达之地区，原宁夏当地军政机关、部队，应负看管物资、维持治安之责，不得发生任何破坏损失事件。

▶和平解放宁夏协议签字现场

四、在宁夏部队方面执行以上三项条款时，人民解放军方面保证宁夏参加和谈部队全体官兵生命财产之安全。

五、为了切实执行以上四项协议，决定双方在银川组织联合办事处，处理以上事项。该办事处由九人组成，解放军方面五人，并指定一人为主任；宁夏方面四人，并指定一人任副主任。

中国人民解放军十九兵团司令员　杨得志（签名、盖章）

政治委员　李志民（签名、盖章）

宁夏方面军政代表　卢忠良（签名）

马光天（签名）

马廷秀（签名）

中华民国38年9月23日

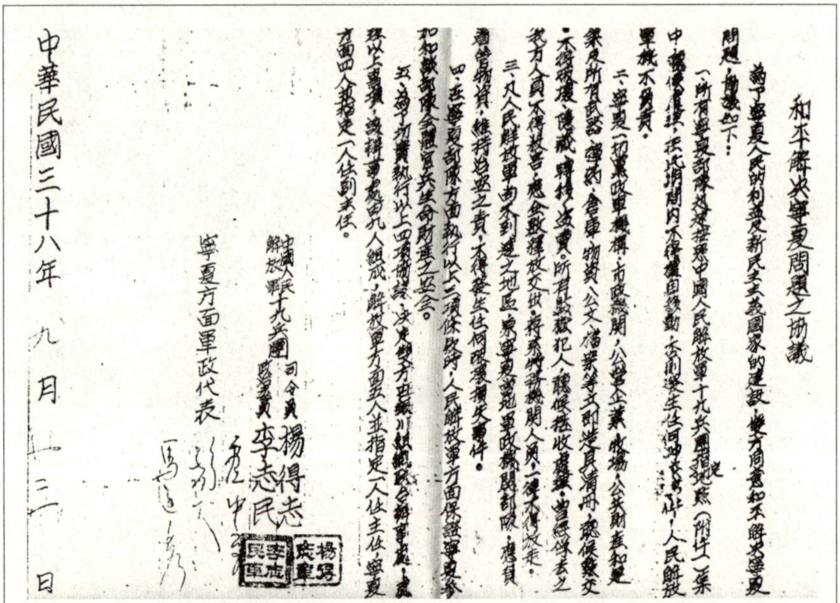
和平解决寧夏問題之協議

中國人民解放軍十九兵團司令員　楊得志

政治委員　李志民

寧夏方面軍政代表

中華民國三十八年九月二十三日

▶ 十九兵团与宁夏军政代表团签订的协议书

当日在中宁，杨得志司令员、李志民政委与宁夏方面代表卢忠良、马光天、马廷秀约定：解放军25日接管银川城。

可是中宁签字还不到两小时，杨司令员就接到各方报告，宁夏马家军已经失去控制，自行溃散，已经无法收拾。

这时，一直在吴忠等候的马全良再次请求解放军进城。

马鸿宾也在银川给杨得志司令员发电报求救，请求解放军火速派兵进驻银川，维持治安，并说明当晚派40余辆汽车去横城渡口迎接。

根据银川等地的危机情况，杨得志司令员决定，同意解放军提前进城。

六十四军决定以一九一师一部当晚乘车进入银川，后续部队于24、25日相继入城。

第十六章 接管银川城

飞渡黄河

下午4时，黄河仁存渡口。

曾军长站在附近，亲自指挥一九一师渡河，去接管银川城。

中午，五七二团打下金积刚进至吴忠堡，正准备开饭，突然接到师里命令，让全团即刻撤出战斗，火速赶到黄河边的仁存渡口，渡河后立即开往银川。

仁存离吴忠堡不远，五七二团很快赶到渡口。

张团长来到曾军长身边："报告军长，我们团已全部到达渡口，准备执行任务！"

曾军长说："你们这次是全军的先遣团，任务非常艰巨，赶快行动！"

张团长敬礼回道："是！"

张团长回来，马上召开了营以上干部会，传达军师首长的命令，并明确各营的具体任务，决定把先遣渡河的任务交给三营。三营营长刘东起和郝教导员都很年轻，一个善于当机立断，一个稳重老练，各有所长，配合默契，完成过很多艰难任务。

刘营长一听，立刻表示决心："请团首长放心，我们保证完成任务！"

最后，张团长说："好，会议就开到这里，大家马上行动！"

会后，团首长和三营长、教导员来到渡口，勘察地形，展开各项准备工作。大家看着黄河里奔腾不息的河水和宽阔的河面，心里都着急起来。平时喧闹的渡口，现在连个人影都没有，仅有几个羊皮筏子在渡口的河水里飘飘摇摇。

一向风风火火、指挥果断的张团长心里不免也敲起了小鼓：就这几只小皮筏子，在这么大的水浪中，在这么宽的河面上，全团上千号人马，还有后面全师的部队，啥时候才能渡过河去呀？

可是，军令如山，这次过河是代表全师、全军、全兵团的先遣行动，来不得半点马虎的。张团长立即对刘营长说："赶快组织人员，先把这些羊皮筏子集中起来，再到附近村子里去找船和船工，一定要尽快过河！"

▶ 银川南部的黄河仁存渡口

刘东起营长说："我们马上去。"

刘营长先派七连把眼前的几只羊皮筏子集中起来，派人看守。又在附近找到一只破旧的机帆船和一名船工。

刘营长请示团长："我们派七连渡河，先试一趟看看。"

张团长说："好的，马上行动！"

七连在连长带领下，上到小木船上，向对岸驶去。大家都站在河边十分焦急地等待着。

小船越行越远，逐渐消失在河面上。

汹涌的河水奔腾向前，大家的心情越等越急。

大约一个小时后，小船顺利返回，试渡成功，大家的情绪顿时高涨起来。

张团长马上跳上船，和战士们一起第二批过了河。

没料到他们刚渡过河，突然天气骤变，刮起大风，暴雨倾盆而下，黄河浊浪翻滚，而且风越刮越大，天也越来越黑，大雨浇得人们睁不开眼。更为糟糕的是小木船不知怎么搞的也坏了，根本无法行动，羊皮筏子太小太轻，在这种风雨中根本不能摆渡。

一个参谋对张团长报告："上级已命令后续部队停止过河。"也不知是由于风雨大没听清，还是情况来得太突然。张团长抹了一把脸上的雨水，着急地大声问："你说什么？"

对方一字一顿地大声回答："上级命令停止过河。"

"那我们怎么办？"

"还进不进银川？"

"通知里没有说。"

这时，暴雨越下越大，河水滔滔不绝，显得更加无情。

此时此刻，张怀瑞团长心里万分焦急，从来还没有遇到过这种情况：军指挥部原定一个师过河，现在只过来了一个营，后续部队又不知道什么时候才能过来，还进不进银川？那里现在还有将近两个师的兵力，敌我兵力相差这么悬殊，银川怎么接管？任务又怎么完成？

正当过河部队准备冒雨向银川开进的时候，银川军、政、商、民、学等各界代表，陆陆续续地冒雨到河边来迎接解放军，并开来了几十辆卡车和小车。他们已等候多时了。

一个代表上前对张团长说："我是宁夏建设厅长兼交际处处长李振国，是卢忠良让我来的。我们是代表全城大众来迎接你们的，请赶快上车吧！"

李振国是马鸿逵留下应付局面的，当时曾答应最后派飞机把他接走。根本没想到解放军来得这么快，他再没有逃跑的机会，无奈之下就变成了欢迎解放军入城的代表。

有一位士绅上前拉住张团长的手说："大军可来了，马匪在银川杀人抢劫，无法无天，日夜不宁，老百姓都盼望你们快点进城呢！"

一个小学生衣服湿淋淋地站在一边，天真地说："只要解放军一去，那些土匪就不敢捣乱了。"

张团长看着眼前的小学生，心头一热："感谢乡亲们！感谢乡亲们这么信任我们……"

风雨越来越大，但在场的指战员心里一下子热乎起来。

张团长当机立断，对刘营长说："组织部队上车进城，为了早日解除银川老百姓的苦难，哪怕是虎穴狼窝也要闯！进城去打它一个背水缴械战！"

最后，张团长又跟三营长一再叮咛："敌人虽然在谈判桌上签了字，但是，并不都甘心失败，特别是马鸿逵豢养的特务活动非常猖獗。因此，进城缴械依然是一场激烈复杂的斗争，千万要防止敌人穷途末路，狗急跳墙。"

刘营长回道："知道了。"

刘营长安排八连长带头车，他自己坐第二车，郝教导员在中间，顶着风雨向银川城进发了。

从黄河边到银川，相距80多里，道窄路滑，凸凹不平，汽车跑得很慢。

当天晚上11时，银川城。

部队冒着大风大雨向城内开进。

银川地处宁夏平原的中部，是“天下黄河富宁夏”的核心，曾是西夏国都，千百年来被誉为“塞上江南”。早在唐朝，诗人韦蟾就赞美道：“贺兰山下果园成，塞北江南旧有名。”可是近数十年来，在军阀马鸿逵的统治下，这座古今闻名的塞上古城，却被糟蹋得乌烟瘴气，民不聊生。

张团长和刘营长带部队入城后，立即在各个交通要道布岗设哨。

团指挥所临时就设在马鸿逵的将军第里，张团长带人沿周围转了一圈，撤了马家军的岗，换上自己的哨兵。他一边走一边对三营营长刘东起说：“立即占领四门城楼、鼓楼、玉皇阁、西塔，控制各地制高点！”

刘营长马上安排一个机枪排抢占鼓楼。身扛机枪的战士们排成一队，向鼓楼跑去。

张团长对刘营长强调说：“要提高警惕，不可大意，我们的后续部队还没有上来，但是城里现在还有敌人1个师、3个特务营、1个传令队，都是最顽固的家伙！”

一个排接收一个师

将军第门口，张团长和刘营长正在谈话。

一个穿戴干净的市民有些紧张地跑过来对张团长说：

“长官，城北有个武器弹药库，里边堆积了大量枪支弹药，马鸿逵的特务营正谋划要炸掉呢，扬言把银川变成一片废墟。现在有些身份不明的人，正在弹药库旁边活动，你们赶快派人过去吧！”

“你是干什么的？”

“请长官相信，我是原来政府的职员，请你们相信，我不是坏人！你们赶紧去吧！”

“好的，我马上派人。谢谢你！”张团长对来人说完，又回头对刘营长说，“让八连去一个排，任何人不准接近武器仓库，否则，坚决开枪消灭！”

张团长从一个自动来投诚的小军官口中得知，城里还有一个炮兵阵地，就赶快叫八连派人去接收。

半小时后，八连来人报告，炮兵阵地已顺利接收。张团长心里踏实了好多。

这时已是凌晨两点钟了。

现在，张团长正在考虑如何对付银川新城的马家军一六八师了。可是仅仅一个营，现在已撒在全银川城里了，身边已没有多少部队了。找来找去，集中了不到一个排的人。

张团长风风火火地对刘营长说：“没法子了，就这么多人，你亲自带领，去新城缴一六八师的枪！”

刘营长笑着对团长说：“好，这就去！一个排去缴一个师的枪，怕是古今中外战史上绝无仅有的奇迹了！”

“奇迹都是人创造的！快去！”

刘营长叫20多名战士分乘十几辆卡车，每辆车上架一挺机枪，故意把队伍拉得长长的，好在风雨交加，一下子也看不清虚实。

到了城门口，刘营长叫车停下，自己带几个人向里走去。

敌人荷枪实弹，列立两旁。

敌师长马清傲慢地自我介绍：“我是这个师的师长！”

刘营长看了他一眼，手指着眼前的阵势说：

“什么意思？欢迎还是示威？”

“不，应该是欢迎吧。”

“那就请把他们撤掉！”

敌师长的语调依然很傲气：“不忙，我们还是先进去再说吧。”

刘营长威严地说："不行，马上撤掉！你可看清楚了，就是我答应了，后边车上的十几挺机枪怕是不会答应吧！"

"可以，不过，我们是算起义呢，还是算投诚？"

"协议写得很清楚，还用我解释吗？我是来接收部队的。"

"我戎马半生，就这样把部队交了吗？你总得替我……"

刘营长打断他的话："你戎马半生为的是谁？还不是替马鸿逵卖力，可这会儿马鸿逵、马敦静父子俩在哪儿呢？请你看清形势，组织移交部队！"

"没那么容易！"敌师长突然变了脸，"我现在还是师长……"

还没等他说完，只听"叭、叭、叭"3声枪响，敌师长吓了一跳。

一个少尉排长刚才朝空中打了3枪后，提枪站出来大声说："弟兄们，马鸿逵和他的儿子马敦静早就跑到重庆去了，这个狗师长还想让我们去卖命，我们不干了！谁再在这里瞎胡闹，别怪我的枪不客气。我们听解放军的！"

"我们不干了！"

"我们听解放军的！"

周围士兵立即响应。

"长官，我叫马文海。"他指着身边一个人："这是我哥哥马文江，我们都听解放军的！"

"好！好！欢迎，欢迎！"刘营长趁机向大家大声说，"各位弟兄们，我们和你们的最高长官已经签订了和平解放宁夏的协定书，现在只要你们放下武器，就保证大家的生命安全。愿意参加解放军的，我们欢迎；愿意回家的，我们发给路费，一切都是自愿的，解放军说话算话！"

马文海、马文江带头把手中的枪放在地上。

其他在场的士兵也都把手中的武器放在一起。

刘营长说："马文海、马文江，你们再找几个人，给咱们看守这些武器。其他人都先回营房等一等，好吧？"

马文海、马文江和几个人又一人端了一支枪，站在收缴的武器周围，其他人相随返回营房。

等全城安静下来，天已经大亮了。

三营的指战员们已经饿了整整一天一夜，现在才可以松口气吃一顿早饭了。

这是一顿特殊的“饭”——全营的战士三五成堆围在一起，没有一丝青菜，有的吞几块干粮，有的用清水泡米饭……附近看见的群众非常感动，奔走相告。

一个五六十岁的市民走到一伙战士跟前，看着他们的饭碗，感动地说：“你们就吃这个啊？”

几个战士笑着说：“我们来不及做饭了，挺香的！”

那人急忙说：“好好，你们等等，等等……”

大家纷纷从附近赶来，有的送来饼子，有的送来米饭，有的送来青菜……

而战士们又原封不动地谢绝退回，和群众推来让去，非常亲热。一时间，城内城外群众感动不已，奔走相告，围观的人越来越多。一个回族老人不由得感慨万分地说：“大军真是纪律严明，秋毫无犯啊！”

一个营孤军深入，各级首长心急如焚。

曾军长给一九一师谢师长打电话：“赶快组织部队开进银川，援助张怀瑞！”

谢师长回答：“军长，我们已经作了安排！”

银川大街上。

解放军战士面前摆了几张桌子，马家军的士兵排成队，正在接受登记，有的在填表，有的在领路费。

一个士兵说：“早知道解放军这样宽大，这样好，我们早就不替马鸿逵卖命了。”

跟在后边的另一个士兵说：“要知道解放军有这政策，早就来登记了，也不会去四散逃跑的！”

另一条大街上，宣传队员们正在向广大群众宣传解放军“三大纪律八项注意”“约法八章”“告回民同胞书”“进入回民区注意事项”等，给群众一字一句地讲解民族政策。

解放军进入银川市，标志着宁夏全境获得了解放，也同时宣告了宁夏国民党马鸿逵部队的最后灭亡。政治部很快起草了关于宁夏获得和平解放的电讯稿，并发往新华社，准备次日向全世界播发。杨得志司令员指示政治部：“我们虽然签订了和平协议，但是马家军已基本溃散，没有能力向我们移交哪怕是一个建制连，协议实际是一纸空文，你们立即通知新华社，原定播发的消息请予以取消！”

新华社最终没有播发那篇通讯。

十九兵团指挥部。

杨得志司令员和李志民政委等兵团首长站在桌前，心情都十分得好。

杨得志忽然想起一件大事似的，兴奋地大声喊道：“快！立即向兰州发电，告诉彭总，我们已经接管了银川，宁夏已经解放了！”

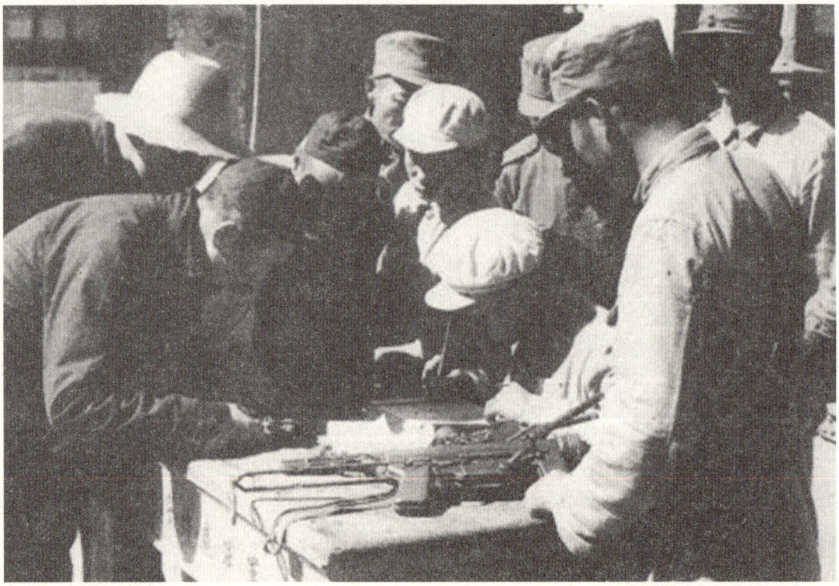

▶ 马家军散兵前来登记

李志民也高兴地说："是啊！彭总正等着我们的消息呢！"忽然，杨得志脸上神情显得很严肃，一语不发。

李政委转身问道："老杨，你又想什么呢？"

杨司令声音低沉地说："我想起了我们为了宁夏的解放，在共和国成立前夕光荣牺牲的六七百名干部战士……"

李政委也感同身受地说："共和国会永远记着他们！人民会永远记着他们的！"

进入银川城

9月24日，银川南门城楼附近，人山人海。

六十四军主力陆续开进银川城。沿街两侧站满了欢迎的群众。

25日，第十九兵团主力进入银川市。

9月26日，塞上古城阳光明媚，天高云淡。

钟鼓楼发出高亢的钟声，激扬悠远。

中国人民解放军第一野战军第十九兵团举行隆重热烈的入城仪式。

银川城南门外人山人海，城内各条大街上，也都是挤满了男女老少。人们不知疲倦地挥动着手中的鲜花和各色小旗，有的敲锣打鼓，有的口里不停地高呼着热情洋溢的口号。马鸿宾、卢忠良、马惇靖、马全良、马廷秀等原军政负责人，也都齐集南门外热烈地欢迎人民解放军。

第十九兵团的先头部队打着鲜红的军旗，斗志昂扬地向前迈进。

杨得志司令员、李志民政委站在汽车上，从南门进入银川城。他们一边行进，一边向周围欢迎的群众招手致意。

这一天注定要成为宁夏和银川市历史上最光辉的岁月。此时此

▶ 第十九兵团炮兵部队进入银川

▶ 银川市群众欢迎解放军进城

刻，解放军与人民群众的鱼水之情是那样地真诚热烈，是那样地水乳交融。

他们共同谱写了宁夏历史上最辉煌、最精彩的一页。

银川全城沸腾了，广大人民群众站在大街上久久不肯离去。手中的彩旗不停地挥舞，嘹亮的口号声此起彼伏。

群众高兴地扭起了秧歌，唱起了自己编的歌：

庆祝银川解呀解放了
家家户户齐呀齐欢笑
老百姓从此睡上了安稳觉
解放军来了就是好……

银川，第十九兵团指挥部。

杨得志司令员和李志民政委、耿飚参谋长、潘自力主任等正在商定军管会的工作。一个机要参谋送来一份电报，李政委接住一看，情不自禁地高声叫起来：

“好消息呀好消息，新疆全省解放啦！”

在场的同志不约而同地站了起来，兴奋地喊着：“大西北解放了！解放了！”“我们一野胜利了！西北全部解放了！”

站在桌前的杨得志司令员心中更是感慨万分，他在高兴的同时，又想起了毛泽东主席在“七大”会议上关于中国道路、前途、命运的讲话：

我们的道路是艰辛的，但它是我们自己走出来的！

我们的前途是光明的，它是我们自己夺来的！

我们的命运曾经是坎坷的，但它一直是牢牢地掌握在我们自己手中的！

成立银川军管会

9月26日，银川南门城楼上。

银川市军事管制委员会成立大会在这里召开。

十九兵团部队进入银川市后，为了迅速安定社会秩序，保障人民生命财产的安全，恢复生产，建设政权，经第一野战军领导机关和中央军委批准，立即成立了银川市军事管制委员会。军管会由十九兵团杨得志司令员兼主任，马鸿宾、朱敏、曹友参为副主任。下设军事、政务、财经、文教、公安、联络等6个处，分管各项事宜。在大会上，杨得志司令员、李志民政委亲手把一面锦旗送给郭南浦老先生，上书：和平老人。

▶ 杨得志、李志民送给郭南浦先生的锦旗

这4个大字是李志民政委亲自书写的。

宁夏历史上新的一页从此开始了。

当日，军管会发布解字第一号布告：

银川市军事管制委员会布告（解字第一号）

奉中国人民革命军事委员会令：

“银川市解放后，为保障人民生命财产，迅速确立革命秩序，以利今后建设，着令暂时实行军事管制，成立银川市军事管制委员会，在军管期间，为银川市最高权力机关，凡入城部队、党政军民机关，均须受军管委员会的统一领导与指挥，凡银川市人民均须遵守军管委员会的命令，服从其管制。特任命十九兵团司令杨得志兼任主任，马鸿宾、朱敏、曹友参为副主任。”杨得志等即于本月26日正式就职，军管委员会当即组织成立并已入城办公。

为达上述目的，本会奉行中国共产党的城市政策与中国人民革命军事委员会及总部颁发的约法八章，并向各界人民宣布以下九条，愿共守之：

一、各阶层人民之生命财产，本会一律保护，全体人民应即各安其业，勿相惊扰。

二、本会坚决执行各民族一律平等和民族自治的主张，负责保护回蒙人民的生命财产，尊重回蒙人民的风俗习惯，保护清真寺、召庙、拱北，望勿听信谣言，妨碍民族团结。

三、除马鸿逵等首要战犯与官僚资本的财产，依法予以接收外，本会保护所有一切私人工商业的财产，如有战犯股分者，应听候处理。

四、一切公营企业如工厂、银行、仓库、货栈等，公用事业如公路、电话、邮电等，文化教育机关如学校、图书馆、民教馆、农场、报社、教会等，公共建筑物如体育娱乐场所、名胜古迹、庙宇等，及其原有人员如局长、校长、经理、技师、工人、职员、教员、学生等，除破坏分子外，本会一律保护并量才录用。望各安心供职，负责保护所有物资、器材、工具、建筑、图书仪器等一切设备，勿使损害及遗失。

五、凡蒋马伪政府、专署、县区各级党政机关，皆为反动的统治机构，着即一律听候本会派人接管，其原有人员，除积极破坏的反动分子外，本会一律不加逮捕，应该继续看守，并将各该机关所有物资、档案、文件、武器，造具清册，办理交代，不经批准，不得擅离职守，其确属悔过自新为人民服务者，听取人民政府甄别录用。

六、一切反人民反民主的反革命党派，如中国国民党、三民主义青年团、中国青年党、中国民主社会党，均为非法组织，着即解散，停止一切活动，如有故违，定予严惩。

七、严禁窝藏特务、不法之徒，进行军事破坏、偷盗抢劫、放火等作恶行为，如遇上述情形，军民一律均有权扭送或迅速报告军警治安机关处置，本会当酌情予以奖励。其自动向本会出首报告者，从宽处理。

八、蒋马散兵游勇，限布告日起，自动向本会投诚报到，缴出武器、弹药及军用品等，本会当根据自愿，分别收容或遣送回籍。如有违抗不报到或隐藏武器者，即予逮捕查交，窝藏不到者，也应受到处分。

九、蒋马之秘密仓库，埋藏的武器弹药、电台、文件、物资及一切物品，均须报告本会，报告属实者奖，隐秘不报者罚，以上物品有散遗于民间者，不得收藏，应即送交本会，自动交出者奖，隐匿不报者罚。

以上事宜，除呈报并分行外，合行布告周知。

此布

兼主任　杨得志

副主任　马鸿宾

朱　敏

曹友参

中华民国38年9月26日

银川大街上。人来车往，非常热闹。

军管会布告公布后，在全银川市引起了巨大反响，广大群众奔走相告，纷纷走上街头，聚集在布告前观看，互相谈论。

银川市军管会成立后，遵照党中央制定的城市政策和中国人民革命军事委员会及总部颁发的约法八章，安定社会秩序，保护各阶层人民的生命财产，坚决执行党的民族政策，维护民族团结，尊重少数民族的风俗习惯，深得回、蒙古、汉各族人民的热烈拥护。

军管会在宣传党的政策和民族统战工作上，进行了一系列有效的活动，军队的干部、战士既是战斗员又是宣传员，既要以自己的模范行动体现党的政策，又要利用当时可能的宣传工具，宣传党的政策。部队首长亲自做群众工作，尤其是亲自进行社会上层人士的统战工作。

马腾霭是中国伊斯兰教知名人士。1921年生于宁夏吴忠，是宁夏回族哲赫忍耶教派板桥门宦教务主持人，1940年继承其父为教主。

雷启霖是宁夏人，1905年生于平罗县，1934年毕业于中国大学英语系，曾任国民党宁夏省党部科长、宁夏省参议会参议。1948年加入中国国民党革命委员会。曾因在北京上学闹学潮受到国民党政府和马鸿逵的迫害。

达理札雅是内蒙古阿拉善左旗人，蒙古族，是原阿拉善旗王爷，清朝末代皇帝溥仪的妹夫。曾任国民党宁夏省政府委员、阿拉善旗区防司令部司令，1949年11月率部起义。

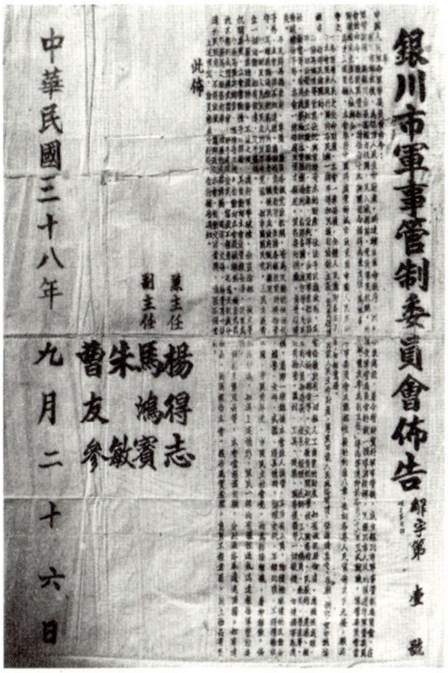
银川市軍事管制委員會佈告
部字第壹號

此佈

兼主任 楊得志
副主任 馬鴻賓
朱敏
曹友参

中華民國三十八年九月二十六日

▶银川市军管会发布的第一号布告

像马腾霭、雷启霖、达理札雅和马全良、马廷秀、黄执中等社会有影响的人士，杨司令员、李政委、潘自力主任等领导都亲自去看望，使他们深受感动。

军管会不仅行文作出明确规定，还大力进行宣传，除马鸿逵战犯与官僚资本的财产依法予以接收外，保护其他一切党政军私人工商业的财产。由于政策深得人心，私人工商业迅速照常开工，照常营业，恢复生产。这个鱼米之乡的市场迅速活跃起来。

军管会对教育、卫生、文化界的人士也十分重视，动员宁夏中学的教职员工坚守岗位，按时开学上课。

同时，解放军指战员严格遵守三大纪律八项注意，公买公卖，博得了人民群众的好评。

军管会在接管中做了大量的工作，社会秩序迅速得到安定，社会治安迅速好转，各项接管工作进行得有条不紊，敌伪人员得到较为妥善的安置。军队还抽调了一批干部和地方入城干部一起，迅速摧毁宁马的伪政权系统，以部队为主配备了干部，一批军队干部从此转业地方工作，同广大地方干部和当地回、汉人民一起，为建设新宁夏开始了新的征程。

军管会对于敌特人员，一方面发动群众，开展社会侦察，另外还颁发布告，责令特务人员自行报到登记。由于认真贯彻了“首恶者必办，胁从者不问，立功者受奖”的政策，在一个多月里，自动报到登记的有5个系统蒋马特务，共26个单位，147人，交出电台14部、密码21种、手枪145支、步枪72支，迅速安定了银川市的社会秩序。

对于蒋马军事系统单位的接管工作，因贺兰军、十一军、保安部队等宁马部队，在我军进入银川城之前，已自行溃散，许多物资、武器、弹药被分散隐藏和盗卖，给军管会的接收工作造成了不少困难。针对这种情况，军管会除对现有物资、枪炮弹药等进行接管外，还颁发布告，让蒋马散兵游勇，限期自动携械投诚，交出武器弹药及军用物品等，然后根据自愿，分别收容或遣送回原籍。对于违抗规定和暗藏武器，图谋不轨者，根据情节予以逮捕查究。

银川大街上，军管会设了3个流散军人登记处。

桌前，前来主动登记的散兵排成长队，有的围成一堆。

军管会布告发出后，共登记4087人，其中将官3人，校官298人，尉官1190人，士兵2596人。此外，贺兰军、十一军官兵2916人投诚登记，其中将官38人，校官565人，尉官1511人，士兵802人。还有军工、军马场、汽车部队1700人，绝大多数按政策办理手续留用。以上这3个方面的官兵总共8703人，共留用1880人。

共计收缴各种炮283门、轻重机枪1573挺、步马枪18582支、手枪154支、各种汽车359辆、黄金442两、白银2383两、银圆91485元。其他还有粮食、军用服装、羊毛等大量物资。

凡遣散官兵，军管会专门机构都发给了足够的路费和证件，让他们回原籍与家人团聚，安心农业生产，为新中国建设作出贡献。银川到处洋溢着一片动人的新景象。

银川历史悠久，早在2000多年前的汉武帝时期，这里就是匈奴、鲜卑等游牧民族的栖息之地。南北朝时期北周建德三年（574年），开始设立县城，时称怀远郡。公元1020年，党项族首领李德明迁居于此，改为兴州。公元1038年，西夏国在此建都，称兴庆府，历时189年。

美丽富饶的银川，地处黄河冲积而成的平

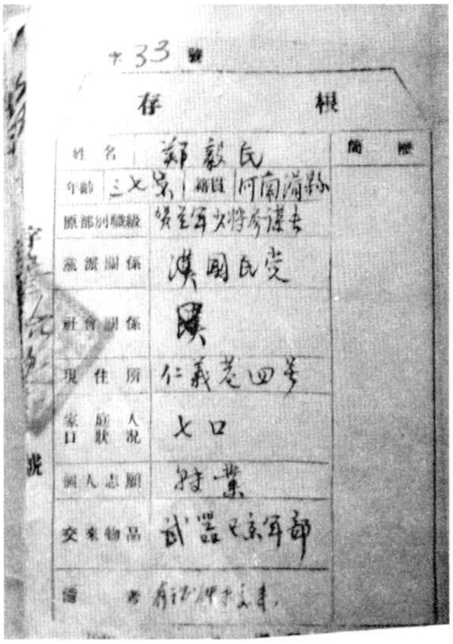
存根

姓名	郑毅民	简历
年龄	三七岁	籍贯 河南滑县
原部别职级	贺兰军少将参谋长	
党派关系	汉国民党	
社会关系		
现住所	仁义巷四号	
家庭人口状况	七口	
个人志愿		
交来物品	武器已交军部	
备考		

▶ 原宁夏贺兰军少将参谋长郑毅民登记的存根

原上，东临黄河，西靠贺兰山，“贺兰为屏，黄河绕境，沃野千里，湖泊镶嵌”，是黄河河套地区最早开发的一片绿洲。汉代时就在此推行浚渠屯田措施，兴建了汉延渠等水利工程，唐代已具有“塞上江南”的美称，明清以来“天下黄河富宁夏”的民谚已传遍九州。

黄河流经宁夏河套平原，当地民众修渠引黄灌溉，使黄河以其沿岸平原灌区形成“银色河川”，这便是“银川”一词的来历。

本是黄河明珠的银川，被马鸿逵统治几十年，横征暴敛，搜刮民财，仅他带走的黄金就不计其数，致使富饶之地竟变得十分贫困，苦不堪言。

银川，终于回到了人民的手中。

10月1日，银川南门广场。

第十九兵团主力部队整齐地站在一起，正在静静地等候着。

忽然，喇叭里响起了嘹亮的国歌声。

北京天安门城楼上，毛泽东主席正在讲话。

空中响起了毛主席那震撼全世界的庄严而伟大的、使无数人万分激动的声音：

“中华人民共和国成立了！”

“中国人民从此站起来了！”

古老的银川城南门外，那庄严而伟大的声音还在回荡着：

“中华人民共和国成立了！”

“中国人民从此站起来了！”

杨得志静静地听着，心潮澎湃，难以平静。多少日日夜夜，多少艰难岁月，多少风雨征程，多少鲜血生命，才换来了今天的胜利……

主席台上，他的眼睛湿润了；

李志民政委的眼睛湿润了；

潘自力副政委的眼睛湿润了……

主席台下的广场上，人山人海，万众欢腾……

中华民族的历史，注定记载着这一天！

全世界人民的历史，注定记载着这一天！

还是解放军好

贾大爷家。他正带了几个人和好泥，用土坯加高院墙。

村长带着几个解放军战士进了门。

贾大爷忙说："村长，你们来了。"

村长一个人走到他跟前，指着正在加高的院墙小声说："你这是干啥哩？"

贾大爷想了想说："我是怕郭栓子那伙土匪晚上爬进来。"

村长笑着说："你是怕住在村里的解放军爬进来吧？村西头那几家也和你一样，也在那儿瞎操心，害怕村里住上了解放军，爬进来拿你们的东西。你放心，咱们解放军不是那号人！"最后他提高声音说："解放军进了咱们村是为了消灭郭栓子那些土匪的，可这两天，好多连队干部战士不愿意打扰咱们，都住在破烂草房、牛棚里，有的干脆在打麦场上露营。大伙心里都不好受啊，所以，想安排一些解放军战士住在你们家，你看行么？"

贾大爷有点难为情地说："行，你就叫解放军来吧。"

贾大爷家。炊事班班长刘春田带着战士们正在打扫院子，准备起灶。突然，战士李庆林弯下腰，从正在深挖的灶坑里拿起一样东西："你们看，这是什么东西呀！"

班长接过那东西，仔细看了看，喊道："啊！这是银圆！"

班长又问："哪来的？"

战士指着土坑说："我们在这里挖灶，刚刚挖出来的！"

战士小赵接过银圆，很仔细地看着，惊奇地说："银圆是这样子呀，我还从来没见过呢。”

班长笑着说：“你是财主家的猪倌，只能见到小猪，能见到银圆吗？好啦，今天你就好好看看吧。”

小赵一边看着手里的银圆，一边动情地说：“那年我爹就欠地主周百万几块银圆，人家算利息越欠越多，才把7岁的我送给人家去放猪，后来我爹也被逼死了……”小赵把银圆还给班长，眼眶里充满了泪水。

一会儿，战士们在土坑里又挖出来几块银圆。

班长看着这些银圆，想了想说：“说不准土坑里还有，咱们再找一找吧！”

几个战士马上抄起铁锹在土坑里继续挖起来。

最后，几个战士一数，对班长说：“一共49块。”

又有人拿着从土坑里翻出来的一个小布袋说：“看，这儿还有一个布袋子，肯定是装银圆的。”

班长自言自语道：“哪来的这么多银圆呢？该怎么办呀？”

有人说：“还是先交给连里吧，让连里处理！”

班长刘春田笑了：“好，就这么办。”

班长和一个战士走进连部，手里捧着挖来的银圆。

班长给连长和指导员解说着事情的经过。

村子里，指导员带着刘班长找到几个群众。

一个人说：“唉，贾大爷家三辈都是做豆腐卖豆腐的，在咱们这一代很有名的。”

另一个人接上说：“他们家几十年卖豆腐，攒了些钱，可这些年，不是白天马匪军来抢劫，就是夜晚土匪来抄家，后来，他们家的豆腐坊就关门倒闭了，这些银圆大概就是他们家那些年攒下的。再说，这些银圆是从他们家挖出来的嘛，不会是别人家的。”

傍晚，贾大爷家。

指导员带着几个人进了贾大爷的屋门。

指导员一进门就问："贾大爷，听说你们家前些年做豆腐攒了些银圆，您埋在地里了，有这回事吗？"

"有，有这回事。"老汉弯腰躬背，满脸愁容，"不瞒你们说，那些年，我们家几代人卖豆腐，攒下些银圆，后来土匪老是来家里抢东西，我害怕，就把老祖先攒下的那些银圆埋在院子里，可是后来找了好多次都没找到，真是活见鬼，我都快急疯了。那可是49块银圆，几辈人攒下来的啊！"

指导员高兴地说："贾大爷，您埋在地下的那些银圆，我们给您找到了！"

贾大爷瞪大了眼睛："啊，你说啥呀？"

"给，您老人家看看，这是不是您家的银圆？"指导员将一堆银圆连同霉朽的布片递到贾大爷手中。

贾大爷看着指导员手中的银圆一下子呆在那儿了。

指导员："我们调查了，这就是你们家的钱，这是我们的战士在你们家院子里挖灶，无意中挖出来的。"

贾大爷一把攥住指导员的手，老泪夺眶而出："还是解放军好啊！马鸿逵和土匪逼得我埋丢了钱，你们从地下又给我找回来了呀！"

指导员也感动地说："你老人家对我们也是太好了，要不，你还会让我们住在你们家吗！"

班长在旁边笑着说："贾大爷，这些天你对我们多好呀，这就叫好人有好报嘛。"

贾大爷一听，脸上露出了笑容。他双手颤抖着，用手拍着战士们的肩膀，嘴里不住地说："感谢解放军，感谢解放军！世上还有这么好的军队啊，可我心里老觉着对不住你们的……"

指导员笑着说："咱们这不挺好的嘛！"

一户村民家。

炊事班打扫院子，准备做饭。一个战士发现有一堆土很虚，有点异样，就用铁锹一拨拉，里面露出一个袋子，拉出来一看，原来是一袋麦子。

几个战士都围了过来。有个战士说："这肯定是这家人的，前面要买粮，他还说没有，却偷偷埋进地里。"

有个战士把房东叫出来，他一看到院子里放的那袋粮食，非常害怕，浑身发抖，不知道说什么好。

司务长听到院子里动静也过来了，他了解事情经过后，就把那袋粮食递给房东，说："老乡，不要怕，这袋粮食是你们家的，你就拿回去吧，你们的生活也很困难，这粮留着你们自己吃吧。"

房东听了司务长的话，非常感动地说："真是没脸见你们，今天这事要是碰上马鸿逵的军队，我的老命早就没了。可你们对我却这样……这些粮食就留给你们吧。"

司务长再三说："这两天我们也看到了，你们家生活也是很苦的，留着你们自己吃吧。"

看看推不掉，房东只好把粮食拿回屋去。

夜深人静，房东家大门轻轻一响，两个人影一闪出了门。

房子里，炊事班的战士指着刚刚消失的身影说："快来看，房东又把粮食背走了。"

有人说："大概是又藏他们那袋麦子去了。"

房东家，天色已亮。

房东老两口回来了，他们把粮食袋子往地上一放，对司务长说："昨天晚上，我们把小麦都磨成面了，送给你们。这回，你们说啥也得收下。"

司务长和房东推来推去，只好收下这袋面粉："大叔，你等等，我给你拿钱去……"

房东老两口忙说："不不不，我们不要钱，不要钱……"说着，老两口赶紧跑回屋里去了。

一会儿，司务长硬是把钱送给了房东。

马大娘家。

王干事走进门："马大娘，我想借你们家小桌子用一下，写写字。"

马大娘抬起头："你要借桌子写字，好，就用这个吧。"她说着，就叫王干事把炕上的一个油漆小炕桌搬走出了门。

王干事回到自己住的院子，把小桌子放在屋内土炕上，正准备写字，他随手打开抽屉一看，里头放着一沓子纸钱。他一下子呆住了：这是怎么回事呀!

忽然，他明白了，立即拿着钱出了门。

马大娘家。王干事快步走进来，对马大娘说："大娘，你那桌子抽屉里有一摞新票子，你可能忘了，我给你老人家送来啦，你数一数！"

马大娘看着王干事手里的钱，忽然想起来了，笑着说："人老了，不记事，这些钱放在抽屉里早忘了。你看看，这些钱呀，还让你给送来了！"

王干事忙说："这是你的钱嘛，我当然得送回来！"

马大娘说："这些钱，要是碰上郭栓子那伙人，早就抢光了，还能给你送？你们可都是大好人啊！"

王干事笑着说："这是应该的，你对我们不也挺好的嘛！"

第十七章 神秘的飞机

奇怪的首席代表

从黄河渡口开往银川的汽车上。

国民党宁夏政府建设厅厅长兼交际处长李振国一直坐在张团长身边。张团长一直在默默地观察他，想通过他了解一些银川的有关情况，可张团长也注意到这个人好像满怀心事，一直不说话。沉默了一阵子，张团长一是想知道一些情况，二来也想通过谈话了解一下这个特殊身份的人，就开口问道："李厅长，从仁存渡口到银川有多少路呀？"

"哦、哦，不远、不远，七八十里地吧。"李厅长正在想着心事，张团长一问，他急忙答应。

张团长瞅着他接着问："银川城多大，有多少人口？"

李厅长想了想说："银川是个小城市，不大，眼下顶多三四万人。"

停了一会儿，张团长慢慢切入实质性问题，依然和气地问："现在城里还有多少军队？"

李振国是建设厅厅长，又兼任宁夏省政府交际处长，自然不是等闲人物，至少是马鸿逵信得过的人，对银川驻军的情况应该是很清楚的。眼下最敏感的就是军队问题，所以他考虑了一会儿才说："城里现在还有一些宁夏兵团的保安部队、勤务部队，还有其他一些直属部队，满城还有一个一八六师。"没等张团长问，他停了一下又说："哦，对了，本来还有一个贺兰军，前两天谁也管不住了，真正是兵败如山倒，基本上全溃散跑光了。据说有的跑回家去了，有的跑到贺兰山里投奔土匪头子郭栓子去了，有的还在银川，提着手榴弹和枪，到处打人抢东西，老百姓吓得见了就跑。说实话，银川叫这一伙散兵游勇搅成一锅粥了。"

张团长应道："既然出现了这些情况，省政府没采取什么办法么？"

李厅长好像苦不堪言地说："现在谁也管不了这些事，就等解放军进城了。哦，你们的饭我已经安排好了，你们好久没有吃饭了，挺辛苦的，先吃点东西吧。"

张团长感觉到他在转移视线，自己想谈军队改编和武器收缴问题，可他总是想离开这个话题。

张团长干脆直截了当地问："收缴武器的工作准备好了吗？"

"这事我知道，可我没有具体管。长官，你看咱们马上就要进城了，这些事等进城后，我给你找个管事的人再跟你详细谈吧。"李厅长还是不想接触实质话题，应付着说。

张团长通过简单的对话，发现这个人有点奸猾诡秘，心眼太多。

晚上部队进城后，李振国厅长忙前忙后，递烟敬茶，特别殷勤，张团长也没怎么在意，当交际处长的嘛，或许是一种职业习惯吧。

到后来，李厅长又一个劲地跟在张团长身边，三番五次地说："张团长，听说你们一整天都没吃饭了，我已经安排好了，你们还是先吃了饭再工作吧。"

"不忙，不忙，等我安排好了就去吃饭。"张团长随口说。

李厅长又催了两次后，张团长心里就有点怀疑了，这个人总是叫去吃饭，怎么就只字不提收缴武器的事呢？进城的部队没安置好，我怎么能吃下饭？这么大的银川城，我身边就一个营，全撤出去不知道人在哪儿，万一有个意外情况怎么办呢。在这种乱糟糟的时候进城，有一个师还差不多，可我现在只有一个营啊！

将军第，五七二团临时指挥所。

趁有点空，张团长急忙拿起电话，把有关情况给师指挥部作了汇报，请求后续部队尽快进城支援，他在电话中对作战科王科长说："你们得快点作安排啊，我现在别说是吃饭，简直连拉屎尿尿都顾不上啊！我给你说句实在话，我现在已经完全是晕头转向了！求求你，快点吧！"没等人家回话，他一说完就挂断了电话。

张团长刚有了点空，李厅长又来了："张团长，现在该吃饭了吧，人家饭馆一直等着呢。"

张团长没理他的茬，又提起收编部队和收缴武器的事："部队收编的事准备好了没有？"

"我不大清楚，应该好了吧，有人专门管这事。"

张团长又问："那收缴武器的事呢，准备好了没有？"

李厅长还是那句老话："我不大清楚，应该好了吧。"

张团长再也忍不住了，提高了嗓门："李厅长，你不是说是卢忠良让你与我们接头的吗，还说你是首席代表；你既然是首席代表，怎么一问你总是不大清楚呢？"

李厅长毕恭毕敬地说："是卢军长让我出面的，可有的事情我真的是不大清楚。"

张团长压了压心中的火气，尽量和蔼地说："李厅长，你看，既然卢军长让你担任首席代表，我们有些话就要对你讲。我想问一下，卢军长代表宁夏军政和解放军签订的协议内容你知道不知道？"

"知道一些。"李厅长的话总是这么模棱两可。

"那我就再给你说一遍，协议的主要内容就是收缴武器和收编部队，所以我还得再问你，你们银川部队的武器到底收缴了没有？"

李厅长小声地说："好像还没有。"

"那你们究竟准备什么时间办这些事？"张团长说着说着声音又高了。他心里也知道，对眼前的这个人也只能尽量忍着点，要是自己的部下说话总是这么黏黏糊糊的，说不定他早就发火甚至动手动脚了。

李厅长还是磨磨蹭蹭地说："不着急，不着急。我看你们还是先吃饭吧！再说，这两天城里挺乱，夜里更不安宁，我怕你们晚上人少出去也不安全……"

张团长大声道："你别管我们安全不安全，我现在明确告诉你，你回去再好好看看我们签订的协议，收缴武器、收编人员，是协议上定好的，我们今天晚上一定得办好这两件事，现在我们的人已经来了，不交，就是你们的责任了。我现在问你，如果今天晚上这些事办不好，谁负这个责任？"

李厅长连忙说："要说责任吗……"

正在李厅长支支吾吾的时候，一个参谋进来对他小声说，军械仓库、炮兵阵地等问题已全部解决了。这样张团长心里安稳了，态度也自然缓和多了，就转身对李厅长说："我看你也挺难的，那就这样吧，今天太晚了，这些事不大好办就算了，明天你把具体管这些事的人给我叫来吧！"

李厅长听了这话，好像心里坦然多了，就又对张团长说："走吧，我们还是快去吃饭吧，你们都饿了一整天了。"

正好这时担任马家军军械处长的马鸿逵的侄子也来了，毕恭毕敬地叫张团长他们去吃饭，张团长就和他们一起出了门。

这时已经是深夜两点多钟了。

吃过饭，张团长趁机又问马处长："我们两家的协议已经签了，你们收缴武器的事办好了没有？"

"还没有。"

"为什么呀？"

"张团长，你是不知道，咱们这边现在说话都不灵了，没人听，事情真的不好办。”

张团长不问还好，一问，心里的火气不由得又上来了：“那这么说，我们的协议白签了？”

马处长急忙说：“不不不，我们实在是有难处啊。”

张团长一看马处长的样子，不想再说下去了。如果再这么说下去，说不定要气得满地找牙了。他就对马处长说：“好吧，你先回去吧，有事明天再说。”

马处长转身出去了。

这时候，李厅长走了过来，对张团长说：“你们早点休息吧，我也回家去了。”

张团长心想，这个首席代表大半天吞吞吐吐，支支吾吾，除了吃一顿饭，什么事也没办成，现在看来，此人肯定另有心事。这会儿他仍旧不提收缴武器的事，反而想溜走。这样不行，他走了，我们要有事上哪里找人去？就说：“李厅长，我看还是这样吧，你是迎接我们的首席代表，就辛苦一下，在这里陪陪我们，万一有个啥事，也好商量。你要是累了，就先找个房间休息一会儿，有事我们再叫你。”

李厅长想了想，无可奈何地说：“好，那我就留下。”

李厅长走后，张团长对一个参谋说：“派两个人，把这个人给我看着点。”

控制银川飞机场

将军第指挥所。张团长刚处理完这一摊事，司令部一个参谋进来报告：“刚才侦察排报告说，银川飞机场还停着一架飞机。据了解可能是马鸿逵留下准备接走银川城里军政要员用的，和谈签字后被扣留。重庆的马鸿逵对此非常恼火，可能正在策划要炸掉它，周围有很多人，行迹非常可疑。”

事到如今，张团长终于明白了：那个李厅长之所以拖拖拉拉不积极办事，有意拖延时间，原来是把希望寄托在这架飞机上。他是马鸿逵的心腹，飞机要是接人，肯定少不了他。还有那个马鸿逵的侄子马处长，也是一回事。只是因为当天风雨太大，飞机无法起飞，他们的梦想才落空了。

张团长立即对参谋说：“赶快派人去飞机场，一定要把机场控制住，把飞机保护好，防止飞走，更要防止敌人把飞机炸毁，绝对禁止其他人员接近飞机，如有违抗，立即开枪。从现在开始，别的事情你就不用管了，专门负责这件事！”

参谋回道：“我马上去办。”

过了一会儿，参谋过来报告，部队已经控制了飞机场。

张团长高兴地在桌子上砸了一拳，大叫一声：“好啊，心里的一块石头又落地了。”

第二天，李厅长大概已知道了飞机场的情况，退路已断，就来找张团长说：“今天我们赶快去收缴武器吧，我跟前的杂事已安排好了，今天就专门跟你们办这些事。”

他这会儿不仅态度大变，说话也利索多了。张团长心知肚明，感

▶第五七二团部队占领银川飞机场

到十分好笑。事已至此，他也就顺水推舟说："好吧，那就辛苦你了。"

李厅长赶忙说："没事没事，这都是应该的。"

飞机终于降落

银川飞机场。

一架飞机停在机场，几个战士持枪站在附近。

一个连长和一个排长站在飞机下面，看着一个飞行员正在擦飞机上的水珠。一会儿，飞行员说："长官，这几天连续下雨，飞机里边有些部位可能生锈了，需要上去也擦一擦，不然飞机将来可能要报废的。"

连长想了想说："好，那就上去擦擦吧。"

他们说着就跟随飞行员进了机舱，他们从头走到尾，又从尾走到头。飞行员一边走一边介绍，两个人听得非常高兴。

随后，飞行员在机舱里擦来擦去，显得很忙碌。

排长对连长说："我这还是第一次上飞机呢。"

连长说："今天不仅见了飞机，还钻到飞机肚子里了！"

跟在后面的排长说："过去在空中看见飞机那么小一点点，没想到里面这么大！"

连长说："这回总算是开了个眼，也算是坐了一回飞机了！"

飞行员满面笑容地走过来说："长官，飞机该擦的我都擦了，现在还需要把飞机发动一下，要不然，由于下了雨潮湿，时间长了不发动，里面的机器可能就要失灵了。再说，两位长官今天只能算是看了一下飞机，还不能算坐过飞机。要不，我拉上两位长官飞上去，就在咱这机场上空飞两圈，既保养了机器，也叫两位长官真正坐一次飞机！"

连长有点心动了，看看排长。

排长心里也有那个意思，也从连长的眼神里明白了他的心事，就对飞行员说："能用多长时间？"

"也就10多分钟吧。"飞行员说。

连长又有点犹豫了，小声对排长说："不会有什么问题吧？"

排长暗暗地用手拍了一下腰里的枪，示意说："有这个在，怕什么！"

连长对飞行员说："好吧，咱们就飞上10分钟，行不行？"

"行行，没问题，我听长官的。"

飞机很快发动，一会儿就飞上了天空。

连长和排长爬在飞机上的窗子上一会儿朝远方看，一会儿朝地下看，兴奋地大叫：

"啊，银川就这么小啊！"

"快看快看，远处那是什么地方呀？"

"怎么觉不着飞机在飞啊？城市越变越小啦！"

飞机在空中转了一圈就朝前飞去了，飞了一阵子，连长突然想起来了："哎，飞行员，咱们该降落了啊！"

飞行员说："好的好的，马上就降落。"

飞机又飞了一会儿，连长终于有点明白了，掏出了手枪，指向飞行员："你要飞到哪儿去？赶快降落！"

飞行员还是那句话："好好，马上就降落。"

可是，飞机还在继续飞行。连长把枪往飞行员胸口顶了顶，大声喊："再不降落我就毙了你！"

"我是第一次来银川，这会儿不知怎么搞的，弄不清方向了。"飞行员也大声喊叫，"长官你别胡来，这是在空中，不是在地上。再说，你就是把我毙了，你们俩也活不成啊，飞机也摔坏了。这不，好了好了，我马上降落！"

飞机确实开始下降了，连长和排长心里总算松了一口气。

宽阔的飞机场，天气晴朗。

飞机猛然一阵颤抖，开始着地了。

飞机终于停住了。飞行员打开机舱，回头说：“好了，跟着我下吧。”说完，他带头走下飞机。可谁也没想到，他还不等踏上地面，就跳下去，飞也似的跑开了。连长和排长一愣，还没等他们反应过来，一群国民党士兵就包围过来了。连长终于明白了，急忙朝飞行员开了枪。

飞行员受伤倒在了地上。可是包围过来的敌兵也开始向他们开了枪……

他们两个都受了伤，最后被国民党士兵抓走了。

直到他们被审问，才知道他们乘坐的飞机降落在了汉中机场。

后来才知道，这架飞机的驾驶员名叫毛昭宇，是当时国民党空军副司令毛邦初的侄子，与蒋介石的前妻毛氏有亲戚关系。

银川城，五七二团指挥部。

张团长气得眼珠子都发红了：“你们给我怎么搞的，叫你们控制机场，控制飞机，这可倒好……尤其是你这个陈参谋，我给你说得很清楚，叫你不用干别的事，就负责机场……你你你，你真是个大混蛋，你给我负的什么责？这可是一件天大的事情啊！”

他对面的参谋和刘营长，听着团长的训斥，惭愧得抬不起头来。

六十四军指挥部。

谢师长和张团长端端正正地站在曾军长面前。

谢师长说：“军长，都是我们的工作没有做好，好端端的一架飞机，就这样子硬是没了。”

张团长非常痛心，诚恳地说：“军长，你处分我吧，组织怎么处置我都没有意见。”

曾军长走过来，拍了一下张怀瑞的肩膀，慢慢说道：“好啦，好啦，都别难过了。责任不在你们师，也不在你张怀瑞身上，责任都在老天爷那里。要不是狂风暴雨，我们到银川多来些部队，大概就不会有这次意外事故了吧。”

首长的宽容大度，使张怀瑞团长万分激动，使他心里的压力一下子减轻了，同时也更使他无比惭愧，眼里竟涌出了热泪，急忙用手擦了一下。

曾军长一看他们伤心的样子，就又说道：“再说，这也是我们新时期遇到的新问题，就连我也没有坐过飞机呀。”

他们两位领导离开了军部，上级首长对这件意外事故再没有追究。

（这件非常特殊的意外事件，大概由于多种原因，在有关史料中很少提及，后来也只是偶然看到过简单的介绍。直到38年后我在北京的一次采访中，一位老领导才谈到了这件事的大体过程。当时飞机在汉中机场降落后，那位连长和排长被国民党部队抓走，反复审讯，严刑拷打，终于证明确属意外行动，没有其他政治目的，关押好长时间后释放了他们。那位排长想得很多，不敢回来，留在了重庆，后来去向不明。那位连长抱着主动承认罪过和以后立功赎罪的思想，千方百计回到了部队，将事情的来龙去脉作了真实汇报。随后，他被长期列为审查对象。后来，上级同意他转业到了天津某单位工作。在以后几十年的岁月中，他尽管忠诚工作，但再也没有得到任何升迁，一直是一个一般工作人员，因为他这一段历史无法说清楚，而且谁也不能证明他在重庆的所作所为……当年采访和整理这段文字的时候，我真的说不清为什么，心里非常得难过，不止一次地流下了泪水……战争和历史给我们留下了太多太多的奇迹和故事，当然，还有无尽的遗憾！）

第十八章 特殊战场

接受任务

十九兵团指挥部，人来人往非常忙碌。

军管会成立后，需要做的工作真是千头万绪。党、政、军、民、商、学等各行各业都要从头开始，开展工作。这天上午，杨得志司令员叫来后勤部的领导和三边分区医院医务科的刘永昌科长，又交代了新的任务："你们马上着手准备接收宁夏军队原来的医院，这是一项非常特殊的工作，马家军原来很多伤员都还住在医院里，搞不好这部分人会闹事制造麻烦的。军管会已经作了决定，这个接收任务就由你们三边分区医院来负责完成。"

刘科长站起来向杨司令员敬了礼，回道："请首长放心，我们马上去办！"

"我一会儿还要开个会，你们回去先抽调专人成立接收机构，立即开展工作，有什么困难就报告。"

他们两人出门离去。

三边分区医院最早组建于陕北，最近一直跟

随西北野战军行动，最近刚来到银川。刘科长接受任务后，报后勤部领导批准，很快成立了医院接收三人领导小组，由医务科刘科长任组长，还有司药聂家祺和外科主治军医高技为成员。

银川解放前，马家军在宁夏共有3个医院，即敌三十八医院、第二四六兵站医院、第二四七兵站医院，配属马鸿逵、马鸿宾各部队收治伤病员。解放军进驻银川前，马家军哪里顾得上医院这一摊子事，因此敌三十八医院和第二四六兵站医院的医务人员与职工早就逃走了，医院的物资也被人卷跑了很多，说是医院已经是徒有其名，根本不能履行医院的职能了。

保留比较完整的只有驻在银川南门外的二四七兵站医院，

当时，这个医院还有200多名医务官兵，设备相当简陋，当解放军进攻的炮声传到银川时，第二四七兵站医院的几个头目早就闻风丧胆，带着家眷躲到了城里。

银川第二四七兵站医院，一片破败荒凉景象。

刘科长接受任务后，带了几个人很快来到二四七兵站医院，找来负责留守的伪中校医务长侯子贞。

见面后，刘科长直截了当地说：

“我们是代表银川市军管会来接管医院的，这一段时间你在这里负责看守管理，做了很多工作，人民会感谢你的。”

侯子贞忙说：“不用、不用，听到了银川南边的枪炮声，医院几个领导很害怕，都跑到城里去了，下落不明，叫我在这里负责看守。我也听说了，三十八医院和二四六兵站医院的人员早就跑光了。我是搞医务的出身，实在是不忍心医院被破坏才留下看守的。”

刘科长说：“你还是有良心的。”

侯子贞诚恳地说：“请你们相信，我们也想把医院的事情办好，把医院完整地交给解放军，要不，我也像别的人员一样早就跑走了。”

刘科长说：“那几个领导也是没有见识，有什么可害怕的，解放军并不是像国民党宣传的那样，杀人放火，灭回灭教嘛。解放军已经进城几天了，你看是那样的吗？”

侯大夫也笑了：“那都是谣言，他们的胆子也太小了。”

刘科长也笑道：“我想，如果他们还是一个有良知的人的话，也应该后悔了吧。以后你要是有了他们的消息，可以带个话，只要他们愿意回来，我们还是欢迎的。”

“好的好的，我也尽量打听打听，转告他们。”

刘科长言归正传：“老侯，你这一段在医院负责，情况也比较熟，你先给我们介绍一下有关情况吧。”

“好的，好的。”侯子贞毕恭毕敬地说，“听到解放军要进银川的消息后，尤其是马鸿逵的军队溃散后，银川非常混乱，原来医院的头头们都跑了，其他医务人员也都人心惶惶，坐卧不安。他们跑了，却把我留下来，我开始也很害怕，也想走，后来我想，没做亏心事，谁来了也不怕，就留下来了。要是我们也走了，我们医院很可能也会像那两个医院一样，就完全废了，我不忍心呀。我就组织了几个平时相好也比较靠得住的人，共同负责，保护仓库，保护病房的器械设备，又组织人晚上巡逻，白天站岗，也劝说大家不要随意离开医院。还好，绝大部分人都还听我们的，没有出什么大问题。”

刘科长对他说：“我们相信你，在保护医院的工作中，你是有功劳的。”

侯子贞说：“要说功劳实在是不敢当，但我们心里也想把医院保护好。”

刘科长说：“有些情况我们已经心里有数了，你把有关资料，比如人员花名册、器械清单、其他物资清单等准备一下交给我们。”

侯子贞说：“这些我们已经准备了，等会儿我就拿过来。”移交手续很快就结束了，但是，要做的工作还非常多。

改造思想

医院病房里，侯子贞带领刘科长在巡视。

医院走廊里，堆放了很多乱七八糟的东西，又脏又乱。

侯子贞边走边说：“解放军就要进银川的消息传到医院后，轻伤病员已经逃散了，现在医院里只剩下一些不能走动的重伤员，又喊又闹，医务人员也人心惶乱，无法开展工作。你们来了就好，赶快采取办法转变这种局面。”

刘科长走着点了点头。

解放军接管医院后，首先召开大会，向大家宣传党的政策，安定他们的情绪，要他们各尽其责，做好各自的原职工作，并动员医护人员，及时给伤病员治疗。

医院大厅里，刘科长主持召开全院医务人员大会。

他先给大家介绍了一些解放军的政策和银川军管会的相关规定：“同志们，我们代表军管会来接收医院，不是为了毁掉医院，而是为了进一步办好医院。要办好医院，还是要依靠我们在座的各位同志。请大家不要相信马鸿逵政府过去那些反动宣传，他们说什么解放军来了灭回灭教，共产共妻，还要烧毁清真寺等等，现在解放军进城已经好多天了，大家看解放军是那样的吗？”

会场响起了一片掌声。

刘科长继续说：“大家都是搞医的，走到哪里都是搞医。所以，我们还是欢迎大家留下来，跟我们一起，共同努力，把我们这个医院越办越好，办成银川第一流的医院！”

下面再次响起了一片热烈的掌声。

刘科长办公室，有个旧军医有点犹豫地走了进来。刘科长很快起身说：“来来来，坐下坐下。”

来人恭恭敬敬地坐到椅子上。

刘科长温和地问："你有什么事吗？"

来人说："我是咱们医院的医生，叫张德仙，来给你说点事。"

"好好，欢迎欢迎。有什么事，你就尽管说，说错了也没关系。"

张医生有点胆怯地说："前些天，当其他医务人员往外跑的时候，我心里一直对解放军有顾虑，三心二意，一会儿想跑，一会儿又想留。自从解放军进了医院，心里才慢慢踏实了，我很爱搞医务，我现在决定，我愿意留在医院继续工作。"

刘科长说："好啊，我代表接收小组欢迎你。工作中以后有什么困难，你可以随时来找我们。"

最后，张医生又说，他早就想向领导反映一些情况，可是又怕有的人报复。现在，他相信解放军了，就主动来了。他和刘科长谈了很长时间，提供了很多重要情况。

医院餐厅，正在开饭。

刘科长几个人也和大家一样，坐在一张桌子上，和大家一样吃黄米饭和黄米磨成粉蒸出来的发糕。过去，医院的上层都吃的是白米细粮，士兵和一些职员都吃的是黄米等粗粮。

餐厅的人越来越多，很多人都朝他们这边看。

侯子贞走了过来，看了看刘科长他们的饭碗，说："我给伙房说一下，给你们再炒上两个菜。"

刘科长很认真地说："不要，不要，大家吃啥我们就吃啥嘛，不能搞特殊化。来来，你也坐这儿，我们一起吃。"

侯子贞心有所感地坐到了他们身边。

新组成的卫生所领导又组织大家种粮种菜，改善生活条件，提高伙食标准。对待国民党军伤兵，也同对待解放军伤员一样，细心地给予治疗，同吃一个病灶，同吃一个标准。

刘科长来到刚成立的宁夏军区卫生部部长办公室，汇报了最近接收工作的情况，最后部长交代说："军区首长指示，我们一定要重视做好原来医院医务人员的思想工作，严格按解放军总部的八条原则办事，对于政治上要求进步，有一定医疗技术，又愿意参加解放军的同志，就批准留在部队工作；其他的人，愿意回家的，发给适当的生活费和足够的路费，让他们回家团圆。还有些思想比较可靠，愿意到地方工作的，我们也积极联系给安排适当工作。”

刘科长说：“我们回去就按军区首长的指示办。”

部长最后问：“还有什么困难吗？”

刘科长笑着说：“没有，有困难我们自己想办法解决。”

刘科长回来后，传达了军区领导的指示，做了很多工作。旧医务官兵100多人，留下继续工作。原医院政工室主任高伯翔、工作人员贺洪光一直是搞行政工作的，都提出要求到地方去工作。后经多方联系，高伯翔安置在银川市政协工作，贺洪光安排在银川一所中学当教师，他们都很满意。

后来，第二四七兵站医院正式改编为宁夏军区卫生部直属卫生所。

医院会议室，卫生所集合有关人员来集体学习，人到齐后，刘科长宣布：“今天，我们学习的内容是《中国社会发展简史》……”

有人立刻在下面嘟囔：“我们是搞医疗的，学哪玩意干啥？”

还有人说：“学这些东西还不如送我们到医训班去学习呢。”

刘科长装作没听见，照常学习宣讲。这样学习了几次，帮助大家初步了解了共产党和解放军的很多政策，也了解了一些初步的唯物史观，提高了他们的政治觉悟，认清了当前形势，对本职工作也都比较安心了。

大厅里，刘科长正带领大家学唱《三大纪律八项注意》歌：

革命军人个个要牢记，
三大纪律八项注意：
第一一切行动听指挥，
步调一致才能得胜利……

医院的这些医务人员，对唱歌很感兴趣，越唱越有劲。后来，卫生所就组织大家每天下午都来唱歌，来的人越来越多了，一支歌就是一堂政治课，很多人一学唱歌，思想情绪很快就转变了。过了两天，他们又学唱了一首新歌：

革命者四海都是家，
指到哪里打到哪！
坚决向前进，
不把家庭挂；
革命干到底，
困难都不怕；
要把敌人消灭净，
要把反动派齐打垮。
全国革命胜利后，
戴一朵大红花……

卫生所办公室。

一位病房负责人来请示刘科长："我们病房里有一个马家军原来的排长，因伤势过重死了，怎么处置呢？"

刘科长问："这种情况你们原来是怎么处理的？"

"过去，我们这里的官兵死后，就用一块长一点的白布缝成布袋，将尸体装进去埋掉。"

刘科长想了想说："咱们不能因为他是旧军官就随便处置，也按解放军的做法，装入棺木中埋葬。"

"好，那我们马上去办。"来人很快回去了。

餐厅门口。张德仙医生等刘科长过来后说："今天病房那个马家军的排长埋了后，大家都说，解放军和国民党的军队就是不一样，官兵平等，很讲仁义，大家都很佩服。”

刘科长说：“本来就应该这样嘛。”

张医生看着刘科长，点了点头，一起进了餐厅。

新的征途

卫生所会议室，宁夏军区卫生部部长正在召集医务人员开会。

刘科长、侯子贞、张德仙都在座。

部长说：“宁夏军区根据解放军总部关于‘首恶必办，胁从不问，立功受奖’的政策，对我们在接收原来医院工作中表现良好的有功人员，决定给予奖励，对有的同志也要给予重用。经军区党委研究决定，侯子贞同志被批准正式参加中国人民解放军，并任命为宁夏军区卫生部直属卫生所所长，享受团级干部的待遇。”

侯子贞连忙站起来，非常感动地说：“首长，这、这、这怎么行……我没做什么呀……”

“你的工作做得很好！”部长加重语气说，“在我们医院最混乱的时候，侯子贞同志不仅没有跑，还积极组织原来医院的很多同志，自动承担了巡逻站岗、看守仓库、维持秩序等很多工作……大家说，这样的同志我们该不该用？”

会场马上响起一片热烈的掌声。

侯子贞感动得流下了泪水，连忙用颤抖的手去擦拭。

部长继续宣布：“张德仙同志被批准正式参加中国人民解放军，任命为宁夏军区卫生部直属卫生所主治军医！”

张德仙也不由自主地站了起来，想说什么又没说出来，被部长示意坐下了……

通过政治学习和党的政策教育，留用人员逐步稳定下来了，思想觉悟都有了很大的提高，工作也更积极了。

接收马鸿逵部队的医院，这一项特殊的工作终于胜利完成了。

宁夏军区卫生部直属卫生所从此踏上了新的征程，担负起了更加光荣的历史任务。

（宁夏军区卫生部直属卫生所，几十年来经过多次扩大改建，逐步发展成为现在的中国人民解放军第五医院。半个多世纪的岁月，几代人前赴后继，不断奋斗，历经风风雨雨，从旧到新，从小到大，从弱到强，已经发展成为一所部队三级甲等医院，不仅承担着驻宁部队官兵的健康医疗重任，还肩负着支持银川市医疗卫生事业的职责，现在已经成为一所现代化综合性医院，先后获得“百姓放心医院”“国家爱婴医院”等多项荣誉称号。）

▶ 现在的解放军第五医院

第十九章 马鸿逵的末日

恐怖的电话

重庆连家花园。

马鸿逵正在给蒋介石打电话邀功："总统，我们的主力正在宁夏金积、灵武一带抵抗，共军根本过不了黄河……"

电话里传来蒋介石的声音："好的，好的！少云，宁夏就全靠你了。"

事后，马鸿逵向蒋介石提出发放前线部队的军饷，蒋介石特批800两黄金。这些黄金还没有来得及运往宁夏，解放军就已经进了银川城，这批黄金就被马鸿逵据为己有，后来运往香港去了。这一来，马鸿逵算是发了一笔战乱财。

马家军会议厅。

宁夏兵团的残军败将们围坐在银川"将军第"会议厅里，个个形容憔悴，没精打采。

忽然，"丁零零……"响起了电话铃声。

从金积前线逃回来的保一师师长王有禄离得比较近，顺手抓起电话听筒接听："我是王有禄，啊，是马主席，啊，我们都在这儿呢。啊，不不，我给你叫，我给你叫卢军长……”

王有禄把听筒放在桌子上，过去对卢忠良说：“马主席叫你接电话。”

“这时候了，还来什么电话！你就说我不在。”

王有禄过去回了话，马鸿逵又问：“马全良军长在不在？”

这时候，听说是马鸿逵的电话，好几个人都围在电话旁。

贺兰军军长马全良听说叫他接电话，就附在王有禄耳边说：“就说我刚出去。”

王有禄照马全良的说法回了话。

“他也不在？”马鸿逵在那头说道，“那好，王师长，我现在任命你为宁夏兵团代司令，行使总指挥的权力……”

“不不不。”王有禄急忙说，“我找，我给你找马军长，你等等，你等等！”说完，他就把电话听筒撂到桌子上，嘲笑道：“真他妈的活见鬼，到了这年头啥怪事都出来了，谁接电话谁就是司令！我不管了，你们谁愿意接谁接去！”

没有一个人再去接电话。

“喂！喂！喂！王师长、马军长、卢军长……人哪？人都跑哪儿去了？”

任凭马鸿逵在电话里吼叫，就是没有一个人上去接电话。

魂落重庆

重庆市郊山洞镇连家花园。

马鸿逵坐在屋子里，神情木讷。

十九兵团进入银川，杨得志担任军管会主任，标志着宁夏全境获得解放，宣告马家王朝彻底灭亡。消息传到重庆，住在连家花园的马鸿逵立刻像霜打了的茄子，一下子蔫了。原本肥胖的身子完全麻木，两腮松弛的肥肉抖了几下，接着两腿一软，跌倒在地。

他曾不至一次对部下说过：这天底下、人世上，没有他办不成的事情。可不知道什么原因，一碰上彭德怀、毛泽东，就啥都不灵了。

连家花园，是蒋介石特意批给最后一个战地将军马鸿逵居住的。这里花木茂盛，清雅幽静，比他在银川的“将军第”好多了。

20多天来，他在这里坐卧不宁，昼夜难安。他几乎天天都要给银川打电话，发电报。他在这里有安逸，有惊恐，也有痴想，有梦幻……

这天清早，连家花园门口忽然涌来几十个全副武装的国民党兵。他们个个立眉竖眼，满面怒容，大踏步地向大门冲来。

马鸿逵的警卫上前阻拦：

“你们要干什么？”

“少啰唆，把枪交出来！”一个军官大声喝道。

“你们是什么人？你们要……”

“把枪交出来！”

“这是我们自己的枪……”

“自己的枪也不行！”

来人不容分说，强行收缴了警卫的枪，又把马鸿逵副官、卫兵们的枪全部收走。最后，又拆卸了屋里的电话。各个门口都派人看守，又把公馆里里外外搜了一遍。

最后，一个领头的军官带了一帮人来到马鸿逵面前，歪着脑袋，抱着膀子，极其傲慢地说：

“对不起啦，马主席，请把枪交出来吧！”

马鸿逵何曾受过这种气，瞪着双眼，腮帮子抖动着，嘴里很费劲地挤出几个字来：

“交枪？谁要我交枪？”

“蒋总统啊，怎么样，交不交？”

马鸿逵看了看周围如狼似虎的宪兵，知道自己在蒋介石眼里已经没有用处了，只好默默地瞪着眼，看着对方。

一个士兵在马鸿逵的床上拿走了一把小手枪，走过来有意在马鸿逵面前晃了晃。

那个小军官临走前对马鸿逵说：

“马主席，转告一下，三天之内搬出公馆。”

一群兵离开了公馆，扬长而去。

宪兵们走后，58岁的马鸿逵一下子苍老了一大截，嘴里不住地嘟囔着：“败军之将，鸡犬不如。完了，一切全完了，全完了！”

马鸿逵很快搬出连家花园，自己去租了一套房子。

逃离台湾

马鸿逵在香港安顿好自己的家眷、家产和积攒的黄金等财宝，带了几个亲信来到台湾，住进他以前专门来台湾购买的位于古亭区和平西路的宅院里。来到台湾后，他已经有几分预感，蒋介石可能要找自己的麻烦，因此他也做好了几手准备：能留则留，不能留则走。过了一段时间，他看形势不对头，心想，还是三十六计走为上计。

1949年12月，马鸿逵便以给刘慕侠治病为由，把她送到香港英皇道辉浓台1号别墅里，这是他早就买到手的房子。

马鸿逵到台湾后，先找到蒋夫人宋美龄，送上金银珠宝，想关键时候请她在蒋介石跟前说句话。

这天下午，马鸿逵暂住的公馆门口来了几辆黑色林肯小汽车。

蒋介石从中间一辆车上慢腾腾地下来，走进大门。

马鸿逵见蒋介石，连忙上前跪倒在地，双手拉住老蒋的腿，连哭带叫：“总统，兄弟该死，我该死，我对不起总统，对不起党国，我该死……”他哭喊了半天，没说一句实质性的话。

蒋介石没说一句话，死死地盯着马鸿逵。

这使马鸿逵更加惶恐不安。

马鸿逵又往前靠了靠，想看在当年结拜兄弟的份上求求情：“总统，我也是没别的法子……”

蒋介石打断他的话，终于开口了：“兰州会战，你为何不听调遣？”

马鸿逵连忙说：“我的人马都去了，没想到彭德怀的行动是那么快，他们派3个野战军抢占了六盘山，我们怎么也过不去呀……”

“还有你们宁夏，我在西北的最后一块地盘，眼睁睁地叫你给弄丢了，有人已经向军事法庭告了你，保存实力，见死不救。想一想，你该当何罪？该当何罪？嗯！”

蒋介石说罢，愤然离去。

马鸿逵送到大门口，看着蒋介石的汽车消失了。

马鸿逵回到屋里，气得转了几圈，大喊大叫：“奶奶的，阿扎丢了宁夏军队，丢了宁夏地盘，阿扎有罪！奶奶的，又是谁丢掉了党国800万军队，丢掉了整个大陆，这又该治谁的罪？该治谁的罪？”

马鸿逵气得跌坐在椅子上，喘着粗气。

马步芳一直咽不下兰州决战最后惨败的那口恶气，一到台湾，他就会同国民党国防部次长郭寄峤向国民党军事法庭上告马鸿逵故意保存实力，不听调遣，才让彭德怀分割包围，各个击破，导致兰州失守。

马步芳在蒋介石面前大叫：“什么一个宗族，什么叔侄关系，他妈的全是假的！自从西安战役、扶眉战役，一直到兰州战役，马鸿逵总是假合作，真逃避！最终造成西北战场彻底失败！”

他把西北完蛋的原因全部归罪于马鸿逵。

马步芳至死都没弄明白，问他的参谋长刘仁：“为什么党国的军队总是想保存实力，调不动；共军难道就不要保存实力，共军为什么就能调得动，调谁都可以！调谁都卖力气！”

法庭接受了马步芳的诉状，正在调查马鸿逵的罪责。

宋美龄公馆。马鸿逵站在宋夫人面前，一把鼻子一把泪地求道：

"刘慕侠在香港病情危重，看在我们几十年夫妻的份上，说什么我也得去最后见上一面，送送她。希望夫人也看在你们多年姐妹的面子上，给我请个假吧。你看看，这是她今天刚发来的电报。"

他说着，把拿在手中的电报递给宋夫人。

宋夫人接过电报一看，轻轻念道："少云，我在医院病危，望能速来，夫妻再见最后一面……"

其实，这份电报是马鸿逵和刘慕侠早就商量好了的。

当年，马鸿逵为了巴结蒋介石，千方百计和老蒋结拜了兄弟，让刘慕侠也和宋美龄结拜了姐妹。

宋美龄看着马鸿逵那副伤心的样子，作为一个女人，终于动了恻隐之心："好吧，你还总算有点良心，还能记着慕侠，我回头给他们打个电话。"

宋美龄说话算数，很快给国防部打了电话，准了马鸿逵一个月的假。

马鸿逵的目的总算达到了。

马鸿逵一分钟都不敢耽搁，赶紧乘飞机逃到香港，见了刘慕侠。

马鸿逵这一去再也没有回台湾来。

不久，台湾国民党军事法庭宣判了马鸿逵的罪名："擅自撤兵。"随后，国民党行政院宣布对马鸿逵"撤职查办"，并开除了他的国民党党籍。

最终，马鸿逵带着所有金银财宝，逃往美国旧金山，后又迁往洛杉矶，然后写了两万多字的长篇上诉状，不停地上诉翻案，但到死也没有翻过来。1970年1月14日，马鸿逵在洛杉矶去世，终年78岁。

1949年9月下旬，马步芳及马步青、马继援等飞到了台湾后闹来闹去，也没捞到什么好下场，国民党行政院以"擅离职守"为由，宣布对其给予"撤职议处"的处分。马步芳一看再没他的好果子吃，花了3000两黄金，买通了蒋介石的亲信，办好了出国护照，去了埃及，后又移居沙特阿拉伯，了此一生。

第二十章　解放阿拉善

和平通电

阿拉善旗王爷府。王爷达理札雅、协理兼骑兵保安总队长罗巴图孟柯坐在桌前，神情黯然，正在深思。过了一会儿，达理札雅慢慢地站起来，边踱步边思索。他身材清瘦颀长，穿一件蒙古长袍。正值中年的他，看上去面容却显得有点苍老。

达理札雅的父亲塔旺布克札勒是阿拉善第九世札萨克亲王。达理札雅虽出生在阿拉善，但他的青少年时期是在北京度过的，接受了正统教育，并接触和了解了不少外国文学及历史知识，说一口标准的北京普通话。1923年，他和清朝皇室格格、军机大臣载涛之女、末代皇帝溥仪的堂妹金允诚结婚成家。

1932年，达理札雅承袭了阿拉善旗札萨克的王位，才从北京回到了定远营。随后，阿拉善旗举办了继承王位大典。虽然是大西北偏僻的小地方，但这个大典却极为隆重，一切沿袭清朝的典章制度。在举行典礼时，达理札雅身着蒙古长袍，穿戴翎顶大褂，夫人也以福晋的尊位，梳上蒙古头，腰上束着彩色腰带，两人分左右高高坐在大殿中间，接受大家的朝贺。当时国民党政府和蒙藏委员会，也派遣大员前来祝贺，宁夏、北平等地均派有代表前来参加，真可谓车水马龙，盛极一时。

后来，他在旗内除建立了两所小学外，还建立了一所女子学校，并派自己的夫人金允诚任该校校长。

阿拉善旗位于贺兰山西部，与宁夏省隔山相邻，其行政区域划归宁夏省管辖。由于其民族特点，旗内军事、政治、宗教等事务相对独立，有些事务直接受当时国民党中央政府指挥，其首领为达理札雅亲王，首府是定远营。

清代为镇守、安定、联络西北边疆地区战略需要，在贺兰山西侧建设了“定远营”这个军事、经济、通讯重镇要塞。定远营依山而建，其余三面为腾格里沙漠和戈壁滩。

定远营始建于清雍正八年（1730年），由清帝手敕诏书赐名，川陕总督岳钟琪督工营造，地处贺兰山西麓、阿拉善东部边缘。定远营的建成，对于清朝时期阿拉善地区动荡局势的最终稳定，带动阿拉善地区经济、宗教、文化的起步和发展起到了无可替代的作用。早在清康熙十六年（1677年），和硕特部首领鄂其尔图被噶尔丹袭杀，其所遗部众统属于和罗理（即后来的阿拉善旗第一代旗王），和罗理为避噶尔丹，率部众数千户，迁移阿拉善。

康熙二十六年（1687年），清廷划贺兰山以西地区为其牧地。后和罗理因与清廷政策相异多次发生矛盾甚至叛乱，清廷也曾派兵镇压，最后仍赐牧阿拉善。于1697年正式设立“阿拉善和硕特旗”，授札萨克，封和罗理为多罗贝勒。自此，阿拉善地区的和罗理等部“名正言顺”地纳入了清政府的统治之下。阿拉善地区也由一个乱事不断的动荡地区，成为清政府扼制漠北的前哨阵地。

和罗理死后，其子阿宝继位（1709年），雍正八年（1730年），定远营建成。清廷念阿宝军功显著，将刚刚建成一年的定远营赐予阿宝居住。

史料载，“贺兰山北，乃朔方之屏障，沙漠之咽喉也……”“形势扼瀚海往来之捷路，控兰塞七十二处隘口……”说明了贺兰山以北地区地理位置上的重要性。“贺兰山后葡萄泉等处，水甘土肥，引导诸泉，亦可耕种，兼山阴多生松柏，滩中多产红盐……”揭示了山北一带优越的自然条件。“奉旨特设一营，名曰定远。”这就是定远营的来历。

清廷将定远营及阿拉善近19万平方公里的地域赐予阿宝，一方面较为妥善地安置了阿宝及其部族，另一方面充分利用阿宝所辖的军事力量镇守贺兰山以西地区，从而加强了对漠北地区的进一步控制。从此，阿拉善这块多事混乱之地渐趋稳定。

自阿宝开始，阿拉善历代旗王以定远营为中心，着力于旗政和树立王权，使定远营的规模不断扩大，主要的体现是设立了王府。

阿拉善王府占地面积两万多平方米，整个建筑精工细琢，环境幽雅，具有典型的京式四合院风格。自阿宝之后的阿拉善历代王爷皆居于此。

定远营内的延福寺（始建于雍正十一年，是阿拉善藏传佛教的发源地）占地面积近8000平方米，有大小殿堂十多座，殿宇设计精美，体现了蒙藏汉工匠的精湛技艺。乾隆二十五年（1760年），乾隆皇帝亲书赐匾。内设学塾，最多时僧众达500余人。后来，在旗内多处又陆续修建好多属庙，使得藏传佛教在阿拉善地区一度兴盛起来。

起初的定远营，是旗内王公贵族居住地，普通旗民是没有资格入住的。随着时间的推移，围绕定远营，在其四周陆续出现了定居居民，使阿拉善地区由一个游牧民族的休养生息地向文明进步的社会形态过渡和转变。

定远营历经清代、民国至新中国共246年，逐步成为内蒙古阿拉善旗的旗府驻地和政治、经济、军事、文化中心。

国民党政府为了加强对西北蒙古族的统治，极力笼络达理札雅，不仅授予他中将司令军衔，而且还指定他为国大代表、中央执行委员、西北长官公署参议、宁夏省政府委员等职。

兰州解放后，人民解放军开始向宁夏进军，定远营就开始动荡了。德穆楚克栋鲁普和达理札雅看到王府官员和军队官兵都像“热锅的蚂蚁”，他们为了稳住大家的情绪，开会说：“大家不要慌，马鸿逵和马敦静的大军雄踞河岸抵挡西进疲惫的解放军，他们会打败这些进攻者的。”

他们说是说，可是有谁能听得进去呢？

德穆楚克栋鲁普是达理札雅王爷属下的一位亲王，掌管兵权，他们正在利用各种办法安定人心，有人却来报告，马鸿逵和马敦静看到部队顶不住了，两个人都相继乘飞机逃走了。德王一下子懵了，宁夏省政府的长官马鸿逵都跑了，阿拉善怎么办呢？

定远营王爷府。

这个消息如大火烧来一样，定远营一片惊慌。德王和达理札雅、白海风、何兆麟、巴文峻等人聚会，紧急商讨应付大局的办法。

德王说：“陕甘宁三省现在是大势已去，但是青海、新疆地域辽阔，回旋余地大，国民党一定能以力据守，进而收复整个西北。所以我想，我们现在应尽快离开阿拉善趁早往西走，进驻青海、新疆，占它一块地盘。到实在不得已时，还可去西藏、印度，总算有一条出路吧。”

白海风想了想说：“已到了这个地步，何必再西行呢？人常说，兵败如山倒。既然辽沈、平津、淮海等战役均已失败，傅作义都投降了，胡宗南、马家军已被打败，马鸿逵、马敦静也扔下弟兄们从空中逃跑了，国民党的军队谁还能有回天之力？我看呀，指望国民党是彻底没戏了。”

达理札雅的心思跟白海风有所接近，他不愿意西逃。阿拉善旗是他的家乡，他是阿旗的王爷。再说定远营有他庞大的家眷，飞起一群，落下一片，他怎么能把他们带走？又怎么能把他们抛下呢？这里有祖宗留下的土地，还有尊奉他的全旗百姓呀，离开了这块地盘和百姓，还有什么意思呢？

经过一天大半夜的争吵，总不能统一，也没有个更好的计划。既然争吵无果，只好暂时休会。

9月23日，银川获得解放。远在阿拉善旗的王爷达理札雅、协理兼骑兵保安总队长罗巴图孟柯面临新的抉择：是继续与解放宁夏的解放军积极联络和平起义，还是另谋出路？

达理札雅本身就是个胆小怕事优柔寡断的人，遇上这么大的事就总是犹豫不定。1949年4月25日，毛泽东主席、朱德总司令在国民党反动政府拒绝签订国内和平协定后，就向全国发布了《中国人民解放军布告》，同时宣布我军开始向全国大进军。对于敢于继续顽抗的一切敌人，坚决、彻底、干净地予以消灭！

这一切，对于阿拉善旗的王爷等上层人士是一个极大的震动。

1949年8月26日兰州解放，西北形势发生了极大变化。地处阿拉善的王爷达理札雅经过反复考虑，为将来求得一条出路，就密令驻兰办事处负责人朱子馨去和解放军联系，并设法见到了彭德怀司令员，表明了他们愿意就和平解放阿拉善进行商谈的愿望。

彭司令员对朱子馨说："对达理札雅先生脱离国民党反动派，站到人民方面的行动，我们表示欢迎。"尔后，彭司令员又让联络部长范明转告朱子馨说："对于达理札雅先生提出和平解放阿拉善旗的革命行动，我们感到十分满意。现经研究确定，中国人民解放军可以暂不向阿拉善旗进军。"

随后，范部长又对朱子馨转达了彭德怀司令员的意见："解放军第十九兵团马上就要出发向宁夏进军了，你可以随十九兵团一起回宁夏，早日返回阿拉善旗转告达理札雅，做好和平解放阿拉善的准备。"

朱子馨返回阿拉善后，向达理札雅转达了彭德怀司令员的意见，达理札雅就一面观察，一面做着准备。

9月18日，宁夏马惇靖率八十一军在中宁宣布起义。

9月19日，内蒙古绥远董其武又通电起义。

这些消息对达理札雅的思想再次造成巨大冲击。形势发展是如此的迅猛，不到5天的时间，解放军就开进了与阿拉善一山之隔的银川。再看全国，国民党政府已彻底垮台，反动军队节节败退，已濒临被彻底消灭的边沿。苍苍贺兰山，茫茫大沙漠，阿拉善旗将变成一座孤城。

想来想去，只有起义才是唯一最好的出路。

就在这时候，国民党新三师师长白海风、国民党中央监察院监察委员巴文俊、国民党中央蒙疆委员会委员何兆麟等人，来到了阿拉善，都愿意走和平起义的光明道路。这对达理札雅是一个很大的促进。

但是，达理札雅现在最担心的是德王和李守信这两个人。

那还是几个月之前，一架直升机突然在阿拉善降落。

这是国民党政府派来的专机。从飞机上下来的是德穆楚克栋鲁普与李守信，他们的待遇之高是罕见的：不仅由国民党首脑批准，派专机把他们送到阿拉善旗，又特意批准由他们组织所谓“内蒙古自治政府”，并由德穆楚克栋鲁普担任政府主席，由李守信担任伪蒙疆军总司令。这一来，这两个人就不知道天高地厚、饭香屁臭了。德穆楚克栋鲁普当年先是投靠日本人充当蒙奸，后来又投靠国民党，积极反共反人民，大搞特务活动，是一个极其反动的家伙。

德王府会客厅。国民党政府专机把他们送回来的第二天，两个人就在这里秘密商议下一步的行动。德穆楚克栋鲁普说：“党国对我们如此信赖，我们总要有点作为吧，我想，我们首先要想办法组建我们的‘内蒙古自治政府’，再争取一些外援，我们还是大有干头的。”

李守信说：“我估计解放军不会到我们这里来的，到我们这儿来干啥？我们这儿不就是戈壁滩、大沙漠嘛，占了又有啥意思呢？再退一步说，即使他们要来，我们也要勇敢对抗。能打就打，打不过就往西逃，去青海、新疆、西藏，等待时机，再杀回阿拉善！”

阿拉善旗王爷府内。达理札雅、罗巴图孟柯、管旗章京爱尔德尼巴图等正在召开秘密会议，王爷达理札雅心事深重地说：“解放军已经攻下了兰州，已经向宁夏进军了。银川的人过来报告，前两天，马鸿逵已经逃跑了，可能要不了多久，解放军就会打到银川，也就打到我们家门口了。你们说说，我们到底该怎么办呢？”

王爷协理罗巴图孟柯说：“那咱们得有个准备呀。”

“是啊，”达理札雅叹一口气说，“这几天我一直在考虑，我们家族在这块土地上240多年了，我不跑，也不和解放军打，我们也像北京的傅作义一样，和平解决。”

管旗章京爱尔德尼巴图说：“王爷，你既然已经想好了，那我们就按你定的办。具体怎么办，你就发话吧。”

“我想这样办，”达理札雅说，“第一，我们既然要走和平道路，那就要做好和解放军和谈的准备。第二，马鸿逵部队多年来一直

▶德穆楚克栋鲁普（左）与李守信（中）

想夺占我们这块地方，贼心不死，现在兵荒马乱的，我们要提防点，不能坏在他们手上。第三，为了防止万一，我们要把旗政府的财产、粮食、武器弹药等重要物资，在沙漠最里面找个保险地方藏好，这件事就由罗巴图孟柯办吧。一定要保密。”

罗巴图孟柯立刻回道：“我马上先找人找地方，一定办好！”

大沙漠里。一支驼队正在行进，驼背上驮着很多东西。

后面有五六个人也骑着骆驼，身上背着枪。

罗巴图孟柯走在最前面，一边走一边张望。

王爷府内，达理札雅在屋里转来转去，坐立不安。

罗巴图孟柯带领驼队，在戈壁滩上走着，最后来到一个山洞前停下来。有的人开始卸驼背上的东西，然后又往山洞里背。那几个背枪的人持枪站在山洞两边。

1949年8月，达理札雅和德穆楚克栋鲁普在阿旗建立了“内蒙古自治政府”，并公开宣布由他担任该政府副主席。“内蒙古自治政府”成立后，由于形势的发展，政府内部很快出现了分歧，德王等人极力主张把“内蒙古自治政府”迁往阿拉善旗西北部草原地带，然后再往西通过额济纳旗，进驻青海，暂避解放军锋芒，而达理札雅等人却坚决反对离开阿拉善。

白海风干脆直截了当地说：“离开了阿拉善，还谈什么自治，自治谁呀？那不纯粹是一句空话吗？”

德王说：“我们要自治，当然离不开阿拉善。我们只是暂时离开呀，我们最后还是要回来的！”

白海风说：“只怕是你到时候想回也回不来了。”

德王说：“天无绝人之路嘛，我就不信我们一条出路都没有了！”

人民解放军第十九兵团先头部队马上就要进入银川市了，德王看形势不大妙，准备按他的设想，早点往西跑。达理札雅王爷则坚决不走，并派阿旗保安总队副队长罗瑞光为代表，前往银川，与人民解放军首长联系，表明阿拉善旗的态度，愿意和平解放阿拉善，并欢迎人民解放军进驻阿拉善旗。

王爷府，德穆楚克栋鲁普带了几个人，在出发前，再次来到这里，气急败坏地说："王爷，跟我们一起走吧，你是王爷，共产党就是要消灭你们这种人。你看银川的马鸿逵和儿子马敦靖，他们跟你身份都一样，不是早都跑了吗，你还等啥？"

这些日子，达理札雅已经对他很厌恶了，就干脆地说："我是生在阿旗长在阿旗的，这里是我们的家，我不能走，我也不想走。跑到外地人生地不熟的，谁认我这个王爷，有什么好处呀？我不走，要走你们走吧。"

协理罗巴图孟柯也说："我们是本地人，吃惯了这里的牛羊肉，喝惯了这里的水，我们是不走了。你们另请高明，想干啥就干啥去！"

9月20日晨，德穆楚克栋鲁普同李守信、宝贵廷、苏克巴图、图门德勒格尔、敖木巴图尔、王亲扎布等人携"内蒙古自治政府"木质印信及招牌，带领3000多反动武装，离开了定远营。

德穆楚克栋鲁普的人马向大戈壁西部逃去，还没几天就人困马乏，缺粮缺草，非常狼狈。

后边驮东西的驼队行走更慢，有个士兵掏出一把刀子，在一峰骆驼屁股上狠狠地扎了一下，骆驼猛地踢了一下后腿，朝前走去。

最后，德穆楚克栋鲁普一伙流窜到阿旗拐子湖一带，继续顽抗。

当德王出走之后，达理札雅、白海风等人就把"内蒙古自治政府"这个名称立即改换为"西蒙自治政府"，借以缩小地区范围，缩小目标。

达理札雅不再犹豫了，就在银川解放的当天，达理札雅、罗巴图孟柯向人民解放军第十九兵团发出通电，宣布起义。电文如下：

西北区人民解放军代表先生勋鉴，并请转呈彭司令员、毛主席钧鉴：蒙旗荒漠，地方瘠苦，益以年来，灾祲迭见，人民生活愈益艰困，渴望解放已久。今幸我人民解放军神武鹰扬，所向无敌，解放西北，万众欢腾，而本旗亦同霑雨露，无任忭慰，特电致敬，并申贺忱。兹谨派罗曹格图盖立勒、张光耀、司乌图拉笋等三人，代表本旗政府及全体人民前来谨致敬意，并面陈一切，致请惠予延接指导为祷。阿拉善旗政府札萨克达理札雅、协理罗巴图孟柯暨全旗士官率全旗人民叩申。

1949年9月23日

这份电报，经第十九兵团转呈毛主席、彭司令员后，于1949年10月3日，彭司令员、杨得志司令员给达理札雅回电：

来电敬悉。对阿拉善旗脱离广州国民党反动政府，拥护中华人民共和国政府甚表欣愉，望努力维持阿拉善秩序，共同建立国内各民族一律平等的新中国新宁夏。

通过三关口

第十九兵团指挥部，正在召开作战会议，各军、师、团有关领导姿态端正地坐在会议桌前。杨得志司令员站起来，下达新的任务：

“当前，银川军管会已经成立，各项工作已逐步展开。下一步，我们将要解放阿拉善旗。阿拉善旗达理札雅王爷已经发了要求和平解放的通电，另外根据我们了解的情况，那一带除了有大量的马鸿逵部队的散兵游勇外，德王和李守信还有3000多名兵匪，因此，根据实际情况，经兵团研究，决定六十三军一八八师五六四团于明天进驻定远营，以尽快打击残余兵匪，接管政权，稳定社会秩序。”

五六四团团长徐成功、政委白万林立即起立敬礼，回答："是！"

徐团长和白政委走出兵团指挥部，骑马离去。

两人回到了团指挥所。徐团长一边掏出笔记本放到桌子上，一边对白政委说："那个达理、达理什么……"

白政委替他说："看看你这记性，达理札雅！"

"这蒙古族人的名字太难记了。你说那个达理、达理什么，对，达理札雅，他已经发布了和平起义的通电，总不会有什么反复吧？"

白政委在一边说："古人说的好：凡事预则立，不预则废。不管他下一步怎么样，我们还是要做好两种准备，以防万一嘛。"

"总不会是因为解放军占了银川城，对阿拉善旗来说，现在是大军压境，四面楚歌，给咱们来个什么缓兵之计吧！"

白政委继续他的思路："我们的人马现在就在他的眼皮子底下，阿旗已经是孤城一座，稍有头脑的人，都不会再节外生枝了！"

"不管怎么样，我们马上通知部队，按首长的决定，准时出发！"徐团长对白政委说完，又回过头来，"李参谋，通知各营、连长开会！"

李参谋："是！"

徐团长站在会议桌前，先给大家介绍情况："上级首长决定，我们团要很快开往阿拉善旗。阿旗现在的情况是这样：城里除达理札雅的保安总队外，还驻有马鸿逵一个工兵营，兵力共约2300人，2500匹马；不但弹药充足，而且这里还有国民党的特务在活动，极力扶持什么'西蒙自治政府'，流窜到这一带的残兵败将也不少，所以，大家在完成这次任务中，一定要认真对待，绝不能麻痹大意……"

太阳初升，天空晴朗。

五六四团的部队已经来到了贺兰山下，正在向山里行进。

晨曦中，巍峨的贺兰山轮廓非常清晰，从整体看，宛如一匹战马在奔驰；从中间看，又像一个仰面而睡的巨人，非常壮观；从近处看，戈壁滩上长着一丛丛骆驼草，有的还开着细小的白花。

多年前，贺兰山下曾生活着一个少数民族“赫赖”部落，赫赖即蒙古语“骏马”的意思。后来，人们慢慢地将“赫赖山”说成了“贺兰山”。

这就是贺兰山的来历。

贺兰山是中国很少的南北走向的山脉之一，也是宁夏与内蒙古的分界线，以东是宁夏，以西是内蒙古（解放前阿拉善归宁夏管辖）。

贺兰山是宁夏平原的屏障，没有贺兰山，八百里腾格里大沙漠早就吞噬了宁夏的黄土地，也就不会有“塞上江南”的美谈了。

岳飞的《满江红》又一次使贺兰山名传天下：

> 怒发冲冠，凭栏处，潇潇雨歇。抬望眼，仰天长啸，壮怀激烈。三十功名尘与土，八千里路云和月。莫等闲，白了少年头，空悲切。
>
> 靖康耻，犹未雪。臣子恨，何时灭。驾长车，踏破贺兰山缺。壮志饥餐胡虏肉，笑谈渴饮匈奴血。待从头，收拾旧山河，朝天阙。

一曲热血沸腾《满江红》，激励华夏子孙万代人！

再往前走就是有名的“三关口”了，其左侧是蜿蜒而去的明长城，右侧是高高的烽火台。再往里面走，两侧全是悬崖峭壁，嶙峋怪石。由于山洪冲刷，半路上出现了一片乱石滩，小的像西瓜，大的像头牛。

部队排成长队继续前进。山越来越高，路越来越窄。

徐团长在队伍中间问：“李参谋，看看地图，我们现在走到哪里了？”

李参谋看了看地图，又看了看前面的高山，回头说：“团长，马上就要进入贺兰山三关口的头关了。”

身边一个连长说：“头关都这么险峻，那二关、三关就更厉害了？”

“是啊！”李参谋边走边说，“你说得非常对，这一带有句话说：头关陡，二关险，到了三关吓破你的胆！”他刚说完，自己先看着那个连长笑了。

连长也笑了：“啊，能吓破我的胆？不见得吧！”

徐团长也笑着说：“好，你们都别争了，等会儿看看，到底吓破谁的胆！”

旁边的战士们都惹笑了。

三关口是由宁夏通往内蒙古阿拉善旗的唯一通道，地势险峻，居高临下，易守难攻，自古以来就是兵家必争之地。

三关口东侧就是气势恢宏、闻名于世的西夏王陵。

中华民族的发展过程中，有一段非常特殊的历史。这就是先是大宋领域一部分，后来宣布独立，与大宋王朝抗衡190年的大夏国，后称西夏。国都为兴庆府，即今日的银川。其主要地盘包括今天的宁夏、陕北一部分，以及内蒙古、甘肃、新疆、青海的一部分。

当年，宋朝曾多次派兵征剿，都大败而归。

后来成吉思汗一心想吞并西夏，两次分别率30万大军西进，可惜都是在三关口败退，始终没有越过贺兰山。第六次，成吉思汗避开三关口，从贺兰山北端绕道偷袭，才一举突破贺兰山地区的防御，占领了西夏国都兴庆府。

然后，恼羞成怒的成吉思汗大开杀戒，对西夏人格杀勿论。以致占西夏国主要成分的党项族从此消失，至今下落不明。之后，成吉思汗又下令放火大烧贺兰山脚下西夏王朝的陵园，一烧就烧了6个多月，致使200多座金碧辉煌的陵墓化为废墟，变成了我们今天所看到的西夏王陵。

成吉思汗总算大获全胜，不过，他却在这次进攻中付出了惨重的代价，腿部受了重伤，很快躲进六盘山的凉殿峡疗养，不治而亡。起初秘不发丧，直至西夏国全部毁灭，才举办了隆重的葬礼。

古往今来，三关口几番战火，饱经沧桑，有说不完的故事！

山路上，五六四团的先头部队一营二连正在大步前进。

一会儿，部队进入了三关口的三关，峡谷两侧的山势越来越险峻。

突然，两侧的山上传来“哒哒哒”的枪声，正在行进的几名战士立刻倒在路上。连长大喊：“隐蔽！卧倒！”

部队立即卧倒在山路两侧的山石后面。其后跟进的部队也快速卧倒隐蔽。

一块巨石后面，团长拿起话筒大叫：“一营一连从左侧迂回包抄，三连从右侧迂回包抄，机枪连火力掩护，炮兵连向敌群开炮！”

双方的枪炮声越来越激烈，喊杀声、马叫声响彻山谷。

▶ 宁夏平原的屏障贺兰山

机枪火力阻止了敌人的偷袭，炮弹在敌群中爆炸……不到一个小时，残余敌人就开始后退。抓住敌人伤兵一问，原来是阿拉善旗德穆楚克栋鲁普及李守信留下没去拐子湖的人马。这些家伙不仅战马膘肥体圆，士兵也不同一般。他们平时整天吃羊肉，喝白酒，个个身强体壮，能骑马，善奔驰，枪也打得准。他们偷袭遭到解放军的猛烈反击，又一阵风似的逃走了。

部队在战斗中通过了三关口。

正好时过中午，徐团长对白政委说："刚打完仗，干脆通知各连，就地宿营休息开饭。"

"好吧。"白政委笑着说，"我们这不成'三关排宴'了吗！"

徐团长顿时兴致大增："刚刚'踏破贺兰山缺'，再来个'三关排宴'，真是太过瘾了！李参谋，赶快通知！"

李参谋："是！"

就地宿营的军号一响，各部队原地休息，埋锅造饭。这顿大宴可能是世界上第一份：吃的是干粮，喝的是山沟里的清水，没有一丝青菜，没有一点肉味，没有一星油香……可战士们还是又说又笑，吃得满有兴味。

徐团长吃着饭，朝半山腰上望了一眼，看到几只野青羊正在奔跑，情不自禁地站起来说："要不是有敌情，打几只青羊子，再打几只野鸡换换口味，解解馋！"

一旁的参谋长看了大家一眼，玩笑地说："不要着急，牛奶会有的，面包会有的，羊肉和鸡肉也会有的！"

白政委也笑了："整个一个望梅止渴嘛！"

驻防腰坝村

山路上，五六四团的部队继续行军。

根据军指挥部通知，对待民族地区采取特殊政策，五六四团不直接进驻阿拉善城，驻守腰坝镇。腰坝坐落在贺兰山西麓，阿拉善以南。这里生活条件十分艰苦，西接腾格里大沙漠，周围全是戈壁滩，常年干旱缺水，风沙逼人。虽然是一个小村庄，地理位置却十分重要，距王爷府60多里地，是阿拉善的南大门。

腰坝村。徐团长和白政委刚来到村口，就有几个人迎上前来，其中一个自我介绍说："我叫罗步云，现任阿拉善旗骑兵保安总队第五中队少校中队长。因为我家就在腰坝，'达王'就派我做联络接待工作。各位长官有什么事，就对我说，一定全力以赴。"

徐团长说："那就麻烦你了，也请你向达王转达我们的谢意。"

"哪里，哪里，长官太客气了。"罗队长毕恭毕敬地说，"达王已经作了安排，长官们就住在我家里，已经打扫过了，咱们现在就过去吧。"

"好吧，那就按你说的办。"徐团长说完，就跟随罗队长来到一个干净宽畅的大院里。随后，罗队长又吩咐一个部下："你马上去办，给解放军多腾些房子。再派几个人去宰羊……"

白政委说："多谢罗队长的关照，宰的羊我们按市价付款；房子不要腾得过多，尽量少打扰老百姓，给各连找一个做饭的地方就可以了；至于部队，可以多找些柴草露营。"

罗步云听了白政委的话，心里很受感动，说："早就听说解放军纪律严明，秋毫无犯，今日可是我亲眼所见，真是佩服！佩服！不过，你们越是客气，我们越要做好接待，要不，我可是不好给达王交代呀。"

村里村外，住满五六四团的部队。远处山头上，部队布置了哨兵。

旭日东升，贺兰山清晰可见，显得颇为壮观。

从定远营通往腰坝的大路上，一辆吉普车正在飞奔。

腰坝村，五六四团指挥部，几位团首长正在开会研究工作。

大门口，吉普车停下来。从车上下来3个人。警卫班长问明情况后，把他们领进院内。团首长与他们见了面，一同来到会客室，宾主落座后，罗步云先介绍五六四团的领导，又介绍了刚才来到的几个人。他们是达理札雅派来欢迎解放军的代表，为首的是阿拉善旗的协赞专员兼区防司令部上校政工主任戚涛，另两位叫何兆麟、李文钦。

戚涛首先站起来，毕恭毕敬地说："我们阿拉善旗已经宣布起义了，已经给杨得志司令员发去了电报，今天我们是奉达王之命，来欢迎解放军进驻定远营的。"

白万林政委说："请你们转告达王，对他派诸位代表来腰坝欢迎我军，深表谢意；对阿拉善旗政府宣布起义，我们表示真挚的欢迎；至于我军进不进定远营，我们要向上级报告之后再定。"

戚涛说："好的，那我们就等你们的回音。"

随后，徐团长向师里报告了有关情况，师首长作了明确指示：先由徐团长带几个人到定远营会见达理札雅，进行谈判；如果谈判顺利，部队可不进驻定远营。

徐团长把会晤达王的事给戚涛一说，他们都很高兴，何兆麟说："这就有劳徐团长了。"

戚涛接着说："那就请徐团长乘车一同去吧。"

下午，3位代表和徐团长一起，上了吉普车向定远营驶去。陪同徐团长前往的还有组织股长王凯、宣传股长薛文凡，另外还有两名宣传员和两名警卫员。

山路上，吉普车在飞快地行驶。

吉普车驶到定远营南门时，达王亲率王府官员、保安总队的军官和学生、市民几百人列队欢迎。下车以后，戚涛头前引路，先给达王介绍了徐团长一行，而后给徐团长介绍达王和王府官员。

徐团长和达理札雅互相致意后，由达王的副官做前导，向夹道欢迎的人群走去。这时，欢迎的人群里，不断高呼“中国共产党万岁！”“解放军万岁！”的口号。

他们步行穿过欢迎的人群，进入正南门，这就是定远营的内城。一条石铺的大街，逐渐升高，直通喇嘛寺。西面，是学校和军营；东面是王爷府。王府的建筑，虽然不是金碧辉煌，但也屋脊高耸，庭院贯通，在这沙漠的小城里也算是首屈一指了。一拉溜的数套大院，依山就势，层层升高，远远望去，气魄颇为雄伟。达王把徐团长一行，安排在前院的客厅里待茶、休息。

晚上，王府会客大厅里灯火通明。

双方代表分坐两侧，徐团长和达理札雅开始正式谈判。解放军除徐团长外，只有王凯同志一人参加；阿拉善旗方面，除达理札雅外，还有区防办公室主任朱子馨上校以及戚涛等人参加。

一开始，达理札雅就说：“人民解放军攻克兰州后，我就觉得解放的日子要到来了。曾派朱子馨到兰州找杨得志司令员，表明我们愿意和平起义的态度。当时杨司令员很高兴，让我们做好准备，等待解放军到来。银川解放后，我又派人找了杨司令员。听说贵军要来阿拉善，就派罗步云在腰坝等候你们，昨天又派戚涛上校前去欢迎解放军进驻阿拉善旗，办理有关交接手续。我们的起义是诚心实意的，我们愿意接受共产党的领导。”

徐团长听了达理札雅态度明朗的讲话说：“今天我们几个人来到王府与达王见面，这就足以说明，我们对你们是相信的；对你们毅然与国民党断绝一切来往，站在人民这方来，是欢迎的；对达王能顺应时代大势、合乎民心的起义之举是赞赏的。我们中国有句古话说‘识时务者为俊杰’，我们相信，你们顺应时代大潮的举动，一定会得到阿拉善旗以蒙古族为主的各民族同胞的欢迎和拥护！”

达理札雅说："这也正是我们的愿望。不论谁当这个首领，都应该为群众着想，战火只能给群众带来灾难呀。"

"这样做就很好。"徐团长接着说，"至于下一步，只要王府原有官员今后能保证为人民群众服务，都可以继续留用；关于旗保安总队，只要听从我军的命令，枪支弹药也可以不缴，可以用于维护社会治安，消灭马鸿逵部队以及德穆楚克栋鲁普部队散兵和各路土匪。只要做到这些，我军就暂不进驻定远营。"

达理札雅当即表示："这是解放军对我们的信任呀，我们一切照办！"

最后，徐团长很高兴地说："今后的任务还很多，主要是旗政府要团结各族人民，建设新的阿拉善旗，让大家都过上好日子。"

达理札雅和在座的各位代表都很感动，有个人主动站起来说："说句实在话，原来我们虽然宣布了起义，但心里还是有顾虑，比如说，和平起义解放军来了后，我们原来的官员到哪里去，我们的保安总队怎么办……没想到共产党的政策这么宽大这么好，我们还有什么可说的！"

第二天，阿拉善大街上。

两名解放军干部正在墙壁上用白灰刷写标语，很多人在旁边围观。

一会儿工夫写成了一条标语："打倒蒋介石，解放全中国！"

王府内，徐团长一行在达理札雅等人陪同下，走进大门参观。

大街上，解放军又写成两条标语：

"加强民族团结，改善人民生活！"

"中国共产党是全国各族人民的救星！"

每条标语前很快又围了不少人在两侧观看。

王府里面，徐团长几个人与达理札雅正在参观喇嘛寺。

中午，王府大餐厅里。

达理札雅和徐团长他们坐在餐桌周围，桌子上摆满了各种菜肴。达理札雅站起来，双手捧起一碗酒，递到徐团长面前："我代表阿拉善全旗人民敬解放军一碗酒，请你喝上！”他又指了指桌子上的菜：“这是我们蒙古族招待客人最讲究的‘烤全羊’，请各位赏光品尝！”

徐团长端起酒碗，一饮而尽。

达理札雅又斟上一碗，递到徐团长面前。徐团长说：“你敬的酒我不是已经都喝了么。”

达理札雅说：“哎，这是我们蒙古族的礼节，客人喝完了碗里的酒，就表明客人很喜欢喝我们的酒，那就要赶快再来一碗！”

徐团长笑着说：“那我这次再喝完了呢？”

达理札雅说：“那我就得赶快再倒上一碗呀！要不人家会说我们蒙古族人不讲交情的。”

这次徐团长只喝了一大半，就把酒碗还给达理札雅。对方一看，笑着说：“这回你应该还喝完的。”

“那我就成酒鬼了！”徐团长说完，大家都笑了。

下午，徐团长他们要离开阿拉善旗了。王府门口，停着一辆大卡车。有人正把一包包东西往上放。达理札雅指了指车上说：“徐团长，我们也没啥礼物，这是我们这里产的老羊皮，送给解放军战士铺床挡挡寒！”

徐团长说：“我代表战士们谢谢你，谢谢阿拉善旗的各族人民！”

徐团长他们乘坐的吉普车和大卡车出发上路，离开了阿拉善城。

收缴武器

腰坝五六四团指挥部。

徐团长正在接听电话，他一边听一边应道：“是，是，我们马上就办。”

徐团长放下电话，脸色很严肃。他对身边的几位领导说：“刚才是师首长的电话，阿拉善那边有新情况。”

白政委问：“怎么回事？”

“昨天，我去阿拉善，还觉得那边的情况进展很顺利。可是刚才师首长说。据可靠情报，阿拉善现在还有马鸿逵部一个工兵营，还有国民党的一个办事处及其专员罗大维、中统特务组长王君惠、军统特报组长李海平。师首长要求我们马上去阿拉善，与达理札雅交涉，收缴马鸿逵部工兵营的武器，控制国民党的特务人员。”

白政委深思地说：“情况还很复杂呀。”

“还有一个重要情况。”徐团长说，“前蒙古军第二军军长德穆楚克栋鲁普，也就是当地说的‘德王’，前些天带了他的几千人马和80多名伪政府人员，又动用70多峰骆驼向北逃去，要搞一个什么‘内蒙古自治国’，近几天，这些家伙蠢蠢欲动，企图卷土重来，有可能要偷袭我们和阿拉善。”

白政委说：“只要这些家伙在，就肯定要捣乱。”

参谋长说：“现在只有一个办法，就是彭总说的，要坚决、彻底、干净地消灭他，留下这些家伙，就是后患！”

徐团长皱着眉说：“这会儿我在想，这些情况，我在阿拉善的时候，达理札雅怎么没有讲呢？他究竟是什么意思？”

“你仅仅待了一天一晚上，也许是时间紧，没有来得及讲。也许是他还有什么别的想法。”白政委说，“现在我们就按师首长的指示，马上派人再去阿拉善，这次去多带些人，城外再埋伏一部分人，万一有什么情况，也好接应。”

参谋长接着说：“我同意政委的意见，我们这次去，一定多带些人，给达理札雅和那些国民党反动分子形成一定的军事压力，促使问题尽快解决。”

最后，徐团长说：“这次去阿拉善的主要任务，一是收缴马鸿逵部工兵营和其他散兵游勇的武器，二是控制国民党特务人员，三是提防德王和李守信残部的偷袭，四是继续做好达理札雅的工作，尽可能在他身上不要出现什么意外。”

经团指挥部最后研究决定：由副政委费国柱带一个精明强干的骑兵连去阿拉善，由参谋长带一个骑兵连在城外埋伏接应。

下午3点多，两支部队相继出发去阿拉善旗。

山路上，一队骑兵向前飞奔，犹如疾风，非常劲健。

费国柱副政委骑在马上，领略着大戈壁滩的风光，心情十分畅达，格外惬意。他1923年5月出生于河北蠡县林堡村一个贫苦农民家庭，1938年5月参加革命，1939年4月加入中国共产党。抗日战争时期，先后任清苑县大队、冀中九分区二十四团文书、指导员、副教导员，参加过“五一”反扫荡及子牙河、大清河北、反攻天津等战斗，1942年荣获“五一”奖章。解放战争时期，先后任晋察冀十三旅、三纵队八旅营教导员，六十三军一八八师五六四团政治处主任、副政委，参加过保卫张家口、绥远、大同战役、平津战役，解放石家庄、太原、宁夏等大小战斗近百次，曾多次荣立战功。

战火纷飞，南来北往，没想到此时此刻竟来到了这么荒凉，又这么神奇的地方。

阿拉善城遥遥在望，骑兵们继续奔驰。

黄昏时分，费国柱副政委带领的骑兵来到了王爷府门口。费国柱和几位警卫员走在前面，立即下马，对守门人大声说：“快去通报，解放军有急事要会见达王。”

一会儿，达理札雅同几位随从来到大门外。他一看来了这么多全副武装的解放军，不禁有点发愣，现场气氛也显得有点紧张。达理札雅看了看，连忙把手一拱，对费国柱副政委说：“哎呀，不知道首长要来，有失远迎，多多原谅，多多原谅！”

费国柱说：“我们这次来，有事要和你商谈。”

达理札雅恭恭敬敬地说：“好说，好说。长官，我们还是进屋里谈吧。”

接着，费国柱带几个人随达理札雅来到院内，又进了内厅，几个警卫员站在门外。

落座后，有人递上了茶水。

等达理札雅坐下来后，费国柱直截了当地说：

“据我们了解，国民党特务罗大维、王君惠、李海平等人，以及特务机关、专员卫队仍在定远营活动，请你按照你们起义通电的精神和前天你与我们徐团长和谈的诺言，协助我们控制这些人员和单位。另外，还要请你协助我们，收缴马鸿逵部工兵营和罗大维专员卫队的武器。想来达王对这些工作不会有什么意见吧！”

听了费国柱的话，达理札雅的神情好像有点意外。他稍作思考后就干脆地说：“首长所谈，都是事实。我们配合解放军马上就办。”

费国柱说：“那就派人先控制国民党的特务机关和相关人员，听候处理。”

达理札雅站起来发令：“保安队马上派人把王君惠等人看管起来，同时全部收缴他们的武器，听候解放军处理……”

费国柱加上一句：“请你告诉大家，动作要快！”

“好的，好的。”达理札雅答应着。停了一会儿，他好像又想起什么事，对费国柱说：“国民党的专员罗大维和特务组长李海平都已经逃跑了，怎么办呢？”

“那就先看管其他人员，收缴他们的武器。”

达理札雅答应：“马上办，马上办！”

等达理札雅把有关人员安排好后，费国柱又对达理札雅说：“现在我们的来人和你们一起去收缴马鸿逵部工兵营的武器。”

达理札雅按费国柱的要求下了令。

等达理札雅把保安队的人都派出去后，他总算松了口气，但仍然心有余悸主动对费国柱说：“上次徐团长来，我忘了报告马鸿逵工兵营的事，都怪我一时疏忽了。过去，我们对共产党一直是非常友好的，那一年，你们有的同志从苏联回国时，我们还接送过呢。对马鸿逵呢，我们完全是两回事，我们惹不起他，可我们躲得起，有时候也只是应付应付……”

他身边的一个王府官员说：“今年上半年，马鸿逵向我们要1000峰骆驼和500匹马，我们没有给，只给了70匹马对付了一下。”

达理札雅对马鸿逵早就怀恨在心，有时候只是敢怒不敢言罢了。

1938年，驻宁夏的国民党军阀马鸿逵为了扩大地盘，多次图谋抢占和统治阿拉善旗，想吞下口边的这一块肥肉，只是一直没有完全得逞。

抗日战争初期，定远营的城郊突然降落了一架日本飞机。机上载着4个日本人，下机后住在城外永盛合饭店，后找到达理札雅，要其归顺他们。说只要阿拉善投归日本，就可以得到大批物资、武器，日本人的拉拢，遭到达理札雅的拒绝，日本人最后暂时丢下达理札雅，气呼呼地走了。

日本人走后不久，国民党宁夏省政府主席马鸿逵便得到他派在阿拉善情报人员的密报，出于他很久以来吞并阿拉善旗的野心，便以达理札雅私通日本的罪名，向蒋介石发了电报，并要求进兵阿拉善，以抵制日本人的企图。

1938年春节后，马鸿逵就派出大批步、骑兵和飞机，向定远营开火攻击，以武力解除了阿拉善旗保安队的全部武装，并强迫达理札雅移住银川，予以软禁。后又按蒋介石的批示将达理札雅调往兰州，先后软禁8年之久。直到1946年，达理札雅才获得自由，由兰州回到阿拉善旗继续执政。可以说，达理札雅对宁夏马鸿逵的愤恨由来已久。

达理札雅接上说：“德穆楚克栋鲁普跟我共事多年，他多次要拉我跟他一起搞独立王国，前不久又要我跟他一起往西逃，我都没有答应，没有跟他走，我不走，我要跟共产党走。”

费国柱等达理札雅讲完，就和气地说：“达王相信共产党，相信解放军，这是非常明智的选择，也是非常正确的选择，我想，阿拉善的各族群众是不会忘记你的。”

达理札雅连忙说：“不敢当，不敢当！”

最后，为了彻底解除王府上层人员心中的疑虑，费国柱又对在场的王府人员说："我们共产党向来是说话算话，我们答应的条件是算数的。只要大家今后多为群众办好事，都可以在新政府留用任职。请大家互相转告，请大家放心！"

在场的人员都高兴地鼓掌致谢。

王府院内。保安队把国民党办事处、国民党军统特务和专员卫队的十几名人员押来，并把两箱崭新的驳壳枪和一些步枪、弹药都堆在大厅阶下。达理札雅对费国柱说："请首长检查，这是我们保安队押来的人员和收缴的武器。"

费国柱看了看说："这些武器就请达王派人送到腰坝，我们那里有人接收。"

"这些人怎么办呢？"达理札雅问。

"跟我们一起走。"费国柱对达理札雅说完，又转向那些押来的人："你们也不用害怕，只要大家交代清楚了，我们就按政策办。经过我们审查，只要没有什么大问题，愿意回家的，我们发给路费；愿意继续留下的，我们安排工作；愿意自己干别的事情，我们也同意。"

费国柱讲话的时候，达理札雅在一边不住地点着头。

解放军已接收了阿拉善旗，德穆楚克栋鲁普和李守信等人看到大势已去，害怕被解放军消灭，就带上身边的几百个残兵败将继续往西逃窜。

工作组进驻定远营

10月11日，王爷府。

有人给达理札雅递上一份电报："王爷，宁夏省政府来电。"

达理札雅接过电报看了看，又递给罗巴图孟柯："宁夏省政府要我到他们那里去一趟，商谈和平解放阿拉善的事情。”

罗巴图孟柯看了电报说：“那我们得去呀，这是咱们早就商定好的事嘛。”

达理札雅踱着步说：“好，那我们就去。这一天终于来到了。”

阿拉善去银川的土路上，一辆小汽车在奔驰。达理札雅、巴文俊、何兆麟、李文钦等人坐在车子里。将近中午的时候，达理札雅的小汽车进入了银川城。

省政府门口，达理札雅等人下了汽车，朝大门走来。

省政府会议室，十九兵团司令员杨得志、政委李志民、副司令员耿飚，省委书记兼省政府主席潘自力、副书记朱敏、副主席孙殿才，宁夏军区副司令员曹友参，政府秘书长葛士英等已坐在桌前。达理札雅走了进来，大家立即起立，与他们握手。达理札雅走到杨司令员和李政委跟前，弯了下腰，行了蒙古族的见面礼。

杨司令员和李政委满面笑容地说：“欢迎，欢迎你们！快请坐，快请坐！”

达理札雅和随行人员一一坐到了会议桌前。

关于和平解放阿拉善的谈判正式开始了。

最后会谈决定：

阿拉善旗宣告正式和平解放，因阿拉善旗是少数民族地区，解放军干部、战士暂时不进入。

阿旗政府及区防司令部、骑兵保安总队，原编制一律保留，所有军政人员照常供职，宁夏省委派王延、云祥生等人去阿旗帮助工作。

阿旗军警部队一律不缴械，保持原有武装，继续维持地方治安。

从这一天开始，统治阿拉善旗达254年的封建王公世袭制度宣告结束，阿拉善旗的历史开始了新的一页。

会谈后，宁夏省政府就组成了阿拉善旗工作组，组长是王延，副组长是云祥生。成员有郭全德、黄占陆、张结、马鸿彪，并准备很快开赴阿拉善工作。临行前，省委书记兼省政府主席潘自力、副书记朱敏、省副主席孙殿才、省委秘书长宋有田在省委专门召开了一个会议。

潘自力书记对这件事非常重视，给工作组特意交代了五项任务：

第一，到那里后，先了解、熟悉阿拉善旗各个方面的情况；

第二，宣传和解释党的民族政策；

第三，稳定阿旗上层人员的思想，做好中下层工教人员的思想工作，恢复正常的工作秩序；

第四，做好社会治安工作，安定社会秩序；

第五，大力做好各界人民群众的经济生活、思想政治等方面的工作。

阿拉善旗南门外，达理札雅带了很多蒙古族群众站在那里等候着。

工作组动身前一天，省政府办公厅给阿拉善旗发了电报。第二天，工作组骑马经过苏峪口、樊家营子，第三天中午到达阿拉善旗。

▶ 杨得志司令员会见阿拉善有关人士

工作组成员来到了阿拉善旗南门外，达理札雅率地方官员和300多民众手持小彩旗，不停地挥舞。一看到他们，就开始高呼：

“欢迎共产党！欢迎解放军！”

“欢迎省政府工作组！”

“毛主席万岁！中国人民解放军万岁！”

现场气氛非常热烈，非常感人。

阿拉善大街上，工作组组长王延和副组长云祥生带了几个人在视察。街上除了摆小摊的卖一些零星日用品，如香烟、蜡烛之类，一些较大一点的商店都关门闭户，没有开门营业。

王延一边往前走一边问旁边的人：“为什么商店都不开门呢？”

一个蒙古族干部说：“过去，国民党特务在这一带活动很频繁，德穆楚克栋鲁普和李守信那伙人也大量散布攻击共产党和人民解放军的谣言，使当地群众在思想上都存有各种疑虑，好多人心里都很害怕，所以不敢开门，怕共产党来了没收、共产。”

云祥生接着说：“我们也作了些调查了解，有一些较为富裕的家庭，听信谣言，说共产党和解放军来了打富济贫，搞大平均，有些人把家中值点钱的东西都藏起来了，家里来了人，都装出一副很困难、很贫苦的样子，而且也不敢接近我们。”

王延想了想说：“这些情况都很重要，我们要逐步想办法解决。另外，宁夏马家军的很多散兵游勇也流窜到这一带为非作歹，还有德穆楚克栋鲁普和李守信外逃留下的很多反动武装，我们也要注意防止这伙人抢劫闹事。”

云祥生在旁边说：“我们给银川军管会发个电报，给咱们这边再派些部队。”

“好，电报回去就发，不能叫这伙匪徒得逞！”

工作组面临的很多事情都是艰巨而复杂。阿拉善旗是一个以蒙古族为主，兼有回、汉、满等多民族的少数民族地区，面对这些错综复杂的民族问题，工作组想了很多办法，做了大量工作。

工作组两个人来到阿拉善旗唯一的一家印刷厂，联系印刷他们拿来的“中国人民解放军布告”。

阿拉善旗广场，旗政府正在召开群众大会。

主席台和会场四周插满了彩旗，会场人山人海，十分热闹。

达理札雅首先在大会上讲话，对工作组和解放军的到来表示热烈欢迎。工作组组长王延也讲了话。他讲完话后，工作人员现场给群众分发了刚印出来的“中国人民解放军布告”。大家人手一份，争相阅读。

阿拉善旗大街上，王延和云祥生等人一边走一边左右观看。所有的商店都开门了，大街上人来人往，恢复了正常生活。

他们走进一家商店，店主忙过来打招呼：“长官快进来，快进来！”

王延笑着问：“老板，生意怎么样？”

店主高兴地说：“比前些日子好多了。”

云祥生说：“有什么困难，有什么意见就给我们说。”

店主说：“没啥困难，也没啥意见。过去他们都说共产党解放军多坏多坏，你们来了以后，都和我们一样嘛，穿得朴朴素素，对人和和气气，不是那回事嘛！”

“并不是三头六臂的魔鬼，和大家一个样嘛。”王延笑着说，“其实我们和大家一样，都是穷苦人家出身的。”

最后，他们几个人一边往外走，一边给店主打招呼：“祝你生意兴隆，多多发财啊！”

店主高兴地送到门外：“谢谢！谢谢工作组的同志！”

随后，为了改善阿拉善旗人民的物质生活，工作组又很快联系调进大量的布匹、日用百货、糖、烟、酒等物资，还在街上新开了好几家商店，使过去萧条的阿拉善旗逐步变得热闹繁荣起来。

接着，工作组又组织公安局和保安总队强化好社会治安，派出执勤小队，在街上放哨、巡逻、检查户口。收缴了散兵手中的100多条长短枪，逐步清查和逮捕了一部分隐藏下来的国民党中统和军统特务，逮捕了国民党国防部驻阿拉善旗少将专员罗大维、国民党国防部保密局驻阿拉善旗小组少将组长魏文锦、军统保密局中校站长张远懿、国民党中统驻阿拉善旗协赞专员戚涛，沉重地打击了国民党反动派在阿拉善旗的特务反革命活动，使阿拉善旗各民族群众的生活逐步稳定繁荣起来。

德王逃窜

李守信本来在宁夏省陶乐县驻防，听说德王与达理札雅分裂，由定远营出走到了阿旗西北部，加上解放军已进军到银川一带，就在无法立足的情况下，便带领部队由宁夏石嘴山渡过黄河，经由磴口县北上草原，到了阿拉善旗的图克木庙与德王会合。

德王与李守信会合后，真正是臭味相投，一拍即合。经过几番研究，为了张扬声势，自我壮胆，除政府名称不变外，在军事方面决定成立“蒙古军”，设蒙古军总司令部，由德王任总司令，李守信任副总司令，宝贵廷为总参谋长，都固尔仓任副总参谋长。总共不到1000人设置了两个师。经过一番部署后，派遣王致祥到定远营向达理札雅借了80峰骆驼，运粮食送到图克木庙。说是借用，实则只借不还。他们带着粮食，按原定计划向西进发，在阿旗北部的荒原上辗转了一个多月，原打算西进青海，紧急时逃往西藏。

他们来到了阿拉善旗西北边境，发现人民解放军已经解放了甘肃的大部分地区，河西走廊、酒泉、玉门也已为解放军占领。德王和残余部队西进青藏的去路完全被堵死，无奈只好在沙漠边沿盘踞下来，再作进一步的打算。

这时候已进入11月份的隆冬寒月，牧草枯萎，万里霜天。

李守信带来的军队，多数是些惯匪、兵痞、流氓之类的乌合之众。现在衣薄粮缺，寒风刺骨，谁受得了，就四处抢劫，乱杀牛羊，强奸妇女，无恶不作。

一天，有几个士兵又跑出去抢劫，不料这家人早就穷得揭不开锅了，哪有给他们吃的。这些魔鬼十分恼怒，就把人家一个十三四岁的放羊孩子拉到外面，剥光衣服，拴在枯树上，活活地冻死了。

又有一次，一伙匪兵，把一家牧民的羊群全部抢回去宰杀吃掉了。

有时候他们进屋，发现有人，就懒得自己动手，朝空打上一枪，威吓逼迫牧民动手给他们宰牛杀羊，吃饱喝足之后，再轮奸家里的妇女，临出门又抢走衣物用具，除了拿走的，把剩下的缸瓮盆罐统统砸碎。

草原深处，夜半星稀，牧民们一听到枪响狗叫，就吓得爬起来边跑边喊叫："快跑吧，蒙古土匪又来啦……"

仅几十天时间，这伙兵匪经过之处，都是有屋皆空，有女皆淫。光是牧民的骆驼就宰杀了3000多峰，牛羊不计其数，阿拉善西北部地区七百里成了无人烟区。

德王知道这是他造下的孽，也不怎么制止，其实也无法制止。

德穆楚克栋鲁普和李守信一伙继续西逃，粮草得不到补充，就沿路烧杀抢掠，当地牧民陷入苦海。

牧民们不断给达理札雅捎信求救，他们没有活路了。达理札雅在无奈之下，调动旗保安总队，布置在德王部队的周围，把守要路，严密监视。发现他们窜出抢劫时，就来个突然袭击。

经过多次打击，德王一方死伤严重。

德王有些吃不住劲了，害怕继续这样下去，蒙古人互相残杀不说，还有可能引来解放军，在这弹尽粮绝之际，遭受灭顶之灾。

德王没有别的办法，就派王庆扎布、图门德勒格尔，前往阿旗保安队与副总队长罗瑞光接洽，请他们派代表去德王处谈判。

保安队派了左甲木英、段塔拉登岱、达希敦都布3人前去，首先提出两个条件：一是劝德王率部投诚，并向他传达了解放军的政策；二是约束部队不许再出去抢劫牧民。

德王一向狂妄自大，不自量力，目空一切，到了如此境地，公然口出狂言：“对于第一条嘛，咱们就免谈了，我不会向任何人投诚的。对第二条嘛，可以共同商量。”说到这儿，他又变得强词夺理，道：“约束部队，不再抢掠，我们可以尽力去做。可是你们也得想想，我跟前这么多人马，生活怎么办？给养怎么办？你们回去告诉达副主席……”到了这步田地，在他的心目中，达王仍然是副主席，他还是主席。

德王继续说：“我们不扰乱牧民可以，但是达副主席要负责解决我们的生活问题，迅速解决部队的给养，送给100峰骆驼，并在一周内解决粮食问题，同时划定我们驻扎的地方。”

阿旗代表说：“你们从定远营出走时，运送粮食的80峰骆驼是我们王爷的私人骆驼，当时你们说是借的，到现在也应该归还了吧，为什么不还？王爷的骆驼不还不说，你们还抢了牧民许多骆驼，再送骆驼怕是不可能。”

这个问题遭到拒绝之后，接着又谈别的事宜。最后约定三条：

一、关于部队驻扎地问题，阿旗代表提出拐子湖水草肥美，燃料丰富，早年多有牧民移居此地，最好去拐子湖驻扎。德王也考虑到拐子湖与外蒙古接壤，既利于西进，又便于和外蒙古接洽，表示同意去。

二、关于今后双方避免冲突交火问题，议定，德王部队出去时打起蓝旗，阿旗保安队打起红旗，以做信号。双方相遇，看见信号都不开枪。如有零星出去抢掠者，任由保安队就地“解决”。

三、关于粮食供应问题，阿旗代表提出，当德王的部队移居拐子湖后，再考虑接济。

阿旗代表返回后，德王就考虑往拐子湖转移。

正在这时，一师师长苏和巴图尔、一团团长萨伯音、二团团长韩车嘎拉都来找德王说：

“德主席，现在给养非常困难，部队都没有吃的，怎么办？”

德王当着下级吹牛说：“只要你们把部队约束住，西进也好，北上也好，我自有办法。”

他们听了信以为真，都激动地表示，一定会把部队约束好。德王点头微笑了一下。其实他们都是互相在骗。德王也没有能力解决粮食，他们也约束不了部队。

不久，韩车嘎拉手下一个排长托克托胡，偷偷出去抢劫，让保安队打成重伤，跟随的士兵们在惊慌之余，把抢到的驮粮的骆驼扔掉，抬回了气息奄奄的托克托胡。结果粮没抢上，险些丢了命。

接着德王、李守信率部西撤，到了拐子湖。这里的环境确实不错，水草肥美，烧柴充足，不受冷冻，但是三面环沙，交通不便，没有人烟，鸟兽绝迹，士兵们饥肠辘辘，夜不能寐。大伙围坐在篝火旁，盼望着黎明的到来，更盼望冬天过去春天早一点到来。但是寒夜漫长，严冬难熬，饥饿难忍……

到了拐子湖，保安队未接济粮食，达理札雅的意思是以控逼困，逼其归顺；德王说你不够朋友，你想逼死我，那我就不义了。于是，他也不再管理部队，苏木图、吉兰太、土后木、巴彦乌尔根、巴音乌拉等几十个巴嘎（自然村或畜群点）全部被抢掠过，拐子湖抢得路断人绝，吃得白骨堆山。

阿拉善旗西部德土后木一带，德王的部众正收拾行装，准备西进。

不远处，奔来两匹马，他们是达理札雅派来给德王送信的洛不登、包国栋。他们见了德王，将信递上。信中说：“现在兰州的彭德怀司令员派张钦武前来争取你归向人民，宁夏省方面也请我劝你回来。这里自从解放后，没有清算斗争一个人，不像从前人们所传说的那样，我看共产党对人是宽大的，是给人以自新之路的，希你从速前来和宁夏方面商谈。”

德王对达理札雅不送粮食非常气恼，就恼羞成怒地喊道：“达理札雅不讲信用，还派人来干什么？把这两个人拉出去毙了！”

他身边的陶布新赶快说：“我的意思，一是好好对待这两个送信的人，人家冒险来给咱们送信，也是好意。自古两方交兵，不斩来使。二是咱们可以考虑派代表前往商谈，看看能否达到我们的要求。千万不可一条路走到黑，走到死胡同了怎么办？我们争取美国援助，可美国离我们太远了？远水解不了近渴呀。就连你说的进藏或到印度也不那么容易，长翅膀也不容易飞过去，何况你这飞起一群，落下一片，少吃无穿，容易吗？靠抢掠过日子，毕竟不是长久之计呀！”陶布新的一席话，德王虽不想接受，但感觉是有道理的。

“好吧，那咱们就派代表去宁夏商谈商谈。”德王对陶布新说，“到了这个份上，也算是一条路子吧。”

陶布新听了心里很高兴，他以为自己真的说动了德王，其实德王是另有图谋。他原来计划西进时，最害怕的是宁夏派兵前来追杀，正好趁此机会，派遣代表前往谈判，宁夏以为愿意归顺，实际是缓兵之计，这样有利于自己加紧西进。

德王对陶布新说：“那就派你去吧，你去见潘自力先和他谈，然后再去北京见毛主席，请他解决我们的问题。”

陶布新一听心里直好笑：我去了能见上人家潘主席就不错了，还能见上毛主席？你以为你是谁呀？你以为中国就阿拉善这么大吗？又想：不管怎么样，我先去了再说吧，如果再跟他计较，就可能谁也去不成了。就说：“好，我准备一下就去。”

陶布新带着忧虑和不快离开了驻地，与洛、包二人一同去阿拉善了。

陶布新走后，德王率部由土后木庙出发，向巴伦沙尔扎庙方向走去。走了十八九天，落脚巴伦沙尔。这时，陶布新从银川返回，见了德王，将宁夏潘自力主席赠给的礼品（白酒4瓶、纸烟4条）和复信交给了德王。

潘主席的信很简短：“陶布新代表前来带来你的来信，内情尽悉，希你亲来面谈。”

宁夏一行，使陶布新觉得耳目一新，他对德王讲话时有些激动，说：“现在中国大部分地区已经解放，北京也召开了全国政治协商会议，通过了共同纲领，成立了中华人民共和国。这样一来，过去国民党统治的中国，已经变成了共产党领导下的新中国。当前正安定人心，确立社会秩序，对蒙旗政策更是宽大，对各位王公更是优待。你现在如亲往银川商谈，接受解放，不仅个人安危没问题，并可能得到参议或委员之类的位置。我在银川亲眼看到宁夏的旧军政人员，都安然无事，照旧供职，共产党的政策确实是宽大的。关于民族出路问题，我与宁夏党政方面接触中，知道共产党的民族政策是区域自治。并且听说，东蒙自治政府博音满都、哈丰阿和乌兰夫的自治运动联合会合并后，成立了内蒙古人民自治政府，实现了东西蒙统一。我们多年来没有办到的事情，现在人家已经办到了，看起来共产党和国民党的民族政策就是不同，我看，你最好还是亲自去宁夏一趟，好好跟他们谈谈。”

这次德王没有隐瞒大家什么，他马上召集文官科以上、武官排以上人开会，会上让陶布新当众宣读了潘主席给德王的复信，同时也讲了接洽情况。然后德王征求大家意见说：“宁夏潘主席请我去面谈，你们大家的意见怎么样？”

这一问，立刻冒出了3种意见：

一种主张赴宁谈判；另一种是不让德王亲去，害怕去了回不来；第三种是西进派反对谈判。宝贵廷当场站起大声说：“愿意西进的举起手来！”德王对宝贵廷的做法极为不满，他当即斥责宝贵廷：“开会也有个主席吧，只有主席才有作表决的权利，今天我是主持会议的主席，我没有提出作表决，你就随便作表决了？”

宝贵廷说：“我们既然已决定了西进，就应快走，我看主席总是优柔寡断，犹豫不决，才这样做的。”

德王一向自高自大，哪里受过这种气，就一拍桌子，更加气愤地说：“什么我犹豫不决！你倒轻松，我带这么大一片人不慎重考虑行吗？”

大家退去后，陶布新又去找德王进言：“我看西进这条路走不通，北投外蒙古有被引渡的可能，与其被人引渡，莫如现在应潘主席之邀，体体面面地去宁夏和谈。”

德王的口气有所缓和说："我看，还是你再去一趟吧。"

陶布新说："人家请你去面谈，叫我去跟潘主席说什么？"

德王说："你这次去主要是催促答复上次信上的要求事宜，给我们划定地盘，提供给养，宁夏不答应就去兰州找彭德怀。"

陶布新说："仅我一人算什么代表？能不能再派上一个人？"

德王想了想说："那就叫第一九二师师长吉利占太与你一起去吧。"

陶布新问德王："如果宁夏坚持还是让你去怎么办？"

德王说："如果宁夏方面派汽车来接我，我就去。"

陶布新和吉利占太走后，德王率领部队暂时又到了拐子湖，过了不久，德王就抱着幻想，想与外蒙古联系北进。

过了几天，德王、李守信等带领一部分人到了靠近蒙古人民共和国边境的察干套老盖。

德穆楚克栋鲁普一直做着他的美梦，想与外蒙古合作，取得外蒙古的援助。

陶布新返回原地后，觉得德王不可能投诚，就联合孙鸣海（第二师副师长）、吉致祥、达瓦诺奇尔、塔拉巴、拉喜那木吉勒、达理札布等人和所属部队，倡议归向人民，争取和平解放。当时部分人有顾虑，也有人反对和谈，要等待德王的消息。为了稳妥，陶布新去定远营向解放军宁夏军区曹动之副司令员汇报了情况。曹副司令员当即将上级政府指示作了传达，另附了一封宁夏军区和宁夏省政府给德王及其部属的信，让陶布新带回拐子湖转交德王。信上的内容是：

一、愿回家者，发路费，准予回原籍；

二、愿就地为民的，准予安家落户；

三、愿去学习者，准予保送内蒙古学习；

四、愿就地工作的，给予分配工作；

五、愿就地服兵役者，准予编入保安队。

传达后，许多封闭已久的心扉被开启了，疑虑也大大解除了，许多人开始思考该选择五项中的哪一项。

在多数人要弃暗投明的时候，仍有些人坚持顽固立场。团长莎嘎拉扎布带头反对缴械投降，有100多人要跟着他继续西逃。当他们逃到额济纳旗马宗山一带时，被人民解放军拦截，一部分被打死，多数被俘虏。另有20多人由团长达瓦敖齐尔带领向东逃窜，在乌兰察布盟境内，被解放军包围缴械投降了。

弃暗投明的共有1200余人，全部接受缴械投诚。其中有400人编入保安队，400人遣回原籍，有70多人去学习；其余留在阿拉善旗安家落户，都有了一个较好的归宿。

德穆楚克栋鲁普和李守信等反动骨干，顽固不化，逃往外蒙古后，不久就被蒙古人民共和国逮捕引渡回国，判刑入监，结束了他们反共反人民可耻的军政生涯，后于20世纪60年代宽大释放。

第二十一章 本性难改

一车财宝

银川将军第门口。

人员、马匹、车辆，来来往往。马家军士兵三五成群，争争吵吵，一片混乱。

一辆军用大卡车停在大门口，一伙士兵抬着大大小小的箱子，往车上装。

汽车启动，一位佩戴中校军衔的军官和一个士兵匆匆赶来上了车，对司机说："快点走！"

一个拄着拐杖、头缠绷带的伤兵过来，对中校说着，乞求搭车，被车上的中校一脚蹬开。

汽车开动走远了。伤兵躺在地上，挣扎着……

石嘴山黄河渡口。

一艘小木船停在河边。黄河水汹涌而来，滚滚向前。

贺兰山下，一辆大卡车向前飞驰。

中校军官坐在驾驶室，盯着前方。

石嘴山黄河渡口，烈日当空，天气炎热。

保安队的士兵们站在渡口附近，检查着过往的旅客和车辆。队长谢占魁坐在旁边无所事事地抽着烟。

一辆军用卡车急驰而来。

一名保安队员挥舞手中的小旗，示意停车。

汽车发出刺耳的响声，刹闸停车。中校从车窗里伸出头，大声喊道："他妈的，你们吃了豹子胆了，敢拦我的车！"

谢占魁一听，猛地扔掉烟头，跑过来傲慢地说："郭司令有令，凡是经过渡口的一切人员、车辆一律检查，谁也不能例外！"

中校："你们眼睛瞎了，也不好好看看，这是宁夏兵团的车，我是兵团司令部的，赶快让开！"

"不行！"谢占魁不甘示弱，"哪里的车也不行，弟兄们，给我上车检查！"

一伙保安队员一拥而上，准备上车。

"不许动！"中校跳下车，拔出手枪大喊，"车上装的是四姨太的东西，要送往河北老家去。谁敢乱动，我就开枪！"

警卫也跳下车，端起手中的冲锋枪。

保安队员们吓得直往后退。

谢占魁叫了一声："别管那一套，在我们地盘上，就得听我们的。给我上！"

有个保安队员过来要往车上爬。中校"叭"的一枪，将其打倒在地，其他人急忙往回退去。

警卫端着枪转了一圈："谁也不许上车！"

中校走到谢占魁跟前，打了他一个耳光："都给我让开！"

谢占魁用手捂着脸："好，你敢打我，咱们等着瞧！"

中校和警卫上了车，向渡口靠拢。码头边上，停着一条木船。中校和警卫下了车，对木船上的人喊道："快把船开过来！"

远处，几匹马奔驰而来。到了汽车旁，一伙人下了马。来人是"贺兰王"郭栓子和副司令、人称"二阎王"的张绪绪。这伙人个个满脸凶相，杀气腾腾。

郭栓子站在一边，没有吭声。张绪绪走过来问："哪里的车？要到哪里去？"

中校冷冷地说："宁夏兵团司令部的车，要到哪里去，你管得着吗？"

张绪绪原本就是吃生米的家伙，何曾受过这种气："在我们这里，我们就要管！"

"我让你管！"中校说完，一拳过去打在张绪绪的脸上，"滚开！"

张绪绪没防备，差点倒在地上。他正准备掏枪，突然，枪声响了。

这一枪是郭栓子打的。只见中校歪了歪身子，倒在地上不动了。

郭栓子把枪指在警卫身上："不准乱动，把枪放下，要不他就是样子！"

警卫马上把枪放在地上。

郭栓子一边收枪一边说："去，今天不关你的事，自个逃命去吧。"

警卫连忙向后边跑去。

郭栓子跳上车，看了看。车上都是各式各样的箱子，都上了锁。他要过一支步枪，砸开锁子，揭开箱盖，里面全是银圆、珠宝等珍贵东西。郭栓子猛地一下盖上箱子，跳下车。

郭栓子上了汽车驾驶室，对司机说："车开上走，进山。今天这事与你没关系，你别害怕。只要你把车开到地点，就放你回家。"

司机讨好地说："好的，好的。"

郭栓子又回头喊了一声："上去两个人，一起走。"

一个小军官指着两个士兵说："你，你，你们两个快去。"

两个匪徒很快跑过来，爬上车箱。

汽车发动了，向前开去。

贺兰山里，夕阳西下。

汽车停在一个山坡下，两个士兵和司机正把最后一个箱子往一个山洞里抬。一会儿，他们几个人出来，搬起周围的石头，堵上了洞口，又用沙土掩埋。

最后，郭栓子对司机和两个士兵说："好啦，赶快上车，回家。"

两个士兵上了车，郭栓子也进了驾驶室。

汽车启动，向前开去。

汽车在山路上开进。来到一处山坡旁，郭栓子对司机说："停一下，撒泡尿。"

汽车在路边停下。

郭栓子跳下车，对车上两个士兵说："你们两个也下来，撒完尿，咱们就回家了。"说着，他自己先站到路边撒了尿。两个士兵跳下来，也站到路边，解开裤子。

他们正尿着，郭栓子很快掏出枪，"叭叭"两声，两个士兵倒在路边上。

郭栓子过来对司机说："你下来，帮一把。"

司机害怕地下了车，来到郭栓子跟前。郭栓子说："这两个家伙不听话，老是干坏事。来，你帮个手。"司机走到跟前，与郭栓子一起，把两个尸体推下山坡。郭栓子说了一声："走，回家！"

司机刚转过身向驾驶室走去，郭栓子抬手一枪，将司机打倒在地。司机回过头，手指郭栓子，挣扎着骂道："你、你、你这黑心狼……"

郭栓子"叭"的一声，又给了司机一枪。司机立即倒地不动了。

郭栓子过去，朝司机蹬了一脚，他的尸体滚了下去。

郭栓子投诚

9月25日下午，六十四军一九〇师指挥部。

师首长正在给五六九团团长罗保顺等交代任务。陈信忠师长神情严肃地说："你们团明天一早就出发，以最快的速度占领宁夏北部的平罗县。现在要给你们特别强调的是，要坚决克服麻痹思想，不要认为马鸿逵部队已全部消灭，再没有什么大仗可打了。平罗县和贺兰山一带，现在还有宁夏最大的一股土匪，头子名叫郭栓子，这家伙从17岁就上贺兰山当土匪，最多时曾发展到几个团的人马。千万不可轻敌！”

罗团长敬礼答道：“首长放心，我们保证完成任务！”

政委边疆也语重心长地说：“这个郭栓子原名郭永胜，宁夏平罗县人，为匪几十年，外号‘郭阎王’‘贺兰王’‘黑虎精’，是盘踞贺兰山几十年的惯匪。小孩子哭闹，大人只要说，再哭郭栓子就来了，小孩立马就不哭了。早在解放前夕，‘宁夏王’马鸿逵曾派重兵进军贺兰山剿灭郭栓子，但这些土匪深得钻深山、跑沙漠的战术，马鸿逵剿击十多年，剿来剿去，不仅没有消灭郭栓子，反而使他越坐越大，匪徒最多时达3000多人。有一年他给马鸿逵去了一封通牒信，提出三条：一、把平罗、石嘴山、贺兰山一带划分给他，作为他的地盘，从此两家互不侵犯；二、给他5万两大烟土；三、给他5000条枪，限期办到，否则就要给点颜色看看。马鸿逵见信后，自然没理他那个茬。郭栓子在愤怒之下，偷袭俘虏了马家军几十个士兵，全部杀掉，把脑袋剁下来用铁丝系着耳朵，挂在银川市北门外大路边几十里的电线杆上，一根电杆挂一个，十分嚣张。马鸿逵看硬的不行，便实行软拉，一方面委托宁夏商人出资出钱，修建子座豪华宅院供郭栓子享受，同时给其十顷良田以备其子孙享用；另一方面又加封其为‘贺兰山保安大队长’，郭栓子这才不再与马鸿逵闹腾。因此，你们去平罗县、贺兰山一带，一定要做好思想准备！”

罗团长又给边政委敬了个礼：“是！”

26日上午，五六四团浩浩荡荡地出发了。

罗团长骑在战马上，随同队伍前进。

两岸农田显得十分辽阔，远方的贺兰山挺拔险峻。距离平罗县城已经不远了。

平罗县属宁夏平原北部，位于巍巍贺兰山与滔滔黄河水之间，自古为朔方之天堑。“若说良田无限好，风光谁亚小江南”。清代诗人法海的名句，逼真地描绘出平罗县山河之间，一片沃野，水草丰盛，资源富饶的胜景。

但是，由于长期以来马家军的搜刮和郭栓子等土匪的祸害，这一带的群众生活已是十分贫困。

平罗县城。当天下午，五六四团开进平罗南城门。

大街上，群众围在一起，观看解放军部队关于各路匪徒向人民解放军缴械投诚的通告。其中几个神色反常的人看了一会儿，转身快速离开了。

五六四团指挥部。

团长、政委几个主要领导正在开会研究剿匪工作。

政委说：“同志们，我们这次执行剿匪任务，总的原则上级已经很明确，就是以军事清剿为主，政治争取并举。”

罗团长站起来：“各连队一定要提高革命警惕，广泛联系群众，完成我们解放宁夏最后的任务！”

贺兰山一个山洞里，灯光昏暗。郭栓子坐在一把大椅子上，周围站了两排挎枪的匪兵。3个人快步走了进来，走近了，可以看清，原来就是在县城看布告突然溜走的那几个人。

他们围在郭栓子身边，指指画画地说着什么。

一会儿，张绪绪走了进来。前面的几个人走了出去。

郭栓子对张绪绪说：“最近情况不大好，解放军已经进了银川城了，我们得想个退路才好啊。”

张绪绪说：“怕啥？不管是谁来了咱都不怕！当年马鸿逵跟咱们闹了好多年，也把我们没咋的嘛，到后来照样给咱们地盘，给咱们银子！”

郭栓子瞪了瞪眼睛：“解放军和马鸿逵不一样，他们打了西安，打了兰州，现在又占了银川，马鸿逵顶不住都跑了，我们能顶住吗？怕是不行呀。”

“那你有什么高见？”

“我看，咱们也像马鸿宾一样，找解放军去投诚。”

张绪绪瞪大了眼睛：“那能行吗？到时候人家把咱们一勺子烩了咋办？”

郭栓子说：“不怕，马鸿宾不是一点事都没有吗？咱们留得青山在，不怕没柴烧！”

平罗县城，晚上。

郭栓子带了4个人来到五六四团指挥部门口，正在和两个哨兵交谈。一个哨兵进哨所去打电话，一会儿走出来，伸手示意，可以进去了。郭栓子等人在哨兵的带领下，走进门内。

会议室，几位团领导正在和郭栓子谈话。

罗保顺团长说：“人民解放军的政策是非常明确的，缴枪不杀，给予出路，立功受奖。请你们好好地考虑一下。”

政委接着说：“只要你们愿意主动投诚，我们是欢迎的。不管是什么人，投诚后，我们都保证他们本人和家人生命财产的安全。同时，愿意留下继续当兵的，可以参加解放军；愿意工作的，我们可以联系在当地予以安排；愿意回家生产的，我们发给路费。所有这些承诺，你们尽管放心，解放军说话是算数的。”

郭栓子站了起来，他的身材比较高大，两只眼睛显得十分狡黠机警。他对团领导说：“不用再考虑了，我们也了解解放军和共产党的政策，我们愿意跟着共产党走！只是，我们有一个要求。”

大家都不知道他要说什么，把目光都集中在他身上。

罗团长不动声色地说：“请讲。”

郭栓子说：“我来的时候，把我的想法都给弟兄们说了，他们都愿意投诚，就是要求投诚后给大伙放3天假。别的都听你们的。”

罗团长问：“只要大家办理了投诚登记手续，就可以放假。我顺便问一下，3天后，你的那些人都能回来吗？”

郭栓子干脆地说：“只要我说句话，都能回来，没问题！”

罗团长站起来，对着郭栓子说：“那好，你们就在投诚书上签字吧。”

郭栓子接过解放军参谋递过来的钢笔，在投诚书上歪歪扭扭地写下了自己的名字。

指挥部门口，团领导送走郭栓子一行。

一个参谋不放心地对政委说：“郭栓子这家伙是个大惯匪，他们能真的投诚吗？”

政委若有所思地说：“还是咱们那句老话：提高警惕，两手准备！”

27日上午，平罗县城一个操场上。

周围站满了持枪的解放军战士和围观的群众，郭栓子带着100多人排成长队，把手中的枪挨个摆放在一起，然后去桌前登记。

周围人群中，不时有人伸手指指画画。

按照上级决定，郭栓子（即郭永胜）原来所谓的平惠保安大队改编为惠农县保安大队，郭永胜任大队长，驻黄渠桥，归六十五军一九四师五八二团代管。随后，人民解放军派出几名政工干部在保安队任职，负责保安队的思想政治工作。

操场上，郭栓子的保安队正在操练。

郭栓子陪同县长韩佐和解放军的几位领导在一边观看。他有些得意扬扬，不停地指手画脚，说长道短。

郭栓子对身边几位领导说：“各位，看看我们保安大队的兵练得咋样？”

韩县长礼节性地随口说了一句：“不错。”

话刚说完，突然，一个士兵在跑步时不小心跌倒了。跑在他后边的士兵怕踩着他，往旁边绕了一下，后边的人接着再绕，致使队形有点乱。

正在观看的郭栓子立刻跑过去，对跌倒的士兵踢了两脚，又大声骂道：“他妈的你这熊包，一到关键时候你就给我拉稀！回头看我怎么收拾你！”

跌倒的士兵眼含泪水，爬起来去追赶队伍。

郭栓子嘴里还在不干不净地骂着。

韩县长转身对郭栓子说："今天这事你做得不对。"

郭栓子呆住了："我做得不对？"

"是啊。"韩县长说，"现在咱们是解放军的成员了，要按'三大纪律八项注意'办事，官兵平等，不能打骂士兵的。再说，他也不是故意的嘛。"

郭栓子盯住韩县长："我跟他平等？我不能骂他？可这小子今天……硬往我脸上抹黑……"

韩县长语重心长地说："现在咱们要向解放军好好学习，要文明练兵，要注意教育方式呀。"

郭栓子脖子扭到一边去，很不服气。

晚上。郭栓子家里。

郭栓子与小老婆马金凤躺在炕上抽大烟。

马金凤转身问："今天你们训练咋样？"

郭栓子吐了一口烟："咋样？还能咋样？叫共产党那帮子人给教训了一顿，说我那一套做法不对，当官的要和士兵平等……"

不等郭栓子说完，马金凤就忽地坐起来，面对着郭栓子说："当官的就是当官的，士兵就是士兵，那咋能平等呢？"

郭栓子说："是啊，我也是这么说的，可共产党人家就讲究那个。"

马金凤不屑地说："好啦，也别往心里去，在人屋檐下，就得低下头。现在可不是你过去在山里，想怎么着就怎么着。"

郭栓子猛地坐起来："可老子就是受不了这个气！"

忽然，屋门外传来急促的脚步声。

张绪绪在屋外一边敲门一边压低声音说："大队长，大队长，快开门！"

郭栓子下了炕，对马金凤说："是张绪绪，去开门。"张绪绪原来就是郭栓子的干将，整编后，被任命为保安大队副大队长。马金凤过去开了门，张绪绪带了一个人走进来。

张绪绪伸手一指，介绍说："这位就是咱们郭大队长。这位是刚从兰州过来的梁明先生。"

梁明抹下礼帽，穿着长袍的身子弯了弯，算是鞠了个躬："见到郭大队长，甚感荣幸！"

郭栓子摆了摆手："免了，免了。"

张绪绪说："梁先生原来一直在马鸿逵主席身边效力，担任参谋处长，是党国特意留下来的人员，现在是兰州联络站的上校主任。"

郭栓子指了指身后的椅子："好好，梁主任，坐下谈，坐下谈。"

梁明坐下后，从包里掏出来一个信封，抽出一张纸展开，递给郭栓子："郭大队长，请你先看看。"

郭栓子接过来看着。

梁明说："这是专门从台湾带给郭大队长的委任状。党国现在正式任命你为西北反苏讨共救国军宁夏军区司令员，张绪绪为副司令员。"

张绪绪在一旁一直盯着郭栓子，有点自得其乐。

郭栓子沉住气，不动声色地说："多谢，多谢。"

梁明身子往前挪了挪，面带神秘地说："郭大队长，我这次是特意来找你的。当前形势可以说是非常的好，党国到了台湾以后，与世界的交通、援助等等各个方面都非常的方便。特别是美国已经做好了发动第三次世界大战的准备，到时候只要美国人的原子弹在大陆上不多放，就放那么两三个，大陆就又是党国的了，那时候，你就是党国在大陆的头等功臣了！小小的保安大队长算个啥？呸，芝麻大个官！他们还好意思让你当呢。要是咱们的事办成了，党国就是给个宁夏主席我看都有点小，最少也得像原来兰州的那个马步芳，给个西北军政长官吧！"

张绪绪插嘴说："听梁主任说，美国人在日本就放了两颗原子弹，那么厉害的日本一下子就全完了！"

梁明接上说："是这样的。别说日本，也别说咱们中国，就是全世界，都是人家美国人说了算，人家要占哪儿就占哪儿！想去哪儿就去哪儿！人家手里有那玩意，原子弹！"

这时候，马金凤送来了茶水，郭栓子说："梁主任，喝茶，喝茶。"

操场上。保安队正在练习队列，显得松松垮垮，无精打采。

现场看不到郭栓子的人影。

夜晚。郭栓子家。

郭栓子坐在椅子上，正在喝茶。

门外响起了敲门声："大队长，开门，是我。"

马金凤过去开了门，进来的是张绪绪，后边还跟着一个穿蒙古族长袍的人。进门后，张绪绪介绍说："这就是我们的郭队长。这位是德王派来的全权代表，叫个木、木、木什么来？"

来人说："叫木尔格图。"

张绪绪附和着说："对对，就是木尔格图。他们的名字都是这，听起来怪怪的。"

木尔格图急忙向郭栓子弯腰行了个礼："郭队长好，今天特来打扰，请多原谅。"

郭栓子："请坐，请坐，没啥，没啥。"

木格尔图从包里取出一个布包，打开，亮出一张貂皮和两个金条，指给郭栓子说："这是德王的一点小意思，请郭大队长笑纳。"

郭栓子眼睛一直盯着桌子上的东西，又假惺惺地说："见外了，见外了。"

木尔格图从怀里摸出一封信，交给郭栓子，又进一步说明来意："郭大队长，德王这次让我来找你，还给你带了几句话。德王现在是党国任命的中国国民党西北反苏剿共委员会委员长。最近，德王与李守信将军已经全面会合，成立了蒙古军，有好几千人，实力相当雄厚，现在已占领了阿拉善旗拐子湖一带的大片地盘。还派人和外蒙古取得了联系，蒙古总统答应，说是看在一家人的份上，一定给予大力支援。我这次来嘛，主要是和郭大队长商定，下一步我们来个里应外合，通力合作，一举占领贺兰山，再往西拿下定远营，往东拿下银川，到那时候是啥成色？你就是正儿八经的贺兰王了！什么保安大队长，狗屁，咱不当了，让他们另请高明吧！”

张绪绪煽风点火地说：“我也说嘛，保安大队长，太窝囊了。”

郭栓子在一旁看着木尔格图，若有所思，没有出声。

木尔格图一看郭栓子的神情，有点摸不着深浅，赶紧问：“郭大队长，你的意思呢？”

郭栓子站起来，在屋里来回踱步，过了一会儿才说：“德王跟外蒙古联络了？”

木尔格图发现郭栓子并没有像他想象的那样热烈，心里就敲起了小鼓。郭栓子一问，他连忙说：“联络过了。”说了，还有点不放心，又补充道：“联络过好几次了。”

郭栓子回头又问：“还和哪里联络了？”

木尔格图接上说：“还在与印度联络。”

郭栓子盯着木尔格图：“和美国人联络了吗？”

木尔格图没想到郭栓子这么难缠，想了想说：“和美国人也正在联络。”

郭栓子意思不明地点了点头，然后说：“木、木、木尔格图兄弟，你回去后，一定转告德王，非常感谢他的一片盛情。后边的事情嘛，我们一定大力合作，至于行动的具体时间嘛，到时候我派人与德王联络。”

木尔格图站起来很恭敬地说：“一定转告，一定转告！”

保安大队餐厅。

全体人员坐在一起，正在用餐。

郭栓子、张绪绪等人围坐在一张桌子上。

桌子上摆着黄米饭、泡酸菜、土豆丝等几碟菜。郭栓子吃了几口，筷子一扔，转身走了。

张绪绪看着郭栓子的背影，过了一会儿，也跟着出去了。

郭栓子房间。

郭栓子躺在床上，枕着双手。

张绪绪进来："大队长，你咋没吃多少饭嘛？"

郭栓子："妈的，整天就是黄米饭、土豆丝、泡酸菜……再这么下去，老子都快饿昏了！"

"你别急，我给咱们弄点吃的去！"张绪绪说着转身出了门。

一会儿，张绪绪手里提着几包食品进了门，走到桌子前摆出来：有两瓶酒、一只烧鸡、几盘肉、几样菜……

摆好后，张绪绪朝郭栓子喊道："来，我也快饿坏了，解解馋吧！"

郭栓子慢慢腾腾地起来，走到桌前坐下来，拿起了筷子……

张绪绪拿起酒瓶，倒了两碗酒，在郭栓子面前放了一碗，自己端起一碗，主动伸过去与郭栓子碰了一下："来，大队长，干！"

郭栓子一边吃一边对张绪绪说："兄弟，我看共产党这碗饭咱们是吃错了。"

张绪绪眼睛一瞪："吃错了咱就撂了它！"

反水上山

1950年3月5日，保安队大门口。

保安队排成长队，向大路走去。

郭栓子走进大门口值班室，对值班员说："你就给咱们好好值班，不要乱跑。要是有人问，你就说我说的，部队到山下搞生产去了。那儿原来有咱们几百亩地，我们去了，一边训练，一边搞生产。听清楚了么？"

值班员站起来说："大队长，听清楚了。"

郭栓子上了马，用马鞭抽了一下马屁股，向前面的队伍追去。

宁夏军区司令部，牛化东参谋长办公室。

一个参谋在门外大声喊道："报告！"

牛化东在办公桌前应道："进来！"

参谋进门后，敬了礼："参谋长，惠农县紧急电报！"

牛化东接过电报夹，参谋离去。

牛化东边看文件边念："郭永胜带保安队60多人，带机枪两挺、长短枪68支，去贺兰山下搞生产，已经3天没有任何消息……"

牛化东满脸怒气，啪的一声把电报夹甩在桌子上："什么搞生产？这伙人能搞生产？狗改不了吃屡，肯定是叛变上山为匪了！"

贺兰山一条山沟内，两侧悬崖峭壁，十分险峻。

郭栓子站在一块大石头上，跟前站着张绪绪、谢占魁几个小头目，周围站满了一群士兵。

郭栓子大声喊道："弟兄们，我今天带大家到这里来，有几句话要给大家说说。我的朋友前两天从兰州给我捎了封信，那边已经开始秘密杀害起义投诚人员了。一天几十个、几十个的杀呀。弟兄们跟随我多年了，我不能眼看着大家叫共军这样给灭了吧？因此，我特意把大家带出来，咱们是死是活，总不能让共产党不明不白地给杀了吧。"

下面有人小声议论，有些骚动。

张绪绪趁机煽动："他妈的共产党是墙上贴狗皮，太不像话（画）了，根本把我们就不当人！"

郭栓子继续喊道："弟兄们，我郭栓子啥场面没有见过，我进山20多年，马鸿逵连老子身上的一根毛也没有碰上，还给老子官当；现在共产党来了照样给咱官当，可老子现在是一不做，二不休，共产党的官老子不当了，我们要自己干！我们要用枪杆子自己打个天下来！"

张绪绪在下面带头喊叫："我们扯旗拉竿子，自己干！弟兄们，蒋总统已经任命郭大队长为'西北反共救国军宁夏军区司令员'了，第三次世界大战马上就要爆发了，原子弹屁股上的药眼子都已经安好了，到时候原子弹一扔，蒋总统很快就回来了！到那时候，别说是宁夏，整个西北都是我们的！"

郭栓子提高了嗓门："现在我宣布：张绪绪为西北反共救国军副司令，我们下面分4个队，一队队长任山成，活动在王全口地区；二队队长是刘同路，活动于北岔口、象子山地区；三队为游击队，队长是谢占魁，游击于潮湖堡、归德沟；四队队长是马文贺，活动于整个南北长渠地区。”

张绪绪狂叫道：“怎么样，当年的共产党也是钻山沟的，到头来进大城市坐了天下。难道说咱们就不行？咱们今天也钻山沟，钻贺兰山，干好了咱们明天也能进大城市。共产党打天下，靠的是井冈山；我们打天下，靠的就是贺兰山！”

郭栓子接着说：“我现在给大家把话说明白，现在愿意跟我继续干的，我郭某是不会亏待大家的；不愿上山的，我郭某也绝不勉强，各取其便。”说完，郭栓子用狡诈的眼睛扫了下面一圈。

周围人群没有吭声，一片平静。

张绪绪喊了一声：“愿意留下的，一会儿就跟着上山。不想留的，就把枪放下，自己回去！”

郭栓子脸色阴冷地看着人群，目光所到之处，有的人赶快低下了头。

张绪绪拔出腰里的手枪一挥：“好！我们跟郭司令上山去，走！今后跟着郭司令，弟兄们不愁没酒喝，没肉吃！”

土匪们一下子来了情绪，队伍中一伙人喊起来：“我们愿意跟郭司令上山去！”

有人立刻回应：“上山去！上山去！”

过了一会儿，有四五个人有点害怕地慢慢把自己身上背的枪放到地上，相跟着朝山外走去。

郭栓子走到张绪绪身边，朝沟外那边使了个眼色。

张绪绪顺着看了一眼，点了点头。

郭栓子带着队伍朝山里行进。

张绪绪带了两个人朝沟外走去。过了一会儿，他们眼前出现了刚才放下枪下山的几个人。

张绪绪对身边的两个人说：“开始！”

几个人朝前面的人影举起了手中的枪，“叭、叭、叭”一阵枪响，前面的几个人立刻倒在了地上。

张绪绪望了一眼前面的尸体，说："走！"

几个人收起枪，返回沟内。

贺兰山一个山洞里。洞内点着油灯，灯光昏暗。郭栓子与匪徒们正在喝酒划拳，乱成一窝蜂：

"五魁手啊，六六顺啊……"

"三炮台呀，哥俩好啊……"

郭栓子与张绪绪、谢占魁等小头目坐在另一张桌子上，正在大吃大喝。

一个小头目面向郭栓子说："司令，大家都说你的枪法好，可我们都没见过，今天大家高兴，你给我们露一手，也让我们开开眼嘛。"

张绪绪也顺茬说："司令，今天咱们大摆宴席，大家伙高兴，你就给咱们助助兴吧！"

郭栓子把手里的酒碗猛地往桌子上一放："走，到外面去！"

一伙土匪跟着郭栓子来到山洞外面，郭栓子腰里插着两把手枪，手插在腰里，喊道："叫4个人，拿4个碗来！"

一个小土匪从山洞里拿来4个碗，交给张绪绪。他指着身边几个土匪说："去，过去4个人站到前面去！"

4个土匪过去站成一排，张绪绪走过去，给一人头上放了一个碗。一个土匪明白是让自己当靶子，吓得腿直发抖，站立不稳。

张绪绪过去使劲踢了他一脚："看你那熊样，滚！"

小土匪赶紧跑开了，张绪绪把小碗放在自己头上，站成一排。

郭栓子猛地双手从腰间拔出双枪，左右开弓，"叭叭叭叭"4声枪响，前面4个人头上的小碗全部被打碎落地。

围在跟前的土匪们立刻狂呼乱叫，响起了一片掌声。

张绪绪过来大叫："怎么样，火车不是推的，牛皮不是吹的，服气了吧？"

土匪们嚷嚷："哎呀，神枪神枪，太神了！"

"今天可算是开了眼了！"

第二十二章 匪患四起

惨无人道的郭栓子

解放军部队营房大门口，一个战士刚骑上马，准备外出。

班长喊道："小王，信送到就赶快回来！"

小王一边走一边说："知道了。"说完，他飞奔而出，上了大路。他的身上背着一个小挎包，他是去送信的。

贺兰山内，郭栓子目送一队匪兵骑上马，向山外奔去。

通信战士骑在马上，继续奔驰。

贺兰山下，郭栓子的骑兵也在狂奔。

走在前面的一个匪徒用手中的马鞭指向远方，对身边的队长谢占魁说道："队长，你看，那边好像是一个解放军！"

谢占魁看了看说："没错，是个解放军。"

"怎么办？"

"追！"

谢占魁喊了一声，带头向远方的解放军战士

追去。

解放军战士正在策马飞驰，越走越远。

谢占魁看追不上，就举起了手中的枪，向战士瞄准。“叭、叭”两声枪响。远处的解放军战士随同战马翻滚跌倒在地。

谢占魁一伙匪徒疯狂地追了过去。

一会儿，战士被捆住手脚，蒙上眼睛，驾在马背上，回到贺兰山里。

山沟里，战士被吊在一棵大树上，郭栓子过来傲慢地看着战士，喊道：“把他的衣服给我脱了，我要看看这些解放军与我们有什么不一样？”

一伙匪徒拥上前，很快就脱光了战士的衣服，又成大字形绑住他的手脚。

战士大骂：“你们这伙土匪，不得好死，你们活不了几天了！”

郭栓子冷笑道：“你这个小东西，我今天倒是要看看，是我不得好死还是你不得好死！是我活不了几天还是你活不了几天！”

郭栓子返身回来坐下，叫道：“把小东西那玩意割下来！我今天要看看解放军到底有多硬！”

跟前两个匪徒过去，用刀子割下了战士的生殖器，小战士一声惨叫。

郭栓子又喊：“再去，把那心肝都给我挖出来，炒了下酒吃！好几天都没吃肉了！”

那两个匪徒有点迟疑，郭栓子大叫：“看你们那熊样，这点小事都干不了！”他说着自己大步走过去，从匪徒手中夺过刀子，猛地一刀插进战士的胸膛。

小战士又一声惨烈的大叫，昏了过去。

郭栓子扔掉手中的刀子：“妈的，什么都吃过了，就是这人的心肝还没吃过呢，味道肯定错不了……”

贺兰山一个山洞里，灯光昏暗。

郭栓子正躺在床上抽大烟。

三队队长谢占魁过来说："司令，咱们的粮食不多了，得赶快弄点。"

郭栓子很轻松地说："去，派人给那个上庄村的村长吴国泰送个信，就说我们这儿没吃的了，叫他派人给送些粮、送些钱来！"

"信已经带到了，可好几天了，人家连个影子也没见！"

郭栓子呼地从床上坐起来："妈的，还真是翻了天了！老子给敬酒不吃非要吃罚酒，好，那你带人去一趟，给他们点颜色看看！"

谢占魁弯了弯腰："知道了。"说完，转身出了门。

1950年三月初九的晚上，贺兰山里，月明星稀。群山显得分外险峻，远远望去，巍峨而神秘。

六七十名匪徒在队长谢占魁带领下，骑着马，月光下像一群幽灵一样，快速窜出了贺兰山。

他们来到了上庄，悄悄地包围了一户人家。

一个匪兵说："队长，这就是那个积极分子村长吴国泰家。"

谢占魁喊道："砸门！"

几个人用枪托三两下将门砸开，涌了进去。他们在房子里抓住刚穿好衣服的吴国泰，谢占魁怪声怪气地说："吴国泰，还认识老子吧，啊，你这一阵子可够风光的了！"

吴国泰满脸正气："谢占魁，共产党没有亏待你们。投诚，是你们自愿的；上山，也是你们自己要去的，这能怪谁呢？"

谢占魁说道："你说得倒好听，哼，我们上山都是共产党逼的，人家是逼上梁山，我们是逼上贺兰山！"他说完，转身用枪指着吴国泰的鼻子说："前几天给你的信收到了没有？"

"收到了。"

"既然收到了，叫你派村里人给我们送些粮食，咋一点动静都没有？"

"你们也是知道的，这阵子家家穷得都揭不开锅，哪有多余的粮食给你们送啊。”

“嘴还硬得不行！”谢占魁回头对匪兵们说：“搜，屋里的粮食都带走！”

吴国泰见状大骂：“谢占魁，你狗改不了吃屎，早晚解放军是要收拾你的！”

谢占魁大叫：“把嘴堵上！”

几个匪兵过来，扯下旧衣服，塞进吴国泰嘴里。

“绑上，拉走！”

一伙人抬上抢来的东西，拉上吴国泰，走出了大门。

村口，另一队土匪押着几个绑着手脚的村民走了过来。

前边的谢占魁喊：“都带上走！”

土匪们带着村里绑来的几个人，来到一条大水渠边。

月光下，渠水缓缓地向前流淌。

谢占魁歇斯底里地大叫：“找绳子，勒死他们！”

一伙土匪冲过来，拿着几根绳子，分头缠在村长吴国泰和几个村民脖子上，狠狠地将他们一个个勒死，直到他们软软地躺在地上。

谢占魁看看差不多了，叫了一声：“撂到水渠里！”

几个人抬起村民们的尸体，“扑通、扑通”地扔到了旁边的水渠里，扬长而去。

3月23日，平罗县一带田地里。

一九四师教导队的20多名战士正在劳动。

附近，有许多村民也在自家田里干活。

贺兰山里，一群匪徒正脱下自己的衣服，然后换上解放军的服装，悄悄地出了山。他们化装成解放军战士，排成队，向前不慌不忙地走着。

正在地里劳动的一个战士指着远方说：“那是哪个部队的？也来干活啦？”

另一个战士说：“不管是哪个部队的，都是执行任务嘛！”

话刚说完，他们的周围突然响起了“叭、叭、叭”激烈的枪声，立刻有六七个战士应声倒在地上。

“快卧倒，是匪兵！”有人喊道。

战士们一边快速卧倒，一边开枪还击。

匪兵们很快逃走了。

大家赶快围过来抢救几个伤员。

乡村大路上，十多个当地群众扛着铁锹、锄头等农具正在行走，他们要去下田干活。

前方，有两个解放军战士迎面走来。

很快，他们相遇了。

走在前面的两个群众拦住战士，问道：“解放军同志，麻烦你们问一下，去黄渠桥怎么走？”

一个战士用手指了一下后方：“就从这儿一直……”

还没等他说完，后边的一个群众大喊：“给我动手！”

此人正是郭栓子。

一伙匪徒立即动手，挥起手中的铁锹、锄头，抡向两个战士，没多久，两个战士被活活地砍死了。

郭栓子站在一边又喊道：“挖个坑埋了！”

那伙匪兵立即七手八脚，在路边田地里挖了个大坑，把两名战士的尸体扔在里面，用土随便埋了。

3月26日，天气晴朗。

黄渠桥解放军某部驻地门口。

两个哨兵端端正正地站在大门口执勤，正义凛然，精神抖擞。

有4名解放军战士排成队，从外面走到大门口，向哨兵敬礼后，走进院内。进了院子后，他们直接朝后面走去，边走边说，指指画画，队形也不整齐了。

过了一会儿，他们还在后面转悠，神情有点着急。

一个哨兵站在大门口，远远地望见几个战士还在院子里走动。就过去对另一个哨兵指了指里面的几个人，又指了一下哨所里面。那个哨兵走进哨所，拿起了电话。

院内一所房子里，走出来一个指挥员和几个解放军战士，向原来先进来的几个战士走去。那几个人见状，有点慌乱，快速向后退去。

指挥员见他们想走，就大声问："那几位同志，请等一下！"

没想到，那4个人转身就跑，还向后打了两枪。

指挥员一这拔枪射击一边喊道："化装的土匪，两侧包围，抓住他们！"几个人立即依托有利地形向化装的土匪开枪。一个土匪被击中倒在地上，举手投降。另外3个正在企图翻墙，有两个受伤跌了下来，举起了双手，一个翻过墙逃走。

两名战士翻墙追赶。

墙外，那个匪徒正在逃跑。

两名解放军战士在后面边追边喊："缴枪不杀！赶快投降！"

那个匪徒继续逃跑，还不时回过头来开枪。

两名战士同时瞄准前面的匪徒，"叭、叭"两声枪响，那个匪徒应声倒在地上，蹬了蹬腿，死了。

审讯室，两个指挥员和4名战士正在审问3个土匪。

指挥员："说，你们几个是从哪儿来的？到这儿想干什么？"

3个土匪瞅了瞅指挥员，没有吭声。

指挥员："我已经给你们讲过我们的政策了，我再重复一下，对你们这些人，我们一贯的政策是首恶者必办，胁从者不问，坦白者从宽，抗拒者从严，立功者受奖。"他说完又对身边战士说："先把他们两个带下去，留下一个。"

两个战士应道："是！"

随后，他们把两个匪徒带出门外。

指挥员继续审问留下的匪徒："我讲的政策你听明白了没有。"

"明白了。"

"那你回答我刚才提出的问题。你要考虑好，你们一起干的事情，你说了，你就可以立功；你不说，别人说了，别人就要先立功。那样一来，你就算是抗拒，对你的处理就要从严了。”

匪徒想了想：“好，我说。”

“说吧，你们是从哪里来的？来到这儿想干什么？”

“我们是郭栓子手下的人，来到这儿主要是为了侦察，看看你们这儿有多少人，郭栓子可能过几天，在晚上要来突然袭击。还要看看武器库在哪里，以便袭击的时候抢夺枪支武器和弹药。郭栓子说了，山上的弹药光消耗不补充，支撑不了多久。要不赶快补一些，到后来就没什么用的了……”

“山上现在有多少人？”

“可能还有200多号人。”

“住在什么地方？”

“不固定，经常变。”

“郭栓子是不是跟你们住在一起？”

“他没有跟我们住一起，他每天晚上都要换好几次地方。身边还带了好多不同的衣服，走一个地方换一身衣服，害怕被你们抓住。”

审问完毕，指挥员很快向首长作了报告。

洪广营村，解放军五六四团的一个连队驻在这里。

村头上，三班的几个战士正在清扫道路。

一个老农何喜提了一篮子香瓜走来，对战士们说：“把这些香瓜给你们提回去，尝个新鲜。”

战士忙说：“何大爷，这可不行，我们有规定，不能随便吃拿群众的东西。”

何大爷笑道：“是啊，这可不是随便吃的，这是我自己送来的，不违反规定。”

“那也不行，我们不能收。”

何大爷假装生气了：“今天我这瓜，你们收也得收，不收也得收。自己地里种的瓜嘛，又不是我花钱买的，没什么大不了的。”

战士用手推着篮子：“你自己种的也不能收，何大爷，你还是提回去吧。”

“你先提回去，你们连长说不收我再提回去。”说完，他把篮子往地上一放，快步走开了。

战士看着一篮子香瓜，直摇头。

晚上，一片黑暗。

有几个人影翻过一道墙，进入一户人家。然后用力推开房门，进入室内。

室内有人发现了来人，大叫一声：“谁？”

没等他再喊，几个人影很快扑过去，用刀子指到脖子上：“不准喊叫，喊就捅死你！”

炕上的其他人赶紧用被子捂在头上。

有人对着主人挖苦地说：“何喜啊何喜，你这老家伙，还知道给解放军送香瓜，咋不给咱们也送一点呢，啊！”

何喜怒道：“谢占魁，你这伙土匪，不得好死……”

谢占魁用刀子猛地一下扎向何大爷的腹部，他拔出刀子，又扎了两下。

院子里，几个人影翻墙而去。

次日早晨，解放军连队院内。

战士们整整齐齐地站在一起，脱帽低着头。几个战士眼里流着泪水。

前面空地上，中间摆放着何大爷昨天送来的那篮香瓜。

大家默默致哀，一片肃静。

忽然，有人喊道：“坚决消灭土匪，为何大爷报仇！”

大家连声高呼：“坚决消灭土匪，为何大爷报仇！”

高昂的口号声久久不绝，战士们群情激愤。

贺兰山一个山洞里，郭栓子正和几个匪首开会。

郭栓子从一个麻包里掏出一堆银圆，抓起来，一人给了一把。

一个匪首接住银圆后，在手里晃掂着，露出一脸淫笑。

张绪绪说："司令，这两天咱们准备干哪里？"

另一个匪首爬在郭栓子耳朵上说了几句话，临了，又站起来大声补充说："那地方富，有的是钱！"

郭栓子点了点头："行！就这么干！"

石嘴山瓷厂。

大门口挂着"石嘴山瓷厂"的牌子。门口来了一群人，要进厂内。

门口有人拦住问："你们是干什么的？"

几个人说："我们来买瓷器。"

过了一会儿，又来了一拨人要进厂。

门口值班人员又问："你们是哪儿来的？"

有人应道："我们是惠农来的，买盘子买碗，要的多，不知有没有？"

值班人说："有有有，到里面走。"

厂内，进来的两伙人站满了厂区，部分人员冲进办公室和车间。

张绪绪闯进车间，朝空开了两枪，车间的工人吓得到处躲藏，一片混乱。

张绪绪大喊："谁也不准动，谁动就打死谁！"

工人们蜷缩在一个角落里，有的人吓得直发抖。

郭栓子用脚猛地蹬了一下旁边的瓷器架，几十件瓷器立即掉在地上"啪、啪、啪"地摔碎了。

一伙匪徒将五六个人分别绑住，待郭栓子过来，有个匪徒说："司令，这两个就是厂长刘义忠、李振奎。"

郭栓子阴阳怪气地说："刘厂长，把钱交出来吧，可以免你一死。"

张绪绪也挤上前说："你们两个放聪明点，看你们是要钱呢还是要命呢！"

被绑住双手的刘厂长说："最近刚干活，还没卖多少货呢，厂里现在没啥钱。"

匪首王文章用刀子在刘厂长眼前晃动着说："你把我们当3岁小孩子哄啊，这么大的厂子，能没有一点钱？"

刘厂长说："最近真的是资金很紧张！"

副厂长李振奎也说："我们的钱最近都进了材料了，没有多少现金。"

郭栓子在一边扫了刘义忠、李振奎一眼，对张绪绪下令说："别跟他们啰唆了，动手吧！"

张绪绪挥了一下手，有几个匪徒立即上前，拿出他们的拿手好戏，用绳子绑在两个厂长的脖子上，使劲地勒，直到把他们勒死。

与此同时，几十名匪徒闯进各个房间，打砸抢，为所欲为。然后提着大包小包，抱着大箱小箱，扬长而去。

1950年4月的一天晚上。

惠农县城，沈皮匠家。

一家人已经安睡，周围一片宁静。

突然，家门被撞开，一家人惊恐万分。

沈皮匠从炕上被拉下来，小孩子吓得怪声哭叫，大人赶紧把嘴捂上。

谢占魁上前问道："放明白点，把家里钱都拿出来。"

沈皮匠走过去，掏出钥匙，打开锁，拉开抽屉："钱在这里，你们都拿走吧。"

谢占魁抓起一把银圆和一摞纸钱，扔在地上："妈的，谁不知道你沈皮匠是这一带的有钱人，就拿这点钱打发我们啊。"

沈皮匠哭丧着脸说："眼下我真的就这么些钱，真的……"

站在一边的郭栓子说："少啰唆，架起来！"

一伙土匪把沈皮匠拉到院子里，吊起来。

郭栓子过来说："现在该说了吧，钱都放在哪里？"

沈皮匠被吊在那里，艰难地说："我真的就这些钱呀。"

"打！"郭栓子吼了一声。

几个土匪上前用皮鞭猛抽沈皮匠的身上，他疼得大声惨叫。

谢占魁又问："说，钱放在什么地方？"

沈皮匠十分难受地说："我就这些钱，家里有刚收的皮子，你们都拿、都拿走……"

郭栓子"哼"了一声："浇上油，烧！"

几个匪徒从屋里提来油桶，往沈皮匠身上浇了浇，然后点上火。

沈皮匠身上立刻升起了火焰，他被烧得浑身抽动，连声大叫，一会儿工夫，他就奄奄一息了。

郭栓子看了看沈皮匠："抬到屋里去！"

匪徒们将沈皮匠七手八脚地抬回屋内，郭栓子走过去，一脚蹬倒油桶子："点上！"

屋里立刻变成一片火海。

郭栓子出门后，又指了指屋门："锁上！"

一个匪徒用锁子锁上了屋门。

里边有人拍打着屋门："开门！开门！我要出去！"

郭栓子在门外，看着屋里的火焰，听着家人的哭叫，发出了狰狞的笑声。

郭栓子带人离开了沈皮匠家，走了一段路，他还回过头来，看着沈皮匠家。

那里已经是一片火海。

沈皮匠一家7口人，被活活地烧死在家里。

诡计多端的张海禄

海原县高崖乡一个山村小院里。

张海禄正在给一个匪徒交代："你去南米沟找李彦良、杨伯义，你就说我说的，就他们那几个人，成不了啥气候，弄不好还有可能被解放军给灭了。所以叫他们来与我们合并，成立保回保教仁义团，给他们两个副团长当，快去快回。”

“团长，我马上就去。”匪徒说完，转身出了门。

大路上，几个商人带着30多峰骆驼的驼队，正在前行。

忽然，两侧土山上响起了激烈的枪声。

山坡上，张海禄把手一挥，大喊道：“赶快往下冲！”

周围100多名土匪冲向驼队，一边冲一边继续开枪，几个商人都被打死了。

匪徒们拉着驼队进了一条小路，消失在山沟里。

山村小院里。站满了刚刚拉回来的骆驼。

匪徒们正在卸货，取出里面的食盐、布匹等百货。

从大门口走进几个人，直接来到张海禄的屋子里。

一个匪徒对张海禄说：“团长，这位就是李彦良，这位是杨伯义，他们都愿意过来跟着团长干！”

两个人忙向张海禄弯了弯腰，算是见面礼：“多谢团长抬举！”

张海禄假惺惺地说：“哎，是你们抬举我啊。”

李彦良笑着脸说：“不敢，不敢，张团长在国军里当过正儿八经的团长，啥场面没经过，领咱们这点人，还不是小菜一盘嘛。”

杨伯义接着说：“今后，我们就是你的人，你说咋干就咋干！”

张海禄皮笑肉不笑地说：“好啦，好啦，咱们现在就是一家人了，一家人不说两家话。来，坐下慢慢谈。”

几个人坐在凳子上。

张海禄继续说：“你们一来呀，咱们就有500多号人了，你们两位就是副团长，下面再分8个队……”

当地一个集会上。来来往往的回民群众非常多。

在一块很大的场地上，插着一面国民党的青天白日旗，张海禄双手插在腰里，正在给围观的人群讲话：“穆斯林兄弟们，各位乡亲们，我们是奉蒋总统的指令，专门留下来的。我们跟共产党不一样，共产党是‘灭回灭教’的。我们是保护咱们回民，保护咱们伊斯兰教，是专门‘保回保教’的。我还要告诉大家一个好消息，美国人马上就要发动第三次世界大战了，蒋总统很快就要回来了，马主席也要回来继续坐江山。”

李彦良插嘴说：“我们是专拿公家的东西，从来不打扰咱们老百姓。”

他们有意把“抢”说成“拿”。杨伯义也喊道：“拿公家的东西是没有罪的！我们拿来的东西不是都分给大家了吗，啊。”

张海禄接着说：“我们知道，乡亲们的日子都不太好过，所以给大家准备了一点吃的用的。现在大家排成队，我们给大家发东西，不要怕，不要大家一分钱。人人有份，大家不要挤，不要挤，人人都有份。”

下面的群众排成长队，张海禄的几个人给挨个发东西，有粮食，还有其他日用品。

领到东西的人，脸上都露出了笑容。

大路上，解放军的30多匹骡马组成的运输队正在行进。上面驮着粮食、武器等军用物资。八九名解放军战士挎枪骑在马上，保护着运输队。

远处山头上，马绍武的土匪们正偷偷地观望着。

有人对身边的张海禄说：“好像是解放军的运输队，敢不敢打？”

张海禄狂妄地说：“为啥不敢打？就那么几个人，怕啥？打！”

张海禄说完，率先向解放军运输队开了枪，接着，100多名土匪一边开枪一边往下冲，胡喊乱叫，从山坡上跑下来。

路上的解放军战士连忙开枪还击。

在土匪们的射击下，战士们纷纷中弹倒下，有的马匹惊叫着脱缰而去，跑向山坡。

冲下来的土匪们拉着骡马离开了大路，进了小山沟……

丧心病狂的马绍武

夜晚，天色昏暗。

同心县一个小山村。

一伙人影扑向村头，一会儿，这伙人进入村内。

这是一群白天睡觉晚上出动的土匪。

不久，村里传出了妇女、小孩的哭叫声，牲畜的嘶鸣声，使人听了不寒而栗。

匪徒们从村里押来4个村民，几个人走到一个土匪头子跟前："司令，这几个都是村里跟共产党跑的积极分子。"

这个土匪头子就是多年来流窜在同心、海原、固原以及甘肃静宁、陕北一带的惯匪马绍武。

马绍武恶狠狠地说："都给我拉到一边，宰了！"

旁边传来一阵凄惨的喊叫声。

几个土匪跑过来说："司令，都弄死了，再咋整？"

马绍武咬牙切齿地叫道："把头都割下来，挂到前面那棵树上，再写张纸条，也挂上。"

土匪问："纸条上写啥呢？"

"纸条是给村子里那些人看的嘛。"马绍武想了想说，"纸条上就写：谁跟上共产党、解放军跑，谁就是这个下场！"

没多久，一伙匪徒将4个人头用绳子吊在村头一棵大树上，并在树身上贴了一张大纸条，然后骑着马逃走了。

固原县王家湾。

解放军战士正在帮助当地群众在田里劳动，大家有说有笑，十分融洽。

忽然，马绍武带领土匪从两侧山沟里窜出来，朝着战士们连续开枪。还没等战士们还击，他们又像一阵风一样消失了。

战士们连忙抢救受伤人员。

一个战士报告："连长，我们一共伤亡21个人。"

连长气得大声骂道："这一伙狗土匪！总有一天，我们一定要报这个仇！"

同心县庙山。

这里是马绍武的老窝之一。庙山地处同心县高崖乡以南，山峰独立，视野开阔，便于四周瞭望。一有什么动静，也便于逃跑。这是马绍武特意选择的安全地方。山上有一座古庙，故名庙山。

马绍武的200多名土匪正聚集在山上开大会。

会场中间，插着一面国民党的青天白日旗。

马绍武站起来口出狂言："弟兄们，我们现在是人多势众，要打出一片天下来，蒋总统不久就要回来了，共产党的日子不长了。我们这里就是'小台湾'，等蒋总统一回来，我们的日子就更好过了，保管大家有肉吃，有酒喝！"他说到这儿，手指向一个匪徒说："丁山虎，你完了找人写些布告，把我刚才这些话都写上，十里八乡都给贴上，谁要愿意来参加我们的反共救国军，都欢迎！"

一个村庄土墙上，几个人正在张贴布告。

他们走后，几个村民走上前观看。

有人对身边的人说："快走，那都是马绍武的人。"

几个人赶紧走开了。

夜晚。庙山上。

马绍武和几个土匪头子正在大吃大喝，一个个东倒西歪。

一个土匪对马绍武说："司令，下午有人报了个信，固原那边有个区政府准备成立什么武工队，刚刚运来了几十支枪，就放在区政府的一个仓库里。还有，区政府旁边就是他们的粮库，我们是不是走动一下，既能弄些枪，又能弄些粮，多好呀。"

另一个土匪头子附和说：“好事，一举两得嘛！”

马绍武喝了一杯酒，把杯子往桌子上一扔：“妈的，好好干一场！”

众匪徒高兴地举起酒碗，用力一碰，一饮而尽。

月光下，庙山周围一片寂静。

忽然间，马绍武带领上百名土匪，骑着马出了庙山，向前奔去。

夜幕下，区政府大门紧闭，非常安静。

马绍武带领的土匪正在大路上奔驰。旷野漫漫，无声无息。

区政府大门口依然很安静。

马绍武的人马突然来到了大门口，并很快从两侧包围了区政府。

马绍武挥了一下手，有几个土匪很快翻进院内，打开了大门。

土匪们一拥而入，站满了整个院子。

马绍武举起手枪，朝前面房子的窗子上连开几枪，院子里顿时呼喊惊叫，打破了深夜的宁静。

有的人刚从门里走出来，立刻就被开枪打倒。

马绍武喊了一声：“都去给我找东西！”

土匪们四散跑开，有的砸门，有的砸窗。

一会儿，几个土匪抬过来几个箱子，摆在马绍武跟前。

马绍武说：“打开！”

土匪们打开木箱子，里面是摆放整齐的步枪。

马绍武一阵狂笑：“哈，他妈的，要的就是这些家伙！这一趟没白跑啊！”

区政府粮库门口，土匪们乱作一团。有的持枪站在附近，有的正在把一袋袋粮食往马背上驮。

一个土匪头子不停地喊着：“快点，快点，驮好了就走！”

马绍武带的土匪这天晚上共打死2人，打伤3人，抢走长枪50多支、面粉1万多斤、小麦1万多斤、饲料1万多斤、饲草6万多斤。

第二十二章 南部大剿匪

部署兵力

1950年年初，宁夏军区司令部会议室。

宁夏省委和宁夏军区正在召开剿匪工作会议。

会议由宁夏省委第一书记潘自力同志主持。潘自力同志原为解放军第十九兵团政治部主任，陕西省华县人，早年曾派往莫斯科中山大学学习……

他首先讲话："同志们，在中国人民解放军第十九兵团的进攻打击下，马鸿逵家族在宁夏几十年的黑暗统治彻底结束，宁夏全境终于获得了解放，人民群众载歌载舞，喜气洋洋，掀起了生产的高潮，致力于建设美丽富饶的新宁夏。然而树欲静而风不止，刚刚开始和平宁静生活的宁夏人民，却被从北到南几乎遍布全省的匪患折腾得不得安宁。各地都发生了多起匪患，现在已经到了不全力剿匪新生政权就不能存在下去的地步。所以，我们今天特意召开这次剿匪工作会议。下面，先请宁夏军区介绍一下当前的匪情。"

宁夏军区参谋长牛化东讲道："当前，我们

省主要的匪情是这样的。据我们调查，目前，全省共有大小土匪24股，计3000多人。其中宁夏南部同心、海原、固原地区共有大小股匪20余股，计2000余人。小则三五成群，大至一二百人。张海禄是宁夏南部地区势力最大的一股土匪的首领，他当过伪团长，懂军事，会指挥，且熟悉地形。马绍武曾任同（心）海（原）固（原）反共游击大队长，因系同心县回民，成为县里一霸。这两股土匪左右着南部山区的匪势，其他股匪多直接受其指使，或依仗其势，为非作歹，鱼肉百姓，坏事做绝。”

潘自力插了一句话：“各地都有各地的匪情，都有各地的特点。”

牛化东接着介绍：“这些同海固土匪形成的原因，第一是由于这一带属于南部山区，地处陕甘宁三省交界地带，山多沟深，地形复杂，偏远闭塞，交通不便，政府不便管理，历史上一直存在一些匪患。第二是宁夏马鸿逵部队被解放军消灭后，先后有几万人遣散回乡，同时有8000多支枪失散民间，少数坏人好逸恶劳，利用这些枪支，变成土匪。第三是国民党潜伏下来的特务，多方策动组织少数反动军官和其他坏人组成土匪，攻击新生政权。第四是隐蔽起来的反动地富分子和各种反动会道门、哥老会、一贯道等破坏分子，也互相勾结，蠢蠢欲动，试图颠覆新生的人民政权，复辟被刚刚推翻了的反动制度，再过他们极少数人的腐朽奢侈生活。”

牛化东走到地图前面，继续讲道：宁夏土匪有其突出的特点，主要是：

第一，具有民族性。宁夏是全国主要的回民聚居区，因此，他们就打着“保回保教”的伊斯兰宗教旗号，利用历史遗留的民族矛盾，散布解放军和共产党“杀回灭教”等谣言，进行反动宣传，以此欺骗、蒙蔽、煽动不明真相的群众随之叛乱，并以此同当地政府进行所谓“合法”斗争。

第二，具有复杂性。这伙匪徒大部分是蒋马潜伏特务、投诚后又叛变的反动军官、当地惯匪和当地反动地主分子四位一体的反革命势力。

第三，具有欺骗性。这些匪徒可兵可民，有时即使面对面，也难于识别。

第四，具有隐蔽性。这伙匪徒大部分对当地地形非常熟悉，而且大多建立了自己的各种秘密藏身点及联络点，消息特别灵通。

第五，具有机动性。宁夏的这些土匪，有相当一部分原来是马鸿逵部队溃散的骑兵，善骑射，善夜战，善机动，活动范围广。他们常常能够溃而不散，散而不乱。其活动范围，除南部山区几个县外，还包括宁夏中部的中卫、中宁、盐池、灵武，以及陕北的定边和甘肃的靖远、环县等地，危害性非常大……

▶ 牛化东同志

牛化东同志讲了当前的基本匪情后，司令部的同志又介绍了最近发生的主要匪患。短短时间里，这些家伙多次偷袭宁夏军区所属部队达26次之多，军队伤亡170余人，穷凶极恶，非常猖獗。

最后，省委和省军区决定成立同心、海原、固原剿匪指挥部，由当时的独立一师师长黄罗斌和宁夏军区参谋长牛化东担任正副指挥，率独一师一团及骑兵连，全力清剿当时宁夏南部山区的土匪。宁夏北部主要是贺兰山地区的剿匪由六十五军承担。

第六十五军军长兼宁夏军区司令员王道邦对下一步剿匪工作提出了具体要求，他的要求很简单，就四句话：

第一，下定一个决心：党政军民齐动员，不惜一切代价，不彻底消灭各路匪徒决不收兵。

第二，执行一个方针：军事清剿与政治争取相结合，军队清剿与发动群众相结合，清剿匪徒与争取家属相结合。

第三，落实一套政策：首恶必办，胁从不问，立功受奖，坦白从宽，抗拒从严。

第四，确定一个口号：十网打鱼九网空，一网打着就成功！

最后他说："只要能做到这四条，我们的剿匪就一定会大获全胜！"

接着，王司令员走到地图前，明确了下一步的兵力部署：我们的兵力部署和各部队的任务是：

独立第一师负责清剿宁夏南部同心、海原、固原的股匪，并保证西安至银川公路干线的交通顺畅。

宁夏北部贺兰山区的剿匪由我们军的3个师组织8个步兵营及全部骑兵和侦察分队完成。总的原则是，两头堵，中间搜，务求全歼。具体是，第一九三师负责永宁以西地区的剿匪工作，并负责贺兰山南端的堵截任务。第一九四师负责石嘴山、平罗、惠农地区的剿匪工作，并负责贺兰山北端的堵截任务。第一九五师主要负责贺兰山中段对匪徒的搜剿任务。最后，他问："各部队的任务都明确了吗？"

几位部队领导立即起立答道："明确！"

最后潘自力书记根据多年政治工作的经验，提出了几点要求："同志们，这次剿匪要遵循军事清剿、政治争取与充分发动群众三者相结合的宗旨，也可以说这是剿匪的根本方法。特别是要把贯彻执行党的民族政策，尊重回族的宗教信仰和风俗习惯，揭露敌人的阴谋和谣言，作为充分发动群众及做好分化瓦解匪徒的政治工作的中心。要坚持'首恶必办，胁从不问，既往不咎，立功受奖'的原则，要做艰苦细致的政治争取工作，尽量争取多数，才能孤立和狠狠打击极少数反动匪徒，从而达到根绝匪患。"

贺兰山下，解放军部队打着红旗，走向远方。

黄河岸边，解放军部队唱着歌，排成长队，正在前进。

妙计火攻马绍武

灵武一带大路上，独一师正在向南部山区开进。

部队打着红旗，唱着歌，情绪饱满，斗志昂扬。

牛化东参谋长、黄罗斌师长坐在一辆小汽车内，随部队前进。

同心县豫旺地区，天刚亮，一夜急行军的部队正在宿营休息。

独立师指挥部，首长正在开会。

黄师长说："同志们，据我们侦察到的可靠消息，惯匪马绍武一伙正在庙山集结，因此，剿匪指挥部决定，我们要给他来个出其不意，奔袭庙山匪巢，给他来个'一锅端'！"

牛化东参谋长补充说："各单位一定要注意保密，对外封锁一切消息，不要走漏任何风声，现在白天，大家好好睡觉，晚上天黑后行动。"

黄师长接着说："我们这次行动，计划从三面包围庙山，围他个水泄不通，我看他马绍武这回还能长翅膀飞了不成！"

夜晚。庙山上，马绍武的哨兵在门口转来转去，向四周瞭望。庙山山势很高，视线辽阔，四面的地形、道路一览无余，非常便于观察。

山上庙内，马绍武一伙正在喝酒吃饭，个个喝得酩酊大醉。有的还在划拳：

"五魁手啊！"

"六六顺呀！"……

有个匪徒端着一个酒碗，一边喝一边唱：

口唱的花儿者那是心上的话，
你不唱嘛是由不得自家；

钢刀子拿来者头割下，

要不死还这个活法！

喝一壶酒来吃一盘肉哩，

味道儿实在是美着哩；

活一天来就过一天，

管他谁们坐江山……

天黑了，剿匪部队陆续从山村出发。

半夜时分，部队来到了距庙山不远的王家团庄附近，部队暂时休息。

牛化东参谋长和黄师长、李治洲副师长几个领导围在一起临时开会。

黄师长说："再往前，沟壑纵横，岔路口多，部队地形不熟，容易跑错路，耽误时间，影响大事。我们还是找上3个向导吧，从这里开始，部队分三路前进，天亮前从三面包围庙山。"

李副师长对作战科长说："去，到附近村子找3个向导。"

一会儿，科长领来3个人。

部队分成三路，在3个向导的带领下，分头出发。

部队原计划天亮前，从东、西、北三面包抄庙山，发起攻击。但天慢慢亮了，没想到部队转来转去，三路人马都汇集到庙山的西北方向，在一个地点上会合了。

牛化东参谋长、黄罗斌师长都很奇怪，这一来整个计划岂不全打乱了。

牛化东说："快找向导来问问。"

有个参谋赶快去了。一会儿，只带来一个向导。

参谋说："那两个向导找不见了，可能是趁天黑跑掉了。"

黄师长问找回来的向导："原来不是跟你们说好的吗，我们要占领3个地方吗，怎么都跑到一块来了？"

向导低着头不说话。

李副师长说："老乡，你别害怕，问你话你就回答，我们是解放军，不会伤害你的。"

向导终于说话了："长官，我说了，你们可一定要替我想办法，不然，我一家子就没了。"

李副师长和蔼地说："我不是刚才给你说了吗，我们解放军跟国民党的军队不一样，我们一定保证你和家人的安全。"

向导说："长官，那我就说了。现在这地方，就是原来定的我带路的地方。我没有带错。那两个人是马绍武的人，是他们把你们都带到一个地方来了。"

黄师长气得骂道："混蛋东西！"

向导又害怕地说："长官，我们3个都是一个村的，他们要是知道是我说了实话，我们一家子可就全完了。"

李副师长说："你放心，我们说到做到。这次我们要彻底收拾马绍武，不会再有人害你们了。"

天色微明，高高的庙山清晰可见。

由于庙山很高，四周开阔，马绍武的哨兵也发现了解放军。他们凭借有利地形和工事，首先向解放军开了枪。

黄师长下了命令："一团二营从左面，三营从右面包围庙山，行动要快。骑兵分队等候命令！"

各部队跑步向各自目标前进。

牛化东对黄师长说："原来我还担心马绍武这小子要跑的，没想到他倒先向我们开枪了，看样子是不想跑了。"

黄师长说："他无非是以为山高坡陡，我们攻不上去，才要和我们顽抗的。这一来正好，我们全力以赴收拾他！"

临时指挥所。

几个首长用望远镜观察着敌情。

一个参谋报告："报告首长，各部队已经到达指定地点。"

黄罗斌师长说："好！准备行动！参谋长，你们就在这里，我到炮兵那边去看看。"

黄师长来到炮兵临时阵地上，对炮兵连长说：

"向庙山开炮，立即摧毁马匪的指挥所！"

炮兵连改造过来的日本籍炮手向黄师长说："首长，我保证三炮就端掉它！"

黄师长笑着说："别说三炮，就是十炮打掉它，我也给你记一大功！"

黄师长刚说完，炮手就开炮了。

只听"轰！轰！轰！"三声巨响，炮弹在庙山顶上爆炸了。匪徒们顿时乱成一窝蜂，四散逃窜。

山下解放军的轻重机枪和冲锋枪一齐向匪群射击，被打中的匪徒从山坡上往下滚，有的直接跌往山下。

冲锋号响起，战士们趁机向山上冲去。

三小时战斗，共击毙匪徒30多人，击伤20多人，活捉10多人。

可是找来找去，就是不见马绍武。

牛化东亲自审问一个俘虏："快说，马绍武跑到哪儿去了？说老实话，我们从宽对待你！"

俘虏说："马绍武和中队长李成富被打伤后从后山逃了，其他一部分人由马青云、李少俊带领，跑往高崖乡去了，一部分由郝福祥带领跑往豫旺去了。"

黄师长当即下令："不给马匪喘息之机，立刻封锁交通要道，一团、二团分头向高崖、豫旺追击！"

夜晚，部队仍在行军追赶马匪。

一支分队正在翻越一座山梁。

一支分队正在趟过一条河水。

深夜，马绍武、李成富七八个人逃出一个山村，逃往另一个村子。

天快亮时，马绍武、李成富一伙又逃进一个山沟里。

一条山沟里，一个当地村民正在往山里走去。他走上几步，就要朝后看一看。

一个山包后面，两个解放军战士正埋伏在那里，远远地盯着这个村民。

过了一会儿，那个村民又从山沟里出来了，从原路往回走。

埋伏的一个战士对另一个战士说："赶快向团里报告，这个人肯定有名堂。"

"一会儿我们跟上他，看他到底是哪个村的，好给首长报告。"

那个村民继续往回走。

后面，两个战士悄悄地跟着他，眼看着他进了一个小村子。

团指挥部。

团首长对两个侦察战士说："好，情况我们都清楚了。你们继续在那里埋伏，注意保密。"

两个战士敬礼离开。

山路上，部队正在快速向山沟前进。

两个侦察战士仍旧埋伏在原地方。

那个村民手里提着东西，又一次出现在山路上。

他正走着，不时地朝后看着。又走了一会儿，突然几个解放军战士跳在他面前，挡住了他的去路。他吓得"啊哟"一声，跌坐在地。

战士小声严厉地说："不要乱喊，走，到那边去。"

几个战士带着村民来到一个山坡后面，开始审问："只要你老实交代，我们可以从宽处理你，明白吗？"

村民忙说："知道，知道。"

战士问："你叫什么名字，哪个村的，这几天你上山干什么？"

村民害怕地说："我叫马凤云，就是前面那个小岔村的，我是村上的村长，我也是没办法，马绍武叫我给他们每天送饭，要是不送，他们就会杀了我们全家的。"

"马绍武待在山上什么地方？路好走不好走？"

村长说："前面半山上有个山洞，马绍武、李成富几个人就待在里面，路不好走，只能走一个人。我听马绍武说，只要他待在洞口，上来一个人他就打一个人，有多少人都上不去，别的地方又没有路。"

"你今天去，顺便给马绍武捎个话，你就说解放军已经把这一带全部包围了，叫他们下来投降，给他们出路。"

不料村长急忙说："这话我不敢说，不敢说……"

"你别害怕，是我们叫你带话，这跟你直接提出来是不一样的，先试试嘛。"

"那行，我就试一试吧。"

村长朝山上慢慢地走去。

半山上的山洞口，马绍武、李成富探出头来，四下观察着。

马绍武说："山下面好像有解放军的人。"

李成富说："有也不怕，反正他们攻不上来，他来多少咱们打多少。"

村长朝洞口走去。他刚到洞口，放下手中的东西，就听"叭、叭"两声枪响，村长被打倒在地，滚下山坡来。马绍武刚才在山上洞口看到了村长和解放军战士说话，想打死他灭口。

山包后面，一个指挥员用望远镜观察着对面的山洞，对身边人说："洞口的确在半山上，上不着天，下不挨地，路又太窄，人多了上不去，单个人去，你去一个他打一个。"

身边一个战士说："营长，咱们可以用火攻呀。用结实的绳子捆上干柴，从上面吊到洞口烧，他不出来就熏死他，烧死他，逼他们投降。"

营长放下望远镜，高兴地说："好呀，这是个好办法！"

十多个战士爬上山头，用绳子绑上一大捆干柴点着，吊到下面的洞口，烟火立即朝洞内烧去。

从洞里传出几声枪响，柴火仍旧在燃烧。

山上和山下的战士都在大喊："快投降吧，不然就烧死你们！"

有的继续喊："把枪都扔出来，举起双手走出来！"

过了一会儿，果然从山洞里扔出来几支长枪、几支短枪。马绍武、李成富4个人也举着双手，从山洞里走了出来。

十多名战士用枪押着马绍武几个人向山外走来……

随后，独一师又在海原和盐池地区歼灭马青云股匪20余名；在豫旺地区击毙了郝福祥等4人，政治上争取了王彦福等百余人携枪投降，马绍武残匪基本被消灭。

严惩顽匪李成富

海原县一清真寺，院内干净整洁。

门外，战士们正在帮助打扫卫生。

有的战士担着柴草走进大门……

室内，3名解放军干部正在和当地阿訇及回民群众开座谈会。

独立师一团政治处王主任态度和蔼地说："我们共产党和解放军是十分尊重我们伊斯兰教和广大穆斯林群众的，也十分尊重我们回民的生活习惯。我们到了咱们当地后，也制定了很多纪律，不准随便进入咱们的清真寺，不准用回民群众家的水，不准吃大肉，不准在回民家中居住……我们要打击的是在我们当地为非作歹的土匪，对待土匪和家属我们也是有区别的，首恶必办，胁从不问，立功受奖……"

金阿訇高兴地宣讲："解放军来是帮助我们打土匪的，这些年，我们这一代可是叫这些土匪害苦了，咱们清真寺西边的西沟村，几十户人家害得全跑了，我们要相信解放军，支持解放军。土匪消灭了，我们的日子才会安宁的。"

一个回民群众也说："这些年，我们哪一家没叫土匪糟蹋过呀，我们都盼着解放军早日把土匪消灭了。"

金阿訇接着说："弃民为匪是违反伊斯兰教义的，真主是不允许的！当土匪是有罪的，你们之中如有家人为匪，要赶快把他叫回来洗心革面……"

独立师剿匪指挥部。

院子里站着抓获的马绍武股匪。

一个干部站在前面说："土匪头子马绍武已经关起来了，对你们这些人我们按政策决定释放。过去，你们跟上马绍武干了很多坏事，这一次我们既往不咎。你们回去后，好好劳动，自食其力，多做好事，立功赎罪。现在按顺序到桌子前面登记。每人领3丈布、1袋粮回家。"

土匪们排成一队，到院子中间的桌子前登记领东西后，出了大门。

干部又指着一个土匪说："李成富，你跟随马绍武好多年，也是个小头目，这次我们对你实行宽大处理，也把你放了，回去后要好好改造。"

李成富是马绍武的骨干，外号"李大爪子"，他连忙弯腰："一定改造，一定改造！"

一会儿，李成富登记后也出了门。

一个乡村小饭馆里，李成富正和一个村民吃饭。

李成富贴近对方小声说："王彦福，张海禄团长正在海原那边活动着哩，我们投那儿去吧。"

王彦福说："这一次咱们都登记了，要是叫解放军再抓住了咋办？"

李成富说："这回咱们就有经验了，能叫他再抓住？他们还能得不行！"

一会儿，二人出了门，鬼鬼祟祟地朝山路上走去。

独立师一团指挥部。

团长下达命令："师指挥部通知，一伙土匪正在东沟村抢劫，我们马上出发！"

东沟村，李成富一伙正在一家院子里抢粮食、衣服。家里男人上前拉住装粮食的口袋不让拿，一个土匪上前用枪托一下子把主人打倒在地。一家人连哭带叫，乱成一团。

两个土匪又上前去拉家里女人……

山路上，解放军的骑兵正在飞奔。

山村里，李成富一伙出了这家门，又闯进另一家。

解放军突然从四面包围了山村，逐步缩小了包围圈。

战士们喊道："都出来，缴枪不杀！"

七八个土匪举着双手走了出来，集中在村头上。

几个人押着李成富走出来。一个指挥员认出了李成富："你不是李成富吗？上回把你放了，你怎么又当土匪了！"

李成富忙点头哈腰说："我该死，我该死！"

"好，先带回去再说。"

战士们押着抓获的土匪们上了路。

指挥部审讯室。

王主任正在审问："李成富，上次抓住你，把你放了，叫你回去好好改造，你怎么又当土匪了？"

李成富立即跪倒在地，拍着胸脯说："我，我对天发誓，我保证今后再也不当土匪了，我一定重新做人，立功赎罪，要是我回去再当土匪，你们抓住我就枪毙！"

"我们这一次再放了你，这次回去可要老老实实生产，好好改造自己！"

李成富还跪在地上不起来："我保证一定老实做人，立功赎罪！"说完，李成富爬起来出了门。

独立师指挥部。

已接任师长的李治洲对牛化东参谋长说："据可靠情报，李大爪子又投奔张海禄上山为匪了。"

牛化东说："对这种人不能再讲宽大了。群众中也有人抱怨说，捉住土匪不杀，还给每人3丈布，还给粮，共产党太宽大了！还有的群众说：我们咋敢给你们报信呢？当土匪和通匪的每个村都有，我们一报信人家土匪就知道了，我们就活不成了。你们把土匪捉住又放回来，谁敢惹呢，这样你们十年也剿不完土匪。由此可见，对土匪处理太宽，群众是很不满的。”

正说着金阿訇气呼呼地进来了：“首长，你们咋又把李大爪子给放了呀？这个恶贯满盈的惯匪，枪毙了才对呀！放走李大爪子，这是放虎归山！”金阿訇多次跟解放军来往，很了解共产党的政策，配合部队做了很多工作。他经常来指挥部，跟大家都很熟悉，说话直来直去。

几位领导站起来，牛化东说：“金阿訇，你请坐！我们两次放了李成富，主要是为了教育其他土匪。”

金阿訇不坐，继续大声说：“其实，你们把他毙掉，才能真正教育人呢。你们首长知道群众现在是咋说的：天不怕，地不怕，就怕解放军讲宽大！你们对土匪头子这样讲宽大，谁还敢给你们报信呀！”

李师长说：“阿訇你放心，我们一定把李成富再抓回来！”

牛化东站起来说：“我看，我们应该开一个群众大会，做点宣传工作！”

海原县高崖乡。

解放军正在这里召开群众大会。会场站满了群众，战士们持枪站在四周保护会场。牛化东、李师长、马参谋长等领导坐在主席台上。会场前面，抓来的土匪站成一排，战士们端着枪看押着。

李师长最后讲话说：“各位乡亲，我代表部队向大家保证：3天内一定把李成富抓回来！”

会场的群众热烈鼓掌。

剿匪指挥部。

李师长自言自语地说：“连续三次都扑空了，李成富这小子会藏在什么地方呢？”

参谋长说："李成富这家伙第三次上山为匪，知道我们不会饶他的，行动是越来越诡秘了。"

牛化东说："今天已经是第三天了，我们给群众说的话一定要兑现啊。"

参谋长说："3个团现在都在外面搜捕，也许今天会有收获。"

下午，牛化东和李师长带领几个干部召开由当地区政府和清真寺阿訇参加的座谈会。李师长说："各位穆斯林朋友，我们的剿匪工作取得了很大成果，到今天为止，击毙、抓获各路土匪上千名，缴获各种枪600多条，取得这些成果，都与我们当地回民群众的支持是分不开的……"

这时候，金阿訇从门外走进来，走到牛化东跟前，在他耳边悄悄地说："参谋长，你出来一下。"

牛化东与金阿訇走出会场，二人来到一处没人的墙边，金阿訇才郑重地说："刚才有个人给我透露，李成富今天就躲在西边的马家梁子他的姘妇家里，今天晚上可能就在那里过夜。"

牛化东一听，非常高兴："情报可靠吗？"

金阿訇说："不会有大问题。"

牛化东问："你为什么刚才不在会上讲呢？"

金阿訇回头看了看四周，又小声说："会上的那个刘区长是李成富一伙的，让他知道了还不坏了事。"

牛化东"哦"了一声："最近几次行动都扑了空，原来是我们内部有奸细啊。好，你先回去吧，我也马上回去好做安排。"

独立师指挥部。

首长正研究下一步行动。

牛化东刚介绍完情况："情况就是这样的，我们今天晚上就行动。"

李师长拍了一下桌子，说："好，我们下午召开一个会议，将计就计，叫那个刘区长也参加，为了麻痹他，可以多通知几个地方干部参加。最后，咱们给他来个声东击西，一举成功。具体这样安排：一团派一个营故意朝东走，迷惑敌人。二团的三营随指挥部去包围马家梁子。”

指挥部会议室。

部队干部和五六名地方干部坐在一起，那个刘区长也在座。李师长讲话：

“我们接到可靠情报，张海禄带领30多名土匪，正在我们东面的清水沟一带活动。我们决定今天下午派部队出发，连夜去围剿张海禄，希望大家保守秘密，配合行动，力争成功。”

天黑前，往东走的部队大张旗鼓地出发了。

部队在山路上排成长队，逶迤而行。

深夜，二团三营在金阿訇带领下直奔西边马家梁子李成富的姘妇家。

暗夜中，部队急速行军，没有一点动静。

马家梁子。部队悄悄地包围了村子和李成富的姘妇家。10多名战士进了院子，端着枪大喊：“李成富，快出来投降！”

里面一阵骚动，不见人出来。

战士们又喊：“李成富，你跑不了啦，快出来投降！”

里面还是没有动静。

一个排长的冲锋枪朝房顶上“哒哒哒”打了几枪。

有人喊道：“李成富，再不出来投降，就朝里面开枪了！”排长又喊了一声：“李成富，把武器扔出来！”

一会儿，一把手枪从窗子里扔了出来。

没多久，李成富举着双手慢慢地走了出来。

几个战士一涌上前，把李成富捆起来，押上朝外走去。

高崖子乡，大会场。

会场上悬挂着一条大字横幅：剿匪公审大会。

会场站满了大人和小孩，把露天会场挤得水泄不通。

李师长大声讲话："乡亲们，前几天，我们曾在这里开会，给大家保证，我们3天之内，一定抓住土匪头子李成富。现在我向大家宣布，昨天是第三天，昨天晚上，我们把李成富抓住啦！"

台下会场中立即爆发出一片热烈的掌声，久久不能平息。

接着，马参谋长讲道："经上级批准，现在我代表军事法庭宣布，宣判李成富死刑，立即执行！"

4个战士押着李成富走出会场。一会儿，外面传来两声枪响，李成富被枪毙了。

大会上，马参谋长再次大声讲道：

"今天，我们枪毙了顽固不化的土匪头子李成富，这就是我们的政策，首恶必办，胁从不问，投诚宽大，希望其他匪徒早日主动交枪投诚，我们一定给予宽大！同时我们也要警告那些现在仍然从匪的人，你们躲是躲不了的，总有一天要被解放军抓住的！蒋介石800万军队解放军都消灭了，你们还能蹦跶几天！我们不抓住最后一个土匪，决不收兵！"

会场又一次响起了热烈的掌声。

七天追剿张海禄

6月12日黄昏。独立师指挥部。

侦察参谋向李师长报告："首长，侦察员报告，张海禄匪徒正在西山乡政府抢劫，打死打伤多人。"

李师长挥了一下手，侦察参谋离去。

李师长对一个参谋下令："通知骑兵连和三团二营，马上奔袭西山乡！"

西山乡政府。

张海禄一伙正在放火烧乡政府的房子，有的还在室内抢东西。

山路上。解放军骑兵正在飞奔。

当他们马不停蹄地赶到西山乡政府时，张海禄一伙已经逃跑了。眼前摆着几具尸体，房子还在冒着黑烟。

连长骑在马上恨恨地说：“又叫这伙狗东西逃脱了！”

6月14日。骑兵连正在山路上飞奔。

连长一边抽马一边对身边的指导员说：“今天我们发现敌人早，出动的人也多，可不能再让张海禄这家伙从黄谷川逃走了。”

指导员大声说：“是啊，后边还有9个步兵连呢！再说，今天我们是四路包抄，他跑不掉的！”

海原县黄谷川乡。

张海禄匪帮正在抢劫，院子里人喊马叫，烟雾弥漫。

一个小头目过来说：“团长，哨兵发现解放军已经追过来了。”

张海禄立刻说：“下通知，不要太贪了，我们就像毛泽东说的，机动灵活，敌进我退，马上撤。给弟兄们说清楚，化整为零，分散行动。明天天亮前在李四沟集合！”

很快，土匪们分散向四面逃走了。

骑兵连来到了黄谷川，步兵分队也从四面包围了附近地域。

10多名解放军战士搜索了整个院子，连张海禄的影子也没见到，连长大叫：“等抓住张海禄，我非得亲手毙了这家伙不可！”

同心县李四沟。

张海禄带领土匪正在山路上逃窜。他们打着一面青天白日旗，跟成长队，疲惫不堪地前行。

独立师三团正在山坡上前进，搜剿土匪，参谋身带报话机，向首长汇报：“团长，侦察排报告，在李四沟一带发现张海禄一伙正向海原方向逃跑。”

“通知侦察排继续跟踪，我们这里马上行动！”团长对侦察参谋说完，又回过头来对作战参谋说，“马上通知二营和骑兵连向李四沟追击，不给土匪喘息之机，其他营跟进！”

团长问身边的参谋：“二营追击张海禄是第几天了？”

参谋：“报告团长，已经是第五天了。”

行军路上。

有的战士边走边打瞌睡，不时碰在前面战士背上。

有的战士鞋磨破了，顺手扔掉，光着脚走。

一个战士指着路边说：“快看，那儿怎么有一堆大皮袄和毡靴子呀？”

身边战士说：“肯定是土匪们跑不动扔掉的。”

天色已黑，张海禄一伙继续逃跑。

张海禄对旁边一个土匪头子说：“前面是小镇子，告诉弟兄们，歇一会儿，吃点饭。”

“我们现在跑到什么地方了？”张海禄问。

“这里是宁夏海原县和甘肃靖远县的交界地带，再往前走，就出了宁夏进入甘肃了。”

张海禄果断地说：“不行，我们不能出宁夏，到那边人地两生，更不好办。共产党喜欢打游击，我们也跟他打游击。通知弟兄们，原路返回，让解放军往前追去吧！”张海禄说完，脸上露出得意的神情。

土匪们正在街道上、饭馆里胡吃乱喝。

张海禄给一个小头目交代：“天黑了，一会儿找些白布，一人发一条，都缠在右臂上做标记，不要像马绍武那伙人胡球整，咱们打仗就要像个打仗的样子嘛！”

独立师指挥部。

几位首长正在研究匪情。

牛化东参谋长说：“一团报告，张海禄已经被包围在高崖一带的一个山村里，如果这个情报可靠，就马上调集部队全力包围。”

李师长说：“我们已经连续追了七天七夜，这家伙看来实在是跑不动了，一定是隐藏在什么地方。”

参谋长说：“还是那句话，十网打鱼九网空，一网打着就成功。下一步全力包围，然后从四面实施篦梳式搜山！”

山坡上，解放军战士排成长队，端着枪，向前搜索。

大路上，解放军战士盯着路口，注视着四周动静。

山村里，解放军战士走进一户人家，了解匪情。

独立师指挥部。

李师长一边踱步，一边说：“部队已经搜查了两天，还是没有发现张海禄，他会隐藏在哪里呢？”

牛化东说：“这两天，我们在外地再没有发现新的匪情，这就说明张海禄肯定就隐藏在这一带。昨天一团抓住了几个散匪，再审问一下，也许能发现一些新情况。”

审问室，一个解放军参谋正在审问一个土匪。

“你要老实交代，我们的政策，你都是清楚的，要争取立功。”

匪徒：“我知道，知道。你们解放军真行！我们逃到哪里就追到哪里，土匪是当不成了！”

“你老实说，张海禄到底藏在什么地方？”

匪徒：“由于你们追得太紧，我们就一路从海原跑回来，张海禄就藏在对面山上。”

“山上什么地方？”

“具体地方我就不知道了，张海禄身边只带了几个人，他是不会让我们到他跟前去的。”

“我再问一遍，你敢保证张海禄就在前面山上？”

匪徒说：“长官，我现在在你们手上，还敢瞎说吗？我可以肯定，张海禄就在前面这个山上，说错了你们可以罚我。”

独立师指挥部。

审问参谋向首长汇报：“据俘虏的匪徒讲，张海禄肯定就隐藏在前面山上。”

牛化东说：“既然就在山上，为什么搜山两天，连一点行踪都没有发现呢？”

李师长说：“这说明这家伙太狡猾，隐藏得很深啊。这家伙在马鸿逵那里当了多年军官，鬼点子是很多的。不管怎么样，我们还是要加紧搜山，逐步缩小包围圈；同时要秘密布哨，四处埋伏，注意观察。”

半山腰一个土坑里，两个战士正在观察着周围动静。

山路上，一个10多岁的小孩背着一个小筐，神色不安地往山上爬。

4个解放军战士突然跳到小孩面前，他吓得坐在地上，小筐子也掉在地上。

战士问：“你跑到山上干啥来了？”

小孩子小声说：“我是来捡柴火的。”

一个战士揭开盖在筐子上的布片，里面露出6个厚一两寸的大锅盔（大饼子）。战士吃了一惊，问：“你捡柴火带这么多锅盔干啥？”

“这是给我吃的干粮。”

战士说：“走，你别害怕，我们不会伤你的，现在你跟我们到山下去一趟。”

4个战士押着小孩子走下山。

审讯室，小孩子坐在一边。

参谋问：“你上山带吃的，这么一小块就够你吃了，为啥带这么多呢？”

小孩说：“都是我自个吃的。”

参谋问：“你上山捡柴火，天黑了回来不回来？”

“回来呢。”

“你天黑要回来，这半天时间，你能吃这么多锅盔吗？你这是说假话，你肯定是给别人送锅盔的。”

小孩子动着嘴，说不出话来。

参谋继续开导：“小朋友，你年龄还小，要说真话，不能说假话。你不要害怕，我们解放军会保护你的，不会伤害你，你给我们说，你是给谁送锅盔的？”

小孩子哭了：“我说……”

山路上，10多个战士跟在小孩子后面，往山上爬。

前方一个山沟里，长满齐腰高的野草，上面有一个山洞口。

小孩用手一指：“土匪就在里面！”

战士们大声向洞口喊话：“张海禄，快出来投降！”

“你们已经被包围了，你是跑不了的，赶快投降！”

喊了半天，山洞里毫无动静。

连长说：“是小孩说谎还是土匪已跑掉了？”

身边的排长问：“小朋友，你不是说土匪在里面吗，咱们喊了一阵子怎么没人呀？”

小孩子说：“就是在里面，这会正是送锅盔的时候，他们不会走的。”

战士们继续喊：“张海禄，你们已经被包围了，赶快投降吧！”

“再不出来投降，我们就开炮了！”

战士们喊了一阵子，还是没有什么动静。

连长端起冲锋枪，“叭、叭、叭”朝洞口打出一梭子弹。

没想到，洞子里也朝外打了几枪。

连长高兴了：“好，张海禄就在里面，大家一定守好洞口！”

战士们几十条枪全对准洞口，随时准备射击。

连长说：“向洞口开一炮！”

只听“轰”的一声，炮弹在洞口爆炸了。

连长大声喊道：“张海禄，快把武器扔出来，赶快投降，再不出来就炸死你们！”

过了一会儿，土匪们朝外扔出来10多条长短枪，张海禄等8个匪徒也爬出来了。几十名战士立刻跑过去，捡走武器，押着张海禄一伙下了山。

独立师指挥部。

李师长刚放下电话，他显得格外高兴地说："张海禄已经被我们生擒了！"

牛化东兴奋地站起来："宁夏南部这最后一个大土匪头子总算是落网了！"稍停顿后，他又喜不自禁地说："我们剿匪，务求全歼，一个不漏。你说怪不怪，历史上偏偏有这么一个人，他也是负责在我国西南剿匪平叛的，你们猜他怎么给下属说的，他说，我们剿匪啊，一定要剿其一，留其二……"

牛参谋长还没说完，旁边的作战科长就急切地问："为什么呀？"

牛参谋长接着说："是啊，他的下属也不解地问，为什么呀？他说，我们要是把土匪剿灭干净了，那皇上还要我这个将军干什么呀？各位今后吃什么、喝什么呀？没有土匪了，我们这些人就可有可无了，匪患就是你们的柴米钱粮呀！"

在场的人都不由得哈哈大笑。

科长又急着问："这个人到底是谁呀？"

牛参谋长不紧不慢地说："清朝的平西王吴三桂嘛。"

大家又一阵大笑："就是那个吴三桂啊！"

至此，宁夏南部土匪基本消灭。

土匪袭击定远营

7月下旬，贺兰山内。

郭栓子老巢。郭栓子和几个小头目围坐在一起，谢占魁凑到郭栓子跟前说："阿拉善那边有个盐务局，很有钱，我们好久没走那边了，去搞他一下。"

张绪绪也说："老往乡下跑，没劲。盐务局有点搞头，干吧。"

郭栓子挥了一下手："不，我们不单是为了点钱，我们应该占领定远营，把那里变成我们的地盘。张副司令，那边不是还有我们很多关系吗，你这两天先派人去与他们联络一下，到时候好内外接应嘛。"

张绪绪应道："司令说得对，我这就安排人去。"

1950年4月，阿拉善旗。

旗工委书记曹动之办公室站着八九个人，曹动之介绍说："这位就是阿拉善旗保安总队罗巴图孟柯总队长，一说名字就知道他是地道的蒙古族人，他虽说是蒙民，可也会说汉话，还有蒙、汉两个名字，总队长的汉语名字就叫罗相承。”

总队长满面笑容地说：“我们这儿好多人都会说汉话，都有两个名字。欢迎大家来阿拉善旗工作。”

曹动之书记继续介绍：“这位是朱子春，是宁夏省委、省军区派来我们保安总队的副政委。”

两个人忙上前握手，朱子春说：“请总队长今后多指导，多帮助。”

总队长说：“哎，互相帮助嘛。要说指导嘛，那要请曹书记多指导啊，曹书记还是咱们总队的政委呢。”

曹动之说：“我是挂个名，主要工作还靠你们做。”

曹动之又指着其他人说：“这两位是蔺怀鹏、张克成，还有6名警卫战士。”

总队长说：“欢迎大家来保安队工作。”

曹动之书记说：“咱们保安总队有官兵1000多人呢，其中，还有一个文艺宣传队，是这里的一个大单位，工作任务很重啊。你们几个政工干部和警卫人员就跟文艺宣传队住在一个前后院里，一个单位嘛，慢慢也就熟悉了。”

最后，曹动之留下朱子春，继续说：“这个宣传队的人有着浓重的旧戏班子习气，特别是队长王洪君、一班长杨志义，不良习惯比较多，你以后要多注意。”

7月26日，阿拉善旗工委会议室。

曹动之讲话：“今天我就要去银川参加宁夏省第一次党代表大会，开会期间，由工委副书记云祥生同志主持工委的日常工作。大家一定要恪尽职守，谨慎行事，特别是保安总队，要注意提高革命警惕，防备贺兰山里的土匪骚扰，保证正常工作。”

30日下午，郭栓子带领200多名土匪，几十把手枪、100多条长枪和1挺机枪，骑着马，在山沟里行进。

天黑时，他们到达定远营城外。

保安总队院内。

副政委朱子春朝前院走去，对面走来十几个宣传队的人。他们有说有笑，可是快与朱子春会面时，却突然间鸦雀无声了。朱子春瞅着大家走过，有点莫名其妙。他不由得停了脚步，回头看了看，然后走开。

定远营大街上。

朱子春边走边看，大街两侧好多商店都没有开门。他上前问几个过往行人，他们摇摇手，赶紧走开。他心中有点疑惑。

夜晚。

定远营大街上，行人稀少，路灯昏暗。

夜晚。朱子春宿舍门口。

一个人影来到门前，他回头看了看，随手推开了窗子，然后跳进去，又关上窗子。

保安队院内。

朱子春走过来，打开屋门，进来脱衣躺在床上。

月光照在室内，他在床上辗转反侧，难以入眠。

深夜。

朱子春在床上翻了一下身，他听到院子里有人走动，就注意听着。

过了一会儿，门口响起了轻轻的敲门声。他起身开了门，门口站着一个人，小声说："政委，我是宣传队的小岳，你要小心，快走！"说完，匆匆离去。

朱子春还想再问，他已经走远，消失在夜色中了。

他敲开旁边的屋门，在门口说："小蔺、小张，和警卫班的人都过来。"

朱子春回到屋内。一会儿，警卫班的七八个人都过来了。

朱子春说："大家都要提高警惕，今晚可能有情况。"

定远营城外。郭栓子对他的土匪们说："我带人去打盐务局，谢占魁带人攻打旗政府，张副司令带人攻打贸易公司。走！"

张绪绪在旁边大叫："弟兄们，今天晚上好好干，谁搞到一条枪，赏20块袁大头！”

土匪们一片吼叫声，四面跑开。

定远营城内，不多的灯光显得有点暗淡。

街上行人稀少，十分冷清。

一会儿，城内外响起了激烈的枪声。

盐务局大门外，土匪们开枪、砸门。

大门内，盐务局干警唐连明和战友们急忙穿衣拿枪应战。

唐连明边摸枪边说：“多亏局领导昨天就作了部署，要不然可要吃大亏了。”

另一个干警说：“走，按原来部署，我们主要防守仓库。”

几个人说着，朝仓库跑去。

土匪们在大门外，用一根大木头猛撞大门，发出“咚咚咚”的巨响。

一会儿，大门被撞开了，土匪们涌进门内，朝库房跑去，还没到跟前，就遭到猛烈的枪击。

土匪们很快利用地形地物，向仓库射击。

一个土匪对郭栓子说：“妈的，这些家伙好像有准备？”

郭栓子说：“使劲打，打不动就用手榴弹炸！”

仓库门口和墙下立即响起了手榴弹爆炸的声音……在爆炸中，盐务局干警唐连明光荣牺牲。

院内，土匪们一边开枪射击，一边跑进屋子，乱翻乱抢。

有的抱着抢来的电台、武器等物资，朝门外走去。

贸易公司院内。

土匪们开枪打死好几个人，正在翻箱倒柜，寻找各种东西……

保安总队院内。

朱子春抓起了电话：“保安总队值班室吗，我是朱子春，通知各中队加强重点目标的保护！”

室外，枪声越来越紧。

忽然，文艺宣传队一班长杨志义手持短枪闯进屋子，一看屋里有七八个人，呆住了。

朱子春马上用手枪对准他，厉声问道："你来干什么？"

警卫人员持枪将杨志义围在了中间。听到朱政委的问话，他顿时吓得面色惨白，结结巴巴地说："我、我、我来保护政委。"

朱子春又大声问道："怎么进来不敲门？为什么不打个招呼？"

杨志义支支吾吾回答说："我看屋里亮着灯哩，就没、没敲门！"

朱政委继续问："半夜三更进屋子，想干什么？老实说！"

杨志义低下了头："我、我真的是想保护……"他说着手指头动了动，想开枪。

朱政委大喊一声："不许动！把他的手按住了。"

两个警卫员过去，拿走了他手中的枪。

这时候，杨志义居然站立不稳，全身抖动，十分害怕。

忽然，朱政委的床下有什么东西响了一下。

朱政委警觉地大喊道："谁？快出来！"

一个人从床下颤抖着爬了出来，手中也拿着一支枪。

警卫员上前缴了他的枪。

朱政委问："你也是宣传队的人，说，你爬到床下面干什么？什么时候进来的？"

他说："天黑后，我看你不在，就从窗子爬进来了。今晚上，郭栓子要来打定远营，杨志义让我躲到你床下面，等外面枪一响，就和他一起先打死你，然后，里应外合，配合郭栓子夺取定远营……我有罪，我有罪，朱政委饶了我吧，饶了我吧……"

"你们宣传队还有哪些人知道这回事？你老实交代，可以宽大处理你。"

"好，好，我说，我说。我们队长王洪君也知道，我们都是他派的。"

朱政委说："先把这两个人看管起来。其他人跟我走。"

此时，外面的枪声越来越紧。

保安队前院。

宣传队的人正站在门口，乱作一团。

朱政委带人走了过来，对大家说："没什么大情况，来了一伙土匪，保安队正在追剿，不要害怕。"

队长王洪君过来说："外面有匪情，咱们得出去参加战斗呀！"

朱政委说："咱们保安队1000多人都出动了，来了几个小毛贼怕什么！"

王洪君坚持着说："多一个人多一份力量嘛。"

朱政委紧紧盯着王洪君，突然喊了一声："把他的枪缴了！"

几个警卫员过去，夺走了他的枪，扭住了他的胳膊。

王洪君挣扎着说："你、你，你们这是干什么？"

朱政委讽刺说："王队长，你这么着急地要去参加战斗，恐怕是为了给郭栓子开城门吧？可惜你行动太晚了！"

王洪君低下了头。

朱政委对警卫员说："押走！"

他回过头，对宣传队的人说："大家都回屋里睡觉去吧，不要乱跑！"

队员们一听，都回屋里去了。

保安队院内。总队长罗巴图孟柯赶来了，他在院子对朱政委说："是郭栓子一伙土匪，估计是想抢贸易公司、盐务局和银行，我们赶快去增援，要坚决保住刚运来的丝绸、布匹和晶盐，不然，今年改善牧民生活的计划就落空了。"

朱政委说："好，我们尽快行动！"

云祥生也说："要尽量争取消灭这一伙土匪。"

贸易公司院内仓库，土匪和坚持防守的人员正在激战。

突然，土匪屁股后面响起了枪声。

有人大喊："快跑，保安队来了！"

说罢，匪徒们像一群无头苍蝇纷纷向外逃走了。

曹动之遇难

7月30日傍晚。

银川城外通往贺兰山的大路上。

曹动之和警卫员杨万山、张永祥骑在马上，向贺兰山三关口走去。

杨万山不高兴地说："党代会刚刚开完，你就急着要回阿拉善，也不差这一天半天的嘛！"

张永祥也在旁边马上说："你的胃老疼，连潘书记都说叫你到军区医院去看看，你也不去。胃再疼了咋办？"

曹动之一笑："没事，旗上工作很多啊，再说，最近贺兰山一带土匪活动很猖狂，我们早点回去好有个准备。"

杨万山仍然有点情绪："你总是工作、工作，工作是永远也干不完的。可你的胃病要是再加重了，就不容易好了。"

曹动之情不自禁地笑了："小杨啊，想不到，你这前一句话还很有哲理的嘛。"

小杨叫曹书记一夸，有点不好意思了："我也不懂啥哲理不哲理的，实际情况就是这样的嘛。"

曹书记继续说："想一想还真是，工作哪有个完的时候呢，的确是永远也干不完的，所以嘛，将来还要靠你们这些年轻人啊。"

远方，贺兰山分外巍峨。

山下，平坦的田野一望无际。

几个人说着话，来到路边一个小饭馆。

杨万山说："书记，走半天了，咱们在这儿吃点饭吧，要不，一会儿你的胃病又该犯了。"

曹书记说："好吧，简单一点，就吃碗面条，吃完咱们好赶路。

不耽误的话，赶天亮咱们就到家了。”

3个人下了马，进了饭馆。

饭馆内，伙计擦了擦桌子，端上3碗面条：“请你们慢用，要酒吗？”

杨万山说：“不要。”

杨万山和张永祥大口大口地吃着饭，好像很可口。杨万山猛一抬头，看见曹书记一只手捂着胸前，忙问：“胃疼病又犯了？”

曹书记：“不要紧，待会儿就好了。”

杨万山急忙放下筷子，从包里拿出几片药，递给曹书记：“快吃上。”

曹书记接过药喝了。

饭馆里面，店掌柜对伙计使了个眼色。

伙计走到他跟前。掌柜把伙计拉到一边，耳语一阵。

伙计点点头，解下围裙，出了门。

饭馆后院，伙计牵出一匹马，溜出了门。

山路上，伙计纵马飞驰。

饭馆门口，曹动之3人吃完饭，出了门，上了马。

3个人说着话，进入了贺兰山三关口。

曹书记说：“从这里开始，就是贺兰山有名的三关口了，我们现在进的是头关，越往里走就越险要。”

道路很窄，两侧山势陡峭，加之天色已晚，看上去有点阴森。

前面山路上。

饭店伙计骑着马，继续飞奔。

天黑了，曹书记3个人策马前行。

曹书记问：“你们两个说，宁夏这地方好不好？”

杨万山抢着说：“好呀，人家不是都说，天下黄河富宁夏嘛。那不就是说咱们宁夏好嘛！”

张永祥也跟着说：“开会的时候，不是也说咱们这里是塞上江南嘛。”

曹书记也笑了：“我虽然是陕北横山人，我也觉得宁夏就是好。”

杨万山问：“首长，那你以后还回不回你们横山了。”

曹书记说：“回不去了，一辈子就待在宁夏了，我太爱宁夏了。”

张永祥笑着问：“书记，听说你上学的时候，还被学校开除过呢。”

曹书记笑了：“那时候我上学，不是个好学生呀。”

杨万山也笑着说：“我就不相信，首长上学咋能不是好学生呢。”

曹书记拍了一下马，继续说：“1925年，我19岁，才在我们横山县上高小，同高岗一起发动了数百名同学反对当局专制压迫、反对旧学制的斗争，在人民群众的声援下，获得了胜利。但不久，学校和政府找理由把我们几个都给开除了。后来，我考入榆林直属中学，又带领学生反对学校的落后制度，当地的军阀井岳秀又找理由把我们几个挑头的开除了。”说到这儿，曹书记自个先笑了：“现在想起来那时候年轻，挺有意思的。”

张永祥问：“那后来呢？”

“后来呀，到了1927年，我加入了中国共产党，在当地一个小学里当老师，悄悄地组建了一个游击队，参加了陕北红军，当了红军里的骑兵团长，参加了保卫延安的战斗。”

张永祥策马跑到曹书记跟前：“再后来呢？”

曹书记笑了：“你这小张，简直是老太太纺棉花，缠起来就没个完啦。”

杨万山也挤上前来：“我们都爱听嘛。我们跟你好久了，还从来没听你说过呢。保卫延安以后呢？”

“以后嘛，就是1948年，组织上就调我到三边军分区司令部担任参谋长。到1949年8月，彭总就命令我们参加了解放宁夏的战役。到了1949年10月，就在我们三边军分区的基础上和六十五军组建了宁夏省军区。再后来，我们就来到了阿拉善旗……”

曹书记停了一下，笑着问：“你们两个还要问什么？还有没有

'后来'了？"

曹书记说得两个人都笑了。

樊家营子防卡。

饭馆伙计骑马来到门口，跳下马，走进门内。

有人问道："你有什么事？"

伙计："我有事找孟巴图卡长。"

一个人带伙计走进室内，对孟巴图说："卡长，这个人找你。"

7月31日，清晨，贺兰山西麓。

曹书记在马上说："走了一夜，天终于亮了，马上就要到樊家营子了。"

杨万山说："咱们赶中午就到旗上了。"

山坡上，一个大坑内，埋伏在坑里的孟巴图对身边的郭栓子说："郭司令，快看，曹动之过来了。"

郭栓子喊道："打！"

山路上。

曹书记正走着，突然山上响起了猛烈的枪声。曹书记的马中弹倒在地上，曹书记一边往起爬一边喊："快隐蔽，有土匪！准备战斗！"

杨万山和张永祥赶快跳下马："曹书记，我们掩护，你赶快往对面山上撤！"

曹书记提起文件包，撤到对面山坡上，对两个警卫员说："你们也快撤，我把文件先埋了。"

山上，郭栓子狞笑着说："曹动之啊曹动之，咱们可是冤家路窄啊，我看你今天往哪里跑！"他说完，又面对孟巴图："卡长，大概你们的大书记也不知道，你这卡长也是我们的人吧？啊！"

孟巴图含义不明地笑了笑。

枪声越来越激烈。

对面山坡上，杨万山和张永祥凭借地形奋力还击。

曹书记用手扒开地上的沙土，把几份文件埋好。又在上面放了一块石头做记号，然后急忙拔出枪，向土匪射击。

他们3人边打边往后撤退。

山梁上，郭栓子大喊："曹动之就3个人，往下冲，包围他们，抓活的！"

几十名土匪一边开枪一边从两侧包围过来。

山坡上，挡在曹书记前面的张永祥身上连中数弹倒在地上。

曹书记大喊："小张，小张！"话音刚落，他身上也中弹倒地。

小杨急忙跑过来："曹书记，曹书记……"

曹书记手指着敌人："打、打、打……"

土匪们人多势众，包围圈越来越小，离曹书记他们越来越近。

情急之下，小杨端起冲锋枪向包围过来的土匪连续射击。突然，枪声停了，小杨挣扎着身子晃了几晃，也倒在了地上……

这时候，初升的太阳正照耀在贺兰山西麓的山坡上，也照在曹动之书记和两个警卫员的尸体上……身经百战，年仅44岁的曹动之书记没有倒在国民党反动军队的枪口下，却倒在了土匪和叛徒的枪声中……

贺兰山群峰巍峨，苍松绵绵……

7月31日晚，阿拉善旗工委。

云祥生副书记正在办公室看文件，机要员进来："云书记，省委电报。"随后，他把电报夹递给云祥生。他拿起电报，读出声来：

"动之昨由此返旗，一行三骑。到后速电，并设法与动之联系。7月31日20时。"

▶ 曹动之同志

云祥生急忙抓起电话："罗巴图孟柯总队长吗，请你马上到我这里来一下。"

一会儿，总队长走了进来。

云祥生正在踱步，用手指了一下桌子上："你看看省委电报。"

总队长看完后说："到现在为止，没见曹书记回来呀？也没听到他们任何消息呀。"

云祥生沉重地说："看来，问题显然很严重了。昨天晚上郭栓子那伙匪帮袭击了定远营，今天曹书记他们会不会在贺兰山里与匪徒们遭遇？"

总队长："很有可能。"

云祥生："这样吧，你们保安总队赶快派30个人，沿贺兰山往银川方向侦察，我也去！"

定远营城外，云祥生副书记、保安总队罗巴图孟柯总队长带领保安队员，骑着马出发了。

贺兰山路上，保安队的马队正在飞奔。

山坡上，保安队一行几十人围在曹书记他们3人尸体旁边，鞠躬致哀……

8月12日，阿拉善旗。

阿拉善旗工委、旗政府为曹动之等3位同志举行追悼大会。会场挂着黑色挽幛，一片肃穆。

中共中央西北局发来了唁电："为人民牺牲无上光荣。"

宁夏省委、省人民政府也发来了唁电："为人民事业牺牲其功其德永垂不朽。"

阿拉善旗工委。

云祥生副书记给省委打电话："我们向省委正式报告，隐藏在定远营的特务组织所谓的'中国国民党西北反苏剿共委员会'已经破获了，杀害曹动之书记的叛徒、原樊家营子防卡卡长孟巴图等内奸也逮捕了……"

匪巢脱险

春天，贺兰县常信乡。

大风卷着黄沙，把天刮得灰蒙蒙的。

天已经黑了下来。外号叫“孙大头”的孙乡长对前来联系征粮的李参谋和王班长说：“你们看，天已经黑了，咱们这一带入夜以后，敌特和土匪经常出来活动，我看你们就不要回去了，就住在我们这里吧，我给你们安排个地方，保证安全。”

李参谋说：“按规定，我们是要在8点之前赶回去的。”

孙乡长说：“恐怕现在都过了8点了，就住下别走了，明天给首长说明一下就行了。”

李参谋有点迟疑地说：“好吧，也只能这样了。”

孙乡长领着李参谋他们出了门。

周财主家门口。

孙乡长领着李参谋和王班长走近一家黑漆大门，指着门口说：“这是老周家，条件比较好，房子也宽畅，你们就住在这里吧。”

李参谋看了看，说：“行。”

三个人来到门内。这是一座高墙深院，姓周的是当地的财主。

周财主忙迎出来：“孙乡长来了。”

孙乡长走过去，对周财主说了几句话。

周财主忙走过来，满脸带笑，十分殷勤，点头哈腰地说：“欢迎，欢迎，欢迎两位解放军同志住到我们家。家里房子多的是，你们能来，是看得起我嘛。快到屋里坐。”

周财主把几个人让到上房屋内，喊来丫鬟端茶倒水。

过了一会儿，孙乡长说：“解放军同志忙了一天，累了，你就看哪间屋里空闲，领他们早点歇着吧。”

周财主热情地说：“好好，咱们就到这间屋里吧。”说着，他带几个人进了一间屋子。

大家到屋里看了看，孙乡长说：“李参谋，住在这儿又保险又舒适，你们早点歇着，我还得去组织大车，明早还得送公粮呢，我就先走了。”孙乡长好像对工作十分负责任的样子，说完，就匆匆忙忙扭头往外走。

李参谋说：“好的，麻烦你了。”

“哎哟，你看你，咋能说这话呢，你不是下午给大家说了，军民一家嘛。”

大家都笑了。

孙乡长出了门。

李参谋和王班长在屋内朝外看着，家里丫鬟、伙计来来往往，非常热闹。

李参谋瞪着警惕的眼睛向四周观察着，一会儿，他锁着眉，对王班长说：“这是大财主家呀，孙乡长怎么把我们领到财主家来住宿啊？”

王班长显得非常劳累，打着呵欠，眼睛也不由自主地打闪闪，他伸了一下懒腰，一边脱鞋上炕，一边对李参谋说：

“今天确实太累了，要好好睡上一觉。我们带着枪，怕啥！”

李参谋还坐在炕沿上，一动不动，眉头紧锁，一声不吭，似乎还在想着什么心事。他突然站起来，把围在腰间的子弹袋和挂在屁股后面的手榴弹又检查了一遍，又拍了拍前面的手枪。然后对王班长小声说：

“小王，起来吧！这里情况很复杂，咱们先到外边看看周围的环境。一旦发生什么意外，在哪里对付，从哪里撤走，心里要有个数！”

小王都快睡着了，迷迷糊糊地说：“住处是乡长领来的，咋会出事呢？你也快早点睡吧。”

李参谋又温和小声地说：

“小王，这里是新解放区，又处在土匪出没的窝子里，是最容易出事的地区。你看见了没有，那个大财主满脸的奸气，他能和我们一条心吗？谁敢保证这里不出问题？我俩住在这屋里，一旦发生了什么事，朝哪里藏身？咱们不能稀里糊涂地叫人家给害了吧！”

王班长忽然从被窝里爬起来，跳下炕：“你说得太对了，走！”

两个人把屋里摆设的两个大花瓶抱来，塞到铺好的被窝里，枕头上摆了两顶帽子，装作有人睡觉的样子。

李参谋又提高嗓门故意说：

“睡吧！今天怎么这么困啊！”

王班长也故意接着说：“我有五分钟就能睡着。”

说完他俩又等了一会，听外边没有一丝动静，便轻手轻脚地走出屋门，慢慢把门关严，快步朝后院走去。

两个人隐蔽在一个暗处，仔细观察着周围的地形。李参谋用手指指这边，又指指那边。

王班长不停地点着头。

二人轻手轻脚地走进伙计们的灶房。

再往前，在一个不大的套间屋里，炕上盘坐着一个干瘦的老头。他手里拿着一根针线，在幽暗的清油灯下，抖抖颤颤地缝着一只破袜子。

李参谋小声说：“老大爷，您好？我们是解放军工作队，今晚想在你这里借住一夜，您看行吗？”

老汉抬头吃惊地看了看他们，没有说话。

李参谋坐在老汉身边，继续和和气气地说：“老大爷，你这么大年纪了，还自己做这针线活？来，我给你缝。”

老汉盯着他们，仍旧一声不吭。

李参谋又说：“我们部队来到咱们这里，是为了消灭土匪的。像郭栓子这伙土匪，在咱们这一带为非作歹几十年，把咱们这一带老百姓害苦了。我们这次来，不消灭全部土匪绝不罢休……我们打扰您，在您这儿住一宿……”

老汉又看了他们一眼，突然，他翻身抱起破被子，披上很烂的山羊皮衣说："我到那边牛棚里去睡，那边还有个炕，这里的炕已经热了，你们睡吧！"然后慢腾腾地走了。

老汉走后，李参谋先把门插上，又顺手搬了一片磨盘顶住门。对王班长说："你睡到里边，我睡在外边。"

小王上了炕，没多久就睡着了。

李参谋没有解装，靠在炕头上向外观察着。

外边刮起了西风，窗户纸刮得呼啦呼啦地响。

李参谋更加聚精会神地向外观望着，然后和衣躺下。

深夜，门外院子里，天色黑暗。

忽然间，跑过来七八个黑黑的人影，手提短枪，猫着腰，一溜烟向李参谋他们原来住的屋子窜去。两个守在窗外边，两个守在二门的背墙边，两个背靠两扇屋门，一个手持腰刀拨门试探。猛然，"咯吱"一声，门开了。几个人跑进去，朝着炕上的被子，叭！叭！叭！……打了几枪，被子下面的瓷花瓶发出清脆的响声……

几个人窜了出来，显得十分紧张，不住声地喊着："跑了！跑了！快追！"他们喊着，朝后面跑去。

顿时，整个院子里喊声、叫声响成一片。

听见外面的枪声，李参谋叫醒王班长："快，土匪来了，准备战斗！"

两个人赶快站在屋子一边，将子弹推上枪膛，手榴弹也掀开了盖，做好了战斗准备。

不出所料，过了几分钟，土匪向他们住的小屋子冲过来，到了门口，他们大喊：

"快开门！快开门！"

"民兵查夜，把门打开！"

屋内，李参谋给小王使了个眼色，又摆了摆手，示意他别吭声。

屋外，土匪们见无人答应，一个说："里面没人。"

另一个说："肯定在这个屋里。"

不知哪个高声喊道："不开门，就开枪打！"

话没落音，"叭！"一枪，把屋门打了个窟窿。

一个匪徒上前推门，推不动："里面顶着门。"这家伙说着，朝刚才打出的窟窿伸进一只胳膊，企图把顶门的磨盘推倒。

正在这时，李参谋对准窟窿扳动了枪机，只听"啊呀！"一声，一个匪徒"咚"地摔倒在地，惊散了其他匪徒。

过一会儿，几个匪徒蹲在窗外不远的地方，正在商讨计谋，传来隐隐约约的说话声。

李参谋十分沉着老练，用手把一个手榴弹的弦拉断，手榴弹"丝丝丝"响着，过了几秒钟，才从窗格里向外抛出去。

"轰"的一声巨响，手榴弹在匪徒们中间爆炸，血肉在火光中四处飞散。

外面嚎叫声、脚步声响成一片。

李参谋和小王为了进一步打乱敌人的阵脚，又向外打了几枪，才走进里屋搬了一个放灶具的桌子，上面搭了一个板凳，几刀就把伙房天窗的木格砍断，从天窗口攀上去，爬上屋顶，趁着匪徒们混乱的档儿，迅速跑到房头，把早就准备好的一团绳子拴在一棵靠墙的古树杈上，顺绳爬到墙外的草丛里，逃出了周财主家的院子，向前奔去。

周财主家院子里。

土匪们大喊："点火，烧死他们！"

一伙土匪抱来一大堆柴草，堆在大屋门口，用火点着。没多久，熊熊火焰立刻扑进屋内……

大路上，李参谋和小王正在奔跑。

他们回头一看，周财主家院子里已经变成了一片火海。

李参谋说："你看，土匪们正在放火，想把我们烧死在里面呢！"

小王说："这一烧，周财主也没占上啥便宜啊！"

部队营房内。

李参谋和小王带路，战士们排成队，向外奔跑。

天亮了，东方升起了又红又大的太阳，彩霞万道，金光灿灿。

解放军战士从村子里押来了40多个土匪。

那个所谓的乡长“孙大头”，也夹在狼狈的匪徒中间。他低着头，战战兢兢地走着。

李参谋走过去，对孙乡长说：“你不是说，住在周财主家很安全吗？怎么又有人放火呢？”

孙乡长望了一眼李参谋，又赶快把头低下去。

一个指挥员过来说：“什么乡长，你小看人家了，这家伙是郭栓子的直属旅长呢！”

在看热闹的人群中，周财主家的那个老汉伸着头向李参谋致意。

李参谋忙赶过去，拉住老大爷的手说：“老大爷，谢谢你，你可是个大好人呐！”

老大爷忙说：“没啥，没啥。”

排长和他的大刀

一个农家院子里，这里是五六四团九连临时连部。

指导员对身高一米八五的大个子张大全说：“刚才我们在团里开会，团里已下了命令，提升你为咱们连二排排长，怎么样，该高兴了吧！”

不料，一向性情耿直、脾气倔强的张大全脸上并没有出现高兴的神情，仍然是平时那副样子，倔声倔气地说：

“我从参军那天起，只知道打倒蒋介石，解放全中国，根本没想过当啥排长、连长的事！”

指导员故意逗他：“可世界有名的拿破仑说过，不想当将军的士兵不是好士兵呀！”

张大全瞅了瞅指导员说：“拿破锣（仑）那家伙肯定是个官迷！”

“人家可不是一般的官，人家是大将军，如果不是滑铁卢战役吃了败仗，变成囚徒的话，很可能称霸欧洲的。”

“这些家伙们怎么都出在欧洲呢？”

“你说的是谁呀？”“希特勒、墨索里尼，还是那个干木耳。”

指导员莫名其妙：“什么干木耳？”

“就是那个说假话说上一千遍就会变成真理的人呀。”

指导员一字一板地说：“他叫戈培尔，是希特勒的宣传部长。”

夜晚，九连所在的村子隐没在黑暗中。

三四百名土匪正悄悄地向村子靠近，最后从四面包围了村子。

哨兵跑到连部，对连长刘冬生说：“连长，村子周围有很多人影在活动，好像是土匪。”

刘连长急忙跑出来朝外看了看，回来对指导员说：“四面都有动静，我们很可能被土匪包围了！”

指导员马上提上手枪：“走，再出去看看！”

二人带上通信员就往外跑，村子里有个土围子，可作防守据点。

几个人上了土围子时，四周已枪声大作。远处驻有部队的几个村子也都响起了枪声。

刘连长说：“看样子，今晚上来的土匪不会少，好在我们村子里有这个土围子，在没有接到上级通知前，咱们做好防备，暂时不要出击。”

指导员说：“现在是晚上，情况不明，只能这样。”

他们走下了土围子，刘连长喊道：“通信员，通知各排，准备战斗，机枪班上土围子！”

通信员答应了一声，跑出去了。

一会儿，张大全跑来了：“连长、指导员，让我们排出去收拾这些土匪吧，几个小土匪，没啥了不起的！”

“大全同志，”连长说，“当前情况不明，上级也没有指示，因此我们的任务不是出击，而是坚守土围子。”

他刚说完，周围几个村庄的枪声更加激烈。

他们村子外面的土匪也向村里发起了一次又一次的进攻。各班排现在都已占领土围子和有利地形，正在还击。

连长对指导员说：“敌人来势非常凶猛，人数显然也很多，我看少说也有三四百人！咱们可就一百来号人啊！”

他刚说完，一个战士来报告：“四班把守的北门守不住了，土匪已突进来了！”连长对指导员说：“你在这儿，我过去看看！”连长说完，急忙向北门跑去。

北门附近，战斗非常激烈。

连长带过来一个班，一到北门，他就大喊：“赶快占领地形，堵住北门！”

大家全力反击，突进来的少量土匪招架不住，又被打出去了。

这时候，连长才发现张大全像半截铁塔似的站在那里，他腰里别着驳壳枪，手里拎着一把大马刀，粗声粗气地对战士们说：“同志们！近战、夜战是我们的拿手好戏，把敌人放近了打才过瘾呢，刚才我是故意把他们放近了才打的，我是为了试试那些王八蛋们的脑袋硬，还是我的大刀硬。你们看……”

大家顺着他的手一看，不远处地上躺着十几具匪尸，大多数是刀砍的。

刘连长走到他跟前，认真地说：“大全同志，下次绝不能把敌人放进来了，如果敌人发现我们兵力单薄，那是很危险的！”

张大全扭了扭脖子，还想争辩，一看连长的脸色，不吭声了。

连长说：“你们也听到了，刚才团部方向和附近几个连队驻地都有枪声。说明敌人这次偷袭是大规模的，如果我们盲目地冲出去，就可能受到敌人的伏击。”

正说着，突然天空出现一发红色信号弹，接着又是一发绿色的。

大家都莫名其妙，这是什么联络信号呢？

连长问通信员："下午取口令时，团里有没有新的信号规定？"

通信员说："团里没有规定这个信号。"

连长对通信员说："有新情况，通知各班排，密切注视敌人的动向，做好战斗准备。"

突然间，敌人的各种武器，如暴风骤雨般向村里射来，随后就是"呀、呀……"地胡乱呼喊着冲锋口号，可是喊了一阵子却不见土匪过来。

连长对身边的战士们说："土匪们这是虚张声势，肯定是要逃跑了。"他回头对通信员说："赶快通知，一排留一个班，其他由排长率领从南门出击；二排留一个班，由排长率领从北门出击，迫击炮向敌人逃跑方向开炮！"

九连出击后，附近几个连队也都出击了。

暗夜里，枪声不断，炮火连天，喊声、叫声和枪炮声响成一片。

这场战斗持续了10多个小时，直到天近中午，才接近尾声。

村外，战斗即将结束。

刘连长发现远处的张大全抡着他的大刀，摇摇晃晃地追赶残匪，附近躺着七八具敌人的尸体。看他那副样子，刘连长知道他可能是受伤了，就赶紧带了几个人跑过去。

他们刚到跟前，张大全就把手中的刀递给连长："连长，送、送、送给你……"话还没说完，就扑通一声倒在地上。

大家赶快把他往回抬，可是还没到村子里，他就因流血过多，停止了呼吸。

这场战斗中，在附近几个连队的配合下，前来偷袭的土匪终于被消灭了，但九连也牺牲了10多名战士。

刘连长一直保存着张大全在战场上送给他的那把有特殊意义的大刀，他本想把它永远留在身边，当作永久的纪念。年底，十九兵团要去参加抗美援朝，清理武器，刘连长就按上级规定，就忍痛把那把大刀上交了。

活捉匪首郭栓子

六十五军剿匪指挥部。

各师团领导分坐两侧。会议室墙上挂着大幅贺兰山地形图。

邱蔚军长讲道："我们今天开个阶段性总结会。从年初开始，我们3个师几十个连队，已经在贺兰山与土匪周旋了几十天，但是至今没有大的成果。各团队虽然也消灭了一些散匪，但却没有消灭成股的土匪，也没有抓到重要匪首。今天请大家来，就是为了总结经验，查找问题，重新部署，最后干净彻底地消灭以郭栓子为首的贺兰山土匪，向宁夏人民有个交代。"

王道邦政委说："马鸿逵原来也清剿过郭栓子，清剿了10年也没有消灭他们，反而使他们越来越猖狂，最后，还给他封了官。我们解放军现在也来贺兰山剿匪，总不能像马鸿逵那样子吧。军党委作了研究，我们的方针是：不消灭郭栓子股匪，决不收兵。"最后，他又特别强调了各部队必须严格执行民族政策："我们剿匪部队除了严格执行三大纪律八项注意外，还要做到六不准：不准歧视少数民族，不准讲不利于民族团结的话，不准做不利民族团结的事，不准违反回民的风俗习惯，不准借用回民的炊具，不准找回民妇女缝补衣服。要告诉当地人民群众，回汉本是一家人，解放军跟回民同胞心连心，共产党不干涉回民信仰伊斯兰教的自由。"

邱军长走到地图前，接着说："我们必须对贺兰山实施全面清剿，现在我们向大家再次明确一下，仍然将贺兰山剿匪区域划为三段，兵力部署是：东段由一九三师负责，西段由一九四师负责，中段由一九五师负责。我们的战术是：拉网式布兵，地毯式包围，篦梳式搜山，不漏掉一条山沟，不漏掉一座山峰，不漏掉一个匪徒……"

贺兰山下，远远望去，山峰耸立，十分雄壮。

解放军分成多路，向山内进发。

贺兰山内，一片开阔地上。

郭栓子的匪徒们黑压压站成一片，4个队长站在前面。

郭栓子腰里插着两把手枪，站在最前头，手舞足蹈地大放厥词：“弟兄们，共军进山已经几个月了，可他们连我一根毛也没碰上。马鸿逵当年不是也要抓我们吗，到头来他认输了，还给咱官当。我看，共军比马鸿逵强不到哪儿去！现在他们不仅没抓到咱，咱们的队伍反而越来越壮大了。弟兄们看看，咱们现在已经300多号人，80多条枪，还有3挺机枪。我们现在就是要靠这些家当打天下，两年内到银川去坐江山，三年内占领大西北……”

清晨，贺兰山上。阳光从树枝间穿过，显得生气勃勃。

五八四团的战士们在草丛间穿行。

山谷间，传来一阵野兽的嚎叫声。

几只青羊子快速地在前面山坡上奔跑。

▶剿匪部队正在搜山

一个战士靠在一棵老树上，用手擦了擦头上的汗。

中午，艳阳高照。

一条小山沟里，炊事班正在用石头支起小锅，准备做饭。

几名战士从前面小水渠中端来几盆水倒进锅里。

锅下面的柴火点着了，冒出缕缕青烟。

一会儿，一个战士叫道：“水开了，都来打水！”

战士们纷纷上前，用缸子、小碗舀上水，然后坐在旁边小石头上，一边喝水，一边吃着干粮。有的躺在山坡上休息。

韭菜沟，天色渐黑。

一个营长对身边的教导员说：“你看看，咱们在这韭菜沟里搜了一天，也没抓住一个土匪。天黑了，撤吧！”

教导员无奈地说：“首长不是说了嘛，十网打鱼九网空，一网打着就成功嘛。我们现在还在九网之内呀！”

部队正从山沟里往前走。山路崎岖，乱石当道。

正走着，几个战士押着一个匪徒走过来。

“营长，二连在前面抓住一个土匪，连长叫我们把他带过来。”

营长马上问：“你要去干什么？”

匪徒：“张副司令，不不不，是张绪绪叫我下山去找粮食。没想到正要出山，被你们的人给抓住了。”

“你老实说，郭栓子今天躲在什么地方？”

“就在前面韭菜沟的山洞里，他知道你们地形不熟，找不到他，就在洞子里没出来！后来你们一走，他也转移了。”

营长大喊一声：“押送到团里去！”

匪徒押走后，营长气呼呼地说：“你看看，这狡猾的东西，原来我们一整天就在这家伙鼻子跟前转悠呀。”

教导员说：“我们在跟前转了一天，他倒好，在洞子里休养了一天，到晚上又该出动了。”

“恐怕那家伙这一阵正得意地嘲笑我们呢。”营长仍然气哼哼地说。

教导员说："郭栓子在这一带混了几十年，当然比我们熟多了。这真是闯进了老虎窝，还不知老虎在哪里。没关系，总有一天要抓住这个黑虎精的！"

营长接着说："这打土匪还没有我们打国军痛快呢！"

教导员也有情绪："是啊，在大山里剿匪简直就是大海捞针，太难了。再说啦，那针在原地不动呀，可郭栓子这根针总在跑啊！"

贺兰山里。

五八四团的战士们正在山坡上搜索。

史秉廉团长和刘长治主任走在队伍中间。

忽然，从一条小路上过来一个当地农民，由一个战士带到团长跟前："长官，前面那条沟里，有郭栓子的人。"

团长问："有多少？"

"不多，有十来个，还有几匹马。"

团长说："好，谢谢你！麻烦你给我们带一会儿路，我们一定保证你的安全。"

那人想了想说："行。"

团长回头对参谋说："通知一营，马上行动！"

几个连队分头向前面山沟前进。

部队包围圈中，果然发现了10多个土匪和几匹马，战士们高喊："赶快投降，缴枪不杀！"吼声响彻山谷。土匪们纷纷举起了双手。

战士们冲到跟前，收了土匪们的枪，拉住四散乱跑的马。

一个土匪指着一匹高大的枣红马说："长官，这匹马原来是马鸿逵骑的马，后来赏给郭司令，啊不，是赏给郭栓子的。"

史团长笑着说："天有九层，马分九等。这匹马是不错啊，带回去，听候处理。"

早晨，山色青青。

史团长对刘主任说："为了多了解一些情况，我们应该到阿拉善旗去一趟，看看他们那里有没有什么新消息。”

刘主任：“这里离不开你，那就我去吧。”

山路上，刘主任和两个警卫员骑马奔驰。

阿拉善旗保安总队。

罗巴图孟柯总队长对刘主任介绍说：“前几天，我们抓住一名郭栓子的匪徒，是从贺兰山下来的，现在在大狱里押着，要不然你们可以再审一审。”

刘主任：“好，我再审一下，看能不能掏点新东西。”

保安总队会议室。

刘主任问坐在前面的匪徒：“你叫什么名字，哪里人？家里还有什么人？”

匪徒：“我叫张继山，平罗人。家里还有老爹、老婆和4个孩子。”

“郭栓子最近在什么地方活动？”

“我只知道他还在山上，具体在啥地方，我也不知道。”

“这一段时间他待得最多的地方是哪里？”

“就在山上，来回跑，也没有个准地方。”

“你还知道什么，都说出来。”

土匪想了想：“真的我也不知道啥，也说不出来个啥。反正郭栓子的人有时候合并，有时候分散，地方也不固定。别的我啥也不知道。”

刘主任生气了：“你说了半天，跟啥也没说一样。我们的政策你应该清楚吧，坦白从宽，抗拒从严，立功受奖，隐瞒受罚。你家里还有6口人呢，你就想跟着郭栓子胡闹一辈子？你就不想想你家里的大人和孩子？你是想立功呢还是想受罚呢？你自己好好想一想。”

土匪低着头想了一会儿说：“别的我真的不知道，郭栓子精得很，有些事根本就不让我们知道。不过，前几天，我曾在渠西村碰到郭栓子身边的一个人，叫李六麻子，说不准他可能知道郭栓子待的地方。”

刘主任：“他家在哪里？”

"就在渠西村。"

夜晚，平罗渠西村。

史团长带领一营数百名战士，悄悄包围了村子。

团长对带在身边的张继山说；"走，你带路，去李六麻子家。"

张继山在前，史团长带人跟在后面。到了一户人家门口，史团长对张继山使了个眼色："你进去叫他出来，就说你要跟他说个事。"

张继山进去了，一会儿带了一个人出来："这就是李六麻子。"

史团长："走，跟我们走，老实点！"

几个战士押着李六麻子来到村外一个土包前，史团长说："你老实交代，我们可以宽大你。你下山干什么来了？"

李六麻子："现在山里气候寒冷，那么多人缺衣缺食，生活很难熬，好多人都有怨气，郭栓子就叫我们下山来找粮食。"

"你们一块下来几个人？还有谁？"

"下来两个人，还有一个张长明。"

"他在哪个村？"

"就在前面那个村，不远。"李六麻子指了指前面那个村子。

史团长当即决定："王参谋，通知部队，包围前面那个村子！"

随后部队跑步前进，包围了村庄。

大家正在行动，一个战士对连长说："连长你看，前边那个房顶上的草垛里有什么东西在动？"

几个人同时转身去看，那个房顶上果然有动静。

一个战士说："是风刮的吧。"

另一个战士说："不大像。"

大家继续往前走，那个屋顶上的草垛子又动了。

连长说："其余人休息，一班跟我来！"

大家跟着连长悄悄地摸到跟前，看清确实有个人从草垛里往外拖什么。

连长挥了一下手，几个战士分头包围了那座房子。

连长大喊一声："谁？口令？"

不料，屋顶上的人影咚的一声跳下墙，背着什么东西就没命地往前跑。

连长大喊："站住，再跑就开枪了！"

那人根本不听，而且越跑越快。

连长举手开了两枪，那人腿部受了伤，把东西扔掉，瘸着腿向前跑去。

连长喊道："追，抓活的。"

几个战士快步追了过去，一会儿就把那个人押来了。再打开他扔掉的口袋一看，是一袋粮食。正好，这时候带路的李六麻子也过来了。

他一看，惊叫一声："啊，是你呀，张长明。"

张长明惊慌地看了李六麻子一眼，没吭声。

李六麻子问："这是咋回事？"

张长明说："张绪绪叫我回来弄粮食，这几天，到处都是解放军，不好弄，我就想把这家藏的粮食先偷点再说。"

一会儿，张长明被带到史团长跟前。

史团长："张长明，李六麻子已经把有关情况给我们都交代了，现在你就把你知道的有关郭栓子的情况说一下。希望你能老实坦白，争取宽大，给自己留条后路。"

张长明："到了这个地步了，我都说。我下山的时候，郭栓子只是带几个亲信东跑西窜，谁也摸不清他的行踪。张绪绪、董麻子带了30多个人躲在大峰口皇城庙附近的山沟里等山下的粮食呢。"

李六麻子突然想起一件事："噢，对了，听说最近各路人马都要到那里聚集开会，郭栓子也一定会去的！"

史团长严肃地说："你们两个讲的都是实话吧？如果是假话，你们可要掂掂分量。如果你们讲的情况属实，我们将来对你们两个可以按立功赎罪对待。"

两个人急忙说："长官你放心，我们现在都这样了，还敢讲假话么。"

史团长不动声色地说："把他们先带走！"

待他们走开后，史团长对几位团领导说："这个消息非常重要，如果情况属实，我们就有可能一举抓获郭栓子和这股土匪。因此，我们今天晚上连夜出发，天亮前全团包围大峰口一带。"

大家都同意团长的意见，决定马上出发。团长叫把那两个土匪带过来后说："我们现在就出发去包围大峰口皇城庙，你们两个带路。"

李六麻子和张长明一听，吓得话也说不清了："长官，你让我们干啥都行，就是不敢去带路，郭栓子心狠手辣，他要是知道了，我们个人性命难保事小，他要杀死我们全家的。"

史团长又耐心地说："刚才我已经给你们说过了，你们要想争取宽大处理，现在就是个立功赎罪的好机会，就看你们是不是真心向人民低头认罪，帮助我们肃清土匪，为民除害！"

李六麻子和张长明虽连连点头，仍旧哭丧着脸说："愿意，我们愿意立功赎罪。我们是怕郭栓子报复，他知道了，会派人杀了我们全家呀！上回我们有个同伙，全家7口叫郭栓子一晚上全杀了。"

刘主任说："我们解放军说话算数，我们完全可以保证你们两家人的绝对安全。"

史团长再次耐心地说："道理很简单嘛，你们配合我们，带路抓住郭栓子，消灭了这一伙土匪，彻底除了这些祸根，你们就不用担心报复了嘛。"

张长明最后说："既然长官这么说了，那我们就豁出去了，走吧。"

月光下，部队急行军，向大峰口地区前进。

贺兰山里，部队快速行进。

有个战士跛着脚，一步一步地前行。

有个战士被战友们搀扶着往前走。

9月6日，大峰口，天色微亮。

五八四团各路部队包围了附近地域。各连抢占有利地形，控制了各个山头，一齐将枪口对准大峰口皇城庙一带的山沟。

一处山坡下，炊事班刚刚从背上放下锅碗瓢盆等一摊灶具。

二连连长对跟前五班长陈宝良说："炊事班马上就要做饭了，部队急行军，一个晚上没吃没喝了，你们班的任务就是保护炊事班做饭送饭。"

陈宝良不高兴了："别人都去打郭栓子，让我们在这里保护做饭送饭的？"

连长说："保护炊事班做饭，也是为了打土匪嘛。"

陈宝良笑着脸求情似的说："连长，你还是调换一下，让我们班去打郭栓子吧？"

连长严肃了："陈宝良，你少给我在这儿胡缠，服从命令！"

陈宝良拉下脸，不情愿地应了一声："是！"

正在这时，睡了一夜的两个土匪缩着脖子、披着破衣、抱着枪，一前一后向沟外走来，一边走一边向四周张望着。

前沿连队的战士发现了这两个土匪，"哒哒哒"地开了枪，两个土匪被吓得惊叫起来："不好了，有共军，有共军！"然后连滚带爬地窜回了小树林子。

里面的土匪也开始向外射击。

史团长在前沿阵地上大喊一声："打！"

瞬间，山坡上的六〇炮、机枪、步枪一齐集中火力对着匪巢开了火，小山沟里土匪东奔西逃，抱头鼠窜，有的往山沟里跑，有的往山上爬，乱成一团。

皇城庙附近的枪声、炮声，响成一片。

"缴枪不杀，活捉郭栓子！"

"赶快投降，缴枪不杀！"……

战士们的喊声，也在山谷间回荡，气势撼人。

山洞口，郭栓子带领着七八名贴身土匪端着枪跑出来，企图冲破解放军的包围。他们一边射击，一边向西边跑去。还没跑多远，迎面就是一阵猛烈的火力。他们只好回转身，又向东侧跑去，这边又是一阵猛烈的枪声……一个刚跑过去的土匪又跑回来了，正好碰上了郭栓子：“谁叫你跑回来的？”说完，他抬手给了那个土匪一枪，土匪立即倒在地上。

附近一条山沟里，二连炊事班正在用石头架锅做饭。

陈宝良等几个人端着枪，一边来回走动，一边观察着周围的动静。

一条小山沟里，班长阎红全带着几个战士正在搜寻土匪，忽然，听到前面不远处草丛中“嗵”地响了一声，抬头一看，一个土匪刚刚从石崖上跳了下来。他跳下来一看，附近有解放军战士，就把双腿一伸，躺在地上装死。阎红全奔过去，一下子骑在土匪身上，没想到那家伙突然“活”过来了，猛地一翻身，朝阎红全打了一枪。阎红全眼疾手快，躲过了子弹，又抓住对方的手用力一拧，打掉了他的手枪。他正要去捡枪，土匪乘机突然把身子一挺，把阎红全翻倒在地。他正要站起来，阎红全又猛扑过去，压在他身上。正在这时，战友们跑过来了，共同制服了土匪。

阎红全大声问：“老实说，你叫什么？”

土匪低着头不吭声。

这时，战士们押着另一个土匪过来了。一个战士指着前面刚才抓住的土匪问：“这个土匪是谁？”

土匪犹豫了一下才说：“他是副司令张绪绪。”

一块大石头后面，郭栓子脱下身上的灰衣服，换上从包里拿出来的另一套黑衣服，继续朝前逃跑。

山坡上，七八个战士仍在山坡草丛中搜索前进。

一个土包后面，郭栓子又一次从随身带的包里拉出一件蓝衣服，急急忙忙换上，又戴上了一顶瓜皮帽。然后，他把刚才换下来的黑衣服扔给一个土匪：快，穿上……

一个战士跑到史团长跟前："团长，我们抓住了郭栓子！"

史团长："押过来！"

几个战士押着一个穿黑衣服的土匪走来。史团长盯着他看了看："你是郭栓子？"

土匪小声说："是的。"

史团长突然大喊一声："你给我老实点，你不是郭栓子！"

土匪不由自主地"啊"了一声。

史团长说："你这个假司令可装得不咋样啊。"

土匪"嗵"地一下跪在地上："长官，我，我不是郭栓子，是他叫我穿上他的衣服……"

史团长："你老实说，郭栓子跑到哪儿去了？"

土匪用手指着前面："他带了几个人朝那面跑了。"

山梁上，郭栓子带了几个土匪刚刚爬过来，向前逃窜。

不远处，放哨的陈宝良和五班战士正在向四周观望。

一个战士发现了敌情："班长，那边有几个土匪！"

陈宝良回头一看，有几个土匪正向一个小山沟跑去。他立即下令；"咱们从两侧包围过去，抓住土匪。"

很快，五班战士冲过去，正好堵截住了几个土匪的退路。土匪一见有人，慌忙朝五班战士开了枪。

五班分成3个战斗小组，也很快向匪徒连续射击。两名匪徒被击中倒下，两名举手投降。

陈宝良问投降的土匪："郭栓子在哪边？"

"那边穿蓝衣服的就是。"

陈宝良飞奔过去，闪身摸到了一个土匪的身后，他刚要去抓，没料到这土匪闪身便是一枪，陈宝良腿部中弹。他忍着剧痛，用刺刀挑落了土匪的手枪，用枪口顶住了土匪的心窝，又有几名战士将枪口对准了他。

"郭栓子，举起手来！"

郭栓子还想蒙混过关：

“小兄弟，你弄错了，我姓徐，枪声一响，郭栓子早朝那面跑了，你们快去追！”

陈宝良心里盘算，此人到底是谁？刚才那个俘虏不是说穿蓝衣服的就是郭栓子吗？

正在此时，阎洪全押着张绪绪和几名土匪经过。

陈宝良上前指着郭栓子问一个土匪：“老实讲，这个人是谁？”

土匪望了一眼，神情犹豫，低头不语。

“快讲，不然就地枪毙！”

那土匪又看了一眼，说道：“他就是郭、郭、郭……栓……子。”

郭栓子狠狠地瞪了对方一眼。

陈宝良大喝一声：“捆起来！”

几名战士一拥而上，将这个罪大恶极的土匪头子捆了个严严实实。

一个战士还有点不放心，又上前把捆郭栓子的绳子紧了紧。

▶ 匪首郭栓子

这天，在大峰口皇城庙同时俘获的还有马鸿逵一六八师参谋处长、美蒋特务梁明。

这时候，史团长走了过来，说：“二连长，带几个人去郭栓子藏身的洞里再搜一搜。”

“是！”连长答应后，又回头说：“一排，跟我来！”

几十个人很快奔向前面山沟里。

刘主任高兴地对史团长说：“二连连长原来安排陈宝良的五班是保护炊事班的，没想到骄横一世的匪首郭栓子，倒叫他们给抓住了。”

史团长笑了：“战场往往创造奇迹呀！”

刘主任也笑了：“这个奇迹的创造也太出乎预料了！”

二连长带领一排战士，带着一大堆东西回来了：“报告团长，我们在山洞里挖出了土匪埋藏的电台1部、机枪1挺，还有14支步枪。还有一张国民党给郭永胜的‘西北反共救国军司令官’的委任状。”

史团长看着搜来的东西：“这些家伙还贼心不死啊！”

天高云淡，艳阳高照。

惠农县黄渠桥镇。

群众敲锣打鼓，扭着秧歌，举着彩旗，来到五八四团驻地。

许多老百姓从几十里外，车拉、肩挑，送来牛羊肉、水果、鸡蛋，源源不断地来慰问解放军。

史秉廉团长、刘长治主任、陈宝良等干部战士站在大门口迎接各地群众。

好多群众围到陈宝良跟前，有的老人拉着他的手，十分亲切……

二连连长王方林走过来对大家说：“这就是抓住郭栓子的英雄陈宝良，部队要给他记一次大功呢！”

郭栓子股匪被消灭后，第十九兵团杨得志司令员、李志民政委联名发来了嘉奖令：

“六十五军剿匪部队的全体同志，以高度为民除害的决心，历经险阻艰辛，深入丛林高山，克服万难，获得歼灭宁夏股匪的重大胜利。对这种刻苦耐劳，全心全意为人民的责任心，英勇不怕牺牲的战斗作风，特给予通令嘉奖。”

审讯室，两名解放军坐在桌前，两名战士持枪站在两边。郭栓子被绑着双手，坐在一张椅子上。

审问的解放军刘参谋问道：“我们的政策你是清楚的，你要说实话，老实交代，争取立功赎罪。”

郭栓子很随便地看了一眼刘参谋，不吭声。

刘参谋说："几个月以前，你们保安队在石嘴山黄河渡口，拦了马鸿逵司令部一台车，你把车上的东西放到哪里去了？"

郭栓子想了想说："我们是拦了一台车，车上装了些枪，我们都发给弟兄们用了。"

刘参谋说："郭永胜，你没有讲实话。既然枪发下去用了，你为什么还要带着车进山呢？"

郭栓子眼珠子转了转，狡黠地说："我们放司机走了，他最后走了哪里，我就不知道了。"

刘参谋严肃地说："郭永胜，已经有4个人证明，是你把车带走的，你现在还要说，是把司机放走了。看来你是要顽固到底了？"

郭栓子仍旧毫不在乎地说："我没有带车，枪卸下后，司机就把车开走了。"

郭栓子至死一直没有交代那一车财宝的去向。

（此后的50多年间，一直有人在贺兰山里寻找那一车财宝，终无下落。）

1950年11月19日。银川北校场。

这里正在召开公审郭栓子、张绪绪等匪首大会，会场上人山人海，群情振奋，红旗飘扬。

郭栓子、张绪绪、马绍武、张海禄等土匪头子，被五花大绑押到审判台前。

审判员庄严神圣地宣读判决书……

会场上响起一阵阵热烈的掌声。

有人带头喊起了口号：

"中国共产党万岁！"

"毛主席万岁！"

"中国人民解放军万岁！"……

会场的群众积极响应，口号声持续不断。

愤怒的人群不断地往前涌，执勤的战士尽力阻拦，劝说。

有个中年农民竭力挤到最前面，伸出拳头，要打郭栓子，被执勤战士挡住。

一位老大娘满面泪水，伸出一只手，要抓郭栓子，她连哭带喊："郭栓子，你这黑心狼，你还我的儿子，还我的儿子……"

会场上群众越来越多，气势非常壮观。

当天下午，贺兰山下。

全副武装的解放军战士持枪站立，前面郭栓子、张绪绪、马绍武、张海禄等匪首跪成一排。马绍武瘫软在地，郭栓子东张西望，满不在乎。

叭、叭、叭一阵枪响，郭栓子等几名匪首栽倒在地……

六十五军各路部队在贺兰山地区共毙俘匪徒1927人，缴各种枪894支（挺）。

历时将近一年的宁夏南北大剿匪终于结束了，据不完全统计，共消灭土匪24股约3200人，其中匪首300多人；缴获轻机枪50挺、各种长短枪2500余支，以及大量的弹药、马匹、军用物资等。解放军57名指战员在剿匪中光荣牺牲。

▶公审郭栓子万人大会

附　录

解放宁夏部队及主要领导

第一野战军

司令员	彭德怀
政治委员	彭德怀（兼）
副司令员	张宗逊　赵寿山
参谋长	阎揆要
政治部主任	甘泗淇
副参谋长	王政柱　李夫克
政治部副主任	张德生
后勤部部长	黎化南
后勤部政治委员	方仲如
后勤部副部长	黄静波

第十九兵团

司令员	杨得志
政治委员	李志民

副司令员　葛曼春　耿　飚

参谋长　耿　飚（兼）

政治部主任　潘自力

副参谋长　康博缨

独立骑兵第五师

师　长　刘春芳

政治委员　刘光裕

副师长　乔占元

参谋长　程茂才

政治部主任　王功学

第六十三军

军　长　郑维山

政治委员　王宗槐

副军长　易耀彩

副政治委员　龙道权

参谋长　易耀彩（兼）

政治部主任　龙道权（兼）

副参谋长　马万钟

第一八七师

师　长　张英辉

政治委员　张迈君

副师长　张　挺

参谋长　杨尚德

第一八八师

师　长	张　挺
政治委员	李　真
副师长	宋学飞
参谋长	魏　群
政治部主任	陈兴畴

第一八九师

师　长	杜喻华
政治委员	蔡长元
副师长	李　锐
参谋长	李　锐（兼）
政治部主任	李克忠

第六十四军

军　长	曾思玉
政治委员	王　昭
副军长	唐子安
副政治委员	傅崇碧
参谋长	唐子安（兼）
政治部主任	傅崇碧（兼）
副参谋长	王风岐
政治部副主任	袁佩爵

第一九〇师

师　长	陈信忠
政治委员	边　疆

副师长	刘德才
参谋长	王子卿
政治部主任	栗彬臣

第一九一师

师　长	谢正荣
政治委员	陈宜贵
副师长	孙树峰
参谋长	汪应忠
政治部主任	潘　清

第一九二师

师　长	马卫华
政治委员	王海廷
副师长	何友发
副政治委员	罗立斌
参谋长	何友发（兼）
政治部主任	龚纪明

补训师

师　长	张封灿

第六十五军

军　长	邱　蔚
政治委员	王道邦
副军长	王克斌
副政治委员	蔡顺礼

政治部主任	蔡顺礼（兼）

第一九三师

师　长	郑三生
政治委员	杨银声
副师长	杨　森
参谋长	齐景武
政治部主任	刘克宽

第一九四师

师　长	赵文进
政治委员	陈亚人
副师长	李君南
副政治委员	国林之
参谋长	赵伯让
政治部主任	国林之（兼）

第一九五师

师　长	王志廉
政治委员	张建纲
参谋长	沈　敏
政治部主任	张福海

补训师

政治委员	刘国辅
副师长	杨世明

各县市解放时间及参加部队

县　市	解放时间	参加部队	备　注
固原县	1949.8.2	一野第六十四军	
海原县	1949.8.11	一野第六十四军	
泾源县	1949.7.29	一野第二兵团	原化平县
隆德县	1949.8.3	一野第六十五军	
西吉县	1949.8.13	一野第六十三军	
银川市	1949.9.23	一野第六十四军	
贺兰县	1949.9.25	一野第六十四军	
宁朔县	1949.9.19	一野第六十五军	今青铜峡
灵武县	1949.9.21	一野第六十四军	
盐池县	1949.8.5	独立一师、二师	
平罗县	1949.9.28	一野第六十四军	
磴口县	1949.9	一野第六十四军	今属内蒙古
中卫县	1949.9.19	一野第六十四军	
中宁县	1949.9.14	一野第六十四军	
金积县	1949.9.21	一野第六十四军	已撤销
同心县	1949.9.12	一野第六十四军	
陶乐县	1949.9.28	一野第六十四军	
永宁县	1949.9.23	一野第六十四军	
惠农县	1949.9.25	一野第六十四军	
阿拉善旗	1949.9.23	和平起义	今属内蒙古

解放宁夏大事记

1949年

7月

1日　第一野战军向全军发出了《关于消灭胡马匪军的战役指示》，宣布了长期盘踞西北的胡宗南与马步芳、马鸿逵等军阀末日的到来。

24日　青海马步芳部与宁夏马鸿逵部代表在甘肃省静宁县召开联合军事会议，共同制定了与我军决战的所谓《关山会战指导复案计划》，妄图联合固守甘宁二省门户平凉。但各自为保存实力，会后分别向兰州和宁夏方向退缩，青宁二马联盟破裂。

27日　彭德怀司令员命令第一、第二兵团分两路追歼青马，第十九兵团追歼宁马。

29日　第一野战军第二兵团解放泾源县。

30日　第十九兵团主力于当日下午向宁夏固原挺进。

31日　第六十四军一九二师攻占固原县彭阳镇。

8月

1日　12时，第六十四军向六盘山腹地任山河一带发起总攻，经双方激战，守敌向宁夏中宁等地溃逃。第六十五军攻占六盘山南端的瓦亭、三关口。至此，第十九兵团基本控制了六盘山，为第一野战军取得兰州战役的胜利，创造了必要的条件。

国民党政府为了平衡二马关系，任命马鸿逵为甘肃省政府主席。

2日　第六十下四军解放固原县，六十三军、六十五军向兰州方向前进，准备解放兰州。

3日　第六十五军前进途中解放隆德县。

5日　独立一师和二师解放盐池县。

10日　由第六十四军指挥的陕北三边地区独立一师和二师进驻同心县。

上旬　马鸿逵临时组建贺兰军，声称将来要进贺兰山打游击，顽抗到底。

11日　第六十四军解放海原县。

13日　第六十三军一八八师解放西吉县。

14日　受十九兵团委托的和谈代表孟宝山于下午抵达银川。当晚，孟宝山面见马敦静，言明和平解放宁夏事宜，遭马拒绝，并派便衣特务秘密监视孟的行动。

18日　马敦静以宁夏兵团司令官和代理宁夏省主席的身份发布斥和主战布告，完全拒绝了解放军和平解决宁夏问题的诚意。

19日　马鸿逵在广州参加国民党行政院长召开的宁马和青马协调会后飞回银川。卢忠良一二八军南下，妄图进兵兰州，因六十四军驻守六盘山一带，行至中宁地区后迟滞不前。

23日　孟宝山面见马鸿逵，苦心规劝起义，但再次遭马拒绝。

26日　第一野战军解放兰州，马鸿逵部撤回中宁、金积、吴忠、灵武一线。

28日　兰州军管会副主任、固原籍人士、原马鸿逵部下韩练成以叙旧形式，致函马鸿逵，劝其走和平解决之路，马严词拒绝。

31日　马鸿逵召集党政军界首脑及部分士绅、阿訇训话，欺骗大家，鼓吹死守宁夏，封锁解放军数次派人联系和平解决宁夏问题的消息。

9月

1日　蒋介石致电马鸿逵，要其速赴重庆，马趁机逃离银川，宁夏党政军大权由其次子、宁夏兵团司令马敦静执掌。

2日　第六十三军一八八师由兰州沿黄河北岸向宁夏中卫县前进，逼近马鸿宾八十一军。

5日　第六十三军（欠一八八师）和六十五军沿黄河南岸向中卫挺进，以造成大兵压境之势，迫其尽快和谈；郭南浦先生等人先行到中宁、银川，向马鸿宾和马敦静转达解放军有关和谈事宜。马敦静召开军事会议，制订了“放水、放火、打光”的死守宁夏计划。

10日　马鸿逵部一二八军军长卢忠良率部偷袭驻防同心豫旺、下马关一带的独立一师和独立二师，独二师损失重大。

11日　第六十四军由固原、七营、海原向中宁方向前进。

12日　第一九一师攻占同心县。

13日　第六十四军向中宁挺进，害怕被消灭的守敌贺兰军闻风逃窜。当日晨，六十四军军长曾思玉、副政委傅崇碧在同心县马家河湾沙滩上，遇见了被马敦静驱逐出境的孟宝山。让郭南浦、孟宝山等人再次前往银川接洽，给宁夏二马最后一次机会。

14日　12时，第一九〇师解放中宁县。当日晚，郭南浦、孟宝山等一行抵达银川后，即被马敦静派人监视。

15日　第十九兵团为力争和平解决宁夏问题，命第六十四军原地待命，暂停军事行动。

16日　第六十三军一八七师五六一团为推动马鸿宾决心和谈，在黄河南岸消灭其八十一军八八一团和一〇三团大部，生俘八八一团团长孙天才等千余人，使八十一军深受震动。当日，郭南浦、孟宝山等人设法见到了马鸿宾，转达解放军和谈诚意，马鸿宾表示：愿意接受我军和平解决条件。并电告其子、国民党第八十一军军长马惇靖。

17日　第六十三军一八八师兵临中卫城，迫其和谈。同日国民党政府代国防部长徐永昌由广州飞至银川临阵鼓气。一九一师五七三团于当日19时，突袭牛首山制高点小西天，全歼守敌。当晚，马敦静严令郭南浦、孟宝山等人3小时内离开银川，否则，军法从事。马鸿宾闻讯，派车送和谈代表孟宝山、马季康、白连升等人速返中宁。孟等人途经石空渡口时，马惇靖在此等候，并表示愿意和谈。六十四军联络部部长牛连壁与国民党第八十一军原少将师长马培清在中宁谈判，拟定和平解决条款。

18日　五七三团攻占牛首山东寺，完全控制了金积、灵武西南门户牛首山。

19日　马敦静随徐永昌飞机逃往重庆。马全良、卢忠良、马英才等秘商通电求和。金积守敌三五六师奉命掘渠放水，青铜峡之敌放弃阵地逃往金积。11时，解放军发起金灵之战，总攻开始。

19时，第六十四军军长曾思玉与国民党第八十一军军长马惇靖经多次会谈，在中宁正式签订《和平解决协定》，宁夏兵团第八十一军宣布起义。

20日　受六十四军主力攻击，敌保安一师、三五六师溃逃。至14时，五七三团攻占余家桥、黄营、姚府等地。五七二团在团长张怀瑞、政委谷子珍的率领下，也攻占了西滩、杨家湾、马家寨等地。各团先头部队均已逼近金积城下。14时，一九一师指挥所进驻董府，六十四军包围金积，守敌一二八军副军长何晓霆派人求和。17时，马全良、卢忠良、马光宗等国民党宁夏兵团将领联名向解放军发出求和通电。

21日　一九〇师解放金积，一九二师占领吴忠。马鸿逵部贺兰军失去控制，自行溃散，造成社会严重动乱。19时，一九二师进击灵武，守敌残部投诚。至此，宁夏兵团主力一二八军被全歼，我军取得金灵之战全面胜利。

同日，第一野战军彭德怀司令员发出“马酉”复电，指令宁夏兵团卢忠良等人去中宁和谈。

22日　第六十四军主力向银川进军。上午，马鸿宾在银川紧急召集国民党宁夏兵团所属将领，决定立即派卢忠良、马光天、马廷秀去中宁接受和谈。

杨得志司令员、耿飚副司令员在中宁县接见国民党宁夏兵团贺兰军参谋长郑毅民，限宁马残余军队于24日12时前，派出代表签字，以和平解决宁夏问题。否则，坚决予以歼灭。郑毅民表示完全接受。

下午，银川城内的宁夏兵团第十一军官兵无法控制，自行溃散，打砸抢烧，扰乱社会。军长马全良与副军长王伯祥于当日夜急奔吴忠堡，当面请求曾思玉军长尽快率部进驻银川城。

23日　杨得志、李志民代表第十九兵团，卢忠良、马光天、马廷秀代表国民党宁夏军政界，在中宁签订了《和平解决宁夏问题之协议》。

在银川城内的马鸿宾先生急电一野彭德怀司令员："宁夏部队形成崩溃现象，官不能管兵，到处发生抢劫事情，请即令杨司令员派兵进驻银川，以安定人心。"当晚，一九一师五七二团奉命进军银川。23时，团长张怀瑞率部冒雨进入银川城，并迅速控制了各要害部位，标志着宁夏全面解放。

同日，当时由宁夏管辖的阿拉善旗"自治政府"通电宣布起义。

24日　第六十四军解放宁朔县（今青铜峡市）和永宁县。

25日　杨得志司令员、李志民政委率第十九兵团主力由南门进入银川市。

26日　第十九兵团在南门广场举行入城仪式，并宣布银川市军事管制委员会成立，杨得志司令员任主任，马鸿宾、朱敏、曹友参任副主任。军管会随即发布解字第一号布告，限令宁夏兵团残部官兵自动携械向我军投诚登记，否则予以严惩。

28日　第一九〇师五六九团解放平罗县。

29日　根据有关协议，解放军第五六四团进抵定远营，阿拉善旗获得和平解放。

30日　银川市警备司令部宣告成立。

10月

14日　马鸿逵与儿子马敦静由大陆逃往台湾。

下旬　国民党政府行政院宣布给马鸿逵“撤职查办”之处分。随后，马鸿逵见势不妙，逃往香港，后又逃往美国洛杉矶。

12月

23日　宁夏省人民政府成立，潘自力任主席，邢肇棠、李景林、孙殿才任副主席。宁夏历史开始了新的一页。

宁夏剿匪大事记

1949年

8月

曾投降日本，后又被国民党收编的以德穆楚克栋鲁普（德王）、李守信为头领的蒙奸部队，在锦州战役遭人民解放军重大打击后，退回宁夏阿拉善旗境内，企图援助国民党宁夏兵团，阻止第一野战军解放宁夏。

9月

20日晨　德王偕李守信、宝贵廷等率3000多人离开定远营，逃往阿拉善旗北部地区为匪。

23日夜　中国人民解放军第十九兵团一九一师五七二团先头部队进入银川，宣告银川解放，大规模的军事斗争基本结束。国民党马鸿逵宁夏兵团虽大部分被歼或投降，但仍有相当数量的散兵游勇及8000余支长短枪流落各地，从而形成严重匪患。

同日　德王将部队拉到拐子湖利乐扎庙一带，自称“蒙古军”，下设两个骑兵师，德王自任总司令，李守信为副总司令，宝贵廷为总参谋长。

28日　上午，我一九〇师五六九团进驻平罗，宣告平罗县解放。在贺兰山地区为匪20余年的郭永胜（俗名郭栓子）慑于我大军压境之势，被迫在投诚书上签字，率部100多人向解放军投诚，后被改编为惠农县保安大队，郭栓子任大队长。

29日　我一八八师第五六四团进驻阿拉善旗首府定远营，阿拉善和平解放。宁夏军区副司令员曹友参前往定远营，请旗长达理札雅致函德王，劝其投降，并邀其来银川商谈。但德王坚持反动立场，继续在阿拉善旗北部地区为匪，烧杀抢掠，无恶不作。

12月

中旬　中共宁夏省委和宁夏省军区党委决定，成立宁夏南部剿匪指挥部，由独立第一师师长黄罗斌和宁夏军区参谋长牛化东分别担任正副总指挥。

下旬　盘踞在同心地区的惯匪马绍武率众60余人，向解放军投诚。

本月　银川市军事管制委员会派出阿拉善旗牧区工作组，前往阿旗北部，对德王残部进行分化瓦解工作。

西北军区独立师一团进驻同心县，负责同心地区的剿匪和维护西（安）银（川）公路安全。

1950年

1月

月初　投诚不久的马绍武叛变，组织各地股匪200多人，活动于同心庙山一带，自称“小台湾”，反动气焰十分嚣张。

6日　马绍武匪徒抢劫中宁开往平凉的公共汽车，后又多次为害，致使银川通往固原的这条宁夏南北大道路断人稀。

中旬　原国民党宁夏马鸿逵部团长张海禄逃跑后，吸收各地土匪，占山为王，号称“仁义军”，活动于同心、海原、固原一带。

19日　马绍武带领匪首在同心王家团庄袭击解放军第十九兵团骆驼运输队，打死7人，抢走骆驼33峰、长短枪9支及大量军用物资。

25日　我侦察分队侦察到马绍武和众匪在庙山集结。

27日　宁夏军区独一师对庙山之匪经一天多的合围搜剿，摧毁了马绍武的指挥所，击毙匪首田志善、马明金等以下30余人，俘7人。马绍武、李成福等残匪60余人，逃往高崖乡扎米川一带。

2月

4日　我独一师一团跟踪追击，在川口地区将匪首马绍武、李成富活捉。后为体现政策，将李成富释放。

21日　曾投降我军的原国民党二十二军一连连长王敬武在甘肃庆阳叛变，率众100多人流窜宁夏同心地区为匪。

下旬　我军在豫旺地区将马绍武残部郝福祥等4个匪首击毙，政治争取了匪首王彦福等100多人携械投降。

本月　曾投奔董其武的原三边地区土匪张廷芝率50余人叛变，流窜于盐池、同心一带为匪。不久，匪众发展到200余人。

3月

1日　马绍武股匪全部平息，共歼164人，缴获轻机枪1挺、步枪66支、骡马36头、骆驼38峰。

5日　郭永胜借生产为名，带60余人、轻机枪2挺、步枪67支，窜入贺兰山叛变为匪。

7日　我六十五军五八二团派出一个营和一个侦察排跟踪追击郭永胜匪部。

9日　独一师一团和三团由驻地出发，前往同心、海原，围剿张廷芝股匪。

12日　独一师在骑兵部队的配合下，将张廷芝股匪包围于太阳山一带，经过激烈战斗，将匪徒大部歼灭，俘150人，缴获轻机枪2挺、步枪53支。战斗中，张廷芝带残匪30余人逃往陕西境内，后在内蒙古被我军逮捕。

中旬　德王、李守信残匪大部向解放军投降，共944人，机枪15挺、冲锋枪22支、长枪227支、电台6部。另有300余名散匪逃至额济纳旗的马宗山地区，被第一野战军消灭。匪首德穆楚克栋鲁普、李守信、宝贵廷等最后带少数顽固分子逃往蒙古人民共和国，被扣留后引渡回国，判处徒刑，1960年代被宽大释放。

本月　彭阳县王洼乡民兵队长海起富率民兵并联系解放军共同行动，打死匪首李效富、马玉虎，捕获海保和等顽匪168人。

4月

1日　王敬武股匪窜至同心车路沟，被我军包围，121人全部被歼，缴获轻机枪9挺、长短枪67支。

17日　一九四师总结第一阶段剿匪情况，检查了收效不大的原因，决定改变以“军事进剿”为主的做法，辅之以政治争取。

30日　一九四师进入剿匪第二阶段，开始采取远距离包围、分进合击和预期预点设伏等战术，配合以政治宣传、清查户口、发动群众捕捉相结合的方法，迫使郭匪不敢结股，只得零散隐匿。

本月　宁夏军区与六十五军合并，先后召开了剿匪工作总结会议和党代表大会，研究制定了剿匪工作必须贯彻“军政兼施”“边打边拉”的方针，根据匪情划分了任务，即以独一师为主负责清剿同心等宁夏南部地区，以六十五军为主负责清剿贺兰山地区。

本月　泾源县公安局副局长马彦清带3名公安战士执行任务，途经秋家岔，被秦广荣、马成义、马成虎等20多名土匪杀害，所带全部津贴费和7支枪均被抢去。

5月

8日　原国民党第八十二军旅长马云山（马连莆）勾结固原地区宗教界的反动上层分子，利用宗教迷信，造谣惑众，以匪特和反动地主为骨干，策动470多人，发动叛乱，后发展匪徒达2000余人，组成“忠义军”，下设4个团，有长短枪97支、轻机枪2挺、冲锋枪3支、骡子16匹。先后袭击当地区乡政府，打死打伤干部群众、解放军官兵337人，宰杀牲畜518头（匹），抢劫枪支45支、手榴弹395枚、子弹223发及粮食等物不计其数。

9日　马云山指挥匪特1000多人围攻平凉城，拟再攻泾源。匪团长马成龙等在固原县扩充匪徒千余人，企图攻占西吉县城。西北军区派骑兵第二旅、骑兵第四团、西北军区独立第一师和回民骑兵团平息叛乱。在政治攻势和军事打击下，叛军迅速分化瓦解或溃散。至7月底，“五八”叛乱基本被平息。

10日　一九四师总结第二阶段剿匪工作，转入以军事进剿为主的第三阶段。

18日　我骑兵旅两个团，在警卫团1个营的配合下，对马云山残匪活动较为嚣张的张易、新化等地发动进攻。我骑兵团在海原一带展开清剿，先后经6次战斗，歼匪270人。

6月

1日　一九四师在贺兰山地区开始对郭永胜匪部合围，消灭土匪30余人。

12日　独一师所属部队军事进剿同心地区西山洼，合围张海禄匪部扑空。

14日　独一师9个连将张海禄匪部合围于费谷川一带，因海原骑兵团未按时到达，匪首张海禄、杨伯义逃出包围圈。

22日　独一师在同心南瓦窑河村经群众帮助，捕获张海禄、李成富（第三次被俘），毙敌13人，其余64人全部投降，缴获枪支122支。

23日　解放军与同心县人民政府在高崖乡召开公审大会，为纠正前一阶段政策过宽的倾向，消除不良影响，枪决匪首李成富。

同日　回民骑兵团二连化装成土匪，在海原县南华山油房活捉“五八”叛乱的另一匪首马成龙。

本月　一九四师在归德沟、罗盘寺、大峰口等地连续合围郭永胜匪部，均扑空。

7月

1日　“五八”叛乱匪徒发生内讧，匪首马云山被同伙兰俊原、叶生福、李福林3人设计枪杀。

30日　晚，郭栓子带领匪徒袭击阿拉善旗贸易公司、盐务局等单位，遭到旗保安大队等坚决抵抗，抢劫少量物资，连夜逃走。

31日　晨，郭栓子逃往贺兰山樊家营子设伏，杀害宁夏军区司令部参谋长、阿拉善旗工委书记曹动之和警卫员杨万山、张永祥。

本月　独一师与地方政府配合，组织武工队在海原李俊地区，大力开展群众工作，全歼马云山叛匪残部。

本月　独一师在宁南地区主要捕捉漏网之匪，以政治争取为主，组织武工队搜剿散匪，以同心石塘岭为基础，向东（下马关）、南（车路沟）、北（康家湾）各设一点，步步搜剿，层层设防，夜间行军，拂晓包围，捕获散匪53名。

本月　固原地区“五八”叛乱彻底平息，共击毙叛匪174名，击伤24名，俘获168名，投降409名；缴获步枪476支、手枪29支、冲锋枪11支、机枪5挺、子弹3381发、骡马122匹、骆驼38峰、刀矛斧等铁器无数。

8月

一九四师不断组织力量，多次合围郭栓子股匪，终因战线太长，加之匪徒熟悉地形，致敌有隙可乘，收效不大。

9月

月初　宁夏军区决定增加贺兰山地区剿匪兵力，开始转入集中绝对优势兵力全歼郭匪的第四阶段。按兵力划分的任务是：一九四师1个团和一九三师骑兵侦察排负责贺兰山北段；一九五师1个团负责贺兰山中段，以1个营封锁贺兰山水磨沟、北寺口、番子沟门、塔尔沟口一线主要山口；一九三师1个营于平吉堡负责封锁炭井沟、回回井一线山口，防匪南窜。

18日　我一九四师在郭家沟俘获郭栓子家属6人。

10月

5日　匪徒李学珍（李六麻子）、张长明下山抢粮食被剿匪部队五八四团抓获。经教育后，二匪供出郭匪的巢穴——大峰沟内皇城。

6日　五八四团以两个营兵力将大峰沟口内皇城四面包围，捕获匪首郭栓子以下28人，毙伤3人，缴获步枪18支、电台1部。

7日　五八四团捕获郭栓子匪部另一匪首谢占魁。除匪首董乱子、张成高、孙强潜逃外，郭匪大部被歼灭。

11月

剿匪部队与当地政府合作，成立了剿匪肃特委员会，在党政军民共同努力下，先后50多次搜剿，并结合政治争取瓦解，计俘吴成玉（郭栓子股匪副司令）、张成高（副团长）以下172人。至此，贺兰山一带匪患基本肃清。（董乱子在1954年普选时捕获处决。）

12月

14日　宁夏军区党委召开剿匪工作会议，总结全省一年多来的剿匪工作，根据新的形势，确定对残匪的搜剿工作要采取“打得稳、打得准、打得狠”的方针，实行“军政兼施，分别对待”及“镇压与宽大相结合，打击与争取相结合”的政策，以取得剿匪斗争的最后胜利。

1951年

4月

全省剿匪工作基本结束，据不完全统计，共消灭大小土匪24股约3200人，其中匪首300多人；缴获轻机枪50挺、各种长短枪2500余支，以及大量的弹药、马匹、军用物资。

后记

这本书总算完稿，可以有个交代了。其实，这个话是不准确的。好久以来，书稿一直放置案头。书稿只要没送到出版社，就想再看看；一看，就总有要改动的地方。后来一想，写作，是个没完没了的事情。真是“艺无止境”，只要你愿意改，就可能一直改下去，总有令人不满意的地方。最后，还是下了决心：到此为止吧，这就是前面所说的“完稿”。

这本粗糙的作品，从收集资料、采访当事人算起，已经20多年了。虽然宁夏是个不大的省份，可是当年在解放过程中，同样也发生了一系列感天动地的事迹。半个多世纪过去了，中国社会已经发生了难以描绘的翻天覆地的变化。我们的生活已经是非常幸福了。时至今日，我们应该回过头来，看看当年这片土地上曾经发生过的变故。特别是，应该怀念当初为了解放宁夏而英勇牺牲了的700多名年轻的指战员们！

共和国不应该忘记他们，宁夏不应该忘记他们！

这就是我所以想写这本书的主要初衷。

看看我们今天过上的幸福生活，其实最应该拥有这一切的，正是那些革命英烈们。让我们永远纪念他们吧，让我们更加珍惜所拥有的幸福生活，更加热爱我们的祖国，为我们越来越美好的社会多奉献一点爱心吧。

上世纪八九十年代，我曾在宁夏军区党史军史征集办公室工作多年，在收集有关本书资料的过程中，曾采访过刘伯承、聂荣臻、杨成武、杨得志、萧克、李志民、陈昌奉、肖锋、黄新廷、廖汉生、李贞、卢仁灿、陈真仁、樊哲祥、李凯国、陈诗林、赖清林等数十位革命老前辈。应该说，他们中的很多人，我最早是从小学和中学课本上知道的。很长时间以来，他们中很多人几乎就是我心中的偶像。等我成年之后，能够见到他们，采访他们，聆听他们的叙说，我感到非常的幸运和幸福！

我常怀崇敬之心回顾那些难忘的日子，这是我终生享用不尽的精神财富。

这本书中的内容，除了以上革命前辈的采访讲述外，还参阅了其他我未曾见面的曾思玉、郑维山、陈宜贵、张怀瑞等老一辈革命家的回忆录等文章，也参阅了其他党史、军史专家有关研究成果，借此特表示诚挚的谢意。同时，书中也采用了我们当年征集到的有关专家拍摄、保存的相关图片，因年代久远，无法与作者沟通，请允许我在这里向他们表示深深的谢意。此书编写过程中，宁夏博物馆研究员何新宇先生积极无私地提供了很多资料和图片，在此一并致谢。

时值中国共产党成立95周年、宁夏解放和中华人民共和国成立67周年、宁夏回族自治区成立58周年，此书仅做一份薄礼，献给这个不同寻常的年月。

书中存在的问题肯定是很多的，恳望各位首长、专家和读者批评指正！

作　者

2016年11月1日